ZŁA KREW

SALLY
GREEN

ZŁA
KREW

przełożyła Dorota Konowrocka-Sawa

Tytuł oryginału: *The Half Bad*
Original English language edition first published by Penguin Books Ltd, London

Wydanie II
Warszawa MMXXII

Dla mojej matki

Spis treści

„Rzeczy nie są dobre czy złe same w sobie.
Są takie, jakimi nam się wydają".

William Shakespeare, *Hamlet**

Część pierwsza

Sztuczka

* William Shakespeare, *Hamlet*, przeł. Stanisław Barańczak, Wydawnictwo Znak, Kraków 2000.

Sztuczka

Oto siedzi dwoje dzieci, dwóch chłopców ściśniętych między wielkimi poręczami starego fotela. Jesteś tym z lewej.

Drugi chłopiec jest tak ciepły, że aż chcesz się przytulić. Powoli, jakby w zwolnionym tempie przenosi wzrok z telewizora na ciebie.

– Podoba ci się? – pyta.

Kiwasz głową. Otacza cię ramieniem i odwraca się na powrót w stronę ekranu.

Kiedy film dobiega końca, chcecie sprawdzić, czy uda się wam powtórzyć jedną ze scen. Z kuchennej szuflady wykradacie wielkie pudełko zapałek i biegniecie z nim do lasu.

Próbujesz pierwszy. Zapalasz zapałkę i trzymając ją między kciukiem a palcem wskazującym, pozwalasz jej spłonąć do końca. Poparzyłeś palce, ale trzymasz w nich zwęglony ogarek.

Sztuczka działa.

Ten drugi też próbuje, ale bez sukcesu. Upuszcza zapałkę na ziemię.

Budzisz się i przypominasz sobie, gdzie jesteś.

Klatka

Sztuczka polega na tym, by się nie przejmować. Nie zwracać uwagi na to, że boli. Nie zwracać uwagi na nic. Najważniejsze to się wyluzować. Na mieście tylko to się liczy. Tylko że to nie miasto, ale klatka obok małego domku otoczonego tysiącem zalesionych wzgórz pod błękitnym niebem.

Klatka, w której liczy się tylko jedna sztuczka.

Pompki

Rozkład dnia jest OK.

Budzenie się pod gołym niebem też jest OK. Budzenie się w klatce i w kajdanach – no cóż – jest, jakie jest. Nie możesz pozwolić na to, by klatka przysłoniła ci całą resztę. Kajdany ocierają, ale skóra goi się szybko i bez kłopotu, więc czym się przejmować?

Klatka jest o niebo wygodniejsza, odkąd w środku są owcze skóry, które grzeją, nawet gdy są wilgotne. Nieprzemakalny brezent od północnej strony też znacząco poprawił sytuację. Chroni przed najgorszym wiatrem i zacinającym deszczem. Daje też odrobinę cienia w upalne, słoneczne dni. Żart! Ale poczucie humoru to podstawa.

Oto więc rozkład dnia. Budzisz się co rano, gdy niebo rozjaśnia się na wschodzie. Nie musisz wstawać, nie musisz nawet otwierać oczu, by się zorientować, że dnieje. Po prostu sobie leżysz i nasiąkasz porankiem.

Najlepszy moment dnia.

W okolicznych lasach są trzy ptaki na krzyż. Dobrze byłoby znać je z nazwy, ale musi ci wystarczać znajomość ich głosów.

Zastanawiające, ale nie ma tu mew, a nieba nigdy nie przecinają smugi kondensacyjne. Powietrze w przedświcie jest zwykle nieruchome i gdy tylko odrobinę się rozjaśni, zaczyna się wydawać cieplejsze.

Możesz już otworzyć oczy. Przez kilka minut rozkoszujesz się wschodem słońca, który dziś jest cienką, różową linią ciągnącą się wzdłuż górnej krawędzi wąskiej wstęgi chmur spowijających zamglone wzgórza. Masz minutę, może nawet dwie, by pozbierać myśli, zanim się pojawi.

Musisz mieć plan. Najlepszym pomysłem jest poukładanie sobie wszystkiego w głowie poprzedniego wieczoru, żebyś rano mógł automatycznie przystąpić do dzieła. Plan zasadza się zwykle na tym, by robić wszystko, co ci każe, ale nie zawsze tak jest. Nie dziś.

Czekasz, aż się pojawi i rzuci ci klucze. Chwytasz je, rozkuwasz kajdany na nogach i rozcierasz je przez chwilę, by podkreślić ból, jaki ci zadaje. Uwalniasz lewy nadgarstek, później prawy, wstajesz, otwierasz drzwi klatki na oścież i odrzucasz jej klucze. Wychodzisz z pochyloną głową, nie patrząc jej w oczy, chyba że jest to część jakiegoś innego planu. Pocierasz kark, czasem jękniesz z cicha, po czym idziesz się wysikać na grządkę z warzywami.

Czasem, oczywiście, próbuje namieszać ci w głowie, zmieniając ustalony rozkład dnia; najpierw ordynuje wykonanie obowiązków domowych, a dopiero później ćwiczenia, ale zazwyczaj to pompki mają pierwszeństwo. Dowiesz się, zanim zapniesz rozporek.

– Pięćdziesiąt.

Nie podnosi głosu. Wie, że słuchasz.

Nie spieszysz się. Tego wymaga plan.

Niech czeka.

Rozmasowujesz prawą rękę, w którą wrzyna się metalowa obejma kajdanek, gdy jesteś skrępowany. Poświęcasz chwilę na zagojenie otarć i czujesz delikatne mrowienie. Krążenie głową, ramionami, jeszcze raz głową. Zastygasz w bezruchu na sekundę lub dwie, sprawdzając granice jej cierpliwości, po czym opadasz na ziemię.

jeden
dwa
trzy
cztery
pięć
sześć
siedem
osiem
dziewięć
dziesięć
jedenaście
dwanaście
trzynaście
czternaście
piętnaście
szesnaście
siedemnaście
osiemnaście
dziewiętnaście
dwadzieścia
dwadzieścia jeden
dwadzieścia dwa
dwadzieścia trzy
dwadzieścia cztery
dwadzieścia pięć
dwadzieścia sześć

Sztuką jest
się nie przejmować.
To podstawa
strategii.
Ale jest
wiele
taktyk.
Mnóstwo.
Nieustanna
czujność.
Nieustanna.
To takie
proste,
bo nie ma nic
innego
do roboty.
Czego wypatrywać?
Czegoś.
Czegokolwiek.
Niczego.
Wszystkiego.
Czegoś.
Błędu.
Okazji.
Przeoczenia.
Błahego

dwadzieścia siedem
dwadzieścia osiem
dwadzieścia dziewięć
trzydzieści
trzydzieści jeden
trzydzieści dwa
trzydzieści trzy
trzydzieści cztery
trzydzieści pięć
trzydzieści sześć
trzydzieści siedem
trzydzieści osiem
trzydzieści dziewięć
czterdzieści
czterdzieści jeden
czterdzieści dwa
czterdzieści trzy
czterdzieści cztery
czterdzieści pięć
czterdzieści sześć
czterdzieści siedem
czterdzieści osiem
czterdzieści dziewięć

błędu
tej
białej
wiedźmy
z
piekła
rodem.
Popełnia
błędy.
O tak.
A jeśli
ten błąd
nie stworzy
szansy,
poczekasz
na
następny,
a po nim
kolejny.
W końcu
zwyciężysz.
Odzyskasz
wolność.

Wstajesz. Bez wątpienia liczyła, ale nieprzepuszczanie żadnej okazji do niesubordynacji to kolejna kluczowa taktyka.

Bez słowa rusza w twoją stronę i grzbietem dłoni wymierza ci policzek.

pięćdziesiąt

– Pięćdziesiąt.

Po wykonaniu pompek wstajesz i czekasz. Najlepiej wbić wzrok w ziemię. Przez wiele dni padało i wiodąca obok klatki ścieżka, na której stoisz, tonie w błocie, ale dziś nie będziesz jej zamiatał. Nie taki jest plan. Jesień już wisi w powietrzu, ale akurat dziś się przejaśniło. Świetnie się składa.

– Zrób duże koło.

Wypowiada te słowa równie cicho jak poprzednio. Nie musi podnosić głosu.

Odbiegasz – ale nie od razu. Musi sądzić, że jesteś tym samym chłopakiem co zwykle, trochę krnąbrnym, ale w sumie posłusznym, więc najpierw oskrobujesz buty z błota: lewym obcasem prawy nosek i prawym obcasem lewy nosek. Unosisz palec i patrzysz w niebo, a później wokół siebie, jak gdybyś oceniał kierunek wiatru, spluwasz w krzaczki ziemniaków, rozglądasz się, jakbyś chciał przejść przez jezdnię, czekasz, aż przejadą wyimaginowane samochody... i autobus... i wreszcie ruszasz.

Jednym skokiem pokonujesz zbudowany bez zaprawy mur, a potem puszczasz się na przełaj przez wrzosowiska w stronę drzew.

Wolność.

Żeby to!

Masz jednak plan. Wiele się nauczyłeś w ciągu ostatnich czterech miesięcy. Na przebiegnięcie dużego koła potrzebujesz czterdziestu pięciu minut, ale pewnie mógłbyś zejść do czterdziestu, gdybyś nie mitrężył przy strumieniu na samym końcu, gdzie zwykle odpoczywasz, zaspokajasz pragnienie i przypatrujesz się życiu lasu. Któregoś razu udało ci się nawet dostać na grań i zobaczyć rozciągające się za nią wzgórza i lasy oraz ukryte wśród nich jezioro.

Dzisiejszy plan polega na tym, by przyspieszyć, gdy tylko znajdziesz się poza zasięgiem jej wzroku. Łatwizna. Bułka z masłem. Dzięki jej pożywnej kuchni opartej na mięsie, kilogramach warzyw i końskich dawkach świeżego powietrza jesteś zdrów jak ryba i w świetnej formie. Żyć, nie umierać.

Dobrze ci idzie. Świetne tempo. Gnasz jak wicher, a do tego uruchomiłeś proces autoregeneracji, by nie mieć siniaka po wymierzonym ci policzku, i aż cały buzujesz energią.

Dobiegasz do zawrotki, gdzie mógłbyś zrobić skrót na małe koło będące mniej więcej połową większego, ale kazała ci pokonać to duże, a i ty chciałbyś je przebiec – obojętne, co by powiedziała.

Nigdy nie biegłeś równie szybko.

Teraz na grań i niech ci sprzyja siła ciążenia, gdy pomkniesz długimi susami w dół strumienia prowadzącego nad jezioro.

Tutaj sytuacja się komplikuje. Jesteś już poza obszarem zakreślonym przez duże koło, a za chwilę będziesz znacznie poza nim. Zorientuje się, że zniknąłeś, dopiero gdy zaczniesz się spóźniać, a zatem masz dwadzieścia pięć minut od momentu opuszczenia koła – może trzydzieści, może nawet trzydzieści pięć, ale przyjmijmy, że dwadzieścia pięć – zanim zacznie cię ścigać.

W gruncie rzeczy to nie ona jest źródłem problemu, lecz obejma, którą masz na nadgarstku. Jeśli zbytnio się oddalisz, pęknie. Nie masz pojęcia, jak to działa – może to czary, może zwykła nauka, może i jedno, i drugie – ale pęknie. Powiedziała ci to pierwszego dnia. Powiedziała ci też, że obejma zawiera płyn. Kwas. Jeśli się gdzieś zawieruszysz, wypłynie i przeżre ci nadgarstek.

– Stracisz dłoń.

Dokładnie tak to ujęła.

Pędzisz w dół zbocza. Słyszysz kliknięcie... i zaczynasz płonąć z bólu.

Masz jednak plan.

Zatrzymujesz się i zanurzasz dłoń w strumieniu. Woda paruje z sykiem. Pomaga, ale trucizna jest lepka i brejowata i nie zmywa się tak łatwo, a będzie jej jeszcze więcej. A ty musisz biec.

Upychasz pod bransoletą mokry mech i torf. Jeszcze więcej. Jeszcze trochę. To już za długo trwa, czas ruszać w drogę.

W dół.

Wzdłuż strumienia.

Sztuczka polega na tym, by nie zwracać uwagi na nadgarstek. Nogi spisują się świetnie, więc gnasz przed siebie.

Utrata ręki to jeszcze nie katastrofa. Można ją czymś zastąpić... hakiem... albo trójzębem jak u tego faceta z *Wejścia smoka*... albo może czymś, co ma ostrza, normalnie schowane, a jak stajesz do walki, to się wysuwają i ta-dam! Może nawet płomienie... Jedno jest pewne: nie sprawisz sobie sztucznej dłoni... Na pewno nie.

Kręci ci się w głowie, a jednocześnie czujesz mrowienie. Ciało próbuje uleczyć nadgarstek. Kto wie, może uda ci się z tego ujść z obiema rękami. Sztuczka tak czy siak polega na tym, by nie zwracać uwagi. Z ręką czy bez wydostaniesz się stąd.

Musisz się zatrzymać. Ponownie zanurzasz rękę w strumieniu, ponownie upychasz trochę torfu pod bransoletą i puszczasz się w dalszą drogę.

Jesteś już prawie nad brzegiem jeziora.

Prawie.

O tak. Piekielnie zimna ta woda.

Brodzenie w wodzie cię spowalnia, ale dobrze jest zanurzyć w niej rękę.

Byle iść dalej.

Dalej.

Cholernie duże jezioro. Ale to dobrze. Im większe, tym lepiej. Tym dłużej twoja ręka będzie w wodzie.

Niedobrze ci... bleee...

Cholera, ta ręka wygląda naprawdę fatalnie, ale kwas przestał już wypływać z obręczy. Wydostaniesz się. Pokonałeś ją. Znajdziesz Mercurę i otrzymasz trzy dary.

Musisz tylko iść dalej.

Za chwilę dotrzesz do końca jeziora.

Dobrze ci idzie. Naprawdę świetnie.

Już niedaleko.

Zaraz ukaże ci się cała dolina i...

Prasowanie

O mały włos straciłbyś dłoń.

Rzeczona dłoń spoczywa teraz na kuchennym stole połączona z twoim ramieniem kośćmi, mięśniami i ścięgnami widocznymi w krwawej, otwartej ranie otaczającej nadgarstek. Pokrywająca go wcześniej skóra utworzyła strumyczki przypominające lawę spływającą ku palcom – jakby stopniała, po czym na powrót stwardniała. Cała dłoń spuchła i boli jak... no cóż, jak dłoń poparzona kwasem. Możesz lekko poruszyć palcami, ale kciuk nie działa właściwie.

– Może zagoi się na tyle, byś mógł się nią znów posługiwać. A może nie.

Jeszcze nad brzegiem jeziora zdjęła obejmę z twojego nadgarstka i spryskała ranę płynem uśmierzającym ból.

Była przygotowana. Zawsze jest przygotowana.

Jak się tam znalazła? Tak szybko? Biegła? Przyleciała na cholernej miotle?

Niezależnie od tego, jak się dostała nad brzeg jeziora, musiałeś z nią wrócić piechotą i to był ciężki marsz.

– Dlaczego się do mnie nie odzywasz?

Jej twarz jest tuż obok twojej.

– Jestem tu, by cię uczyć, Natanie. Ale musisz zaprzestać prób ucieczki.

Jest tak brzydka, że musisz odwrócić twarz.

Po drugiej stronie kuchennego stołu stoi rozstawiona deska do prasowania.

Prasowała? Swoje bojówki?

– Natanie. Popatrz na mnie.

Nie spuszczasz wzroku z żelazka.

– Chcę ci pomóc, Natanie.

Odkrztuszasz gęstą flegmę, odwracasz się i plujesz. Błyskawicznie odchyla się w tył, więc plwocina ląduje na jej koszulce, a nie na twarzy.

Nie uderza cię. To nowość.

– Musisz jeść. Podgrzeję rosół.

To też nowość. Normalnie to ty musisz gotować, sprzątać i zamiatać.

Nigdy jednak nie musiałeś prasować.

Idzie do spiżarni. Tu nie ma lodówki ani elektryczności, za to jest opalany drewnem piec. Rozpalanie ognia i wynoszenie popiołu też należy do twoich obowiązków.

Kiedy idzie do spiżarni, podchodzisz popatrzeć na żelazko. Nogi masz jak z waty, ale głowa pracuje normalnie. Wystarczająco normalnie. Dobrze by ci zrobił łyk wody, ale chcesz popatrzeć na żelazko. To tylko przypominający je kształtem stary kawałek metalu z rączką. Jest ciężki i zimny. Aby mógł spełnić swoje zadanie, musi zostać nagrzany na piecu. To musi trwać całe wieki! Mieszka w środku niczego, a prasuje swoje spodnie i koszulki!

Kiedy kilka sekund później wraca, stoisz już za drzwiami spiżarni. Z impetem opuszczasz żelazko, kierując je ostrym końcem w jej skroń.

Dlaczego jest tak cholernie wysoka i tak cholernie szybka? Żelazko ledwie zahacza o jej głowę i ześlizguje się na ramię.

Padasz na podłogę, chwytając się za uszy. Ostatnim obrazem, który dostrzegasz przed utratą przytomności, jest widok jej butów.

Sztuczka nie działa

Coś mówi, ale nic nie rozumiesz.

Siedzisz na powrót przy kuchennym stole, spocony i wstrząsany lekkim dreszczem, a strużka krwi płynąca z lewego ucha ścieka ci po szyi. To ucho już się nie zagoi, kompletnie na nie ogłuchłeś. Nos to jedna wielka krwawa miazga. Musiałeś na niego upaść, kiedy się przewróciłeś. Jest złamany, zatkany i zakrwawiony i też się nie zagoi.

Twoja dłoń spoczywa na stole i jest teraz tak spuchnięta, że nie możesz nawet poruszyć palcami.

Siedzi na krześle obok i ponownie spryskuje ranę łagodzącym balsamem. Chłodna mgiełka uśmierza ból.

Jak cudownie byłoby popaść w całkowite odrętwienie i znieczulić się na wszystko, ale na to nie można liczyć. Można liczyć tylko na to, że zamknie cię z powrotem w klatce i zakuje w kajdany, po czym wszystko potoczy się utartym trybem...

A zatem sztuczka nie działa. Nie potrafisz się już nie przejmować. Nie jest ci wszystko jedno. Nie chcesz na powrót znaleźć się w klatce. Nie chcesz po raz kolejny sięgać po tę samą sztuczkę. Masz tego wszystkiego serdecznie dość.

Rozcięcie na jej skroni się zagoiło, ale pod jasnymi włosami pozostał szeroki czarno-czerwony strup, a na ramieniu krew. Wciąż o czymś mówi, jej grube, oślinione wargi nie przestają się poruszać.

Rozglądasz się wokół. Omiatasz wzrokiem kuchenny zlew, okno wychodzące na ogród warzywny i klatkę, piec, deskę do prasowania, drzwi do spiżarni i wreszcie na powrót brzydką kobietę w starannie wyprasowanych spodniach i czystych butach. W jednym z nich tkwi niewielki nóż, który dostrzegłeś, leżąc na podłodze. Czasem go tam nosi.

Kręci ci się w głowie, więc z łatwością pozorujesz omdlenie i upadasz na kolana. Chwyta cię pod pachy, a wtedy lewą sprawną dłonią znajdujesz rękojeść noża i płynnym ruchem wyciągasz go z jej buta. Podczas gdy próbuje unieść twoje bezwładne ciało, pozwalasz mu opaść na podłogę, a sam jednym szybkim ruchem przystawiasz sobie ostrze do tętnicy szyjnej.

Dlaczego jest tak cholernie szybka? Chociaż kopiesz i walczysz ze wszystkich sił, odsuwa nóż na bezpieczną odległość, całkowicie pozbawiając cię woli dalszej walki.

Z powrotem w klatce, zakuty w kajdany. Ostatniej nocy ciągle się budziłeś, zlany potem... Nadal nic nie słyszysz w lewym uchu i oddychasz przez usta z powodu zatkanego nosa. Zakuła nawet twój zraniony nadgarstek i całe ramię masz tak spuchnięte, że obręcz wrzyna się w ciało.

Nie pojawiła się jeszcze, choć jest już późny ranek. Robi coś w domku, czymś stuka. Z komina wydobywa się dym.

Jest ciepło. Z południowego zachodu wieje lekka bryza, chmury przesuwają się bezgłośnie po niebie, a słońcu kilkakrotnie udaje się przedrzeć przez ich zasłonę, ogrzać ci policzek i rzucić ci długie cienie prętów ogrodzenia na nogi. Znasz dobrze te widoki, więc zamykasz oczy i zanurzasz się we wspomnieniach. Dobrze jest czasem sobie przypomnieć.

Część druga

Jak znalazłem się w klatce

Moja matka

Wspinam się na palce. Fotografia stoi na stoliku w przedpokoju, ale nie mogę do niej sięgnąć. Wyciągam się, jak tylko mogę, i trącam ramkę koniuszkami palców. Jest ciężka i z brzękiem upada na podłogę.

Wstrzymuję oddech, ale nikt nie nadchodzi.

Ostrożnie podnoszę ramkę. Na szczęście szkło się nie stłukło. Siadam pod stolikiem i opieram się plecami o ścianę.

Moja mama jest piękna. Fotografia została zrobiona w dniu jej ślubu. Mruży oczy w słońcu rozbłyskującym złotymi refleksami w jej włosach, ubrana jest w białą sukienkę i trzyma w dłoniach bukiet białych kwiatów. Obok stoi jej przystojny, uśmiechnięty mąż. Przykrywam jego twarz dłonią.

Nie mam pojęcia, jak długo tam siedzę. Lubię patrzeć na moją mamę.

Nagle pojawia się Jessica, której kroków zapomniałem nasłuchiwać.

Wyrywa mi ramkę.

Chwytam ją kurczowo, zdecydowany nie wypuścić jej z rąk, ale moje dłonie są śliskie od potu, a Jessica jest znacznie większa ode mnie.

Wyszarpuje mi zdjęcie z ręki, podrywając mnie przy tym na nogi. Podnosi ramkę wysoko lewą ręką i opuszcza skosem, przecinając mi jej krawędzią skórę na kości policzkowej.

– Nigdy więcej nie dotykaj tego zdjęcia.

Jessica i pierwsze zawiadomienie

Siedzę na łóżku. Jessica siedzi obok i opowiada mi historię:

– I mama pyta: „Czy przyszłaś go zabrać?". Młoda kobieta w drzwiach wejściowych odpowiada: „Nie. Zdecydowanie nie. Nigdy byśmy nie podjęli takiej decyzji". Młoda kobieta jest szczera i gorliwie stara się wykonywać swoją pracę, ale jest bardzo naiwna.

– Co to znaczy naiwna? – przerywam.

– Bez pojęcia. Głupia. Tępa jak ty, barani łbie. Łapiesz?

Kiwam głową.

– No to słuchaj: Naiwna kobieta mówi: „Odwiedzamy wszystkie czarodziejki w Anglii, by poinformować je o nowych zasadach i pomóc im wypełnić formularze". Kobieta uśmiecha się, ale twarz łowcy stojącego za jej plecami pozostaje bez wyrazu. Wysoki, silny, ubrany na czarno jak oni wszyscy, robi wrażenie.

– Czy matka się uśmiecha?

– Nie. Po tym, jak się urodziłeś, już nigdy się nie uśmiechnęła.

Jessica podejmuje opowieść:

– Gdy matka nie odpowiada, na twarzy kobiety z Rady maluje się wyraz zatroskania. Mówi: „Otrzymałaś zawiadomienie, prawda? To bardzo ważne". Kobieta przerzuca papiery spięte klipsem na podkładce, którą trzyma w ręku, i wyciąga list. Jessica rozwija pergamin, który trzyma w ręku. Jest duży i gruby, a zagięcia układają się w kształt krzyża. Trzyma go ostrożnie jak coś niezwykle cennego. Czyta: „Zawiadomienie o uchwale Rady Białej Magii Anglii, Walii i Szkocji. Postanowiono, że w celu zwiększenia ochrony czarodziejek i czarodziejów reprezentujących białą magię wprowadzony zostanie rejestr wszystkich czarownic i czarowników reprezentujących czarną magię i przebywających na terenie Wielkiej Brytanii. Zostanie wprowadzony prosty system kodowania dla magów i adeptów (magowie do 17. roku życia) niebędących dziećmi czarodziejów i czarodziejek czystej krwi z wykorzystaniem symboli: biały (B), czarny (C), amag/osobnik pozbawiony zdolności magicznych (A). Półkody/osobniki krwi mieszanej będą oznaczane jako (B 0,5/C 0,5), a osobniki półkrwi magicznej jako (B 0,5/A 0,5) lub (C 0,5/A 0,5). Kod matki będzie podawany jako pierwszy, kod ojca jako drugi. Kody połowiczne będą utrzymywane przez możliwie krótki czas (nie dłużej niż do 17. roku życia), dopóki nie będą mogły zostać przypisane danej osobie kody docelowe (B, C lub A).

– Wiesz, co to znaczy? – pyta Jessica.

Kręcę głową.

– To oznacza, że jesteś półkodem. Jesteś czarny. Nie jesteś biały.

– Babcia mówi, że jestem czarodziejem.

– Wcale tak nie mówi.

– Powiedziała, że jestem w połowie biały.

– Jesteś w połowie czarny.

– Kiedy kobieta kończy czytać zawiadomienie, matka bez słowa wchodzi do domu, pozostawiając otwarte drzwi wejściowe. Kobieta i łowca wchodzą za nią. Siedzimy teraz wszyscy w salonie, matka na fotelu przy wygasłym kominku. Debora i Arran bawili się na podłodze, ale teraz siedzą po jej obu stronach na poręczach fotela.

– A ty gdzie jesteś?

– Stoję tuż obok niej.

Wyobrażam sobie, jak Jessica stoi tam z rękami skrzyżowanymi na piersiach, na sztywno wyprostowanych nogach.

– Łowca staje w drzwiach. Kobieta z plikiem dokumentów przysiada na brzegu drugiego fotela i układa papiery na sztywno złączonych kolanach, nie wypuszczając długopisu z ręki. Mówi matce: „Będzie prawdopodobnie szybciej i prościej, jeśli wypełnię formularze samodzielnie, a pani tylko podpisze". Kobieta pyta: „Kto jest głową rodziny?". Matka wykrztusza: „Ja". Kobieta pyta matkę o imię. Matka odpowiada, że nazywa się Cora Byrn. Czarodziejka. Córka Elsie Ashworth i Davida Ashwortha, czarodziejów czystej, białej krwi. Kobieta pyta, jak nazywają się jej dzieci. Matka odpowiada: „Jessica, osiem lat. Debora, pięć. Arran, dwa". Kobieta pyta: „Kim jest ich ojciec?". Matka odpowiada: „Dean Byrn. Czarodziej. Członek Rady". Kobieta pyta: „Gdzie on jest?". Matka odpowiada: „Nie żyje. Został zamordowany". Kobieta mówi: „Przykro mi". A potem pyta: „A niemowlę? Gdzie jest niemowlę?". Matka odpowiada: „Jest tam, w tamtej szufladzie".

Jessica odwraca się do mnie i wyjaśnia:

– Po narodzinach Arrana mama i tata nie chcieli już mieć więcej dzieci. Oddali łóżeczko, wózek i wszystkie dziecięce rzeczy. To dziecko jest niechciane i musi spać na poduszce w szufladzie, w starym, brudnym pajacyku, w którym kiedyś spał Arran. Nikt nie kupuje mu zabawek ani prezentów, bo wszyscy wiedzą, że jest niechciane. Nikt nie daje matce kwiatów ani czekoladek, bo wszyscy wiedzą, że nie chciała tego dziecka. Nikt by nie chciał takiego dziecka. Matka dostaje tylko jedną kartkę, ale nie ma na niej napisu „Z powinszowaniami".

Cisza.

– Chcesz wiedzieć, co tam jest napisane?

Kręcę głową.

– Napisano na niej: „Zabij je".

Zaciskam usta na piąstce, ale nie płaczę.

Jessica kontynuuje:

– Kobieta podchodzi do dziecka w szufladzie, a łowca staje obok niej, bo chce zobaczyć to dziwne, niechciane coś. Nawet we śnie dziecko jest koszmarnie brzydkie. Ma żałośnie mizerne ciało, sparszywiałą skórę i czarne, rozczochrane włosy. Kobieta pyta: „Czy to dziecko ma jakieś imię?". Matka odpowiada: „Natan".

Jessica nauczyła się już wymawiać moje imię, jakby było to coś obrzydliwego.

– Młoda kobieta pyta: „A jego ojciec?"". Matka nie odpowiada. Nie może, bo to zbyt ohydne. Nie może tego znieść. Ale wystarczy spojrzeć na to dziecko, by wiedzieć, że jego ojciec jest mordercą. Kobieta pyta: „Może mogłaby pani napisać imię ojca?". Podaje podkładkę z dokumentami matce. Matka płacze, nie będąc w stanie napisać żądanego imienia, bo imię to należy do najohydniejszego czarownika, jaki kiedykolwiek istniał.

Chcę powiedzieć „Marcus". Jest moim ojcem i chcę wymówić jego imię, ale za bardzo się boję. Nigdy nie mogę znaleźć w sobie dość odwagi, by wypowiedzieć jego imię.

– Kobieta podchodzi znów do śpiącego dziecka i wyciąga dłoń, by go dotknąć… „Ostrożnie!" – ostrzega łowca, bo chociaż łowcy niczego się nie boją, zawsze zachowują ostrożność w obecności czarnej magii. Kobieta mówi: „To tylko dziecko" i przesuwa czubkami palców po jego odsłoniętym ramieniu. Dziecko porusza się i otwiera oczy. Kobieta mówi: „Wielkie nieba!" i robi krok w tył. Zdaje sobie nagle sprawę, że nie powinna dotykać czegoś tak nieczystego, i rusza do łazienki, by obmyć ręce.

Jessica wyciąga rękę, jakby chciała mnie dotknąć, lecz po chwili cofa ją, mówiąc:

– Nie mogłabym nawet dotknąć czegoś tak złego jak ty.

Mój ojciec

Stoję w łazience przed lustrem i przyglądam się swojej twarzy. Nie przypominam ani mojej matki, ani Arrana. Mam ciemniejszą, bardziej oliwkową skórę niż oni i kruczoczarne włosy, ale tym, co mnie naprawdę odróżnia, jest czerń moich oczu.

Nigdy nie poznałem swojego ojca, nigdy go nawet nie widziałem. Ale wiem, że oczy mam po nim.

Samobójstwo mojej matki

Jessica trzyma oprawione zdjęcie wysoko w lewej ręce i opuszcza je skosem, przecinając mi krawędzią ramki skórę na kości policzkowej.

– Nigdy więcej nie dotykaj tego zdjęcia.

Nie ruszam się.

– Słyszysz?

Na krawędzi ramki błyska krew.

– Umarła przez ciebie.

Opieram się plecami o ścianę, a Jessica zaczyna wrzeszczeć:

– Zabiła się przez ciebie!

Drugie zawiadomienie

Pamiętam, że padało od wielu dni. Pada od tak dawna, że w końcu nawet ja mam już dość samotnego siedzenia w lesie. Siedzę więc przy kuchennym stole i rysuję, a babcia kręci się po kuchni. Zazwyczaj prawie z niej nie wychodzi. Jest stara i koścista, obleczona w pergaminową skórę właściwą starym ludziom, lecz przy tym szczupła i wyprostowana. Nosi plisowane spódnice w kratę i trzewiki za kostkę albo kalosze. Ciągle coś robi w kuchni i kuchenna podłoga jest zawsze zadeptana. Nawet gdy pada, tylne drzwi są zwykle otwarte. Do środka wchodzi szukający schronienia kurczak, ale babcia nie toleruje obecności kurczaków w kuchni. Wyrzuca go delikatnie bokiem buta na dwór i zamyka drzwi.

W garnku coś się gotuje, a spod pokrywki wydobywa się cienki strumyczek pary szybko lecący ku górze i zlewający się z niewielkim, unoszącym się nad kuchnią obłoczkiem. Zieleń, szarość, błękit i czerwień ziół, kwiatów, korzonków i cebulek zwieszających się spod powały na sznurkach, w siatkach i koszykach rozpływa się w otaczającym je obłoku. Na półkach ustawiono szklane słoiki wypełnione rozmaitymi miksturami, liśćmi, nasionami, maściami, nalewkami, a niektóre nawet dżemem. Wypaczony kuchenny blat zarzucony jest wszelkiego rodzaju łyżkami – metalowymi, drewnianymi, kościanymi, o rączkach długich jak moje ramię i krótkich jak mały palec. Do tego czyste noże wsunięte w stojak, a brudne obok deski do krojenia, granitowy moździerz z tłuczkiem, dwa okrągłe koszyki i kolejne słoiki. Na drzwiach wisi kapelusz pszczelarski, kilka fartuchów i czarna parasolka zgięta jak banan.

Wszystko to uwieczniam na swoim obrazku.

Siedzę obok Arrana i oglądamy razem stary film w telewizji. Arran lubi oglądać stare filmy – im starsze, tym lepsze – a ja siedzę tuż przy nim – im bliżej, tym lepiej. Obaj jesteśmy ubrani w krótkie spodenki i obaj mamy przeraźliwie chude nogi, tylko że jego są jaśniejsze i zwieszają się niżej znad brzegu przepastnego fotela. Ma niewielką bliznę na lewym kolanie i długie rozcięcie na prawym policzku. Jasnobrązowe falujące włosy w jakiś magiczny sposób nigdy nie opadają mu na twarz. Moje są czarne, długie i proste. I zawsze wpadają mi do oczu.

Mój brat ma na sobie niebieski dziergany sweter, a pod nim białą koszulkę. Ja mam na sobie czerwoną. Od niego. Jak się do Arrana przytulić, emanuje ciepłem, a kiedy się odwracam, żeby na niego spojrzeć, jakby w zwolnionym tempie przenosi wzrok z telewizora na mnie. W jego jasnych, błękitnoszarych oczach pobłyskują srebrne iskierki. Nawet mruga wolniej niż inni. Jest uosobieniem delikatności. Strasznie chciałbym być taki jak on.

– Podoba ci się? – pyta i cierpliwie czeka na moją odpowiedź.

Kiwam głową.

Otacza mnie ramieniem i odwraca się z powrotem w kierunku ekranu.

Lawrence z Arabii robi sztuczkę z zapałką. Uzgadniamy później, że trzeba spróbować samemu. Podbieram duże pudełko zapałek z kuchennej szuflady i biegniemy z nim do lasu.

Próbuję pierwszy.

Zapalam zapałkę i trzymam ją między kciukiem a palcem wskazującym, pozwalając jej wypalić się do końca. Moje małe, cienkie palce z paznokciami ogryzionymi do kości są całe poparzone, ale udaje mi się utrzymać zwęgloną zapałkę.

Arran też próbuje tej sztuczki. Nie udaje mu się. Jest jak ten drugi facet z filmu. Upuszcza zapałkę.

Po jego odejściu powtarzam sztuczkę. Łatwizna.

Wspólnie z Arranem zakradamy się do sypialni babci, w której unosi się dziwny zapach leków. Pod oknem stoi dębowa szkatułka, w której babcia trzyma zawiadomienia Rady. Siadamy na dywanie i Arran otwiera pokrywkę szkatułki, z której wyjmuje drugie zawiadomienie. Wypisane jest na grubym, żółtym pergaminie zawiłymi, szarymi literami. Arran odczytuje mi tekst cicho i powoli jak zawsze:

– Zawiadomienie o uchwale Rady Białej Magii Anglii, Walii i Szkocji. Aby zapewnić bezpieczeństwo czarodziejek i czarodziejów, Rada zdecydowała się kontynuować politykę wyłapywania i karania wszystkich czarownic, czarowników i adeptów czarnej magii. W celu zapewnienia bezpieczeństwa czarodziejek i czarodziejów zostanie przeprowadzona doroczna ocena magów i adeptów pochodzących z mieszanych związków białych i czarnych rodziców (B 0,5/C 0,5). Wyniki oceny będą miały wpływ na przypisanie magom i adeptom kategorii białej (B) lub czarnej/niebiałej (C).

Nie pytam Arrana, czy sądzi, że przypiszą mnie do kategorii białej czy czarnej. Wiem, że postara się być miły.

To moje ósme urodziny. Muszę pojechać do Londynu, by poddać się ocenie.

Budynek Rady składa się z szeregu korytarzy wyłożonych szarym kamieniem. Dygocząc jak liść, czekam z babcią na drewnianej ławeczce ustawionej w jednym z nich. W końcu pojawia się młody mężczyzna w laboratoryjnym fartuchu i kieruje mnie do niewielkiego pomieszczenia na lewo od naszej ławeczki. Nie pozwala babci wejść ze mną.

W pokoju siedzi kobieta. Ona również ma na sobie laboratoryjny fartuch. Zwraca się do młodego mężczyzny imieniem Tom, a on do niej pani Lloyd. Określają mnie mianem półkoda.

Każą mi się rozebrać.

– Zdejmij ubranie, półkodzie.

No to zdejmuję.

– Stań na wadze.

Staję.

– Stań przy ścianie. Musimy cię zmierzyć.

Mierzą mnie, potem fotografują.

– Odwróć się.

– Dalej.

– Twarzą do ściany.

Zostawiają mnie z wzrokiem wbitym w nierówno pomalowaną na kremowo ścianę, a sami zatapiają się w rozmowie przerywanej przekładaniem jakichś rzeczy.

Wreszcie każą mi się ubrać, co też robię.

Wyprowadzają mnie z pomieszczenia i kierują ku ławce na korytarzu. Siadam, unikając wzroku babci.

Fornirowane ciemną dębiną drzwi naprzeciw ławki w końcu się otwierają i staje w nich mężczyzna. Ogromny. Strażnik. Wskazuje na mnie, a następnie na pokój za sobą. Kiedy babcia zaczyna się podnosić, mówi:

– Pani nie.

Pokój oceny jest długi i wysoki. Po jego obu stronach od nagich kamiennych ścian odcinają się łukowato sklepione okna, których parapety znajdują się wysoko nad głową. Sklepienie pomieszczenia również jest łukowe. Drewniane meble. Wielki dębowy stół ciągnie się niemal przez całą długość sali, a u jego szczytu, niby starożytna arystokracja, siedzą trzej członkowie Rady na wielkich, rzeźbionych w drewnie fotelach.

Stara, chuda kobieta w środku ma siwe włosy i twarz bladą jak płótno. Szczupły mężczyzna po lewej jest młodszy, a jego gęste blond włosy niemal białe. Po prawej siedzi pulchna czarnoskóra kobieta w średnim wieku z włosami zdecydowanie ściągniętymi do tyłu. Wszyscy ubrani są w białe, luźno tkane szaty, które dziwnie błyszczą, gdy padnie na nie promień słońca.

Jest jeszcze strażnik stojący na lewo ode mnie. Ten, który otworzył drzwi, stoi za moimi plecami.

Kobieta w środku mówi:

– Jestem przewodniczącą Rady. Zadamy ci kilka prostych pytań.

Ale to nie ona je zadaje, lecz ta druga.

Jest powolna i metodyczna. Ma przed sobą kwestionariusz, którego kolejne pozycje odhacza. Niektóre pytania są proste: „Jak masz na imię?", a niektóre trudniejsze: „Czy znasz zioła, które pozwalają wyciągnąć truciznę z rany?".

Myślę nad każdym pytaniem i decyduję się nie odpowiadać na żadne z nich. I też jestem metodyczny.

W końcu kobieta milknie i pałeczkę przejmuje przewodnicząca Rady. Zadaje inne pytania, dotyczące mojego ojca, jak na przykład: „Czy twój ojciec kiedykolwiek próbował się z tobą kontaktować?" lub „Czy wiesz, gdzie znajduje się twój ojciec?". Próbuje nawet: „Czy uważasz, że twój ojciec jest wielkim czarownikiem?" i „Czy kochasz swojego ojca?".

Znam odpowiedzi na jej pytania, ale ich nie wyjawiam.

Po tym wszystkim pochylają się ku sobie i przez chwilę naradzają szeptem. Jasnowłosy mężczyzna każe strażnikowi wprowadzić babcię. Przewodnicząca Rady przywołuje ją skinieniem, jakby ściągała babcię ku sobie wąską, chorobliwie bladą ręką.

Babcia staje obok mnie. Od wczesnego ranka nic nie jedliśmy ani nie piliśmy, więc może dlatego wygląda na wyczerpaną. Sprawia wrażenie równie starej jak przewodnicząca Rady.

Przewodnicząca ogłasza:

– Przeprowadziliśmy ocenę.

Kobieta napisała coś na arkuszu pergaminu, który teraz przesuwa po blacie stołu, mówiąc:

– Proszę podpisać, że się pani z tym zgadza.

Babcia podchodzi do stołu, podnosi kartkę i wraca na miejsce obok mnie. Czyta ocenę na głos, żebym usłyszał. To w niej lubię.

Przedmiot badania:	Natan Byrn
Kod urodzenia:	B 0,5/C 0,5
Płeć:	męska
Wiek oceny:	8 lat
Dar (powyżej 17 lat):	nie dotyczy
Inteligencja ogólna:	nieustalona
Specjalne zdolności:	nieustalone
Zdolności leczenia:	nieustalone

Języki:	nieustalone
Komentarze:	poddany ocenie nie współpracował
Kod docelowy:	nieustalony

Uśmiecham się po raz pierwszy tego dnia.

Babcia ponownie podchodzi do stołu, ujmuje pióro kobiety będącej członkiem Rady i zamaszyście podpisuje formularz.

Przewodnicząca znów zabiera głos.

– Ponieważ jest pani opiekunką chłopca, do pani obowiązków należy dopilnowanie, by współpracował podczas oceny.

Babcia podnosi wzrok.

– Proszę przyjść jutro, ocena zostanie powtórzona.

Mógłbym przez cały rok realizować strategię „nieustalony", ale następnego dnia babcia mówi, że powinienem odpowiedzieć przynajmniej na część pytań, jednocześnie w żadnym wypadku nie odpowiadając na pytania dotyczące mojego ojca. Odpowiadam więc na niektóre pytania.

Wnoszą poprawki do formularza, precyzując moją inteligencję jako „niską", język jako „angielski", a w rubryce „Komentarze" wpisują „niewspółpracujący" i „wydaje się, że nie potrafi czytać". Mój kod docelowy pozostaje nadal „nieustalony". Babcia jest zadowolona.

Uroczystość obdarowania Jessiki

To siedemnaste urodziny Jessiki. Jeszcze nie skończył się ranek, a Jessica jest już bardziej naburmuszona niż zwykle. Nie może usiedzieć w miejscu. Nie może się doczekać, aż dostanie swoje trzy podarunki i stanie się prawdziwą, dorosłą czarodziejką. Babcia poprowadzi ceremonię wręczania darów w południe. Do tego czasu musimy znosić Jessicę, która krąży po kuchni i w roztargnieniu to podnosi rozmaite przedmioty, to odkłada je z powrotem.

Chwyta nóż i podchodzi z nim do mnie, mówiąc:

– Ciekawe, co się wydarzy w urodziny Natana.

Dotyka czubka ostrza.

– Jeśli muszą go oceniać, to może nie będzie miał w ogóle uroczystości obdarowania.

Próbuje mnie wkurzyć. Muszę po prostu nie zwracać na nią uwagi. Otrzymam trzy dary. Każdy mag otrzymuje trzy dary.

Babcia mówi:

– Natan otrzyma trzy dary podczas swoich urodzin. Tak się to właśnie odbywa w przypadku wszystkich magów. Tak się to również odbędzie w przypadku Natana.

– Chodzi mi o to, że już w przypadku białego jest kiepsko, jak coś pójdzie nie tak i nie otrzyma trzech darów.

– Wszystko będzie dobrze, Jessico. – Babcia odwraca się, by na nią popatrzeć, i mówi: – Ofiaruję Natanowi trzy dary, tak samo jak ofiaruję je tobie, Deborze i Arranowi.

Arran podchodzi i siada obok mnie. Kładzie mi dłoń na ramieniu i szepcze do ucha:

– Nie mogę się doczekać twoich urodzin. Ty przyjdziesz na moje, a ja przyjdę na twoje.

– Kieran opowiadał mi o pewnej adeptce z Yorku, która nie otrzymała trzech darów – mówi Jessica. – W końcu wyszła za amaga i teraz pracuje w banku.

– Jak się nazywała ta dziewczyna? – pyta Debora.

– To nie ma znaczenia. Nie jest czarodziejką i już nigdy nie będzie.

– Nigdy nie słyszałam o nikim takim – powiedziała babcia.

– To prawda, Kieran mi powiedział – mówi Jessica. – Powiedział mi jeszcze, że w przypadku czarnych sprawa wygląda inaczej. Jeśli nie otrzymają trzech darów, nie tylko tracą swoje umiejętności. Umierają.

Jessica opiera czubek noża na blacie przede mną i stawia go pionowo, podtrzymując go, balansującego na czubku, palcem wskazującym opartym o rękojeść.

– Nie umierają od razu. Zaczynają chorować, przeżywają jeszcze rok czy dwa, o ile mają trochę szczęścia, ale już nie potrafią się uleczyć i coraz bardziej zapadają na zdrowiu, a potem... – Jessica puszcza nóż i pozwala mu upaść na blat – ...jednego czarownika mniej.

Powinienem zamknąć oczy.

Arran delikatnie obejmuje palcami rączkę noża i odsuwa go, pytając:

– Czy oni naprawdę umierają, babciu?

– Nie znam żadnych czarowników, Arranie, więc trudno mi powiedzieć. Ale Natan jest w połowie biały i otrzyma swoje trzy podarunki na urodziny. A ty, Jessico, mogłabyś już przestać gadać o czarownikach.

Jessica pochyla się nad Arranem i mruczy:

– I tak byłoby fajnie sprawdzić, co się wydarzy. Przypuszczam, że umarłby jak każdy czarownik.

Muszę stamtąd wyjść. Idę na górę. Niczego po drodze nie rozbijam, ale kilka razy kopię w ścianę.

Zaskakujące, ale Jessica nie zażyczyła sobie wielkiej uroczystości obdarowania, lecz jedynie małą, prywatną ceremonię. Nie zaskakuje mnie natomiast to, że zdecydowała się na imprezę tak kameralną, że Debora i Arran są zaproszeni, a ja nie. Kilka wieczorów wcześniej słyszałem, jak babcia próbowała ją przekonać, by mnie zaprosiła, ale Jessica się nie ugięła. A ja i tak nie chcę iść. Nie mam przyjaciół, z którymi mógłbym się pobawić, więc zostaję sam w domu, a babcia, Jessica, Debora i przybity Arran wloką się do lasu.

Normalnie też byłbym w lesie, ale nie mogę wyjść z domu, bo nie chcę, by babcia ukarała mnie jednym ze swoich eliksirów. Nie chcę z powodu Jessiki przechodzić dwudziestoczterogodzinnej sesji broczenia ropą z wrzodów wielkości piłeczek pingpongowych.

Siadam przy kuchennym stole i rysuję. Na moim obrazku babcia odprawia ceremonię, wręczając Jessice trzy dary. Ona je upuszcza, a to zdecydowanie zły omen. Krew z dłoni babci – krew przodków, którą musi wypić – kapie jaskrawą czerwienią na poszycie, chybiając ust Jessiki, która zastyga na obrazku w przerażeniu, niezdolna uzyskać dostęp do odebrania swojego daru, swojej wyjątkowej magicznej mocy.

Podoba mi się ten obrazek.

Zbyt prędko jak dla mnie uczestnicy ceremoniału wracają do domu i jest już jasne, że Jessica niczego nie upuściła. Wchodzi tylnymi drzwiami, mówiąc:

– Skoro już nie jestem adeptką, muszę się dowiedzieć, jaki jest mój dar.

Wbija wzrok w obrazek, a później we mnie.

– Będę musiała na czymś poćwiczyć.

Mogę mieć tylko nadzieję, że nigdy nie odkryje swojego daru. A jeśli go nawet odkryje, to będzie to coś tak zwyczajnego jak przyrządzanie eliksirów – dar babci. A może będzie miała słaby dar jak większość mężczyzn? W głębi ducha wiem jednak, że pielęgnowanie tej nadziei nie ma sensu. Z pewnością będzie miała silny dar jak większość kobiet. Odkryje go, będzie go pielęgnować i doskonalić, po czym użyje go przeciwko mnie.

Leżę na trawniku w ogrodzie na tyłach i patrzę, jak mrówki budują w trawie mrowisko. Sprawiają wrażenie ogromnych. Widzę każdy szczegół ich maleńkich ciał. Przyglądam się, jak poruszają nogami, maszerują i wspinają się.

Arran podchodzi i siada obok. Pyta, jak się czuję i jak mi idzie w szkole. Takimi właśnie sprawami interesuje się Arran. A ja opowiadam mu o mrówkach, o tym, co robią i dokąd zmierzają.

Nieoczekiwanie pyta:

– Czy jesteś dumny z tego, że Marcus jest twoim ojcem, Natanie?

Mrówki kontynuują swoją pracę, ale tracę zainteresowanie.

– Natanie?

Odwracam się ku Arranowi i mój wzrok napotyka jego jasne, otwarte spojrzenie.

– Jest takim potężnym czarownikiem, najpotężniejszym ze wszystkich. Pewnie jesteś z niego dumny?

Arran nigdy wcześniej nie pytał mnie o ojca.

Nigdy.

I chociaż ufam mu ponad wszystko, darzę go bezgranicznym zaufaniem, boję się odpowiedzieć. Babcia wbijała mi do głowy, żebym nigdy z nikim nie rozmawiał o Marcusie.

Nigdy.

Mam nigdy nie odpowiadać na jakiekolwiek związane z nim pytania.

Każda odpowiedź może zostać zniekształcona i błędnie zinterpretowana przez Radę. Jakikolwiek sygnał, że czarodziej sympatyzuje z czarownikiem, uznawany jest za zdradę. Wszyscy czarownicy ścigani są przez łowców na mocy nakazu Rady. Jeśli zostaną schwytani żywi, padają ofiarą Zemsty. Każdy biały mag, który pomaga czarnemu, będzie stracony. Muszę udowadniać wszystkim nieustannie, że jestem biały i lojalny w stosunku do białych, a moje myśli są białe jak śnieg.

Babcia powiedziała mi też, że jeśli ktokolwiek zapyta mnie kiedykolwiek, co czuję, myśląc o Marcusie, muszę odpowiedzieć, że go nienawidzę. Jeśli nie mogę tego powiedzieć, jedynym bezpiecznym wyjściem jest milczenie.

Ale to Arran.

Chcę być z nim szczery.

– Podziwiasz go? – dopytuje się Arran.

Znam Arrana lepiej niż ktokolwiek inny i poruszamy wiele tematów, ale nigdy nie rozmawialiśmy o Marcusie. Nigdy nie rozmawialiśmy nawet o ojcu Arrana. Mój ojciec zabił jego ojca. O czym tu gadać?

A mimo to... chcę komuś ufać i Arran jest najlepszą i w gruncie rzeczy jedyną osobą, której mogę powierzyć swoje myśli. Patrzy na mnie w ten sobie właściwy sposób. Uosobienie troski i serdeczności.

Lecz jeśli powiem: „Tak, podziwiam człowieka, który zabił twojego ojca" albo „Tak, jestem dumny z tego, że Marcus jest moim ojcem. Jest najpotężniejszym czarownikiem, a jego krew płynie w moich żyłach", to co się stanie?

Arran zaczyna naciskać.

– Podziwiasz go? Podziwiasz Marcusa?

Ma takie jasne, szczere spojrzenie. Błaga oczami, bym podzielił się z nim swoimi uczuciami.

Muszę spuścić wzrok. Mrówki są nadal bardzo zajęte, przenosząc fragmenty swojego starego domu na nowe miejsce.

Odpowiadam Arranowi najciszej, jak to możliwe.

– Co powiedziałeś?

Nie podnoszę głowy, tylko trochę podnoszę głos.

– Nienawidzę go.

W tym momencie obok kopca mrówek pojawia się para bosych stóp. Stóp Arrana.

Arran stoi przede mną i Arran siedzi obok mnie. Dwóch Arranów. Ten siedzący obok patrzy na mnie wilkiem i na moich oczach powraca do postaci Jessiki wciśniętej w T-shirt i spodenki Arrana.

Jessica nachyla się i syczy w moją stronę:

– Wiedziałeś. Przez cały czas wiedziałeś, że to ja, prawda?

Przyglądamy się z Arranem, jak odchodzi energicznym, poirytowanym krokiem.

– Skąd wiedziałeś, że to nie ja?

– Nie wiedziałem.

W każdym razie nie domyśliłbym się tego po jej wyglądzie. Jej dar robi wrażenie.

Jessica nie poddaje się po pierwszej próbie zwiedzenia mnie swoim darem. Jej kamuflaże są bez zarzutu, a jej zdecydowanie i upór im dorównują. Nie jest jednak w stanie zrozumieć podstawowej przyczyny swoich niepowodzeń: Arran nigdy nie skłaniałby mnie do rozmowy o moim ojcu.

Ponawia jednak próby. Kiedy nabieram podejrzeń, że siedzący obok mnie Arran to tak naprawdę Jessica, dotykam go, głaszczę grzbiet jego dłoni lub chwytam go za ramię. Jeśli to Arran, uśmiecha się i ujmuje moją dłoń w swoje. Jeśli to Jessica, wzdryga się. Pomimo wielokrotnych prób nigdy nie udało jej się zapanować nad tym odruchem.

Pewnego wieczoru do naszej sypialni wchodzi Debora. Siada na łóżku Arrana i zaczyna czytać swoją książkę. Debora czasem robi takie rzeczy. Postać przede mną krzyżuje nogi jak Debora i jak ona przekrzywia głowę na jedną stronę, ale nadal żywię pewne podejrzenia. Przez minutę czy dwie jest świadkiem mojej rozmowy z Arranem. Wydaje się, że czyta książkę. W każdym razie przewraca strony.

Arran wychodzi umyć zęby.

Siadam obok niej. Niezbyt blisko, ale czuję, że jej włosy nie pachną tak, jak powinny.

Nachylam się ku niej, mówiąc:

– Pozwól, że zdradzę ci pewien sekret.

Uśmiecha się do mnie.

– Obrzydliwie pachniesz, Jessico. Zwymiotuję, jak nie wyjdziesz...

Pluje mi w twarz i wychodzi, zanim Arran zdąży wrócić.

A jednak mam swój sekret. Tajemnicę tak mroczną, tak beznadziejną, tak absurdalną, że nigdy nie będę mógł się nią z nikim podzielić. To sekretna historia, którą opowiadam sam sobie, gdy leżę nocą w łóżku. Mój ojciec nie jest wcale zły. Jest silny i potężny. Troszczy się o mnie... Kocha mnie. Chce mnie wychowywać jak swojego prawdziwego syna, uczyć mnie czarów i pokazywać mi świat. Jest jednak nieustannie prześladowany przez białych czarodziejów, którzy nie dają mu szansy z czegokolwiek się wytłumaczyć. Tropią go i ścigają, ale atakuje ich tylko wtedy, gdy nie ma wyboru, gdy grozi mu śmierć. Trzymanie mnie przy sobie naraziłoby go na zbyt wielkie niebezpieczeństwo. Chce zapewnić mi bezpieczeństwo i dlatego muszę być wychowywany z dala od niego. Czeka jednak na właściwy moment, by przyjść po mnie i zabrać mnie ze sobą. Na siedemnaste urodziny chce mi podarować trzy dary i dać mi swoją krew, krew naszych przodków. Leżę w łóżku i wyobrażam sobie, że pewnej nocy przyjdzie po mnie i razem ulecimy w noc.

Długa droga do siedemnastki

Jesteśmy w lesie w pobliżu domu babci. Powietrze jest wilgotne i nieruchome. Jesienne liście zaściełają grubą warstwą miękką, błotnistą ziemię. Szare niebo wisi nisko jak stare prześcieradło rozwieszone do wyschnięcia na czarnych gałęziach drzew. Jessica w wyciągniętych płasko przed siebie dłoniach trzyma niewielki sztylet. Brzeszczot jest jasny i ostry. Jessica uśmiecha się pogardliwie, próbując uchwycić moje spojrzenie.

Debora lekko się garbi, ale uśmiecha się spokojnie, wyciągając puste, złożone w miseczkę dłonie przed siebie. Babcia trzyma broszę, która należała do jej babci, pierścień zaręczynowy mojej matki i spinkę do mankietu, która należała do ojca Debory. Powoli opuszcza ręce nad rękami wnuczki, a ich dłonie spotykają się, po czym babcia ostrożnie przekazuje przedmioty ze słowami: „Deboro, daję ci trzy rzeczy, byś mogła otrzymać jeden dar". A potem babcia bierze nóż i przecina mięsiste wnętrze swej dłoni tuż poniżej lewego kciuka. Krew spływa po nadgarstku i kilka kropel spada na ziemię. Babcia wyciąga dłoń i Debora nachyla się ku niej, obejmuje nacięcie wargami i przywiera nimi mocno do rany. Babcia pochyla się i wyszeptuje sekretne słowa do jej ucha, a krtań Debory porusza się, gdy przełyka krew. Nadstawiam uszu, by dosłyszeć zaklęcie, ale słowa są ciche jak szelest wiatru pośród liści.

Zaklęcie się urywa. Debora, nie otwierając oczu, przełyka po raz ostatni, po czym wypuszcza dłoń babci i prostuje się.

I to wszystko. Debora nie jest już adeptką. Jest prawdziwą czarodziejką.

Zerkam na Arrana. Wygląda bardzo poważnie, ale uśmiecha się do mnie, po czym odwraca się, by uściskać Deborę. Czekam na swoją kolej, by złożyć jej gratulacje.

Mówię:

– Cieszę się razem z tobą.

I naprawdę tak jest. Ściskam Deborę, ale nie mam do powiedzenia już nic więcej, więc odchodzę w las.

Kolejne zawiadomienie przyszło tego ranka, tuż przed uroczystością obdarowania Debory.

Zawiadomienie o postanowieniu Rady Białej Magii
Anglii, Walii i Szkocji

Zakazuje się przeprowadzania ceremonii obdarowania adeptów pochodzących ze związków białych i czarnych magów (półkody: B 0,5/C 0,5) lub związków białych magów i amagów (osobniki półkrwi: B 0,5/A 0,5) bez pozwolenia Rady Białej Magii. Czarodzieje nieprzestrzegający tego postanowienia uznani zostaną za winnych podejmowania działań przeciwko Radzie. Każdy półkod przyjmujący dary lub krew bez zezwolenia zostanie uznany za winnego przeciwstawiania się Radzie i korumpowania czarodziejów. Karą dla wszystkich zaangażowanych osób będzie dożywotnie więzienie.

Babcia przeczytała zawiadomienie na głos i Jessica już otworzyła usta, ale ja już zmierzałem do tylnych drzwi. Arran chwycił mnie za ramię i powiedział:

– Zdobędziemy to zezwolenie, Natanie. Zdobędziemy je.

Nie mogłem sobie zawracać głowy spieraniem się z nim, więc go odepchnąłem. W ogrodzie obok sterty drewna leżała siekiera. Rąbałem tak długo, aż nie byłem jej w stanie unieść.

Debora przyszła i usiadła obok mnie wśród sterty porąbanych szczap. Położyła głowę na moim ramieniu i oparła się o nie policzkiem. Zawsze lubiłem, kiedy tak robiła.

Powiedziała:

– Coś wymyślimy, Natanie. Babcia ci pomoże, ja tak samo, i Arran też.

Zacząłem skubać pęcherze na dłoniach.

– Jak?

– Jeszcze nie wiem.

– Nie powinnaś mi pomagać. Działałabyś wbrew Radzie. Zamkną cię.

– Ale...

Strząsnąłem ją z ramienia i wstałem.

– Nie chcę twojej pomocy, Deboro. Nie rozumiesz? Jesteś taka piekielnie mądra, ale nadal nie rozumiesz, prawda?

I zostawiłem ją tam.

Debora otrzymała już swoje trzy dary i krew babci, a za trzy lata Arran będzie przechodził tę samą ceremonię, ale dla mnie... Wiem, że Rada do tego nie dopuści. Obawiają się tego, czym mogę się stać. A jeśli nie zostanę magiem, umrę. Wiem o tym.

Muszę otrzymać trzy dary i wypić krew moich przodków, krew moich rodziców lub dziadków. Z wyjątkiem babci jest tylko jedna osoba, która może mi dać trzy dary, tylko jedna osoba, która może sprzeciwić się Radzie, tylko jedna osoba, której krew może przemienić mnie z adepta w maga.

Las jest cichy i sprawia wrażenie, jakby na coś czekał. Nagle zyskuję świadomość, że mój ojciec chce mi pomóc. Dociera do mnie prawdziwość tego twierdzenia. Mój ojciec chce mi podarować trzy dary i dać do wypicia swoją krew. Jest to dla mnie równie oczywiste jak oddychanie.

Wiem, że do mnie przyjdzie.

Czekam.

Las trwa w ciszy.

Nie przychodzi.

Zdaje sobie sprawę, że przyjście po mnie jest dla niego zbyt niebezpieczne. A więc to ja muszę pójść do niego.

Muszę odnaleźć swojego ojca.

Mam jedenaście lat. Jedenaście od siedemnastu dzieli ogromny dystans, a do tego nie mam pojęcia, jak odnaleźć Marcusa. Nawet nie mam pojęcia, jak się zabrać do poszukiwań. Przynajmniej jednak wiem, że muszę to zrobić.

Szkoła średnia Thomasa Davesa

Zawiadomienie o postanowieniu Rady Białej Magii
Anglii, Walii i Szkocji

Informacje o jakichkolwiek kontaktach pomiędzy półkodami (B 0,5/C 0,5) oraz białymi magami i adeptami muszą zostać przekazane Radzie przez wszystkie strony. Niedopatrzenie obowiązku poinformowania Rady o kontaktach przez półkoda zostanie ukarane uniemożliwieniem dalszych kontaktów.

Uznaje się, że kontakt został nawiązany, jeśli półkod znajduje się w tym samym pomieszczeniu co biały mag lub adeptka albo obie strony znajdują się w odległości pozwalającej na nawiązanie rozmowy.

– Czy mam teraz pójść i zamknąć się w piwnicy? – pytam.

Debora bierze pergamin i czyta go jeszcze raz.

– Uniemożliwienie dalszych kontaktów? To znaczy co?

Na twarzy babci maluje się wyraz niepewności.

– Chyba nie chodzi im o uniemożliwienie kontaktów z n a m i? – Debora przenosi wzrok z babci na Arrana. – A może właśnie tak?

Debora mnie zdumiewa. Ona nadal nic nie rozumie. To może oznaczać, co się Radzie żywnie podoba.

– Dołożę starań, byśmy mieli aktualną listę czarodziejek i czarodziejów, z którymi Natan się kontaktuje. To nie będzie trudne. Natan prawie z nikim się nie spotyka, a już z pewnością nie z wieloma białymi magami.

– Gdy zacznie się uczyć w szkole Thomasa Davesa, spotka O'Brienów – przypomina jej Arran.

– Tak, ale to wszystko. To nie będzie długa lista. Musimy po prostu dołożyć starań, żeby przestrzegać wszystkich zasad.

Babcia ma rację. Lista nie jest długa. Jedyni czarodzieje i czarodziejki, z którymi się spotykam, to moja bliska rodzina i ci, którzy oceniają mnie w budynku Rady. Nie chodzę na żadne święta, przyjęcia czy śluby, bo moje imię nigdy nie widnieje na zaproszeniach, które pojawiają się na naszej wycieraczce. Babcia zawsze zostawała ze mną w domu i posyłała Jessicę, a po osiągnięciu odpowiedniego wieku również Deborę i Arrana. Słyszę o uroczystościach z drugiej ręki, ale sam nigdy w nich nie uczestniczę.

Czarodziejki z całego świata są zwykle mile widziane w domach innych czarodziejek i czarodziejów, ale w naszym domu rzadko ktoś się pojawia. Jeśli już ktokolwiek zostanie na noc czy dwie, traktuje mnie albo jak ciekawostkę, albo jak trędowatego. Szybko nauczyłem się schodzić im z oczu.

Kiedy pojechałem z babcią do Londynu na pierwszą ocenę, pojawiliśmy się późnym wieczorem w progu domu rodziny mieszkającej w pobliżu Wimbledonu. Babcię wpuścili do środka, ale mnie zostawili na wycieraczce, wpatrującego się w wymalowane czerwoną farbą drzwi frontowe. Babcia wyszła minutę później, zbielała na twarzy i trzęsąca się ze złości. Chwyciła mnie za rękę i pociągnęła za sobą, mówiąc:

– Prześpimy się w hotelu.
Czułem raczej ulgę niż złość.

Przed pójściem do szkoły średniej Thomasa Davesa chodzę do małej, wiejskiej szkółki. Jestem głupim, powolnym dzieciakiem z tylnej ławki, który nie ma żadnych przyjaciół. Dzieci i nauczyciele nie wierzą w magów, podobnie jak większość osób nieposiadających magicznych zdolności na całym świecie. Nie dopuszczają do siebie myśli, że żyjemy wśród nich. Nie uważają, że jestem wyjątkowy, najwyżej wyjątkowo ociężały umysłowo. Z trudem czytam i piszę, i nawet nie potrafię sprytnie okłamać babci, gdy wagaruję. Jedyne, czego się uczę, to tego, że siedzenie w klasie na śmiertelnie nudnych zajęciach jest lepsze niż siedzenie gdziekolwiek indziej i znoszenie efektów działania karnych eliksirów babci. Od początku każdego dnia czekam już tylko na jego koniec. Podejrzewam, że szkoła średnia okaże się nie lepsza.

I mam rację. Na pierwszy dzień w szkole Thomasa Davesa zakładam szare, za długie spodnie po Arranie, białą koszulę z wystrzępionym kołnierzykiem, poplamiony złoto-niebiesko-czarny krawat w paski i granatowy sweter, który jest wręcz absurdalnie za duży, chociaż babcia skróciła rękawy. Jedyną rzeczą, której nie dostałem w spadku po kimś, jest tani telefon. Mam go na wypadek „sytuacji awaryjnej". Arranowi dopiero niedawno pozwolono na własny telefon, więc domyślam się, że babcia spodziewa się „sytuacji awaryjnej".

Przykładam telefon do ucha i głowę wypełnia mi cichy syk. Irytuje mnie już samo noszenie aparatu przy sobie. Przed wyjściem do szkoły ukrywam go za telewizorem w salonie, co wydaje się niezłym miejscem, biorąc pod uwagę, że odbiornik też ostatnio zaczął wywoływać coś w rodzaju ledwie słyszalnego syku w mojej głowie.

Dzięki Arranowi i Deborze droga do szkoły i z powrotem jest znośna. Na szczęście Jessica wyjechała z domu, żeby się szkolić na łowczynię. Łowcy to elitarna grupa czarodziejów zatrudniana przez Radę do wyłapywania czarowników na terenie Wielkiej Brytanii. Babcia mówi, że coraz częściej najmowani są przez rady innych krajów europejskich, bo u nas zostało już niewielu czarowników. Łowcy to głównie kobiety, ale w oddziałach znajduje się również kilku utalentowanych czarodziejów. Wszyscy są bezwzględni i skuteczni, a to oznacza, że Jessica świetnie się wśród nich odnajdzie.

Wyjazd Jessiki oznacza, że po raz pierwszy w życiu mogę się w domu odprężyć, ale teraz dla odmiany przejmuję się tym, co dzieje się w szkole średniej. Błagam babcię, żeby pozwoliła mi nie iść. Jestem przekonany, że to wszystko się skończy jakąś katastrofą. Babcia twierdzi jednak, że czarodzieje muszą „wtopić się" w normalne społeczeństwo i powinni „nauczyć się dopasowywać", i że jest istotne, bym postępował tak samo, a wtedy „wszystko będzie dobrze". Żadna z tych fraz nijak nie pasuje do mojego życia.

Frazy, które przychodzą mi na myśl i które spodziewam się usłyszeć, gdy ktoś stara się mnie opisać, to „brudny i nieprzyjemny", „męt" i stare dobre „głupek". Jestem przygotowany na to, że będą mi dokuczać, że będą twierdzić, iż jestem głupi, brudny i biedny, że jakiś idiota zacznie się mnie czepiać, bo jestem nieduży, ale to wszystko mało mnie obchodzi. Zrobią to najwyżej raz.

Jestem przygotowany na wszystko, ale hałas zupełnie mnie zaskakuje. Szkolny autobus pęka od wrzasków i gwizdów i pulsuje sykiem telefonów komórkowych. Sala, w której odbywają się zajęcia, jest niewiele lepsza, bo wypełniają ją komputery emitujące wysokie dźwięki, które wwiercają mi się w czaszkę i nie słabną nawet na chwilę, gdy zatykam uszy palcami.

Drugim problemem – i to zdecydowanie poważniejszym – jest to, że do mojej klasy chodzi Annalise.

Annalise jest czarodziejką z rodu O'Brienów. Jej bracia – z wyjątkiem Kierana, który jest w wieku Jessiki i już wyjechał – również chodzą do mojej szkoły: Niall w roczniku Debory, a Connor Arrana.

Długie blond włosy Annalise połyskują na jej ramionach jak stopiona biała czekolada. Ma błękitne oczy i długie, jasne rzęsy. Często się uśmiecha, odsłaniając równe, białe zęby. Ma niemożliwie wręcz czyste dłonie, brzoskwiniową cerę i błyszczące paznokcie. Jej szkolna bluzka wygląda tak, jakby przed chwilą została wyprana i wyprasowana. Nawet szkolny sweterek wygląda na niej po prostu świetnie. Annalise pochodzi z rodziny białych magów, których krew od niepamiętnych czasów nie została zanieczyszczona krwią zwykłych ludzi pozbawionych zdolności magicznych, a jedyne, co łączy ją z czarownikami, to jej przodkowie, którzy albo ich zabijali, albo zostali przez nich zabici.

Wiem, że powinienem trzymać się z dala od Annalise.

Pierwszego popołudnia nauczycielka prosi, abyśmy napisali coś o sobie. Co najmniej na stronę. Gapię się na pustą kartkę jak sroka w gnat. Nie mam pojęcia, co napisać, a nawet gdybym je miał, to nie byłbym w stanie. Udaje mi się wykaligrafować na górze strony swoje imię i nazwisko, ale nienawidzę go z całego serca. Noszone przeze mnie nazwisko „Byrn" jest nazwiskiem zmarłego męża mojej matki i nie ma ze mną nic wspólnego. Przekreślam je, niemal wydrapuję z kartki, spocone dłonie ślizgają się po ołówku. Rozglądam się i widzę, że inne dzieci zajęte są pisaniem, a nauczycielka spaceruje po klasie i przygląda się ich pracy. Podchodzi do mnie i pyta, w czym problem.

– Nie mogę nic wymyślić.

– No cóż, może mógłbyś napisać, co robiłeś podczas wakacji? Opisać swoją rodzinę?

Tym głosem zazwyczaj zwraca się do mało pojętnych uczniów.

– OK.

– Mogę cię z tym zostawić?

Kiwam głową, nie odrywając wzroku od kartki papieru.

Kiedy odchodzi na bezpieczną odległość i pochyla się nad pracą innego dziecka, realizuję obietnicę:

mam śoste i bata muj brat aran jst mily a moj śosta jest mondr

Wiem, że źle napisałem, ale to nie oznacza, że potrafię to poprawić.

Oddajemy wypracowania. Dziewczyna, która je zbiera, patrzy z niedowierzaniem najpierw na moją kartkę, a potem na mnie.

– Co? – pytam.

Zaczyna się śmiać i wreszcie mówi:

– Mój brat ma siedem lat i lepiej pisze.

– No i?

Dziewczyna przestaje się śmiać i mówi:

– Już nic...

Potykając się o własne nogi, pospiesznie kładzie kartki na biurku nauczycielki.

Rozglądam się, czy ktoś jeszcze się podśmiewa. Pozostała dwójka siedząca w mojej ławce wydaje się zafascynowana trzymanymi w rękach ołówkami. Dzieciaki w ławce po lewej szczerzą się jeszcze sekundę, po czym wbijają wzrok w blat stołu. Tak samo zachowują się dzieci z ławki po prawej stronie – z wyjątkiem Annalise. Nie patrzy w stół, lecz uśmiecha się do mnie. Nie mam pojęcia, czy śmieje się ze mnie, czy do mnie. Muszę odwrócić wzrok.

Następnego dnia na matematyce nic mi nie wychodzi, ale na szczęście nauczyciel szybko się orientuje, że jeśli nie zwraca się na mnie uwagi, siedzę cicho i nie sprawiam kłopotów. Annalise ciężko jest zignorować. Poprawnie odpowiada na pierwsze postawione pytanie, potem na drugie. Kiedy udziela odpowiedzi na trzecie, obracam się lekko na krześle, żeby na nią spojrzeć. Nasze spojrzenia ponownie się spotykają, a ona znów się uśmiecha.

Trzeciego dnia na zajęciach z plastyki ktoś ociera się o moje ramię. Czyściutka, brzoskwiniowa dłoń sięga przeze mnie i wybiera czarny węglowy sztyft. Kiedy dłoń się cofa, mankiet jej swetra ociera się o grzbiet mojej dłoni.

– Świetny obrazek.

„Co?".

Wlepiam wzrok w szkic kosa dziobiącego okruszyny na opuszczonym placu zabaw, ale nie myślę już ani o jakości rysunku, ani o jego bohaterze. Po głowie tłucze mi się tylko jedna myśl:

„Odezwała się do mnie! Odezwała się do mnie z sympatią!".

Myślę gorączkowo: „Powiedz coś!", ale mam zupełną pustkę w głowie.

Serce wali mi w piersiach, krew pulsuje nabrzmiałymi słowami.

„Powiedz coś!".

Jedyne, co mi przychodzi do spanikowanej głowy, to: „Lubię rysować. A ty?" i „Jesteś dobra z matematyki", ale na szczęście Annalise odchodzi, zanim zdążam wykrztusić cokolwiek.

Jest pierwszą czarodziejką spoza rodziny, która się do mnie uśmiechnęła. Pierwszą. Jedyną. Nigdy nie sądziłem, że coś takiego może się zdarzyć. Być może nie zdarzy się już nigdy.

Wiem, że powinienem trzymać się od niej z dala, ale była dla mnie taka miła. Babcia powiedziała, że powinniśmy się dopasować, wpisać i tak dalej, a bycie uprzejmym na pewno się w tym mieści. Więc pod koniec zajęć zyskuję przynajmniej tyle panowania nad własnym ciałem, by do niej podejść.

Wyciągam rysunek.

– No i co myślisz? Teraz jest skończony.

Jestem przygotowany na to, że może powiedzieć coś strasznego, na przykład wyśmiać mnie albo mój rysunek. Myślę jednak, że nie.

Uśmiecha się i mówi:

– Jest naprawdę świetny.

– Tak sądzisz?

Nie patrzy już na rysunek. Nie odrywając ode mnie wzroku, mówi:

– Przecież wiesz, że jest genialny.

– Jest w porządku... Asfalt mi nie wychodzi.

Śmieje się, ale urywa gwałtownie, kiedy na nią zerkam.

– Nie śmieję się z ciebie. Jest świetny.

Jeszcze raz przyglądam się własnemu rysunkowi. Ptak naprawdę dobrze wyszedł.

– Czy mogę go zatrzymać?

„Co?".

„Co chce z nim zrobić?".

– Zapomnij o tym. To był głupi pomysł. Tak czy inaczej, to bardzo dobry rysunek.

Chwyta własny rysunek i odchodzi.

Od tego momentu Annalise siada obok mnie na plastyce i gra w tej samej drużynie co ja na zajęciach wychowania fizycznego. Pozostałe lekcje mamy w innych grupach. Ja jestem w tych o najniższym poziomie trudności, a ona zawsze w tych najlepszych, więc rzadko się widujemy.

Następnego dnia na plastyce Annalise pyta:

– Dlaczego nigdy nie patrzysz na mnie dłużej niż sekundę?

Nie wiem, co powiedzieć. Wydawało mi się, że patrzyłem na nią dużo dłużej niż sekundę.

Wkładam pędzelek do słoika z wodą, odwracam się do niej i patrzę. Jej uśmiech, jej oczy, brzoskwiniowa cera, jej...

– Najwyżej dwie i pół sekundy.

Miałem wrażenie, że znacznie dłużej.

– Nigdy nie sądziłam, że będziesz taki nieśmiały.

Nie jestem nieśmiały!

Nachyla się ku mnie i mówi:

– Moi rodzice mówią, że nie powinnam z tobą rozmawiać.

Teraz naprawdę na nią patrzę. Oczy jej błyszczą.

– Dlaczego? Co ci o mnie naopowiadali?

Czerwieni się po same uszy i jej oczy tracą odrobinę blasku. Nie odpowiada na moje pytanie, ale najwyraźniej to, co powiedzieli, nie było na tyle odstręczające, by ją zniechęcić.

Tego popołudnia po powrocie do domu przyglądam się swojej twarzy w łazienkowym lustrze. Wiem, że jestem drobniejszy niż większość chłopców w moim wieku, ale niewiele niższy. Ludzie często mówią, że jestem brudny, ale ciągle się włóczę po lesie, a tam ciężko się nie ubrudzić i naprawdę nie wiem, dlaczego ziemia miałaby być jakimś problemem.

Chociaż bardzo mi się podoba, że Annalise jest taka czysta. Nie wiem, jak ona to robi.

Wchodzi Arran, żeby umyć zęby. Jest wyższy ode mnie, ale w końcu dwa lata starszy. Myślę, że taki chłopak jak on spodobałby się Annalise. Przystojny, uprzejmy i inteligentny.

Po chwili do łazienki wchodzi Debora i robi się trochę ciasno. Ona też jest czysta, ale nie aż tak jak Annalise.

– Co robicie? – pyta.

– A jak myślisz?

– Myślę, że Arran myje zęby, a ty podziwiasz swoją śliczną buzię w lusterku.

Arran szturcha mnie i uśmiecha się szeroko, obficie się pieniąc pastą do zębów.

Moje odbicie również próbuje się uśmiechnąć i wycisnąć pastę z tubki na szczoteczkę. Myję zęby i przyglądam się swoim oczom. Mam oczy maga. Oczy amagów są całkiem zwyczajne, ale wszyscy czarodzieje i czarodziejki, których poznałem, mieli w oczach iskry. Oczy Arrana są jasnoszare i tańczą w nich srebrzyste iskierki, oczy Debs są ciemniejsze, zielonoszare, a iskierki w nich są bladozielone lub srebrzyste. Annalise ma niebieskie oczy, a srebrzystoszare iskierki nieustannie drgają w nich i migoczą, zwłaszcza gdy się ze mną droczy. Arran i Debora nie widzą tych iskierek, babcia też nie. Babcia twierdzi, że niewielu magów posiada umiejętność ich dostrzegania. Nie powiedziałem jej, że gdy patrzę w lustro, nie widzę srebrzystych iskierek. W moich czarnych oczach czają się mroczne trójkąty, które powoli się obracają i tak naprawdę wcale nie są iskrami. Nie błyszczą czernią. Są puste i matowe.

Bracia Annalise, Niall i Connor, mają niebieskie oczy ze srebrzystymi iskrami. Łatwo w nich rozpoznać O'Brienów po blond włosach, długich kończynach i przystojnych twarzach. Unikam Annalise na przerwach i podczas obiadu, bo gdyby jej bracia zobaczyli nas razem, wplątałaby się w niezłą kabałę. Wściekam się na myśl, że mogą sądzić, iż się ich boję, ale naprawdę nie chcę narobić dziewczynie kłopotów, a w tej wielkiej szkole nietrudno jest zejść z oczu ludziom, z którymi akurat nie chcesz się spotkać.

Pod koniec pierwszego miesiąca siąpi drobny deszczyk szybko pokrywający skórę cienką warstewką wody. Opieram się o ścianę na tyłach sali gimnastycznej i rozważam rozwiązania alternatywne do popołudnia na geografii, gdy zza rogu wychodzą Niall i Connor. Sądząc z uśmiechów, znaleźli to, czego szukali. Odwzajemniam ich uśmiech, nie odrywając się od ściany. Zanosi się na coś znacznie bardziej interesującego niż delta Missisipi.

– Widzieliśmy, jak rozmawiałeś z naszą siostrą – warczy Niall.

Nie mogę sobie wyobrazić, gdzie i kiedy mógł nas widzieć, ale nie dociekam, tylko rzucam mu jedno z tych spojrzeń, którymi skłaniam ludzi, żeby się ode mnie odczepili.

– Po prostu trzymaj się od niej z daleka – dorzuca Connor.

Zwlekają z odejściem, ale wygląda na to, że stracili koncept.

O mało nie wybucham śmiechem na widok ich nieporadności, ale nic nie mówię, zastanawiając się, czy na tym się skończy.

I pewnie by się skończyło, gdyby zza ich pleców nie wyłonił się Arran, który momentalnie wybucha:

– Co tu się dzieje?!

Zmieniają się na twarzy i odwracają w jego stronę. Nie boją się go i nie zamierzają pokazać po sobie ostrożności, z jaką się do mnie odnosili.

– Spieprzaj – mówią jednocześnie.

A ponieważ Arran nie spieprza, Niall robi krok w jego stronę.

Arran nie cofa się i oznajmia twardo:

– Nigdzie się nie ruszę bez brata.

Dzwoni dzwonek na koniec przerwy obiadowej i Niall popycha Arrana w ramię, mówiąc:

– Spieprzaj do klasy.

Arran jest zmuszony cofnąć się o krok, ale natychmiast robi krok naprzód, mówiąc:

– Nigdzie nie idę bez brata.

Connor patrzy na Arrana na wpół odwrócony ode mnie i widok jego policzka jest aż nazbyt kuszący. Uderzam go mocno autorską wersją lewego sierpowego. Zanim jeszcze jego ciało wyląduje na asfalcie, nurkuję za Niallem i uderzam go silnie łokciem pod kolano. Przewraca się tak gwałtownie, że usuwam się dosłownie w ostatnim momencie. Nie wstając, uderzam Nialla dwukrotnie w twarz, ale wiem, że muszę się zwijać i zająć Connorem. Prostuję się, kopię w żebra Nialla, który odtacza się na bok, i uderzam Connora butem w ramię, gdy próbuje wstać. Niall jest większym zagrożeniem, bo z tej dwójki jest większy i silniejszy, a do tego wystarczająco inteligentny, żeby odtoczyć się jeszcze kawałek, gdy ruszam w jego stronę. Mój kopniak nie sięga jednak celu, bo Arran z zaskakującą siłą chwyta mnie za ramiona i odciąga na bok. Nie opieram się. Wystarczy.

Gdy wracamy do budynku szkoły, Arran otacza mnie ramieniem. Trzyma mnie mocno, przyciągając do siebie, ale kiedy zbliżamy się do wejścia, odpycha mnie nagle ze złością.

– Co się stało? – pytam.

– Czemu się śmiejesz?

Śmiałem się? Nie zdawałem sobie z tego sprawy.

Arran wchodzi do szkoły, wyciągając ramiona, jakby chciał trzymać mnie na dystans. Drzwi zatrzaskują się za nim.

Papierosy i kolejne walki

Tego popołudnia nie wracam już do szkoły. Idę do lasu i stamtąd wracam do domu, starając się, by mój powrót zbiegł się w czasie z powrotem Arrana i Debory. Czekam, że Arran coś powie, ale karze mnie milczeniem ciągnącym się przez cały wieczór. Myślę, że odpuści, gdy będziemy kłaść się spać, ale gdy wchodzę do pokoju, leży już pod kołdrą przy zgaszonym świetle. Zapalam światło z powrotem i staję plecami do drzwi.

– Jutro powiem babci o dzisiejszej bójce.

Tłumok zwinięty pod kołdrą nie odpowiada.

– Chyba wiesz, że bójki to normalna sprawa, nie? Większość chłopaków od czasu do czasu się tłucze. Byłoby dziwne, gdybym tego nie robił.

Nadal nic.

– Zaśmiałem się, bo ich pokonaliśmy. Ulżyło mi. Spójrzmy prawdzie w oczy: po swojej stronie miałem tylko ciebie, mieliśmy z nimi marne szanse.

Jak grochem o ścianę.

– To nie oznacza, że jestem diabłem.

W końcu porusza się i siada na posłaniu twarzą do mnie.

– Wiesz, że oni powiedzą, że to ty zacząłeś.

Oczywiście, że wiem. Wiem również, że nawet gdybym się nie bił, unikał Annalise, padał na kolana i regularnie lizał Niallowi i Connorowi buty, nie zmieniłoby to sytuacji ani trochę. Zrobią, co będą chcieli, i powiedzą, co im wpadnie do głowy, a pozostali dadzą wiarę ich słowom. Arran jeszcze nie pogodził się z tym, że dla mnie nie ma już nadziei, i wygląda jak kupka nieszczęścia.

Siadam na łóżku i pytam:

– Często zbierasz cięgi za to, że jesteś moim przyrodnim bratem?

– Jestem twoim bratem.

Na jego twarzy maluje się jedyny w swoim rodzaju wyraz anielskiej łagodności.

– Dobra, no to czy często zbierasz cięgi za to, że jesteś moim bratem?

– Nie za często.

Kiepski z niego kłamca, ale kocham go bardziej niż kiedykolwiek za to, że próbuje mnie uspokoić.

– Tak czy inaczej – mówi – całe życie przeżyłem z Jessicą. Ci dowcipnisie to amatorzy.

Zastanawiam się, kiedy Niall i Connor do mnie wrócą. Niepokoi mnie, że przyczepią się do Arrana, ale na szczęście tego nie robią. Może do nich dociera, że to głupsze niż próba powetowania sobie na mnie.

Po bójce regularnie wychodzę ze szkoły podczas przerw obiadowych i włóczę się po pobliskich uliczkach, unikając O'Brienów i całej reszty, ale to pieskie życie i po dwóch tygodniach mam dość podkulania ogona.

Opieram się o ścianę, tam gdzie poprzednio, gdy zza rogu wychodzą Niall i Connor. Podejrzewam, że tym razem będą lepiej przygotowani, ale myślę, że mam spore szanse, o ile najpierw dam łupnia Niallowi.

Puszczają się pędem w moją stronę i już nie mam wątpliwości, że tym razem naprawdę są przygotowani. Niall trzyma w ręku cegłę.

Najlepszą formą obrony jest atak, tak w każdym razie słyszałem, więc rzucam się w ich stronę, wywrzaskując jak opętany groźby i przekleństwa.

Niall jest tak zaskoczony, że zwalnia, więc odpycham go, omijam i nieudolnie wymierzam cios biegnącemu krok za nim Connorowi. Jakimś cudem Niall sięga w tył i chwyta mnie za sweter. Wyrywam się, ale Connor zakleszcza mnie w uścisku, przyciskając mi lewą rękę do ciała. Próbuję zadać cios prawą, ale jest już po sprawie.

Connor trzyma mnie mocno, a Niall zadaje mi cegłą cios w skroń.

Dostaję w plecy, chyba znowu cegłą, ale jeszcze się trzymam.

I wtedy...

Ł
U
P

Uderzenie zwielokrotnia się echem w każdym kręgu mojego kręgosłupa i całkowicie mnie obezwładnia.

Wbili mnie w asfalt jak gwóźdź.

Connor odpycha mnie od siebie i z przerażeniem wytrzeszcza na mnie oczy. Cała krew odpłynęła mu z twarzy, rozdziawił usta jak chwytająca powietrze ryba.

Nieoczekiwanie tracę go z pola widzenia.

Powoli, bardzo powoli asfalt unosi się ku mojej twarzy i mam jeszcze czas pomyśleć, że nigdy nie widziałem, żeby asfalt robił takie rzeczy, i zaczynam się nawet zastanawiać, jak to możliwe...

Zmarzłem na kość... i leżę na czymś twardym, co chyba rozbiło mi policzek, bo czuję krew.

Mimo wszystko czuję się nieźle. Dziwnie, ale nieźle.

Otwieram oczy. Wszystko jest szare i niewyraźne.

Zbieram myśli. No tak, boisko... Pamiętam...

Nie ruszam się. Cegła leży obok, na asfalcie, i też się nie rusza. Może tak samo jak ja miała kiepski dzień?

Zamykam oczy.

Zaszyłem się w lesie w pobliżu domu. Z trudem sobie przypominam, jak się tam dostałem. Leżę na plecach, gapię się w niebo i wszystko mnie boli. Nie siadając, badam palcami twarz, milimetr po milimetrze, powoli i z obawą dochodząc do fragmentów, które – wiem to doskonale – są w najgorszym stanie.

Mam spuchniętą, odrętwiałą wargę, rusza mi się ząb, z jakiegoś powodu boli mnie język, a do tego mam rozkrwawiony nos, spuchnięte prawe oko i rozcięcie powyżej lewego ucha, z którego sączy się krew i jakiś lepki śluz. Na czubku głowy mam nawet nie guza, ale prawdziwą kopułę.

Babcia myje mi twarz i smaruje balsamem siniaki, które pojawiły się na ramionach i plecach. Rozcięcie na głowie znów zaczyna krwawić, więc babcia goli skórę wokół i również na to miejsce nakłada nieco swojego balsamu. Słowem się nie odezwała, odkąd jej powiedziałem, z kim się pobiłem.

Przeglądam się w lustrze i mimo spuchniętej wargi nie mogę się nie uśmiechnąć. Mam gigantyczne śliwy na obu oczach. Spod fioletu zaczynają wychodzić inne kolory: purpurowy, zielony i żółty. Prawe oko mam tak spuchnięte, że powieka w ogóle się nie otwiera. Nos jest opuchnięty i bardzo wrażliwy, ale cały. Włosy powyżej lewego ucha zostały ogolone, a skóra pokryta gęstą, żółtą maścią.

Babcia pozwala mi nie chodzić do szkoły, dopóki oko się nie zagoi. Na szczęście do tego momentu odrastają mi też przynajmniej częściowo włosy na wygolonym placku.

Pierwszego dnia po powrocie do szkoły Annalise siada obok mnie na plastyce i szepcze:

– Powiedzieli mi, co zrobili.

Dochodząc do siebie w domu, wielokrotnie myślałem o Annalise i jej braciach. Wiem, że najrozsądniej byłoby nie zwracać na nią uwagi i jestem prawie pewien, że jeśli ją poproszę, przestanie na mnie zwracać uwagę. Przygotowałem nawet krótką przemowę na ten temat, coś w rodzaju: „Proszę, nie odzywaj się już do mnie, a ja się nie będę odzywał do ciebie", ale Annalise mówi niespodziewanie:

– Przepraszam. To była moja wina.

To, co słyszę w jej głosie – troska o mnie i prawdziwy niepokój – doprowadza mnie do białej gorączki. Wiem, że to nie jej wina i nawet nie moja! Zapominam o swojej nędznej przemowie i marnej motywacji i dotykam jej dłoni czubkami palców.

Annalise i ja przegadaliśmy szeptem całą plastykę, co chwila na siebie popatrując. Udało mi się nie odrywać od niej wzroku sporo ponad dwie i pół sekundy. Chciałbym się jej przyjrzeć na osobności – i ona też. Zaczynamy się zastanawiać nad tym, jak możemy spędzić czas razem. Sami.

Opracowujemy plan spotkania na Edge Hill, rzadko odwiedzanym przez kogokolwiek wzgórzu znajdującym się w pobliżu drogi prowadzącej do domu Annalise, ale za każdym razem, gdy ją pytam, czy dziś możemy się spotkać, kręci głową. Bracia jej pilnują i nie spuszczają z oka, gdy tylko wychodzi z klasy albo ze szkoły.

Nie tylko Annalise ma cerberów. Po moim powrocie do szkoły Arran i Debora nie odstępują mnie na krok w drodze z autobusu do klasy. Arran eskortuje mnie do domu i nie je w szkole obiadów, byle mi towarzyszyć.

Mimo obecności Annalise szkoła staje się nie do wytrzymania. Dźwięki w mojej głowie nie cichną i chociaż ze wszystkich sił staram się nie zwracać na nie uwagi, czasem mam ochotę wypruć je spod czaszki, wrzeszcząc z bezsilności.

Kilka tygodni po bójce gwiżdże mi w głowie. To zajęcia informatyczne. Nie mam pojęcia, czego się od nas oczekuje, i nie interesuje mnie to, mam to w nosie. Wymawiam się koniecznością pójścia do toalety, a nauczyciel sprawia wrażenie, jakby w ogóle go nie obeszło, że właśnie wyszedłem z klasy.

Cisza panująca na korytarzach przynosi mi ulgę. Nie mając nic lepszego do roboty, wolnym krokiem ruszam do toalety.

Wchodzę do łazienki i staję oko w oko z wychodzącym z kabiny Connorem.

W ułamku sekundy dostrzegam swoją szansę i rzucam się na niego, okładając go pięściami, a kiedy ląduje na podłodze, dokładam kilka kopniaków.

Connor nawet nie stara się oddać, tylko obronnym ruchem unosi ręce. Lawinę ciosów powstrzymuje pan Taylor, przechodzący przypadkowo nauczyciel historii. Ściąga mnie z Connora, przyciska do swojej przepoconej klatki piersiowej i nie puszcza, podczas gdy Connor wije się na ziemi, jęcząc jak dziecko.

– Jeśli naprawdę coś ci się stało, to przestań się miotać – mówi pan Taylor do Connora. – A jeśli nie, to wstawaj, żebym mógł ci się przyjrzeć.

Connor nieruchomieje na dłuższą chwilę, po czym wstaje.

Jak na moje oko, źle nie wygląda.

– Chodźcie ze mną. Obaj.

To nie jest prośba ani nawet rozkaz, lecz coś w rodzaju zrezygnowanego komentarza.

Pan Taylor chwyta mnie za nadgarstek tak mocno, że niemal blokuje mi dopływ krwi do palców. Przemierzamy w szybkim tempie puste, skrzypiące korytarze i zostawiamy Connora w gabinecie pielęgniarki, o którym nigdy nawet nie słyszałem. Pan Taylor pociąga mnie za sobą w kierunku gabinetu dyrektora. Zatrzymujemy się dopiero na dywaniku przed biurkiem sekretarki.

Wyjaśnia sekretarce sytuację, a ta kiwa głową, puka do drzwi dyrektora i znika w środku. Po zaledwie minucie wyłania się z gabinetu i prosi nas do środka.

Dopiero gdy staję przed biurkiem pana Browna, pan Taylor puszcza mój nadgarstek i siada ciężko na krześle obok, które ugina się pod jego ciężarem.

Pan Brown pisze coś na klawiaturze, nie podnosząc wzroku.

Pan Taylor wyjaśnia, że złapał mnie na udziale w bójce.

Pan Brown nie przestaje uderzać w klawisze jeszcze chwilę po tym, jak sprawozdanie pana Taylora dobiega końca. Wydaje się, że sczytuje z ekranu to, co właśnie napisał. Potem bierze głęboki wdech, odwraca się do pana Taylora i dziękuje mu za czujność.

Bierze kolejny głęboki wdech i po raz pierwszy zaszczyca mnie spojrzeniem. Wyjaśnia mi obowiązujące zasady zachowania oraz istotę zawieszenia w prawach ucznia, po czym kieruje mnie z powrotem do klasy. Najwyraźniej robił to już wcześniej wielokrotnie i przejście całej procedury zajmuje nie dłużej niż pięć minut.

Muszę wrócić do klasy. Zajęcia z informatyki jeszcze się nie skończyły.

– Nie.

Niesforne słowo wyrwało się z moich ust, zanim zdążyłem zebrać myśli.

– Co? – pyta zaskoczony pan Brown.

– Nie. Nie wrócę do tej klasy.

– Pan Taylor cię odprowadzi.

Pan Brown mówi to tak, jakby od jego słów nie było już odwołania, i wraca do swojego komputera.

Pan Taylor zaczyna się podnosić z krzesła, burcząc coś pod nosem.

Popycham go z powrotem na siedzenie.

– Nie.

Odwracam się i wyszarpuję panu Brownowi klawiaturę spod palców, a te zawisają bezczynnie nad opustoszałym nagle blatem biurka. Roztrzaskuję klawiaturę o bok komputera i spycham wszystko na podłogę.

– Powiedziałem „nie"!

Pan Taylor, nie podnosząc się z krzesła, chwyta mnie ponownie za nadgarstek i przyciąga do siebie. Nie stawiam oporu, lecz wykorzystuję jego energię, by z impetem na niego wpaść. Razem z krzesłem odchylamy się do tyłu. Pan Taylor macha rękoma, próbując odzyskać równowagę, ale zdaje się to na nic, bo ja z kolei odzyskuję swobodę ruchów i – w przeciwieństwie do pana Taylora – zaliczam miękkie lądowanie.

Zbieram się do pionu i wychodzę z gabinetu.

Nie jestem pewien, czy narozrabiałem wystarczająco, by zasłużyć na relegowanie mnie ze szkoły, więc dla pewności wyrzucam krzesło sekretarki przez okno, po czym ruszam do drzwi wyjściowych, uruchamiając po drodze alarm przeciwpożarowy. Aby postawić kropkę nad i, roztrzaskuję przednią szybę w samochodzie dyrektora krzesłem, które jak na zawołanie spadło w pobliżu.

Kiedy docieram do domu, policja już na mnie czeka.

Muszę wrócić do szkoły, ale już tylko raz, by oficjalnie przeprosić pana Browna i pana Taylora. Z jakiegoś powodu nie muszę przepraszać Connora. Babcia narzeka na biurokrację i wizytacje kuratora. Muszę odpracować pięćdziesiąt godzin prac społecznie użytecznych.

Praca społecznie użyteczna polega na sprzątaniu ośrodka sportowego i wykonują ją łącznie cztery osoby. Uważam, że dni mijałyby szybciej, gdybyśmy coś robili – choćby sprzątali – ale Liam, najstarszy i najbardziej doświadczony, gdy idzie o odpłacanie się społeczeństwu, nie przyjmuje tego do wiadomości. Przez pierwszą godzinę udajemy, że szukamy szczotek i mopów; przynajmniej ja udaję, bo Liam po prostu kręci się bez celu. Potem wychodzimy na przerwę i papierosa. Nie paliłem nigdy wcześniej, ale Joe jest specjalistą i potrafi wydmuchiwać kółeczka, a nawet kółeczka przepływające przez kółeczka. Przekazuje mi sekrety swej sztuki.

Od czasu do czasu umięśniony młody człowiek pracujący w recepcji ośrodka sportowego wychodzi na zewnątrz i każe nam wracać do środka i sprzątać. Tak długo nie zwracamy na niego uwagi, że w końcu odchodzi.

Spędzam większość czasu na tyłach ośrodka, paląc i przysłuchując się rozmowom pozostałych.

Liama złapano kilka razy na kradzieży. Bierze wszystko jak leci, nawet rzeczy niespecjalnie wartościowe czy choćby użyteczne. Nadrzędnym celem jest kradzież, jej przedmiot ma znaczenie drugorzędne. Joego złapano na okradaniu sklepu, a Bryan rozbił kradziony samochód – nadal ma na szyi kołnierz ortopedyczny.

Jak nie popalamy, to kręcimy się po ośrodku. Czasem noszę ze sobą mopa. Najwięcej ludzi przychodzi w sobotę rano. Lubię razem z Joem obserwować treningi karate dla dzieci, od początkujących do zaawansowanych. Kiedy się kończą, wychodzimy na zaplecze trenować palenie.

W pewną sobotę, kiedy treningi karate dobiegają końca, spostrzegamy na nogach Bryana adidasy, które do tanich na pewno nie należą.

– Zdjęli mi wreszcie kołnierz, więc mogę się wziąć za siebie.

– Racja, kolego – rzuca Liam. – *Just do it*, podpisuję się pod tym obiema rękami.

Wyciągamy się razem z Joem na plecach na niskim murku i kurzymy nasze marlboro. Pracuję nad zestawem trzech kółeczek, przez których środek przejdzie czwarte, najmniejsze. Prawie mi się udaje, kiedy nagle ktoś wychodzi wyjściem ewakuacyjnym i wrzeszczy:

– Który z was, gnojki, zarąbał mi adidasy?

Kończę wydmuchiwać dym i kieruję wzrok na chłopaka. To jeden z tych, którzy dopracowali się już czarnego pasa, ale teraz jest w dżinsach. Chociaż bez butów.

Liam i Bryan rozpłynęli się w powietrzu.

– Chcę je dostać z powrotem. Natychmiast!

Posiadacz czarnego pasa rusza na mnie i Joego.

Nie zrywam się, tylko unoszę nogi w sfatygowanych butach i mówię:

– Ja ich nie mam.

Joe siada i bez słowa bębni piętami swoich starych, zszarzałych trampek w murek. Wydmuchuje krążek dymu, a potem piękny, ukształtowany jak cygaro dymny pocisk, który żegluje przez środek krążka i rozpływa się chłopakowi na twarzy.

Siadam i mówię:

– Widzieliśmy, jak ćwiczyłeś kung-fu.

– Karate.

– Dobra, karate. Masz czarny pas, prawda?

– No i?

– Jak mnie powalisz, przyniosę ci twoje adidasy.

Joe wybucha śmiechem.

– Jest wyzwanie, jest zabawa.

– Ale jeśli to ja cię powalę, to ktokolwiek ma te adidasy, będzie mógł je zatrzymać.

Posiadacz czarnego pasa nie zastanawia się nawet sekundy. Jest o głowę ode mnie wyższy, przynajmniej dziesięć kilo cięższy i raczej pewien, że nie mam czarnego pasa. Przyjmuje pozycję do walki i rzuca:

– No to dawaj.

Wyjmuję papierosa z ust i wyciągam rękę, jakbym chciał go podać Joemu, ale jednocześnie opieram stopy o krawędź murka i z impetem rzucam się na chłopaka, wskakując mu kolanami na ramiona. W ułamku sekundy cwaniak pada na plecy, a mnie udaje się pewnie wylądować.

Wygląda na wściekłego, więc trzymam się w bezpiecznej odległości.

Orientuję się, że upuściłem papierosa, więc pochylam się, żeby go podnieść, i w tym momencie znikąd pojawia się trener karate. Normalnie jak w jakimś filmie kung-fu. Jest niski, ma pewnie z pięćdziesiątkę i zdecydowanie nie sprawia wrażenia kogoś, z kim należałoby zadzierać. W przeciwieństwie do dzieciaków ze swojej grupy wygląda na kogoś, kto ma za sobą niejedną walkę.

– Umowa to umowa, Tom – zwraca się do tego z czarnym pasem. – Chłopak wygrał. A ty powinieneś być szybszy.

Joe chichocze.

Pan Karate podaje chłopakowi rękę i podnosi go z ziemi, po czym kieruje w stronę ośrodka.

Jakby nigdy nic sięgam po papierosa i zaciągam się głęboko.

– Palenie zabija! – krzyczy pan Karate w moją stronę.

Joe wydmuchuje wielki krąg dymu, którego dziwaczny kształt jest efektem tego, że jego twórca nie może się powstrzymać od śmiechu.

Kiedy para karateków znika z pola widzenia, Joe pyta w zamyśleniu:

– Myślisz, że dożyjemy raka płuc?

Piąte zawiadomienie

Jakiś tydzień po wyrzuceniu mnie ze szkoły babcia ogłasza, że będzie mnie uczyć w domu. Brzmi nieźle. Żadnej szkoły. Żadnego „dopasowywania się" i „wpisywania".

– To będzie szkoła, tylko w domu – precyzuje babcia.

Wyciąga z szafki stare książki, zeszyty i ołówki Arrana i siada razem ze mną przy kuchennym stole. Bardzo powoli przerabiamy część ćwiczeń. Z wysiłkiem odcyfrowuję polecenia, a kiedy recytuję alfabet, babcia zaczyna krążyć po kuchni. Przez chwilę przygląda się temu, co napisałem, po czym odkłada książki Arrana na bok.

Po południu idziemy na spacer do lasu. Rozmawiamy o drzewach i roślinach podszytu i runa leśnego, a potem przez szkło powiększające badamy porosty.

Kiedy Arran wraca do domu, babcia prosi go, by przysiadł ze mną nad czytaniem. Arran jest uosobieniem cierpliwości, a jego obecność w ogóle mnie nie peszy, ale i tak czytanie w moim wykonaniu jest procesem powolnym i wyczerpującym. Babcia przygląda się nam bez słowa, po czym mówi:

– Z książek to ty się, Natanie, niczego nie nauczysz, a mnie zdecydowanie brakuje cierpliwości i umiejętności, żeby nauczyć cię przyzwoicie czytać. Jeśli mimo wszystko chcesz spróbować, musisz poprosić Arrana.

– Mnie to nie przeszkadza, że nie umiem czytać – mówię, chociaż wiem, że Arran będzie się upierał, bym się nie poddawał.

– Mnie też nie. Ale i tak przed tobą mnóstwo nauki.

Następnego dnia wyruszam z babcią na swoją pierwszą wycieczkę po Walii. To dwie godziny drogi pociągiem. Jest zimno i wietrznie, ale prawie nie pada. Wędrujemy wśród wzgórz. Lubię obserwować siedliska dzikich roślin i zwierząt. Uwielbiam patrzeć, jak rosną w swoim naturalnym otoczeniu.

Pierwszego ciepłego kwietniowego dnia zostajemy na noc i śpimy pod gołym niebem. Postanawiam już nigdy więcej nie spać pod dachem. Babcia opowiada mi o gwiazdach i o tym, jak fazy księżyca wpływają na zbierane przez nią rośliny.

Po powrocie do domu babcia wtajemnicza mnie w sztukę przygotowywania eliksirów, ale w porównaniu z nią jestem niezdarny i mało pojętny. Nie mam jej intuicji, która podpowiadałaby mi, jak zadziałają poszczególne rośliny w połączeniu z innymi i które z nich mogą zneutralizować oddziaływanie innych. Uczę się jednak podstaw przygotowywania eliksirów i zaczynam rozumieć, jak dotyk babci, a nawet samo tchnienie, potrafią przydać im magii. Uczę się również przygotowywać proste mikstury uzdrawiające na rozcięcia, maści wyciągające truciznę i napary usypiające, chociaż wiem, że nigdy nie uda mi się przyrządzić niczego magicznego.

Uczę się niemal na pamięć wszystkich posiadanych przez nas map Walii. Czytanie ich przychodzi mi bez trudu. W końcu to tylko obrazki, a ja oczyma duszy widzę opisywane przez nie tereny. Poznaję przebieg dróg, położenie wszystkich rzek, dolin i gór oraz lokalizację miejsc, w których można znaleźć wodę i schronienie, wykąpać się, złowić ryby i zastawić sidła.

W krótkim czasie zaczynam wyprawiać się do Walii samodzielnie, często spędzając dwa czy trzy dni poza domem, śpiąc pod gołym niebem i żywiąc się darami natury.

Podczas pierwszej samodzielnej wyprawy kładę się na ziemi. Leżenie na walijskim zboczu ma w sobie coś wyjątkowego i staram się zrozumieć, co to jest. Jestem szczęśliwy, kiedy spędzam czas z Arranem. Wystarczy, że jestem obok niego i mogę obcować z jego łagodną naturą. To coś zupełnie wyjątkowego. Jestem też szczęśliwy, naprawdę szczęśliwy przy Annalise. Obserwując jej urodę, zapominam choć na chwilę, kim jestem. To również coś wyjątkowego. Ale leżenie na walijskim zboczu ma urok całkowicie niepowtarzalny. Oto prawdziwy ja i prawdziwa góra. Współistniejąc, stajemy się jednością.

Dwunaste urodziny przynoszą kolejną ocenę. Nienawidzę tych ocen, ale trzymam nerwy na wodzy, gotów znosić przez jeden dzień Radę, jej urzędników, ważenie i mierzenie, by tylko odzyskać wolność. Pod koniec pytają babcię o moje kształcenie, chociaż sprawa jest raczej oczywista. Wiedzą przecież, że zostałem wyrzucony ze szkoły. Babcia udziela możliwie skąpych informacji i nie wspomina ani słowem o moich wycieczkach. Wydaje się, że ocena poszła nieźle. Kod docelowy nadal „nieustalony".

Tydzień później przychodzi kolejne zawiadomienie. Babcia czyta je na głos, gdy siedzimy wokół kuchennego stołu:

– Zawiadomienie o postanowieniu Rady Białej Magii Anglii, Walii i Szkocji. Aby zapewnić bezpieczeństwo czarodziejek i czarodziejów, uzgodniono, że przemieszczanie się półkodów (B 0,5/C 0,5) poza miejsce stałego pobytu wymaga zgody Rady przed rozpoczęciem podróży. Każdy półkod złapany poza miejscem pobytu uzgodnionym z Radą poddany zostanie karze ograniczenia wolności.

– To już przesada. W końcu każą mu siedzieć w areszcie domowym – mówi Debora.

– Myślicie, że wiedzą o wyjazdach Natana do Walii? – Arran wygląda na zatroskanego.

– Nie wiem. Ale musimy zakładać, że tak. Myślałam, że na to pozwalają, bo... – głos babci zamiera.

Wiem, o czym myśli. Rada mogłaby celowo pozostawić mi swobodę poruszania się po kraju w nadziei na zwabienie Marcusa i skuszenie go do spotkania ze mną. Gdyby się rzeczywiście pojawił, zrobiliby nalot i zabili go. Zabili nas obu. Teraz wygląda jednak na to, że chcą mi ograniczyć tę swobodę.

Debora najwyraźniej też pomyślała o Marcusie.

– Może ma to jakiś związek z rodziną, którą Marcus zaatakował na północnym wschodzie?

Patrzę na nią jak cielę na malowane wrota.

– Nie słyszałeś? Wszyscy zostali zabici.

– Skąd to wiesz? – pyta babcia.

– Słucham, co w trawie piszczy. Chyba wszyscy powinniśmy, nie sądzicie? Ze względu na Natana... i nas samych, w gruncie rzeczy.

– A w której dokładnie trawie to wysłuchałaś? – pyta Arran.

Debora waha się przez moment, po czym unosi buntowniczo podbródek i mówi:

– Zaprzyjaźniłam się z Niallem.

Arran kręci z dezaprobatą głową.

– Potakuję mu, zachwycam się jego urodą i inteligencją, a on... opowiada mi różne rzeczy.

Arran nachyla się w stronę Debory – by ją ostrzec, jak sądzę – ale zanim on otwiera usta, ta wypala:

– Nic złego nie zrobiłam! Po prostu z nim rozmawiam! Co w tym złego?

– A kiedy on wiesza psy na Natanie? To co wtedy robisz?

Debora patrzy na mnie.

– Nigdy nie przytakuję.

– A oponujesz?

Chyba nigdy nie słyszałem w głosie Arrana takiego szyderstwa.

– Arranie! Moim zdaniem to świetny pomysł – przerywam. – Rada nieustannie wysługuje się szpiegami, nawet babcia to mówi. Co w tym złego, że pobijemy ich własną bronią? Poza tym Debora ma rację. Nie robi nic złego.

– Nie robi nic dobrego.

Podchodzę do Debory, całuję ją w ramię i mówię:

– Dziękuję ci, Deboro.

Przytula mnie i ściska z wdzięcznością.

– No to czego się dowiedziałaś, Deboro? – pyta babcia.

Debora bierze głęboki wdech.

– Niall powiedział, że Marcus w zeszłym tygodniu zabił jakąś rodzinę. Mężczyznę, kobietę i ich nastoletniego syna. Ojciec Nialla został wezwany na zwołane w trybie nagłym zebranie Rady w tej sprawie.

– Nie mogę uwierzyć, że ci o tym powiedział.

Arran ponownie kręci głową.

– Niall uwielbia się przechwalać swoją rodziną. Mówił mi już chyba z dziesięć razy, że Kieran szkolony jest na łowcę i plasuje się w czołówce podczas wszystkich testów – chyba że akurat wygrywa Jessica, oczywiście. Kieran jest chyba zdeterminowany, by przydzielili mu to śledztwo jako jego pierwsze zadanie.

– Co to za rodzina? – pyta babcia.

– Niall mówi, że nosili nazwisko Grey. Ojciec był łowcą i realizował jakieś zlecenia Rady. Znasz ich, babciu?

– Obiło mi się o uszy to nazwisko.

– Niall mówi, że Greyowie sprawowali pieczę nad czymś o nazwie Fairborn, i to właśnie Fairborna szukał Marcus. Nie wiem, co to jest Fairborn. Nie jestem pewna, czy nawet Niall to wie. Jak go o to zapytałam, to chyba się zorientował, że chlapnął za dużo, i od tej pory nabrał wody w usta.

Milczę. Z jakiegoś powodu mój ojciec właśnie zabił trzy kolejne osoby, w tym chłopca zaledwie kilka lat starszego ode mnie. Czy to było jakieś nieporozumienie? Może starał się im wyjaśnić, że nie jest naprawdę zły, może nie chciał ich skrzywdzić... Chciał dostać tylko ten Fairborn. Może potrzebował Fairborna, czymkolwiek był, ale nie chcieli mu go dać, nie chcieli słuchać... Zaatakowali go, działał w obronie własnej i...

– Napiszę do Rady i poproszę o zezwolenie na twoje wycieczki do Walii – mówi babcia.

– Co?

Zamyśliłem się i straciłem wątek.

– W zawiadomieniu stoi wyraźnie, że potrzebujesz zezwolenia na podróżowanie. Napiszę do Rady i dostanę to zezwolenie.

– Nie. Nie chcę, by wiedzieli, dokąd jeżdżę. Nie chcę ich zezwolenia.

– Masz zamiar jeździć dalej, nie informując ich o tym?

– Proszę, babciu. Poproś ich tylko o zezwolenie na wyprawy do pobliskich lasów, sklepów i tak dalej. O to, co mnie w gruncie rzeczy mało obchodzi.

– Ale, Natanie, tu jest napisane... – Babcia zerka na pergamin – ...że każdy półkod złapany poza miejscem pobytu uzgodnionym z Radą poddany zostanie karze ograniczenia wolności.

– Wiem, co tam jest napisane. I wiem, co chcę zrobić.

– Masz dwanaście lat, Natanie. Nie rozumiesz, że oni...

– Rozumiem, babciu. Wszystko rozumiem.

Gdy tego wieczoru przebieram się przed snem, Arran próbuje zagaić rozmowę. Podejrzewam, że to babcia go do tego skłoniła. Mówi, że powinienem to wszystko „przemyśleć", „poprosić o pozwolenie na wyprawy do jednego określonego miejsca w Walii" i tak dalej. Mówi jak dorosły. Jak babcia.

– Czy mogę prosić o zezwolenie na udanie się do łazienki?

Nie odpowiada, więc rzucam dżinsy na podłogę, padam na kolana i powtarzam:

– Czy mogę prosić o zezwolenic na udanie się do łazienki? Proszę!

Nic już nie mówi, tylko klęka przede mną i przytula mnie. On mnie przytula, a ja się gotuję z wściekłości i chyba pragnę już tylko tego, by i jego też zabolało.

Po dłuższej chwili oddaję uścisk. Lekko.

Mój pierwszy pocałunek

Rada udziela mi zezwolenia na pobyt w promieniu kilku kilometrów od naszego domu, co obejmuje w zasadzie tylko miejscowe lasy i kilka lokalnych sklepów. Mija rok, po nim kolejny. Sielankę zakłócają tylko moje trzynaste i czternaste urodziny oraz towarzyszące im kolejne oceny, które jednak udaje mi się przejść pomyślnie i zachować kod „nieustalony". Babcia nadal przekazuje mi tajniki wiedzy o roślinach i truciznach, a ja nadal samodzielnie wyprawiam się do Walii. Uczę się, jak przetrwać pod gołym niebem zimą, jak przewidywać pogodę i jak radzić sobie z deszczem. Nigdy nie przebywam poza domem dłużej niż trzy dni i usilnie się staram nie zwracać na siebie niczyjej uwagi. Wracam inną trasą, niż wyjechałem, i mam się na baczności przed szpiegami, którzy mogliby zostać wysłani w ślad za mną.

Często myślę o ojcu, ale nie doprecyzowałem planów odnalezienia go. Coraz częściej myślę też o Annalise. Tak naprawdę nigdy nie przestałem o niej rozmyślać – o jej włosach, jej skórze, jej uśmiechu – ale po czternastych urodzinach myśli o niej zrobiły się bardziej natrętne. Bardzo chciałbym ją ponownie zobaczyć i moje plany dotyczące spotkania z nią momentalnie nabierają wyrazistszych kształtów.

Nie jestem na tyle głupi, by próbować zbliżyć się do jej domu czy szkoły, ale jest jeszcze Edge Hill, miejsce, w którym przyrzekliśmy sobie pewnego dnia się spotkać.

Idę tam.

Wzgórze ma kształt odwróconej do góry dnem miski: strome zbocza, wypłaszczony szczyt i wijąca się wokół ścieżka. Na południowej stronie znajduje się wypiętrzenie. Z jego szczytu rozciąga się widok na równinę, zielony bezmiar pól uprawnych podzielonych siecią obrzeżonych żywopłotami wiejskich dróg i upstrzony nielicznymi domami. Wzgórze porasta rzadki las. Drzewa są proste i wysokie. Wypiętrzenie zbudowane jest z porowatego piaskowca pociętego wzdłuż i wszerz głębokimi szczelinami. U podstawy urwiska znajduje się płaski spłachetek nagiej, czerwonej jak cegła, pylistej ziemi. Trudno po niej przejść, nie brudząc sobie butów.

Wspinaczka na wypiętrzenie to łatwizna, bo uchwyty i oparcia dla stóp są duże i łatwo dostępne. Kiedy siadam na szczycie na płycie piaskowca, ze względu na ukształtowanie zbocza nie widzę ścieżki u podstawy, ale od czasu do czasu słyszę pokrzykiwania ludzi wyprowadzających psy na spacer i wrzaski garstki dzieci niespiesznie wracających tędy ze szkoły. Gdyby komukolwiek poza Annalise przyszła chęć wspiąć się na górę, miałbym dużo czasu, by ukryć się na wzgórzu.

Każdego dnia szkoły czekam na wypiętrzeniu. Któregoś razu wydało mi się, że słyszę jej głos, jak rozmawia z jednym z braci, więc szybko zszedłem ze wzgórza drugą stroną i poszedłem do domu.

Późną jesienią Annalise w aureoli jasnych włosów wyłania się zza krzywizny zbocza.

Staram się jakby nigdy nic machać zwieszonymi znad krawędzi wypiętrzenia nogami.

Annalise podnosi wzrok dopiero wtedy, gdy udaje się jej pokonać najbardziej stromą część zbocza. Spostrzegłszy mnie, zwalnia kroku i rozgląda się wokół, ale po chwili idzie dalej, aż wreszcie staje tuż pode mną. Z uśmiechem patrzy w górę i oblewa się rumieńcem.

Tak długo czekałem, żeby ją zobaczyć, i doskonale wiem, co chciałbym jej powiedzieć, ale wszystkie zagajenia, które sobie wcześniej obmyśliłem, wydają mi się nagle nieodpowiednie. Dociera do mnie, że przestałem machać nogami, więc ponownie się na nich skupiam. Jakoś dziwnie mi się oddycha.

Annalise pnie się po skalnej ścianie i trzeba przyznać, że nawet to robi z wdziękiem. Kilka sekund później siedzi już obok mnie i macha nogami w tym samym rytmie co ja.

Po minucie udaje mi się wydobyć z siebie głos.

– Będziesz musiała poinformować Radę, że kontaktowałaś się ze mną.

Jej nogi zastygają w powietrzu.

Odświeżam jej pamięć.

– Zgodnie z postanowieniem Rady Białej Magii informacje o wszelkich kontaktach pomiędzy półkodami a białymi adeptami powinny zostać przekazane Radzie przez wszystkie strony, których to dotyczy.

Annalise ponownie zaczyna kołysać nogami.

– Nie kontaktowałam się.

Mam wrażenie, że serce za moment wyskoczy mi z piersi, czuję każde jego uderzenie.

– Poza tym mam fatalną pamięć. Mama ciągle zwraca mi uwagę, że nieustannie o czymś zapominam. Postaram się pamiętać o tym, by jej powiedzieć, że się z tobą widziałam, ale coś mi mówi, iż wyleci mi to z głowy.

– Cieszę się, że nietrudno o mnie zapomnieć – mamroczę, przyglądając się jej szkolnym butom pokrytym czerwonym pyłem, które na zmianę pojawiają się i znikają z mojego pola widzenia.

– Nigdy o tobie nie zapomniałam. Pamiętam wszystkie rysunki, które wykonałeś, wszystkie spojrzenia, które rzucałeś w moją stronę, gdy siedzieliśmy w klasie.

Nieomal spadam z urwiska.

„Wszystkie?".

– No to ile razy na ciebie popatrzyłem w klasie?

– Pierwszego dnia dwa razy.

– Dwa?

Wydawało mi się, że raz. Czuję na sobie jej spojrzenie, ale nie odrywam wzroku od jej butów.

– Wyglądałeś... na bardzo nieszczęśliwego.

Świetnie.

– Jakby coś cię bolało.

Wybucham śmiechem.

– To pewnie celne spostrzeżenie.

Wydaje mi się, jakby to było wieki temu.

– Drugiego dnia dziesięć razy – mówi.

Pamiętam, że tylko raz, i teraz już wiem, że mnie podpuszcza.

– Ale trzeciego dnia tylko dwa razy. Tego właśnie dnia usiadłam obok ciebie na plastyce i nawet wtedy na mnie nie spojrzałeś. Nie odrywałeś wzroku od tej jaskółki.

– To był kos, rysowałem go.

– Uznałam wtedy, że udało mi się przełamać twoją nieśmiałość, ale teraz znów na mnie nie patrzysz.

Przestała machać nogami, zawiesiła je złączone poziomo w powietrzu, stuknęła obcasami i pozwoliła stopom opaść w dół.

– Nie jestem nieśmiały i spojrzałem na ciebie.

– Miałam na myśli tę część.

Domyślam się, że wskazuje na swoją twarz, ale nadal gapię się w przestrzeń, a konkretnie w miejsce, w którym jeszcze przed chwilą znajdowały się jej stopy. Odwracam się i przełykam ślinę. Jest śliczna jak zawsze. Włosy przywołujące na myśl białą czekoladę, brzoskwiniowa skóra delikatnie opalona i zaróżowiona. Nie uśmiecha się jednak.

– Wiesz, jakie masz niesamowite oczy? – pyta.

„Nie".

Trąca mnie ramieniem.

– Nie bądź taki ponury, kiedy ci prawię komplementy.

Nachyla się bliżej, wpatrując się w moje oczy, a ja obserwuję srebrzyste iskry skąpane w błękicie jej źrenic. Niektóre poruszają się szybko, niektóre wolno, a niektóre wyglądają, jakby zmierzały w moją stronę.

Annalise mruga oczami i odchyla się do tyłu, mówiąc:

– Może rzeczywiście nie jesteś taki nieśmiały.

Odpycha się rękoma od krawędzi urwiska i ląduje miękko poniżej. Skoczyła z całkiem sporej wysokości.

Idę w jej ślady i w chwili, w której ląduję, Annalise odbiega jak łania i zaczynamy się gonić wokół wzgórza. Po chwili, która wydaje mi się zdecydowanie zbyt krótka, Annalise mówi, że musi już iść.

Po jej odejściu kładę się na płycie piaskowca i przeżywam wszystko jeszcze raz. Próbuję obmyślić, co jej powiedzieć następnym razem. Jakiś komplement podobny do tego, którym mnie obdarzyła, wspominając o moich oczach. „Twoje oczy są jak niebo o poranku". „Twoja skóra wygląda jak aksamit". „Uwielbiam promienie słońca w twoich włosach". Wszystkie brzmią równie żałośnie i wiem, że nigdy się nie zdobędę na to, by je wykrztusić.

Spotykamy się tydzień później i teraz to Annalise wygląda na przygnębioną. Wpatruje się uporczywie w czubki swoich butów.

Domyślam się, w czym problem.

– Dużo ci na mnie nagadali?

Nie od razu odpowiada, zapewne starając się naprędce porachować, jak dużo.

– Mówią, że jesteś czarownikiem.

– Zgładzono by mnie, gdyby to była prawda.

– W każdym razie mówią, że bardziej przypominasz ojca niż matkę.

W ułamku sekundy dociera do mnie, na jakie niebezpieczeństwo ją narażam.

– Powinnaś już iść. Nie powinniśmy się widywać.

Nie daje mi dokończyć. Obraca się tak, by spojrzeć mi prosto w oczy, i mówi:

– Nie obchodzi mnie, co inni gadają. Nie obchodzi mnie nawet twój ojciec. Ty mnie obchodzisz.

Nie wiem, co powiedzieć. Co się odpowiada na taką deklarację? Ale robię to, co zawsze chciałem zrobić. Ujmuję jej dłoń i całuję ją.

Od tego zdarzenia spotykamy się co tydzień. Siadamy na wypiętrzeniu i rozmawiamy. Opowiadam jej o moim życiu, ale tylko o tym, co wiąże się z babcią, Arranem i Deborą. Nigdy nie relacjonuję jej swoich wypraw do Walii. Korci mnie, ale się boję. Nienawidzę tego strachu. Nienawidzę tego, że nie mogę być szczery z powodu chorobliwego, potwornego strachu i przekonania, że Annalise jest tym bezpieczniejsza, im mniej wie.

Też opowiada mi o swoim życiu. Jej ojciec i bracia są – sądząc z jej opowieści – męskimi odpowiednikami Jessiki, natomiast jej matka jest czarodziejką o nietypowo skromnej mocy. Mam wrażenie, że Annalise nie jest szczęśliwa. Moje życie rodzinne w porównaniu z jej wydaje się swobodne i pozbawione stresów. Nigdy nie słyszała o ocenach i nie daje wiary moim opowieściom, dopóki nie opisuję jej jasnowłosego członka Rady siedzącego po lewej stronie przewodniczącej. Annalise uważa, że to może być jej wuj, Soul O'Brien.

Zadaję jej pytanie, które od dawna chodzi mi po głowie: „Ilu jest na świecie półkodów?". Nie wie, ale spróbuje się dowiedzieć od ojca, który pracuje dla Rady.

Tydzień później przynosi mi odpowiedź: „Tylko jeden".

Któregoś razu pyta:

– Czy Debora odkryła już swój dar?

– Nie. Ma z tym masę problemów. Jest zbyt logiczna.

– Niall też jest sfrustrowany. Rozpaczliwie pragnie być niewidzialny jak Kieran i mój ojciec, ale nie sądzę, by miał odpowiednie zdolności. Nie chciał, by mama odprawiała ceremonię obdarowania, bo sądzi, że ma większe szanse na uzyskanie niewidzialności od ojca. Ale nie wydaje mi się, żeby to miało jakieś znaczenie. Kieran pił krew matki, nie ojca. Myślę, że dar ma związek z osobą: masz to w sobie od urodzenia, a magia ceremonii obdarowania pomaga to wyzwolić. Niall jest zbyt prostolinijny, by mógł stać się niewidzialny.

– Też jestem zdania, że tak to właśnie działa. Jessica potrafi przybierać postać innych ludzi. Zawsze była urodzonym kłamcą i jej dar idealnie do niej pasuje, a piła krew babci, w rodzinie której nie ma nikogo obdarzonego tą zdolnością.

– Myślę, że będę mieć talent do przygotowywania eliksirów.

– Babcia ma ten dar. Jest mądra, ale posiada też pewnego rodzaju instynktowną wiedzę. Myślę, że właśnie dlatego tak świetnie jej to wychodzi. Jesteś podobna do niej. Jej dar jest bardzo silny.

– Nie sądzę, by mój dar był szczególnie silny. Myślę, że będę taka jak mama.

Annalise nieczęsto się myli, ale to kompletnie nietrafiona uwaga. Unoszę jej dłoń i całuję ją.

– Będziesz miała silny dar, Annalise.

Jej policzki różowieją delikatnie.

– Zastanawiam się, co będzie z tobą? Czasem wydajesz się dziki i szalony i wtedy zaczynam sądzić, że będziesz miał taki sam dar jak twój ojciec. A innym razem jesteś taki delikatny i wtedy nie jestem już taka pewna... Może będziesz taki jak twoja matka? W każdym razie nie będą to eliksiry.

Spotykamy się raz w tygodniu podczas roku szkolnego przez całą zimę, wiosnę i wczesne lato. Staramy się zachować ostrożność. Nasze spotkania trwają krótko i umawiamy się w różne dni tygodnia. Nie spotykamy się w weekendy i święta.

Gładzę włosy Annalise, przyglądając się, jak przesypują mi się między palcami, a ona przygląda się wnętrzu mojej dłoni, gładząc skórę koniuszkami palców. Mówi, że potrafi odczytać mój los z linii na dłoni.

– Będziesz potężnym magiem.

– Tak? A jak potężnym?

– Niezwykle. – Ponownie gładzi palcami moją skórę. – Tak, to całkiem jasne. Widać to z przebiegu tej linii. Będziesz miał niezwykły dar. Niewielu go ma. Będziesz potrafił przemieniać się w zwierzę.

– Brzmi nieźle.

Znów przesiewam jej włosy między palcami, pozwalam im swobodnie opaść.

– Ale tylko w owady.

– Owady?

Daję sobie spokój z jej włosami.

– Będziesz potrafił przybierać postać zwierząt, ale tylko owadów. Świetnie będzie ci wychodziła zwłaszcza przemiana w żuczka gnojarka.

Chichoczę.

Nie przestaje gładzić mojej dłoni.

– Zakochasz się w kimś bez pamięci.

– W człowieku czy w innym żuczku?

– W człowieku. I będzie to miłość odwzajemniona. Ta osoba pokocha cię niezależnie od tego, jaką przybierzesz postać.

– A jak wygląda ta osoba?

– Trudno powiedzieć... Akurat ten fragment jest zabrudzony ziemią.

Gładzę jej policzek koniuszkami palców. Nie porusza się, pozwalając mi się dotykać. Przesuwam palcami po jej policzkach i wokół ust, wzdłuż zarysu brody i w dół szyi, na powrót przesuwam palce ku jej policzkom i czołu, powoli zjeżdżam grzbietem nosa, przesuwając po jego koniuszku, i znów dotykam ust. Zatrzymuję palce na jej wargach, a ona całuje je raz i drugi. Pochylam się nad nią i ośmielam się odsunąć palce dopiero wówczas, gdy zastępują je moje usta.

Przywieramy do siebie. Moje wargi, ramiona, biodra i całe ciało marzą rozpaczliwie o tym, by znaleźć się jak najbliżej niej.

Nie potrafię się zmusić, by oderwać usta od jej skóry.

Mam wrażenie, jakby minęło tylko kilka minut, ale słońce chyli się już ku zachodowi, kiedy w końcu udaje nam się od siebie oderwać.

Kiedy się żegnamy, ujmuje moją dłoń i całuje bok palca wskazującego. Czuję na skórze jej wargi, zęby i język.

Umówiliśmy się na spotkanie tydzień później i następny dzień wydaje się ciągnąć w nieskończoność. Kolejny jest jeszcze gorszy. Nie wiem, co ze sobą zrobić. Mogę tylko czekać. Chęć zobaczenia jej sprawia mi niemal fizyczny ból. W końcu dostaję rozstroju żołądka.

Dzień naszego spotkania wstaje niechętnie i z oporami. Kolejny rok zabiera mu dowleczenie się do popołudnia.

Wyciągnięty na plecach na płycie piaskowca i zapatrzony w niebo nasłuchuję kroków Annalise. Sztywnieję na każdy dźwięk, a kiedy w końcu słyszę, jak gramoli się na wzgórze, przewracam się na bok i siadam. Kiedy jej blond włosy pojawiają się za krzywizną wzgórza, zeskakuję z wypiętrzenia i ląduję na zgiętych nogach, koniuszkami palców lewej dłoni dotykając ziemi, a prawą rękę wyciągając z boku. Trochę się popisuję, trzeba przyznać. Prostuję się i robię krok naprzód.

Coś jest cholernie nie tak.

Na wykrzywionej twarzy Annalise maluje się przerażenie.

Waham się. Podejść do niej? Uciekać? Co mam zrobić?

Rozglądam się.

Pewnie chodzi o jej braci, ale nigdzie ich nie widzę ani nie słyszę. Przecież nie może chodzić o Radę... a może jednak?

Robię krok naprzód i nagle u jej boku materializuje się postać człowieka. Był tam przez cały czas, trzymając dłoń na ramieniu Annalise, kierując ją w górę zbocza i nie pozwalając jej uciec. Niewidzialny.

Kieran.

Najstarszy brat Annalise jest wysoki jak reszta rodziny, a przy tym szeroki w barach. Jego cienkie, ostrzyżone na jeża włosy mają kolor nie tyle platyny, ile młodej marchewki. Nie spuszczając ze mnie wzroku, nachyla się lekko i szepcze do ucha Annalise coś, czego nie mogę dosłyszeć.

Annalise sztywnieje. W odpowiedzi na słowa Kierana nerwowo kiwa głową. Nie patrzy na mnie, lecz w pustkę przed sobą. Kieran zdejmuje jej dłoń z ramienia i Annalise odbiega, potykając się na zboczu.

CB

Kieran uniemożliwia mi ucieczkę w dół. Wysoko po mojej lewej stronie pojawia się Connor, po prawej Niall. Mógłbym się rozpędzić, zbiegając ze zbocza, ale Annalise powiedziała mi, że Kieran jest szybki. Mógłbym spróbować zbiec lewą albo prawą stroną, ale jest sporo poniżej mnie, a jeśli jest szybki, to...

Kieran uśmiecha się szeroko i przywołuje mnie skinieniem.

Nie, to zdecydowanie nie jest dobry kierunek.

Odwracam się i wspinam po zbudowanym z piaskowca urwisku. Wspinałem się tędy wielokrotnie i znam każdy uchwyt i każde oparcie dla stopy, mógłbym pokonać ten fragment z zamkniętymi oczami. Nie ma szans, by Kieran mnie dopadł z miejsca, w którym stoi, ale te kilka sekund zwłoki dało przewagę Niallowi i Connorowi. Kiedy docieram na szczyt, Connor biegnie już w moją stronę i nie zatrzymując się, uderza mnie w klatkę piersiową, spychając mnie na powrót z urwiska.

Padając do tyłu, obracam się w powietrzu i ląduję na czworakach na nagiej ziemi poniżej w pozycji, w której byłem zaledwie minutę wcześniej. Nieźle mi wyszło to lądowanie i teraz jedynym wyjściem jest sturlanie się ze zbocza. Zdążam zaledwie unieść dłoń, gdy dostaję butem z boku, a kopnięcie niemal podrywa mnie z ziemi. Teraz mogę już tylko leżeć płasko twarzą do ziemi, walcząc o odzyskanie tchu.

Zaczynam się czołgać, gdy kolejny kopniak trafia mnie w żebra. I kolejny. Otaczające mnie buty szurają po ziemi, wzbijając tumany kurzu i pyłu zasypującego mi oczy. Jakaś podeszwa ląduje mi na potylicy, wciskając twarz w ziemię.

– Usiądź na jego nogach – instruuje Kieran Connora. – Ty się zajmij jego rękami, Niall.

Niall chwyta mnie za ręce i przyciska je do ziemi dłońmi i stopami, siadając mi na głowie. Z trudem łapię oddech przez jego przepocone spodnie. Nic nie mogę zrobić. Nie widzę nic z wyjątkiem szarej wełny, ale słyszę, jak Niall dyszy ciężko, a Connor sapie, chichocząc nerwowo. Nie mogę się ruszyć.

– Wiesz, co to jest, Connor? – pyta Kieran.

Connor musi chwilę pomyśleć, ale w końcu mówi:

– Nóż myśliwski.

Zaczynam kląć i wić się jak piskorz.

– Trzymaj go mocniej, Niall. Ściśle rzecz biorąc, jest to francuski nóż myśliwski. Francuzi robią naprawdę świetne noże. Popatrz na to ostrze. Przepięknie się składa i mieści w rękojeści. Znakomity projekt. Szwajcarzy lubią umieszczać w swoich nożach całą masę gadżetów, ale w gruncie rzeczy wszystko, czego ci trzeba, to dobre ostrze.

Słyszę dźwięk rozdzieranego materiału mojej koszulki i czuję na plecach chłodne powietrze. Znów się szarpię, wywrzaskując przekleństwa.

– Trzymaj go mocniej i zaknebluj go tym.

Niall przesuwa nogi i ktoś wpycha mi do ust moją własną koszulkę. Próbuję gryźć, ale wtedy ostrze zaczyna się przesuwać po moich plecach, więc próbuję się skulić, by się od niego odsunąć, ale ostrze podąża za mną i jego czubek zatrzymuje się tuż pod moją lewą łopatką.

– Chyba zacznę od tego miejsca. Przyjmijmy, że ta połowa jest czarna.

Ostrze zagłębia się powoli, a ból zaczyna rozdzierać mi plecy. Knebel, którym mnie zdławili, tłumi moje krzyki i przekleństwa.

Kieran syczy mi do ucha:

– Niall powiedział ci, żebyś trzymał się z dala od naszej siostry, ty czarny gówniarzu.

Znów wbija mi nóż pod łopatkę. Zaciskam zęby i krzyczę, gdy robi kolejne nacięcie.

Przerywa ponownie i mówi:

– Trzeba było go słuchać.

Kolejne powolne cięcie.

Odchodzę od zmysłów, wrzeszcząc i modląc się, by ktoś go powstrzymał, ale robi kolejne cięcie, a po nim następne, a ja mogę tylko wrzeszczeć i modlić się.

– Chwila przerwy.

Nikt się nie odzywa, ale w głowie huczą mi słowa modlitwy. Modlę się, by już przestał, by ktoś go powstrzymał od dręczenia mnie dalej.

Kieran mówi:

– Ładnie tu, prawda, Connor? Fajny widok.

Przestaję się modlić i nadstawiam uszu.

Connor nie odpowiada.

– Kieran, on strasznie krwawi.

Niall wydaje się zatroskany.

– Byłbym zapomniał, dzięki, że mi przypomniałeś, Niall. Mam trochę proszku z obozu. – Jego głos rozbrzmiewa coraz bliżej. – Używają go podczas Zemsty.

Modlę się ponownie, głośniej niż wcześniej, żeby ktoś go powstrzymał. Proszę! Proszę!

– Zatrzymuję krwawienie. Przecież nie można pozwolić, by czarownicy wykrwawili się na śmierć, prawda? Słyszałem tylko, że to trochę boli, ale zaraz się przekonamy, prawda?

Wtedy zaczynam błagać. Bezgłośnie skamlę: „Nie, błagam, nie, błagam, nie...”.

– Hej. Obudź się.

Chwytam oddech. Niall już nie siedzi mi na głowie i nie mam już knebla w ustach.

– Obudź się.

W polu widzenia dostrzegam czarny but, starannie wypastowany, ale teraz zapiaszczony i zbryzgany krwią. Ponownie zamykam oczy.

Kieran mówi mi wprost do ucha, czuję jego oddech.

– Jak się czujesz? OK?

Drętwieję ze strachu.

Ból pleców zelżał. Nie chcę, by znów się nade mną znęcali. Zrobiłbym wszystko, żeby przestali. Błagałbym i skamlał, głos w mojej głowie powtarza niestrudzenie:

„Proszę, nie róbcie już tego. Proszę”.

Nie mogę tego słowa wymówić, język stanął mi kołkiem, ale bezgłośnie proszę:

„Nie róbcie już tego, proszę”.

– Płaczesz. Hej, Niall! Connor! On płacze.

Cisza.

– Myślisz, że jest mu przykro, Connor? Przykro, że cię pobił?

Connor mamrocze coś niewyraźnie.

– Może. Ale nie jestem pewien. A ty co sądzisz, Niall?

– Tak.

W głosie Nialla pobrzmiewa wściekłość.

– OK... To dobrze. – Kieran przysuwa usta do mojego ucha i mówi: – Czy chciałbyś zatem powiedzieć, że żałujesz, że pobiłeś moich żałosnych braci?

Chcę odpowiedzieć twierdząco. Naprawdę chcę to powiedzieć. To właśnie mówi głos w mojej głowie. Ale nie jestem w stanie tego wydusić.

– Czy żałujesz, że spotykałeś się z moją siostrą?

W chwili, w której wypowiada te słowa, orientuję się, że jeszcze nie skończył. W jego głosie jest coś, co mi mówi, że to jeszcze nie koniec. Nie poprzestanie na tym i moje słowa są bez znaczenia. Mogę go tylko nienawidzić.

– Zapytałem, czy żałujesz, że spotykałeś się z moją siostrą?

Nienawidzę go z całego serca, każdym moim krzykiem, błaganiem i przekleństwem.

– Co jeszcze z nią robiłeś?

Chcę, żeby wiedział, co robiliśmy, ale nigdy, przenigdy mu tego nie powiem.

– A ja myślę, że ty wcale nie żałujesz... prawdę mówię?

Nie żałuję. Nie żałuję niczego. Przepełnia mnie nienawiść, która nie pozostawia miejsca na żadne inne uczucia.

– No to spróbujemy jeszcze raz, dobrze? Po tej stronie. Ta strona pewnie jest biała.

Znów wpychają mi koszulkę do ust i czuję ostrze rozcinające skórę po prawej stronie, tuż przy kręgosłupie. Wszystkie dotychczasowe rany znajdują się po lewej stronie i wiem, czego się spodziewać. Tylko taki był cel jego przemowy. Chciał tylko, żebym miał świadomość, czego się spodziewać.

Kolejne cięcia bolą, ale myślę tylko o proszku i jego obawiam się najbardziej. Kieran się jednak nie spieszy...

– Pobudka. – Uderzenie w policzek. – Już prawie skończyliśmy. Ale moja ulubiona część jeszcze przed nami. Mówią, że najlepsze warto zostawić na koniec, nie?

Już od dawna nie myślę. Nie próbuję się nawet modlić. Patrzę w piasek. Drobinki są maleńkie i różnokolorowe: pomarańczowe, ciemnopomarańczowe, czerwone, niektóre nawet czarne.

– Chcesz go posypać proszkiem, Niall?

– Nie.

– Nie? No to ty, Connor.

– Kieran. – Głos Connora jest bardzo cichy. – Ja...

– Zamknij się, Connor! Masz to zrobić.

Kieran klęka przy mojej twarzy i mówi:

– Postaraj się, żeby nie było następnego razu, ty gówniany półkodzie, bo jeśli tak się zdarzy, to utnę ci jaja, a potem wypruję flaki.

Mogę go tylko nienawidzić i przeklinać, wrzeszcząc i dławiąc się kneblem.

Leżę w ciemnościach na lodowatej ziemi. Trzęsę się z zimna, ale plecy mi płoną. Ledwo się ruszam, ale muszę zgasić ten płomień. Obracam się na plecy. Z daleka dobiega czyjś krzyk.

Krzyki...

Głos Arrana...

Drzewa jak wartownicy, tak szybko mnie mijają...

Ciemność.

– Natan?

Słyszę w uchu cichy głos Arrana.

Otwieram oczy i dostrzegam pochyloną nade mną jego twarz. To chyba nasza kuchnia.

Leżę na stole jak kurczak podawany na obiad. Odwrócona do mnie plecami babcia zapewne przygotowuje sos do pieczeni, a niosąca parującą miseczkę Debora niesie nam pewnie ziemniaki.

– Nic ci nie będzie. Nic ci nie będzie – powtarza Arran.

Ale mówi to bez przekonania.

Debora stawia miseczkę obok mnie i wiem już, że w środku nie ma ziemniaków. Boję się, bardzo się boję, że dotknie moich pleców. Błagam Arrana, by nie pozwolił im mnie dotknąć.

– Muszą oczyścić rany. Wszystko będzie dobrze. Wszystko będzie dobrze.

Błagam go, by nie pozwolił im mnic dotknąć, ale moje bezgłośne prośby pozostają niewysłuchane.

Mocniej ściska mnie za rękę.

Odzyskuję przytomność, ale nadal jestem leżącym na stole kurczakiem. Arran nie wypuszcza mojej dłoni z silnego uścisku. Plecy palą mnie gdzieś w środku, ale ich powierzchnia wydaje się chłodna.

– Natan? – szepce Arran.

– Nie odchodź, Arranie.

Słońce ogrzewa mi twarz, lecz zesztywniałe plecy pulsują bólem. Zdobywam się na odwagę, by poruszyć palcami. Arran nadal trzyma mnie za rękę.

– Natan?

– Wody.

– Postaraj się bardzo ostrożnie ruszać głową. Włożę ci słomkę do ust.

Otwieram oczy. Leżę na skos na własnym łóżku z głową na krawędzi materaca. Obok łóżka stoi szklanka wody, w której tkwi długa słomka.

Wypiwszy kilka łyków wody, drzemię przez kilka minut i budzę się, kiedy żołądek podchodzi mi do gardła. Wymiotuję do miski, która pojawia się w miejscu szklanki, przerażony bolesnymi spazmami, które z każdym skurczem żołądka przeszywają mi plecy.

Kiedy się budzę, Arran jest nadal u mego boku.

– Babcia zrobiła ci coś do picia. Kazała pić małymi łykami.

Wyjątkowe obrzydlistwo. Pewnie zawiera jakiś usypiający napar, bo tracę świadomość i odzyskuję ją dopiero wieczorem.

Poruszam dłonią, ale Arran nie siedzi już obok mnie. W mroku rozpoznaję na łóżku jego uśpioną sylwetkę. W domu panuje cisza, ale po chwili do moich uszu dobiegają przyciszone głosy. Przesuwam lekko głowę, by dostrzec coś przez szparę w drzwiach. Na podeście rozmawiają babcia i Debora. Czujnie nadstawiam uszu, by pochwycić ich słowa, i zdaję sobie sprawę, że wcale nie rozmawiają. Płaczą.

Następnego dnia budzę się z wyschniętym gardłem. Obok łóżka stoi szklanka wody. Przynajmniej nie muszę już pić żadnych eliksirów. Wysysam ją chciwie, z bulgotem opróżniając szklankę.

– Masz pić małymi łykami.

Przekręcam głowę i widzę Arrana siedzącego bokiem na swoim łóżku i opierającego się o ścianę. Jest blady i ma podkrążone oczy.

– Jak się czujesz?

Zastanawiam się przez chwilę. Poruszam głową i stwierdzam, że mam kompletnie zesztywniałe plecy.

– Lepiej. A ty?

Pociera twarz i mówi:

– Trochę zmęczony.

– Przynajmniej nie płaczesz – mówię. – Nigdy wcześniej nie widziałem, żeby babcia płakała.

Przysysam się ponownie do słomki, chociaż w szklance nie zostało już nic do picia, a potem wbijam w niego uważne spojrzenie i pytam:

– Jest tak źle?

Odwzajemnia spojrzenie.

– Tak.

Milczymy przez chwilę.

– Poszedłeś mnie szukać?

– Jak zrobiło się późno, zacząłem cię szukać w lesie, było chyba koło dziesiątej. Nie mogłem cię znaleźć, więc przeszukałem wszystkie zaułki w miasteczku. Debora dała mi znać koło północy, bo ktoś zadzwonił do niej z informacją, gdzie cię szukać. Sądzi, że to mógł być Niall.

Opowiadam Arranowi o tym, co się wydarzyło, i o moich spotkaniach z Annalise.

Nic nie mówi, więc pytam:

– Sądzisz, że spotykanie się z nią było głupotą?

– Nie.

– Naprawdę?

– Lubicie się. Jest dla ciebie miła i jest... no wiesz... piękna.

Znów milczymy.

– Obiecaj mi, że nigdy więcej nie będziesz próbował się z nią zobaczyć.

Wbijam wzrok w podłogę, myśląc o Annalise, jej uśmiechu, jej spojrzeniu i wyrazie, który malował się na jej twarzy, gdy widziałem ją po raz ostatni.

– Natanie! Obiecaj mi.

– Nie jestem aż takim idiotą.

– Przyrzeknij mi.

– Przyrzekam, że nie jestem aż takim idiotą.

Nie odrywam wzroku od podłogi.

W ułamku sekundy Arran przypada do mnie. Odgarnia mi włosy z twarzy i całuje mnie w czoło, szepcząc:

– Proszę, Natanie. Nie zniósłbym tego.

Zdrowieję szybko, nawet jak na adepta, ale i tak mija pięć dni, zanim zdejmą mi bandaże. Stoję w łazience odwrócony plecami do dużego lustra, trzymając w dłoniach lusterko babci. Już drugiego dnia Arran zapytał mnie, czy Kieran powiedział, co mi zrobił. Zrozumiałem wówczas, że chodziło o coś więcej niż rany.

Blizny ciągną się od łopatek po lędźwie: C po lewej stronie i B po prawej.

Po urazie

Wiem, że muszę się trzymać z dala od Annalise. Nie jestem głupkiem. Nie będę próbował się z nią spotkać, przynajmniej nie w tej chwili, ale chcę się dowiedzieć, czy wszystko u niej w porządku.

Odkąd Debora skończyła szkołę, nie miała żadnej styczności z Niallem, nie licząc telefonu z informacją, gdzie mnie szukać. A gdyby nawet byli w kontakcie, to i tak nie uwierzyłbym w to, co Niall miałby ewentualnie do powiedzenia na temat Annalise. Pytam Arrana, czy może jej przekazać wiadomość, ale okazuje się, że Niall ostrzegł go wyraźnie: „Jak tylko spróbujesz się do niej zbliżyć, spotka cię to samo co brata". Podejrzewam, że Niall nie użył słowa „brata", ale przekaz jest czytelny, więc mówię Arranowi, żeby zapomniał o tym, co powiedziałem.

– Nie obwiniaj się – mówi Arran.

Nie obwiniam się. Wina leży po stronie Kierana i jego durnych braci.

Wiem, że Annalise pomyślałaby tak samo i domyśli się, iż nigdy nie chciałem narobić jej kłopotów... ale nawaliłem. Byłem naiwny. Wiedziałem, że oboje będziemy mieli poważne problemy, jeśli nas złapią, ale odsunąłem od siebie tę myśl. Annalise również.

Babcia siedzi na brzegu mojego łóżka i zmywa mi z pleców swoje maści, przesuwając palcami po bliznach. Sięgam do tyłu, żeby też ich dotknąć. Nierówne, płytkie bruzdy.

– Dobrze się zagoiły. Nie wyglądają na świeże blizny – mówi babcia.

Wyginam plecy i kulę się w ramionach. Nic mnie nie boli. Sztywność ustąpiła.

– Maści zrobiły swoje, ale włączył się również twój organizm. Wyzwolił się twój potencjał autoregeneracji.

Wszyscy magowie zdrowieją szybciej niż zwyczajni ludzie. Niektórzy znacznie szybciej. A niektórzy wręcz momentalnie. Wiem, że babcia ma rację, bo czuję się świetnie. Pobudzony i lekko oszołomiony.

Proces zdrowienia dobiegł końca. Pierwszej nocy po usunięciu maści zwijam się w łóżku w kulkę, mogąc wreszcie przyjąć dowolną pozycję. Czuję się znakomicie, ale nie trwa to długo. Zaczynam się pocić. Narasta ból głowy, który wcześniej ignorowałem, i po chwili mam wrażenie, że za moment rozsadzi mi czaszkę. Idę do kuchni napić się wody, ale robi mi się niedobrze, więc przysiadam na schodach pod kuchennymi drzwiami i natychmiast czuję ulgę. Staję w otwartych drzwiach i opieram się o ścianę. Księżyc w pełni wiszący na bezchmurnym niebie wydaje się ciężki i ogromny. Świat pogrążony jest w ciszy i bezruchu, a ja czuję się rześki i ożywiony. Rozglądam się i dostrzegam swój wydłużony, mroczny cień na kuchennej podłodze. Niespiesznie wyciągam niewielki nóż z kuchennej szuflady. Gdy tylko wchodzę do kuchni, momentalnie zbiera mi się na wymioty, ale wystarczy, że stanę w progu, by mdłości ustąpiły.

Wyważam nóż w dłoni, zastanawiając się, gdzie zacząć. Koniuszkiem ostrza nacinam delikatnie opuszkę palca wskazującego. Wysysam krew i odciągam skórę, przyglądając się rozcięciu. Ranka dalej krwawi, więc znów wysysam krew, po czym wbijam wzrok w nacięcie i staram się je zagoić.

Myślę:

„Gój się!".

Kolejne krople krwi.

Rozluźniam się, podnoszę wzrok na księżyc i czuję rozcięcie pulsujące w moim palcu. Czuję je. Koncentruję na nim uwagę, nie odrywając wzroku od księżyca. Nie wiem, jak długo to trwa, krótką chwilę, ale wiem, że coś się dzieje, bo usta rozciągają mi się w uśmiechu, którego nie mogę powstrzymać. Znów czuję to mrowienie. Ale frajda. Ponownie wbijam koniuszek noża w opuszkę palca.

Kolejną noc próbuję przespać w łóżku, ale tuż po zapadnięciu ciemności zaczynam się pocić i robi mi się niedobrze, więc wychodzę na zewnątrz i czuję momentalną ulgę. Śpię w ogrodzie i wracam do sypialni, zanim Arran otworzy oczy.

Powtarzam to samo trzeciej nocy, ale tym razem wślizguję się do sypialni w chwili, w której już Arran się ubiera.

– Gdzie byłeś poprzedniej nocy?

Wzruszam ramionami.

– Nie spotykasz się czasem z Annalise?

– Nie.

– Jeśli spotykasz...

– Nie.

– Wiem, że ją lubisz, ale...

– Nie spotykam się! Po prostu kiepsko ostatnio śpię. Za gorąco mi tutaj. Spałem na zewnątrz.

Arran nie wygląda na przekonanego. Wychodzę i natykam się na Deborę stojącą na podeście. Szczotkuje włosy i udaje, że nic nie słyszała.

Kiedy siedzimy w kuchni i jemy śniadanie, Debora nachyla się do mnie i mówi:

– Ostatniej nocy wcale nie było gorąco. Myślę, że powinieneś powiedzieć babci o tym, że nie możesz spać.

Kręcę głową.

Debora obwieszcza zatem:

– Czytałam na temat zespołu stresu pourazowego.

Arran przewraca oczami, a ja grzebię łyżką w swoich płatkach.

– Reakcja na wstrząs może być opóźniona. Nocne koszmary i nagłe wizje tego, co się stało, są typowe. Złość, frustracja...

Wbijam w nią spojrzenie i wpycham sobie pełną łyżkę płatków do ust.

– O czym ty mówisz, Deboro? – pyta babcia.

– Natan przeszedł potworny uraz. Nie śpi w nocy. Poci się.

– Ach, rozumiem – mówi babcia. – Masz nocne koszmary, Natanie?

– Nie – mówię z pełnymi ustami.

– Jeśli on rzeczywiście ma nocne koszmary lub w inny sposób cierpi z powodu objawów stresu, to wyciąganie tego przy śniadaniu nie było szczególnie przemyślane – mówi Arran.

– Po prostu myślałam, że może babcia mogłaby dać mu jakieś napary na sen czy coś takiego.

– Potrzebujesz naparów na sen, Natanie? – pyta Arran.

– Nie, dzięki – mówię, wpychając sobie do ust kolejną porcję jedzenia.

– Dobrze spałeś ostatniej nocy? – mówi Arran z pozorną troską.

– Tak, dziękuję – mówię z ustami pełnymi płatków.

– No dobrze, to dlaczego nie spałeś we własnym łóżku? – pyta Debora, przenosząc wzrok z Arrana na mnie i z powrotem.

Dziobię papkę, która została mi w miseczce. Arran piorunuje Deborę wzrokiem.

– Nie wymykasz się, mam nadzieję, żeby spotkać się z Annalise? – pyta babcia.

– Nie! – Okruchy płatków rozpryskują się po całym stole.

Babcia patrzy na mnie twardo.

Dlaczego nikt mi nie wierzy?

– Nie odpowiedziałeś na pytanie, dlaczego nie spałeś we własnym łóżku ostatniej nocy – naciska Debora.

– Wszyscy wiemy, że Natan lubi spać pod gołym niebem, Deboro – zaczyna mnie bronić Arran.

Mocno uderzam łyżką w stół.

– Nie spałem ostatniej nocy we własnym łóżku, bo było mi niedobrze, OK?! To wszystko.

– Ale to... – zaczyna Debora.

– Proszę, przestańcie gadać. Wszyscy – przerywa babcia i pociera czoło. – Muszę wam coś powiedzieć. – Wyciąga dłoń i chwyta mnie za ramię, po czym mówi: – Istnieje wiele rozmaitych pogłosek na temat upodobania czarowników do nocy.

Przyglądam się jej twarzy i widzę poważne, zatroskane spojrzenie jej starych, utkwionych we mnie oczu. „Upodobania czarowników?". Czy ona próbuje mi powiedzieć, że jestem czarownikiem, bo spałem kilka nocy pod gołym niebem?

Wyrywam jej rękę z uścisku i wstaję.

– Ale Natan nie jest... – zaczyna Arran.

– Mówi się też o pewnej słabości – mówi babcia. – Niektórzy czarownicy nie są w stanie przebywać pod dachem w ciągu nocy. Takie krążą opowieści, nie oznacza to jednak, że to nieprawda. – Babcia ponownie pociera czoło. – Przebywanie w budynkach w ciągu nocy doprowadza ich do szaleństwa.

Arran patrzy na mnie i kręci głową.

– Nie masz takich objawów.

– Powinnam wam opowiedzieć jedną z historii – ciągnie babcia. – To ważne dla Natana.

Stoję teraz jak zaszczute zwierzę w kącie kuchni. Debora podchodzi, staje obok mnie, otacza mnie ramieniem i opiera się o mój bark, szepcząc:

– Przykro mi, Natanie. Nie wiedziałam. Nie wiedziałam.

Historia śmierci Saby

Saba była czarownicą, która po zabiciu łowcy próbowała ujść wymiarowi sprawiedliwości. Ścigała ją czarodziejka Wirginia, przywódczyni łowców, wraz ze swoim elitarnym oddziałem. Łowcy deptali Sabie po piętach, przeszukując kolejne angielskie wsie, miasta i miasteczka, i coraz bardziej skracali dystans dzielący ich od uciekinierki.

Saba była na skraju wyczerpania. W rozpaczy schowała się w piwnicy wielkiego domu na krańcu wioski. Była zdesperowana, inaczej nie próbowałaby się ukrywać. Musiała wiedzieć, że chowanie się przed łowcami prowadzi donikąd. Musiała wiedzieć, że ją tam dopadną. I dopadli. Znaleźli dom i szybko go otoczyli. Dla Saby nie było już ucieczki. Część łowców chciała włamać się do piwnicy, ale Wirginia nie miała zamiaru stracić kolejnego maga. Do piwnicy można było wejść tylko przez klapę w podłodze i przywódczyni poleciła zamknąć ją na miesiąc. Była przekonana, że to wystarczy, by Saba umarła lub tak bardzo opadła z sił, by jej pojmanie nie pociągało za sobą ryzyka jakichkolwiek strat po stronie łowców.

Wirginia zdawała sobie sprawę, że większość łowców nie była uszczęśliwiona tym scenariuszem. Chcieli zemsty, chwały, szybkiego końca Saby i tych łowów. Przy wejściu do piwnicy czarodziejka ustawiła strażnika – nie tylko po to, by zagrodzić Sabie drogę ucieczki, ale też po to, by uniemożliwić łowcom sprzeciwienie się jej rozkazom.

Słońce chyliło się ku zachodowi. Łowcy znaleźli sobie w domu i ogrodzie miejsca do spania, ale nikomu nie udało się zmrużyć oka, bo wkrótce po zapadnięciu zmroku z piwnicy zaczęły się dobywać potępieńcze wrzaski.

Łowcy pobiegli do klapy w podłodze, przekonani, że jeden z nich złamał rozkaz Wirginii i wszedł do piwnicy, a teraz jest torturowany przez Sabę. Ale nie: strażnik stał jak poprzednio przy zamkniętym wyjściu. Krzyki dobiegały z piwnicy i trwały aż do świtu. Łowcy próbowali spać, zakrywając uszy lub zatykając je skrawkami tkaniny oderwanymi od ubrań, ale nic nie było w stanie stłumić dźwięków wwiercających się im w czaszki. Wydawało im się, że krzyczą razem z czarownicą.

Następnego ranka byli wykończeni. To byli silni mężczyźni i mocne kobiety, ale ścigali Sabę od tygodni i byli już bardzo zmęczeni.

Kolejnej nocy krzyki się powtórzyły i znów nikt nie spał.

Działo się to każdej nocy, więc pod koniec pierwszego tygodnia łowcy zaczęli się kłócić i wszczynać bójki. Jeden z nich ugodził drugiego nożem, jeden zbiegł. Nawet Wirginia była zrozpaczona: nie spała i widziała, jak na jej oczach elitarny oddział pogrąża się w anarchii. Ósmej nocy, kiedy wrzaski znów rozdarły ciszę, wściekła pobiegła do klapy i zaczęła rozbierać zbudowaną na niej barykadę. Łowcy zgromadzili się wokół niej, niepewni, co o tym sądzić. Chcieli wejść do środka i położyć kres tej męczarni, ale widok ich zazwyczaj opanowanej dowódczyni szarpiącej za właz kazał im się zastanowić, czy czasem nie postradała zmysłów.

Jeden z łowców wystąpił naprzód i ośmielił się przypomnieć Wirginii, że sama wydała rozkaz, by Saba pozostała w zamknięciu przez miesiąc, a tymczasem tkwiła w swoim więzieniu zaledwie od tygodnia. Wirginia odepchnęła go, mówiąc, że gotowa jest zaryzykować życie swoje i życie swoich żołnierzy, by tylko przerwać tę mękę.

Otworzyła klapę i zeszła do piwnicy, a łowcy stłoczyli się za jej plecami.

W piwnicy panowała ciemność. Wirginia oświetliła sobie podłogę latarką i ostrożnie zaczęła się przeciskać pomiędzy skrzynkami, starymi krzesłami, butelkami wina i workami ziemniaków. Znajdowały się tam drzwi do kolejnego pomieszczenia i stamtąd właśnie dobiegały wrzaski. Wirginia dotarła do drzwi, a łowcy za nią.

Drugie pomieszczenie na pierwszy rzut oka wydawało się puste. W najdalszym krańcu leżała ledwo widoczna w mroku sterta szmat.

Wirginia podeszła, uniosła łachmany i spojrzała na Sabę. Czarownica była na wpół żywa, kompletnie obłąkana i ani na chwilę nie przestawała wrzeszczeć. Paznokciami rozdrapywała sobie twarz, która była już jedną wielką krwawą raną. Nie mogła mówić, bo odgryzła sobie język, a jednak nadal krzyczała.

Wirginia mogła ją tam zabić. Stwierdziła jednak, że Saba powinna zostać doprowadzona przed Radę i przesłuchana. Saba była ledwie żywa, ale była też potężną czarownicą, więc Wirginia zarządziła, by ją związano, zanim zostanie wyniesiona.

Był środek nocy, ale księżyc świecił tak mocno, że było jasno jak w dzień. Kiedy wyciągnięto Sabę z domu, zaczęła mruczeć i wić się. Zbyt późno Wirginia zrozumiała, że nocne powietrze przywraca jej siły. Czarownica zionęła ogniem, a dwaj łowcy, którzy ją nieśli, stanęli w płomieniach. Saba upadła na ziemię i przepaliła pęta. Wirginia wyciągnęła broń i strzeliła czarownicy w pierś, ale ta miała w sobie jeszcze wystarczająco dużo życia, by chwycić łowczynię i ją również podpalić. Obie stanęły w płomieniach, gdy syn Wirginii, Clay, strzelił Sabie w szyję. Bezgłośnie upadła na trawnik przed domem.

Wirginia zmarła z powodu poparzeń, a Clay objął po niej przywództwo łowców. Nadal nimi dowodzi.

Babcia pociera twarz dłońmi i mówi:

– Tę historię opowiedziała mi dawno temu jedna z łowczyń. Byłyśmy na stypie jej partnerki, innej łowczyni. Była roztrzęsiona i bardzo pijana. Wyprowadziłam ją na zewnątrz i dałam środek na uspokojenie. Usiadłyśmy na trawie i zaczęłyśmy rozmawiać. Powiedziała mi, że jej partnerką była łowczyni, która wówczas zbiegła. Clay ją wyśledził i zlikwidował. Nie zrobił tego własnymi rękoma. Zmusił tę pijaną dziewczynę do tego, by pociągnęła za spust.

Debora kiwa głową.

– Wszyscy ci łowcy to potwory. Są równie źli jak...

– Deboro! Nie mów tak! Nigdy tak nie mów – przerywa jej Arran.

– Kim była Saba? – pytam.

Babcia bierze głęboki wdech i mówi:

– Matką Marcusa.

Dlaczego mnie to nie zaskakuje? Odpycham lekko Deborę i idę usiąść na tylnych stopniach.

Arran podchodzi i siada obok mnie. Nachyla się w moją stronę i mówi:

– To nic nie znaczy.

– Saba była moją babcią.

– To dalej nie oznacza, że musisz być taki sam.

Kręcę głową.

– Właśnie to dzieje się ze mną, Arranie. Czuję to. Jestem czarownikiem.

– Nie, nie jesteś. To tylko twoje ciało, nie ty. Prawdziwy „ty" nie ma nic wspólnego z czarownikami. Masz w sobie niektóre geny Marcusa i niektóre geny Saby. Ale to tylko ciało. To nie ciało, nie geny i nie dar stanowią o tym, że ktoś staje się czarownikiem. Musisz w to uwierzyć. To, jak myślisz i jak się zachowujesz, pokazuje, kim jesteś. Nie jesteś zły, Natanie. Nie ma w tobie ani odrobiny zła. Będziesz miał potężny dar, wszyscy to widzimy, ale o tym, czy okażesz się zły, czy dobry, zdecyduje to, jak go wykorzystasz.

Niemal jestem gotów mu uwierzyć. Nie czuję w sobie zła, ale boję się. Moje ciało zachowuje się w sposób, którego nie rozumiem, i nie wiem, jaki mi jeszcze numer wykręci. Mam poczucie, jakby kierowała nim jakaś odrębna wola wiodąca mnie na ścieżkę, którą będę musiał podążyć. Dreszcze, które wstrząsają mną w nocy, wyciągają mnie na zewnątrz i pozbawiają mojego dawnego życia. Dźwięki w mojej głowie coraz bardziej izolują mnie od ludzi.

Gdy kiedyś Jessica mówiła, że jestem w połowie czarny, babcia natychmiast ripostowała: „Ale również w połowie biały". Zawsze sądziłem, że geny matki i ojca zmieszały się w moim ciele, lecz teraz zaczyna mi się wydawać, że moje ciało należy do ojca, a mój duch do matki. Może Arran ma rację. Mój duch nie jest zły, ale muszę też jakoś znosić swoje ciało, które zaczyna się dziwnie zachowywać.

Tego ranka wyjeżdżam do Walii z zamiarem zostania tam dzień czy dwa. Dobrze się czuję, śpiąc pod gołym niebem i żywiąc się darami natury, a po rozmowie z Arranem mam nieco lepsze nastawienie do świata. Jakbym wiedział trochę lepiej, kim i czym jestem. To tylko inne spojrzenie na rzeczywistość, nic ponadto, ale pozwala mi spokojnie obserwować swoje ciało i badać, do czego jest zdolne. Z większym dystansem badam jego możliwości autoregeneracji i sprawdzam, jaki wpływ wywiera na mnie noc.

Zostaję w Walii jeszcze jeden dzień, jeszcze jeden, a potem jeszcze jeden. Natykam się na nieużywaną stodołę i próbuję w niej spać, po czym odkrywam, że na jakość mojego snu ma wpływ faza księżyca. Najtrudniej jest wytrwać pod dachem podczas pełni – nie jestem wtedy w stanie powstrzymać dreszczy i wymiotów. Przebywanie w stodole podczas nowiu wywołuje tylko lekkie mdłości. Podczas pełni księżyca moja zdolność autoregeneracji wzrasta. Sprawdzam to, przecinając skórę na ramieniu. Nacięcie wykonane w ciągu dnia w nowiu księżyca goi się dwa razy dłużej niż takie samo nacięcie wykonane nocą w fazie pełni.

Wraz z upływem dni dowiaduję się dużo więcej, ale wiem, że nikomu – nawet Arranowi – nie mogę opowiedzieć o tym, czego się dowiedziałem. Wszystko, co czarne, musi zostać zachowane w tajemnicy. Wiem już, że moje ciało jest ciałem czarownika.

Mary

Spędzam w Walii ponad miesiąc. Dobrze się czuję, poznając własne ciało, ale zyskuję też pewien rodzaj samoświadomości. Prześladuje mnie myśl, że ojciec mnie obserwuje. Widzi wszystko, co robię. Z aprobatą kiwa głową, gdy odkrywam możliwości własnego ciała, uśmiecha się, gdy chwytam królika, obdzieram go ze skóry i gotuję, ale kręci głową przy każdej mojej błędnej decyzji: gdy marznę, nie znalazłszy odpowiedniego schronienia, lub gdy przekraczam strumień w nieodpowiednim miejscu. Wie o każdym moim postępku i nieustannie poddaje mnie ocenie. Codziennie myślę, że może tym razem się pojawi.

Oczywiście nie pojawia się. Czasem myślę sobie: może to dlatego, że jednak w połowie jestem biały. Nie jestem wystarczająco czarny. Ale potem mówię sobie: to nie są prawdziwe próby. Prawdziwa próba polegać będzie na tym, czy zdołam sam znaleźć do niego drogę. Jestem już gotów.

Trzy tygodnie dzielą mnie od piętnastych urodzin. Nie chcę ryzykować kolejnej oceny Rady. Jestem pewien, że jej członkowie dostrzegą zmiany zachodzące w moim ciele i stracę kod

„nieustalony". Nikt mi nie powiedział, co się stanie, jeśli zostanę uznany za czarownika, ale mogę to sobie wyobrazić, biorąc pod uwagę, że wszyscy czarownicy w Wielkiej Brytanii zostali pojmani albo zabici na miejscu.

Muszę wyjechać, ale najpierw muszę się zobaczyć z Arranem. Za tydzień jego siedemnaste urodziny i chcę być przy nim w dniu ceremonii obdarowania. Potem wyjadę w poszukiwaniu ojca.

Pierwszego ranka po powrocie Debora wręcza mi kopertę, która przyszła kilka tygodni wcześniej. Zaadresowana jest do mnie. Nigdy wcześniej nie otrzymałem żadnej przesyłki pocztą. Zawiadomienia adresowane są zawsze do babci. Spodziewam się jakiegoś nowego postanowienia Rady, ale w środku znajduję tylko grubą, białą kartkę, na której coś pięknie wykaligrafowano.

Przekazuję kartkę Arranowi.

– Kim jest Mary Walker? – pyta.

Wzruszam ramionami.

– To jej dziewięćdziesiąte urodziny. Jesteś zaproszony na jej dziewięćdziesiąte urodziny.

– Nie znam nikogo takiego.

– Znasz ją, babciu? – pyta Arran.

Babcia pochmurnieje, ale lekko kiwa głową.

– No więc?

– To stara czarodziejka.

– Tego domyśliliśmy się sami – parska Arran.

– Ona jest... Ja... nie widziałam jej ani nie kontaktowałam się z nią od wielu, wielu lat.

– Od jak dawna?

– Od czasów mojej młodości. Kiedyś pracowała dla Rady, ale trochę... zdziwaczała.

– Zdziwaczała?
– No w każdym razie zrobiła się nietypowa.
– Chcesz powiedzieć, że to wariatka?
– No... zaczęła się trochę dziwnie zachowywać, rzucać oskarżenia na prawo i lewo. Początkowo uznano ją za niegroźną dziwaczkę, ale potem stało się jasne, że zwariowała. Podobno tańczyła na spotkaniach Rady i wyśpiewywała miłosne pieśni przewodniczącemu. Opuściła Radę w atmosferze skandalu. Niewielu jej współczuło.
– Dlaczego miałaby zapraszać Natana na swoje przyjęcie urodzinowe?
Babcia nie odpowiada i po przeczytaniu zaproszenia zabiera się do parzenia kolejnej porcji herbaty.
– Masz zamiar tam pójść? – pyta Arran.
Babcia trzyma czajniczek, gotowa go napełnić.
– Jest starą, zwariowaną wiedźmą – zaczynam. – Nikt z rodziny poza mną nie został zaproszony. Nie znam jej i nie wolno mi się nigdzie oddalać bez pozwolenia Rady. – Uśmiecham się szeroko na użytek Arrana. – Więc chyba jest oczywiste, że pójdę.
Babcia odstawia czajniczek, nie napełniając go.

Przyjęcie urodzinowe ma się odbyć za cztery dni. W ciągu tych czterech dni nie dowiaduję się od babci na temat Mary niczego nowego. Kiedy podejmuję temat, wydaje się zainteresowana wyłącznie tym, żebym dobrze zapamiętał instrukcję dojazdu do domu solenizantki podaną na odwrocie zaproszenia. Wyrysowano tam malutką mapę ze wskazaniem czasu, w jakim powinienem dotrzeć do kolejnych punktów. Babcia mówi, że muszę ściśle trzymać się mapki i podanych na niej czasów.

W dniu przyjęcia wyprawiam się wcześnie rano na stację kolejową w miasteczku. Wsiadam do pociągu, przesiadam się do następnego, łapię autobus, z którego też muszę się przesiąść do kolejnego. Przemieszczam się bardzo powoli, mógłbym wsiąść do dwóch autobusów, które przyjechały wcześniej, ale wskazówki są jednoznaczne i postanawiam się ich trzymać.

Na końcu trasy czeka mnie długi marsz. Docieram do punktów w lesie oznaczonych na mapie i czekam, aż minie wyznaczona godzina, po czym ruszam ku kolejnemu celowi. Gąszcz bardziej przypomina puszczę niż zwykły las i im bardziej się w nim zagłębiam, tym większa otacza mnie cisza. Oczekując na możliwość rozpoczęcia ostatniego odcinka podróży, nagle zdaję sobie sprawę, że głosy w mojej głowie ucichły. Wokół mnie panuje cudowna cisza. O mały włos przegapiłbym ustaloną godzinę, próbując się zorientować, których dźwięków brakuje. Trzymam się jednak harmonogramu i w końcu docieram do walącego się domku na niewielkiej polance.

Na lewo od domku znajduje się ogródek warzywny, na prawo strumyczek, przed domkiem grzebią w ziemi kury. Zbaczam na prawo i nabieram w dłoń odrobinę wody. Jest czysta i słodka. Nie muszę nawet wydłużać kroku, by przekroczyć niewielki, bystry potoczek. Obchodzę chatkę wokół. Jest tak zaniedbana, że jej tył dosłownie chyli się ku ziemi i mogę zajrzeć do sypialni, po której przechadza się jeden z kurczaków. Obchodzę cały domek i podchodzę do małych, zielonych drzwi wejściowych. Stukam lekko na wypadek, gdyby przegniłe drewno miało się rozpaść pod uderzeniem dłoni.

– Żal siedzieć w domu w taki dzień jak dziś.

Odwracam się.

Mocny, donośny głos wydaje się nie pasować do starej, przygarbionej wiedźmy ubranej w rozciągnięty, dziurawy sweter z wełny, workowate, podziurawione dżinsy, przyduże, zabłocone kalosze i kapelusz z szerokim rondem.

– Mary?

Nie mam pewności; stojąca przede mną osoba z delikatnym białym wąsikiem mogłaby być równie dobrze mężczyzną.

– Ciebie chyba nie muszę pytać o imię.

Jej głos jest zdecydowanie kobiecy.

– U-hm. Wszystkiego najlepszego.

Wyciągam w jej stronę koszyk z prezentami, ale stara kobieta nie wykonuje najmniejszego gestu, by go ode mnie wziąć.

– Prezenty. Dla pani.

Nadal nic nie mówi.

Opuszczam koszyk.

Nieoczekiwanie wydaje z siebie dźwięk będący czymś pośrednim między rechotem a kaszlem i wyciera rękawem spływającą jej po brodzie strużkę śliny.

– Nigdy wcześniej nie spotkałeś starej wiedźmy?

– Raczej się nie zdarzało... Nie...

Słowa zamierają mi na ustach, gdy stara kobieta zaczyna mi się uważnie przyglądać.

Zgięta nieomal wpół, musi się odchylić w tył i stanąć nieco bokiem, by mi się przyjrzeć.

– Może i nie jesteś tak podobny do swojego ojca, jak początkowo myślałam. Ale skóra zdjęta z niego.

– Zna go pani... to znaczy... spotkała go pani?

Nie zwraca uwagi na moje pytanie i odbiera mi wreszcie koszyk, mówiąc:

– Dla mnie? Prezenty?

Sprawia wrażenie, jakby niedosłyszała, ale założę się, że nie ma żadnych problemów ze słuchem.

Schodzi nad strumyczek i siada na spłachetku wątłej trawy. Siadam obok niej akurat w chwili, gdy wyjmuje z kosza słoik.

– Powidła śliwkowe?

– Jabłka z jeżynami. To z naszego ogrodu. Babcia zrobiła.

– Ta stara suka.

Rozdziawiam usta.

– A to... to maść na bolące stawy.

– Ha! – Rzuca słoiczek w trawę, mówiąc: – Chociaż takie mikstury zawsze nieźle jej wychodziły. Pewnie dalej ma silny dar, co?

– Tak.

– Koszyk też ładny. Odkryłam już dawno, że koszyków nigdy za wiele. – Przygląda się koszykowi, obracając go w rękach. – Choćbyś miał się dziś niczego więcej nie nauczyć, zapamiętaj chociaż to.

Potakuję głupkowato i z wahaniem ponawiam pytanie:

– Czy poznała pani Marcusa?

Nie zwracając na mnie uwagi, wyciąga ostatni prezent, zrolowany arkusz papieru związany cienkim rzemykiem, który zsuwa i wkłada do koszyka. Mówi:

– I jeszcze skórzana sznurówka. Poszczęściło mi się, nie? Nie miałam takich urodzin od... nie pamiętam od jak dawna.

Rozwija wykonany przeze mnie piórkiem szkic drzew i wiewiórek. Przygląda mu się przez chwilę z uwagą, po czym mówi:

– Twój ojciec też lubi rysować. Ma do tego smykałkę tak samo jak ty.

Naprawdę? Skąd ona to wie?

– Kiedy ktoś prawi ci komplementy, uprzejmie jest podziękować.

– Dziękuję – mamroczę.

Mary uśmiecha się.

– Dobry chłopiec. No to chodźmy po herbatę i ciasto... Nie wiem, jak zmieścimy na nim dziewięćdziesiąt świeczek.

Po dłuższej chwili zasiadamy na trawie w ciszy z herbatą i ciastem. Dziewięćdziesiąt świeczek odliczonych pieczołowicie przez Mary zostało umieszczonych przeze mnie na małym, wiśniowym placku, chociaż nie mam pojęcia, jak się wszystkie zmieściły. Solenizantka wymamrotała zaklęcie pod nosem, pstryknęła palcami i wszystkie świeczki zapaliły się jednocześnie. Nie starczyło jej tchu w zaflegmionych płucach, by zdmuchnąć wszystkie naraz, więc zdusiłem pozostałe płomyki ściereczką do naczyń. Jak dotychczas nie udało mi się wydusić z Mary nic z wyjątkiem przepisu na placek, informacji o miejscu przechowywania świeczek i biadolenia o potrzebie wymyślenia jakiegoś zaklęcia tępiącego ślimaki podgryzające jej sałatę.

Pytam ją wreszcie, dlaczego zaprosiła mnie na swoje przyjęcie urodzinowe.

– Nie chciałam go spędzić w samotności, wiesz?

– To dlaczego nie zaprosiła pani mojej babci?

Mary siorbie zimną herbatę z kubka i beka donośnie.

– Zaprosiłam cię, bo chciałam z tobą porozmawiać, a twojej babci nie zaprosiłam, bo nie chciałam z nią rozmawiać. – Beka jeszcze raz. – Świetne to ciasto.

– O czym chciała pani porozmawiać?

– O Radzie i twoim ojcu. Chociaż niewiele wiem o twoim ojcu. Wiem jednak sporo na temat Rady. Kiedyś dla nich pracowałam.

– Babcia mi powiedziała.

– Co wiesz na temat Rady, Natanie?

Wzruszam ramionami.

– Muszę się stawiać na oceny i stosować się do tego, co piszą w zawiadomieniach.

– Opowiedz mi o tym.

Staram się ściśle trzymać faktów.

Kiedy mówię, Mary nie zadaje żadnych pytań, czasem tylko kiwa głową albo zaczyna się ślinić.

– Myślę, że mnie zabiją, kiedy stawię się na kolejną ocenę.

– Może... ale myślę, że nie. Skoro nie zrobili tego do tej pory, to najwyraźniej mają jakieś powody. I mogę cię zapewnić, że nie dlatego, iż są miłosierni i sympatyczni.

– A zna pani te powody?

– Nie mam pojęcia, o co może chodzić. – Obciera usta rękawem i poklepuje mnie nagle po ramieniu, mówiąc: – Niedługo będziesz musiał się zbierać.

Słońce kryje się już za drzewami.

– Tak. Późno już.

Zamyka moje ramię w żelaznym uścisku.

– Nie, nie stąd. Będziesz musiał wyjechać z domu. Znaleźć Mercurę. Ona ci pomoże. Przekaże ci trzy dary.

– Ale mój ojciec...

– Nie próbuj szukać swojego ojca. Mercura ci pomoże. Pomaga wielu magom w kłopotach. Oczywiście nie robi tego za darmo. Ale pomoże ci.

– Kim jest Mercura?

– Czarownicą. Starą czarownicą. Ha! Myślisz, że ja jestem stara. Ona jest stara. Ale i tak ma silny dar. Bardzo silny. Włada pogodą.

– Ale jak może mi ofiarować krew? Nie jest moją matką ani babką.

– Nie, ale ma ogromny talent do interesów. Jak na ironię, to Rada jest przyczyną sukcesów Mercury. Widzisz, wiele lat temu postanowili stworzyć bank krwi wszystkich czarodziejek i czarodziejów na wypadek, gdyby jakieś dziecko zostało osierocone. Rada mogłaby wówczas mimo wszystko odprawić ceremonię obdarowania.

– Udało im się?

– Tak, znakomicie. Zaklęcie zostało zapewne zmienione, ale adept otrzymuje krew rodziców lub dziadków i trzy dary.

– Niech zgadnę... Mercura ukradła próbki krwi.

A zatem musi mieć krew mojej matki.

– Nietrudno zgadnąć. Byle głupek mógł uprzedzić Radę, że do tego dojdzie, i wielu próbowało. I kiedy ostrzegali Radę, a ta ogłaszała wszem wobec, że krew jest bezpieczna, Mercura ukradła część zapasów. Nigdy nie kradła całych butelek, lecz tylko tyle, by mieć pewność, że jeśli jakiś adept podpadnie swoim rodzicom albo Radzie, będzie mógł się zgłosić do niej po pomoc.

– Wiele eliksirów wymaga krwi magów. Czarodziejki zwracają się do Mercury, kiedy nie mogą uzyskać pomocy u swoich. Czarownice przychodzą do niej, kiedy potrzebują do jakiegoś eliksiru krwi czarodziejek. Mercura nie pomaga za darmo, lecz nie pobiera zapłaty w gotówce, tylko w naturze. Wymienia krew na eliksiry, zaklęcia, rzadkie składniki, magiczne przedmioty... Wiesz, o co chodzi. Nauczyła się przygotowywać eliksiry i rzucać zaklęcia, chociaż wcale nie taki jest jej dar. Włada silną magią i stała się potężną wiedźmą.

– Jak ją odszukać?

– Nie mam pojęcia, gdzie teraz jest. Niewielu to wie. Jednak kilku wiedzących nie pochwala metod stosowanych przez Radę lub z takich czy innych powodów skonfliktowało się z nią. Mercura posługuje się tego rodzaju ludźmi, a jedną z takich osób znam.

– Czy mogę zaufać tej osobie?

– Tak, możesz zaufać Bobowi. Ma własne powody, by gardzić Radą. Jest dobrym przyjacielem.

Zapada cisza. Myślę, że mogę zaufać Mary, ale Mercura nie wydaje mi się właściwym rozwiązaniem moich problemów. No i chciałbym się spotkać z ojcem.

– Sądzę jednak, że mój ojciec...

– Tak, porozmawiajmy o twoim ojcu – przerywa mi Mary. – Oczywiście, wcale go dobrze nie znam. Twoja babcia zna go lepiej ode mnie.

Mam wrażenie, że się przesłyszałem.

– Z wyrazu twojej twarzy wnoszę, że nigdy o tym nie wspomniała.

– Nie! Skąd babcia może znać Marcusa?

– Zaraz do tego dojdziemy. Najpierw mi powiedz, co wiesz o swoim ojcu.

Kręci mi się w głowie. Babcia zna Marcusa. To oznacza, że...

Mary szturcha mnie w ramię.

– Powiedz mi, co wiesz o Marcusie. Zaraz wrócimy do twojej babci.

Waham się. Babcia kazała mi nigdy z nikim nie rozmawiać o Marcusie i sama nigdy o nim nie mówiła. Ale cały czas wszystko przede mną ukrywała...

– Marcus jest moim ojcem – mówię głośno i wyraźnie. – Jednym z nielicznych czarowników, którzy pozostali w Anglii.

Zawsze bałem się o nim mówić w obawie, że usłyszy mnie ktoś powiązany z Radą, ale teraz mam wrażenie, jakby to on mnie słyszał.

Nagle ogarnia mnie gniew na niego i na babcię.

– Jest potężny i bezwzględny – wyrzucam z siebie. – Zabija czarodziejów i czarodziejki i przejmuje ich dary. Zabija głównie członków Rady, ale też łowców i ich rodziny. Jego własny dar: ten, którego nie skradł innym magom, pozwala mu przemieniać się w zwierzęta. Dzięki temu może pożreć serca magów, których darów pożąda. Staje się lwem lub czymś w tym rodzaju, pożera ich bijące jeszcze serca i kradnie ich dary. – Oddycham ciężko. – Jego matka nazywała się Saba. Została zabita przez Claya. Saba zabiła matkę Claya, Wirginię. Saba z trudem znosiła pobyt nocą w zamkniętych pomieszczeniach i ja też ciężko to znoszę. Myślę, że Marcus jest taki sam. Mam talent do rysunków i Marcus też. Kiepsko mi idzie czytanie i mogę się domyślać, że to jedna z niewielu rzeczy, które Marcusowi też nie wychodzą. Słyszę dziwne dźwięki we własnej głowie i założę się, że to też odziedziczyłem w genach. Marcus nienawidzi czarodziejek i czarodziejów. Ja też za nimi nie przepadam. Ale nie wymordowuję ich po kolei!

Ostatnie zdanie wykrzykuję w niebo.

– Nie zostawia żadnych świadków. Zabija kobiety, dzieci, wszystkich bez różnicy, nie zabił tylko mojej matki. Zabiłby prawdopodobnie Jessicę, Deborę i Arrana, gdyby w dniu ataku nie byli u babci. Zabił ich ojca.

Cisza.

Patrzę na Mary i ściszam głos.

– Nie zabił mojej matki. Nie zabił też mojej babci, chociaż twierdzi pani, że się spotkali. Mówi pani, że babcia znała go lepiej od pani, więc zakładam, że spotkali się niejednokrotnie...

Mary kiwa głową.

– A zatem Marcus znał moją matkę. A matka nie żywiła do niego nienawiści... Nie bała się go ani nie gardziła nim?

– Nie sądzę.

Zawieszam na moment głos.

– Ale przecież nie mogli być przyjaciółmi... ani kochankami... To byłoby...

– Nie do przyjęcia – mówi Mary.

– Gdyby byli, musieliby utrzymywać to w tajemnicy... Babcia się dowiedziała?

– Albo wiedziała od samego początku.

– Tak czy inaczej nie miałoby to żadnego znaczenia. Babcia nie mogła nic zrobić. Mogła tylko starać się utrzymać to w sekrecie.

– Był to najlepszy sposób, prawdopodobnie jedyny, by chronić twoją matkę. Przyznam że biorąc pod uwagę okoliczności, dobrze sobie poradziła. Wydaje mi się, że twój ojciec i matka spotykali się raz w roku.

– A więc Marcus i moja matka... chcieli się spotykać... Zaaranżowali spotkanie, wysłali dzieci do babci... ale nieoczekiwanie pojawił się jej mąż... i Marcus go zabił.

Mary kiwa głową po każdym zdaniu.

– Ale moja matka popełniła samobójstwo, dręczona wyrzutami sumienia...

Wyczuwam, że Mary kręci głową.

– Bo nie mogła być z Marcusem?

Mary nadal kręci głową.

Odwracam wzrok, wypowiadając w końcu to, co i tak zawsze wiedziałem.

– Ze względu na mnie?

Mary kładzie mi dłoń na ramieniu i odwracam się, by spojrzeć w jej wodniste, wyblakłe z wiekiem oczy.

– To nie do końca tak, jak myślisz.

– A jak? Co tu jest jeszcze do myślenia?

– Podejrzewam, że miała nadzieję, iż będziesz podobny do niej i jej pozostałych dzieci. Nie byłeś. Jak tylko się urodziłeś, stało się jasne, że jesteś synem Marcusa.

A zatem zabiła się z mojego powodu.

Mary ponagla mnie.

– Czego Rada oczekiwała od twojej matki?

Pamiętam historię Jessiki i kartę, która – jak powiedziała – została wysłana do mojej matki.

– Żeby mnie zabiła.

– Nie. Nie sądzę, by Rada kiedykolwiek tego właśnie od niej oczekiwała. Ale twoja matka była czarodziejką. Pokochała czarownika i urodziła mu dziecko. Ze względu na ten związek jej mąż, czarodziej i członek Rady, został zabity.

Prawda mnie ogłusza. Kazali jej się zabić. Zmusili ją do tego.

Dwa typy broni

Następnego ranka Mary przyrządza owsiankę. Zjada swoją porcję bardzo powoli, obrzydliwie przy tym siorbiąc. Nie zmrużyłem oka i jej siorbanie wyprowadza mnie z równowagi.

– Twoja babcia zrobiła dla ciebie wszystko, co mogła – mówi Mary między jedną łyżką owsianki a drugą.

– Babcia mnie okłamała! – odpieram wściekle.

– Kiedy?

– Kiedy mi nie powiedziała, że spotkała Marcusa. Że go znała! Kiedy nie zaprzeczyła, że moja matka została przez niego zaatakowana. Kiedy nie zająknęła się nawet słowem, że to Rada była odpowiedzialna za śmierć mojej matki.

Mary trąca mnie łyżką.

– Jak sądzisz, co zrobiłaby Rada, gdyby kiedykolwiek się dowiedziała, gdzie mieszkam i co pomogłam ci odkryć?

Odwracam wzrok.

– No?

– Chce mi pani powiedzieć, że zabiliby moją babcię?

– I zrobią to.

Oczywiście wiem, że ma rację, ale nie poprawia mi to samopoczucia.

W końcu Mary daje mi do wykonania długą listę domowych prac, żeby „wytrącić mnie z porannej zrzędliwości".

Kiedy patrzy, jak sprzątam w kurniku, zdobywam się na odwagę i mówię:

– Babcia powiedziała mi, że opuściła pani Radę w atmosferze skandalu.

– No cóż, można to chyba i tak opisać.

– A jak pani by to opisała?

– Ewakuacja w idealnym momencie. Skończ to i pozamykaj wszystko z powrotem, a potem zrób herbatę, to ci opowiem.

Gotuję wodę na kuchence w domku, a Mary siada na zewnątrz w słońcu. Gdy przynoszę herbatę, poklepuje ręką trawę obok siebie. Opieramy się o ścianę chatki.

– Zapamiętaj sobie, Natanie, że Rada jest niebezpieczna. Nie będą tolerować jakiejkolwiek słabości okazywanej wobec czarownic i czarowników. Byłam kiedyś na tyle głupia, że pozwoliłam sobie wyrazić zaniepokojenie. Pracowałam jako sekretarz Rady. Opiekowałam się archiwum. Mieli mnóstwo akt i kartotek i utrzymywałam je wszystkie we wzorowym porządku, ale pewnego dnia miałam przypadkowo chwilę wolnego podczas porządkowania materiałów i postanowiłam przeczytać zawartość jednej z teczek. Akta opisywały Zemstę dokonaną na jednej z czarownic. To było przerażające.

W swej głupocie powiedziałam jednemu z członków Rady, że Zemsta jest koszmarem. Nie uznawano tego za problem. Zemsta była straszna, i taka właśnie miała być. Gdybym na tym poprzestała, nic by się nie wydarzyło. Ale nie poprzestałam. Strasznie mnie to męczyło. Nie mogłam spać. Zawsze wiedziałam o Zemście, ale jakoś do mnie nie docierało, jakie cierpienie zadawano jej ofiarom. Tortury przeciągały się do miesiąca, zanim czarownicy czy czarownikowi pozwolono wreszcie wyzionąć ducha. Pracowałam dla Rady, bo wierzyłam, że czarodziejki i czarodzieje są dobrzy, w każdym razie lepsi, a musiałam się zmierzyć z tym, że byli równie źli jak czarownicy i czarownice, równie źli jak amagowie, równie źli jak cała reszta. W lochach przetrzymywali czarownika i wiedziałam, co go czeka. Próba udzielenia mu pomocy była głupotą. Nigdy nie zdołałby uciec. Ale płonęłam słusznym gniewem, więc zrobiłam, co mogłam. Udawałam, że jestem chora z nienawiści do tego czarownika. Zabił całą rodzinę jednego z członków Rady, więc nie było to bardzo trudne, ale tak naprawdę cała Rada była bandą nadętych zarozumialców, którzy zawsze traktowali mnie jak śmiecia. – Siorbnęła łyk herbaty. – Wymyśliłam jakąś wymówkę, by dostać się do lochów. Nie miałam żadnego planu, nie miałam nawet broni, ale przy drzwiach stał stół, a na nim leżały noże i... inne rzeczy. Narzędzia tortur, chyba tak się je określa. Chwyciłam nóż i zaczęłam krzyczeć, udając, że chcę się rzucić na więźnia. Jako atak było to zupełnie bezcelowe. Nie było najmniejszych szans, żebym go zabiła. Ale kiedy siłowałam się ze strażnikiem, nóż – wierz mi, że nieprzypadkowo – wypadł mi z ręki w taki sposób, że wylądował w zasięgu ręki przykutego w celi czarownika. Ten błyskawicznie chwycił go i bez chwili wahania wbił sobie w serce.

Mary odstawia filiżankę.

– Udawałam, że oszalałam. Wydostałam się stamtąd, ale nie było wątpliwości. Niektórzy bez trudu domyślili się, że symuluję. Więc teraz staram się... jak to się mówi? Trzymać się na uboczu.

– Mocna historia.

– Tak, mnie samą zaskoczyło, że się na to odważyłam. Ale nie żałuję. Oszczędziłam temu człowiekowi tygodni niewyobrażalnych tortur.

– Kto to był?

– Wreszcie jakieś dobre pytanie. – Kładzie dłoń delikatnie na moim ramieniu. – Nazywał się Massimo. Był dziadkiem Marcusa.

Przed południem Mary każe mi zapamiętać instrukcję powrotu do domu. Jest bardzo podobna do instrukcji, którą otrzymałem przed przyjazdem.

– Czy to czar, dzięki któremu nikt nie będzie mnie śledził?

– To jedna z moich specjalności. Chociaż na potwierdzenie masz tylko moje słowo, zapewniam cię, że to zaklęcia wcale niełatwe do poprawnego wykonania. Większość magów nie ma do tego cierpliwości. Trzeba odczekać swoje po ukończeniu każdego etapu. Jeśli się zastosujesz, nawet łowcy cię nie wyśledzą.

– Myślę, że łowcy szli tu za mną.

– Łowcy chodzą za tobą wszędzie, Natanie. Zawsze. Podróż tutaj jest wyjątkiem. Tak samo jak podróż stąd, jeśli będziesz postępował zgodnie z moimi wskazówkami.

– Zawsze mnie śledzą?

– To łowcy, Natanie. Nazwa mówi sama za siebie. No i są dobrzy.

Kiwam głową.

– Tak, wiem.

– A ja myślę, że nie wiesz. Nigdy sobie nie pozwalaj na lekceważenie wroga, Natanie. Nigdy. Łowcy chodzą za tobą wszędzie i mogą cię zabić w dowolnie wybranej chwili. Chcą tego, Natanie. Ale pracują dla Rady, a ta trzyma ich w szachu. Na razie.

– Więc powinienem być im wdzięczny?

Mary kręci głową.

– Rada jest bardziej niebezpieczna niż łowcy, o tym też pamiętaj. Łowcy są narzędziem w jej ręku. Podobnie jak wszystko, czym mogą się posłużyć.

Nie wiem, co ma na myśli, mówiąc „wszystko".

– Babcia powiedziała mi, że wysługują się szpiegami.

– Tak, szpiegowanie to jedna z ich ulubionych metod. Nikomu nie ufaj, Natanie. Ani przyjaciołom, ani nawet rodzinie. Jeśli są po stronie białej magii, Rada wykorzysta ich jako szpiegów, o ile tylko zdoła. A zazwyczaj jej się to udaje. Rada i łowcy mają jeden wspólny cel: chcą śmierci Marcusa. I wszystkich jego potomków.

– Wczoraj powiedziała pani, że Rada nigdy nie zamierzała mnie zabić.

– Jeszcze nie. W tym momencie sądzą, że więcej jesteś dla nich wart żywy niż martwy.

– Chcą mnie wykorzystać, by zastawić pułapkę na Marcusa?

– Na pewno się nad tym zastanawiali, może nawet próbowali. Ale jest coś więcej. Nie chodź już na kolejne oceny. Znajdź Mercurę. Ukryje cię do czasu twojej ceremonii obdarowania. Ruszaj, jak tylko będziesz mógł.

Przytakuję, ale dałbym głowę, że zbiera się w sobie, by powiedzieć mi coś jeszcze. Mimo to milczy.

– Przypomniała mi się jeszcze jedna rzecz dotycząca Marcusa – mówię w końcu. – Kilka lat temu miał miejsce atak na rodzinę czarodziejów, Greyów. Marcus ich zabił. Myślę jednak, że tak naprawdę próbował zdobyć coś, co znajdowało się w ich posiadaniu. Coś o nazwie Fairborn. Czy wie pani, co to było?

Mary kiwa głową.

– Wiem. Nóż.

– Dlaczego Marcus chciał go zdobyć?

– To wyjątkowy nóż. Zły przedmiot. Z tego, co wiem, Fairborn to imię człowieka, który go wykonał ponad sto lat temu. Wygrawerował swoje imię na ostrzu. Poznałam ten nóż znakomicie podczas śledztwa, którym Rada objęła mój atak w lochach. To ten sam nóż, który rzuciłam Massimowi. To był nóż Massima.

– Teraz rozumiem, dlaczego Marcus chciał go odzyskać.

– Nie, nie sądzę, byś to rozumiał, Natanie. – Mary pociera czoło wierzchem dłoni i wzdycha. – Marcus odwiedził mnie kilka tygodni temu. Przyszedł, by prosić mnie o przysługę. Dostrzega przebłyski przyszłości... możliwe scenariusze przyszłych zdarzeń. Myślę, że to nie tyle dar, ile przekleństwo. Opowiedział mi jedną ze swoich wizji, która po raz pierwszy objawiła mu się wiele lat temu, a która od tej pory regularnie powraca. Chciał, bym ci o niej opowiedziała. Uznał, że jeśli ją poznasz, być może uda ci się lepiej go zrozumieć.

– Ma pani dla mnie wiadomość! I zwlekała pani z nią aż do tego momentu?!

– Gdyby to ode mnie zależało, w ogóle bym ci nie mówiła. Musisz zrozumieć, Natanie, to tylko wizja. Możliwa przyszłość. Tylko tyle. Im większe jednak znaczenie przywiązuje się do wizji, tym częściej są skłonne się spełniać.

– Czy ma pani pojęcie, jak bardzo chciałbym usłyszeć jakąkolwiek wiadomość od niego? – We wzburzeniu odchodzę kilka kroków, po czym zawracam gwałtownie i nachylam się nad nią, patrząc jej w oczy.

– Proszę mi powiedzieć.

– Natanie, wiele czarodziejek widzi przyszłość. Jeśli Marcus miał wizję, to możesz być pewien, że Rada również o niej wie.

Marcus chce, byś go zrozumiał, ale chce również, byś lepiej zrozumiał Radę.

– Powie mi pani czy nie?

– Istnieją dwa rodzaje broni, które zastosowane jednocześnie mogą uśmiercić twojego ojca. Oba są strzeżone przez Radę, dopóki nie będą gotowe do wykorzystania.

– Co to jest?

– Pierwsza z nich to Fairborn.

– A druga?

– Druga broń to...

Nagle nie chcę słuchać dalej. Wiem, co zaraz powie. Narastający w głębi czaszki zwierzęcy ryk przetacza się grzmotem i chcę, by trwał, potęgując się z każdą chwilą, bo nie taką wiadomość chciałem usłyszeć. Nie na taką wiadomość czekałem! To nie może być prawda! Słowa Mary są nieubłagane, ale może źle usłyszałem przez te dźwięki kotłujące się w mojej głowie. Jeśli ten łoskot będzie trwał nieprzerwanie, nie będę musiał...

– Natanie? Czy ty mnie słuchasz?

Kręcę głową.

– Nie zabiję go.

– Dlatego musisz wyjechać. Jeśli zostaniesz dłużej z czarodziejkami, Rada Białej Magii zmusi cię do tego. Ty jesteś drugą bronią.

Szóste zawiadomienie

To tylko jeden z możliwych scenariuszy przyszłości. To zdanie powtarzam sobie jak mantrę. Istnieją miliony, miliardy możliwych wersji przyszłości.

Nie zabiję go. Wiem to. Jest moim ojcem.

Nie zabiję go.

I chcę się z nim spotkać. Chcę mu to powiedzieć. Tylko że on wierzy w tę wizję. Nie będzie chciał się ze mną spotkać. Nigdy.

Jeśli będę chciał się z nim zobaczyć, pomyśli, że chcę go zabić. I zabije mnie.

Mary podała mi adres Boba, jej przyjaciela, który pomoże mi znaleźć Mercurę. Mówi, że powinienem natychmiast ruszać w drogę, i obiecuję jej, że tak się stanie, chociaż to tylko słowa. Nie wiem jeszcze, co zrobię.

Ruszam do domu.

Chcę porozmawiać z babcią. Muszę ją zapytać o Marcusa. Musi mi coś powiedzieć. Do tego już jutro ceremonia obdarowania Arrana. Chciałbym mu towarzyszyć przy tej okazji. Potem wyjadę.

Przyjeżdżam wieczorem. Jest jeszcze jasno. Babcia piecze w kuchni ciasto na przyjęcie po ceremonii. Nie pyta o przyjęcie urodzinowe Mary.

Nie mówię „Cześć!" ani „Tęskniłem za wami!", ani „Jak ciasto? Rośnie?". Pytam bez wstępów:

– Ile razy widziałaś się z Marcusem?

Zastyga bez ruchu i rzuca okiem na drzwi do kuchni, po czym mówi:

– Jessica przyjechała do domu na ceremonię obdarowania Arrana.

Podchodzę blisko babci i mówię cicho:

– Jest moim ojcem. Chcę dowiedzieć się o nim wszystkiego, co wiesz.

Babcia kręci głową. Próbuje mnie przekonać, że powie mi wszystko jutro, ale grożę, iż zawołam Jessicę, by też miała okazję wszystkiego wysłuchać. I chociaż babcia pewnie wie, że nigdy bym tego nie zrobił, opada na krzesło i niemal niedosłyszalnym szeptem opowiada mi wszystko, co wie o Marcusie i mojej matce.

Otwieram okno w naszej sypialni. Jest już ciemno i widać cienki, rosnący rożek księżyca. Arran wyskakuje z łóżka i przytula mnie. Oddaję uścisk i stoimy objęci przez dłuższą chwilę, a potem siadamy na podłodze pod oknem.

Arran nie może powstrzymać ciekawości.

– No i jak przyjęcie urodzinowe?

– Nie mam pojęcia, o czym mówisz.

– Nic mi nie powiesz?

– Opowiedz mi lepiej o tym, co będzie się działo jutro. Jak się czujesz?

– Dobrze. Trochę zdenerwowany. Mam nadzieję, że czegoś nie pomylę.

– Na pewno nie.

– Jessica przyjechała na ceremonię.

– Babcia mi powiedziała.

– Przyjdziesz?

Nie mogę się zdobyć nawet na to, by potrząsnąć głową.

– W porządku – mówi szybko Arran.

– Naprawdę chciałem.

– Cieszę się, że jesteś tutaj – teraz. Tak jest jeszcze lepiej.

Rozmawiamy przez chwilę, wspominając filmy, które kiedyś wspólnie oglądaliśmy, i w końcu zaczynamy omawiać szczegóły jego ceremonii obdarowania. Mówię mu, że jestem przekonany, iż otrzyma dar uzdrawiania, jak nasza matka. Miała silny dar i była ogromnie ciepła i delikatna; babcia mi to powiedziała. Myślę, że Arran będzie do niej podobny. On sam sądzi, że będzie miał raczej słaby dar, jakikolwiek by był, ale nie przejmuje się tym i wiem, że naprawdę tak to odbiera.

W końcu idzie spać, a ja siadam do rysunku, który chciałbym mu podarować. Przedstawia nas obu bawiących się w lesie.

Siedzę na podłodze przez większą część nocy z głową przy otwartym oknie, przyglądając się śpiącemu Arranowi. Wiem, że nie mogę zostać na ceremonię obdarowania, skoro będzie na niej Jessica. I nie mogę powiedzieć Arranowi, dokąd się wybieram. Nie mogę się z nim nawet pożegnać.

Cały czas próbuję zrozumieć związek łączący moją matkę i ojca oraz powody, dla których babka postanowiła go przede mną ukryć, ale koniec końców okazuje się, że łatwiej w ogóle o tym nie myśleć.

Jest jeszcze ciemno, kiedy chyłkiem wymykam się z domu. Arran leży na plecach wyciągnięty na skos na łóżku, z jedną stopą zwieszoną poza krawędzią materaca. Całuję koniuszki palców i dotykam nimi jego czoła, po czym kładę ostrożnie rysunek na jego poduszce i szybko chwytam plecak.

W korytarzu zapalam lampę stołową i biorę do ręki zdjęcie mojej matki. Wydaje mi się teraz inna. Może jej mąż ją kochał – wygląda w każdym razie na szczęśliwego – ale ona wydaje mi się teraz smutna. Próbuje się uśmiechać, ale tylko nieznacznie krzywi usta i mruży oczy.

Odstawiam zdjęcie i szybko przechodzę przez kuchnię.

Cudowne, rześkie powietrze, które owiewa mnie po wyjściu na zewnątrz, przynosi mi natychmiastową ulgę. Robię krok, może dwa, i nagle słyszę w głowie syk zbliżających się do mnie szybko telefonów komórkowych. Z mroku wyłaniają się dwie postacie, które zaciskają dłonie na moich ramionach, obracają gwałtownie i rzucają mną o ścianę domu. Próbuję się wyrwać, ale tylko odrywają mnie od ściany i rzucają na nią jeszcze raz. Ktoś skuwa mi nadgarstki za plecami, odrywa od ściany i jeszcze raz na niej rozpłaszcza.

I znów znajduję się w sali, w której zazwyczaj przeprowadzana jest ocena. Rozkuto mnie, gdy dobiegła końca podróż, którą odbyłem na tylnym siedzeniu samochodu w towarzystwie siedzących po obu stronach łowców. Z ich rozmowy wywnioskowałem, że babcia siedzi w samochodzie jadącym z tyłu.

Myślę o ceremonii obdarowania Arrana. Babci nie będzie na niej i zdaję sobie sprawę, że Jessica przyjechała nie po to, by w niej uczestniczyć, lecz po to, by ją poprowadzić. Rada przekaże jej krew. Arran będzie wściekły, co również jest częścią ich planu. Uwielbiają nie tylko wbić nóż, ale jeszcze przekręcić go w ranie.

Staję przed trzema członkami Rady. Przewodnicząca przemawia jako pierwsza.

– Zostałeś tu dziś przyprowadzony, by odpowiedzieć na kilka bardzo istotnych pytań.

Staram się sprawiać wrażenie zaskoczonego i całkowicie niewinnego.

Kobieta siedząca na prawo od przewodniczącej wstaje z krzesła, wolno obchodzi stół i staje na wprost mnie. Jest niższa, niż się spodziewałem. Nie jest ubrana w białe szaty, które członkowie Rady zakładają zazwyczaj na moją ocenę. Ma na sobie szarą prążkowaną garsonkę, a pod nią białą bluzkę. Wysokie obcasy stukają donośnie na kamiennej podłodze.

– Podciągnij rękaw.

Mam na sobie narzuconą na T-shirt koszulę z rozpiętymi mankietami, od których guziki zgubiły się dawno temu. Podciągam lewy rękaw, odsłaniając ramię.

– Drugi – mówi kobieta.

Kiedy stoi tak blisko, dostrzegam srebrne iskry migoczące w oczach równie ciemnobrązowych, jak jej skóra. Obracają się powoli spiralnym ruchem, bledną, niemal gasną, by po chwili rozbłysnąć z nową siłą.

– Chciałabym zobaczyć twoje ramię – przynagla mnie.

Robię to, co mi każe. Skóra na wewnętrznej części przedramienia poznaczona jest cienkimi, niewyraźnymi bliznami. Dwadzieścia osiem. Po jednej na każdy dzień, w którym testowałem swoje zdolności samouzdrawiania.

Kobieta ujmuje mocno mój nadgarstek pomiędzy kciuk i palec wskazujący i podnosi sobie moje przedramię na wysokość oczu. Trzyma je przez chwilę i czuję jej oddech na skórze, a potem puszcza nieoczekiwanie i wraca na swoje miejsce.

– Pokaż swoje ramię pozostałym członkom Rady.

Wujek Annalise, Soul O'Brien, ledwie zaszczyca je spojrzeniem. Siwoblond włosy ma zaczesane gładko do tyłu. Pochyla się i szepcze coś do ucha przewodniczącej.

Zastanawiam się, czy wiedzą o bliznach na moich plecach. Pewnie tak. Kieran na pewno pochwalił się swoim wyczynem.

– Odsuń się od stołu – mówi Soul.

Robię, co mi każe.

– Czy potrafisz goić rany? – pyta bez ogródek.

Wyszedłbym na głupca, próbując zaprzeczać, ale też nie mam zamiaru się tu do niczego przyznawać.

Powtarza pytanie, na które nie odpowiadam.

– Masz obowiązek odpowiadać na nasze pytania.

– Dlaczego?

– Ponieważ jesteśmy Radą Białej Magii.

Wbijam w niego nieporuszone spojrzenie.

– Czy potrafisz goić rany?

Nie odrywam od niego wzroku.

– Gdzie przebywałeś przez ostatnie dwa dni?

Nie odrywam od niego spojrzenia, ale na to pytanie już odpowiadam.

– W lasach w pobliżu naszego domu. Spałem pod gołym niebem.

– Kłamstwa wygłaszane w obliczu Rady stanowią poważne przestępstwo.

– Nie kłamię.

– Nie było cię w lasach. Nie było cię w strefie, na przebywanie w której otrzymałeś pozwolenie.

Staram się wyglądać na osobę zaskoczoną i niewinną.

– Ściśle rzecz biorąc, w ogóle nie mogliśmy cię znaleźć.

– Mylą się państwo. Byłem w miejscowych lasach.

– Nie. Nie mylimy się. I jak już wcześniej powiedziałem, kłamstwa w obliczu Rady są poważnym przestępstwem.

Wytrzymuję jego spojrzenie i powtarzam:

– Byłem w lasach.

– Nie.

Soul nie sprawia wrażenia wściekłego. Jest niezachwiany w swoich przekonaniach i znudzony przeciągającą się konfrontacją.

Przewodnicząca Rady unosi dłoń.

– Wystarczy.

Soul odrywa wzrok ode mnie i przenosi go na czubki swoich paznokci, odchylając się na oparciu fotela.

Przewodnicząca odwraca się do strażników stojących na tyłach sali.

– Proszę wprowadzić panią Ashworth.

Szczęka zamek w drzwiach i w sali rozbrzmiewają zbliżające się powoli kroki babci. Gdy staje u mego boku, odwracam się, by na nią spojrzeć. Jestem wstrząśnięty widokiem małej, przerażonej, starej kobiety.

– Pani Ashworth – zaczyna przewodnicząca. – Wezwaliśmy panią, by mogła pani odeprzeć stawiane pani zarzuty. Poważne zarzuty. Nie zastosowała się pani do postanowień Rady. Powiedziano wyraźnie, że Rada musi być informowana o wszelkiego rodzaju kontaktach półkodów z czarodziejkami, czarodziejami i adeptami Białej Magii. Nie zastosowała się pani. Nie zapobiegła pani również przemieszczaniu się półkoda poza strefę, w ramach której miał prawo się poruszać.

Przewodnicząca rzuca okiem na leżące przed nią dokumenty, po czym ponownie podnosi wzrok na babcię.

– Czy ma pani cokolwiek do powiedzenia?

Babcia milczy.

– Pani Ashworth. Jest pani opiekunką półkoda i do pani obowiązków należy dopilnowanie, by postępował zgodnie z postanowieniami Rady. Nie dopilnowała pani, by poruszał się w ramach strefy autoryzowanej przez Radę, i nie poinformowała pani o spotkaniach półkoda oraz czarodziejów Kierana, Nialla i Connora i czarodziejki Annalise O'Brien.

– Moja babcia o niczym nie wie. Nie miałem zamiaru spotykać się z Kieranem, Niallem i Connorem O'Brienami. Zaatakowali mnie.

– Z tego, co jest nam wiadome, to ty zaatakowałeś ich – odpiera przewodnicząca Rady.

– W pojedynkę rzuciłem się na nich trzech. No jasne.

– A Annalise? Czy miałeś zamiar się z nią spotykać?

Na powrót wbijam w nią nieporuszone spojrzenie.

– Czy zamierzałeś się spotykać z Annalise? Lub zaatakować ją? A może zamierzałeś coś innego?

Chciałbym zabić ją spojrzeniem.

Przewodnicząca odwraca się na powrót do babci.

– Pani Ashworth, dlaczego zignorowała pani polecenia Rady?

– Nie zignorowałam ich. Postępowałam zgodnie z nimi.

Głos babci jest cichy i drżący.

– Nie. Nie zastosowała się pani do nich. Nie dopełniła pani obowiązku sprawowania kontroli nad półkodem. A może wiedziała pani o jego podróżach w regiony zakazane przez Radę, a jednak postanowiła pani nie informować o łamaniu jej poleceń?

– Postępowałam zgodnie z postanowieniami Rady – powtarza babcia cicho.

Przewodnicząca wzdycha i kiwa głową na wuja Annalise, który wyciąga spod blatu arkusz papieru. Odczytuje daty i godziny moich wyjazdów z domu, miejsca mojego pobytu podczas nieobecności i czasy powrotu. Każda z moich podróży do Walii została w ten sposób opisana.

Robi mi się niedobrze. A przecież byłem pewien, że nikt mnie nie śledzi. Nie ma jednak ani słowa o podróży do Mary. Jej wskazówki okazały się skuteczne, ale najwyraźniej moje zniknięcie wzbudziło podejrzenia.

– Czy zaprzeczasz, że odbyłeś te wyprawy w regiony nieautoryzowane przez Radę? – pyta przewodnicząca.

Nadal nie chcę się do niczego przyznawać, ale zaprzeczanie wydaje się w tym momencie bezcelowe.

– Moja babcia nie wiedziała o moich poczynaniach. Mówiłem jej, że idę do lasów, w których miałem prawo przebywać.

– Przyznajesz zatem – mówi kobieta – że nie zastosowałeś się do poleceń Rady. Okłamałeś nas. Oszukałeś własną babkę, czystej krwi czarodziejkę.

– Jest jasne – mówi wuj Annalise – że próbował oszukać nas wszystkich. Ale to do obowiązków pani Ashworth należało dopilnowanie przestrzegania poleceń Rady. I – urywa na chwilę, by spojrzeć na przewodniczącą, która kiwa przyzwalająco głową – ponieważ pani Ashworth najwyraźniej nie udało się tego uczynić, zmuszeni jesteśmy wyznaczyć kogoś, komu się to uda.

W tym momencie z odległego kąta sali wychodzi na środek ogromna kobieta. Zauważyłem ją już wcześniej, ale sądziłem, że jest strażnikiem. Podchodzi i staje na lewo od stołu. Pomimo swojej imponującej postury porusza się z wdziękiem i chociaż stoi prosto, niemal na baczność, jest w niej przedziwna gracja, jakby była owocem związku żołnierza z tancerką.

Przewodnicząca wyjmuje spod blatu kolejny arkusz papieru ze słowami:

– Jako Rada podjęliśmy wczoraj kolejne postanowienie.

Czyta powoli:

– Informacja o postanowieniu Rady Białej Magii Anglii, Walii i Szkocji. Wszystkie półkody (C 0,5/B 0,5) będą kształcone i nadzorowane wyłącznie przez czarodziejki i czarodziejów wyznaczonych przez Radę.

– Jest kształcony pod moim nadzorem. Jestem czarodziejką. Uczę go odpowiednio – mówi babcia nieśmiało i tak cicho, jakby mówiła sama do siebie.

– Pani Ashworth – mówi przewodnicząca – nie ma wątpliwości, że nie dopełniła pani przynajmniej dwóch postanowień Rady. Rozważaliśmy stosowną karę.

Rozważali? O czym ona mówi? Co oni jej zrobią?

– Rada jest jednak zgodna, że nie zostaliśmy powołani do tego, by karać czarodziejki. Jesteśmy tu po to, by udzielać im pomocy i chronić je.

Przewodnicząca zaczyna odczytywać treść trzymanego w rękach dokumentu. Wuj Annalise wygląda na znudzonego i przygląda się własnym paznokciom. Kobieta w szarej garsonce patrzy uważnie na przewodniczącą Rady.

Nie zdołam się przemknąć między strażnikami stojącymi za mną, ale w ścianie po drugiej stronie znajdują się drzwi, przez które wchodzą do sali członkowie Rady.

Przewodnicząca czyta dalej, ale już nie na niej się koncentruję.

– Zdajemy sobie sprawę, że zadanie to... zbyt ciężkie. Nowe postanowienie... zdejmuje z pani barków ten ciężar... kształcenie i rozwój półkoda... nie należy lekceważyć... monitorowane i kontrolowane.

Rzucam się w kierunku drzwi po drugiej stronie sali, wskakując na stół między przewodniczącą Rady a kobietą w szarej garsonce. Wśród krzyków straży zeskakuję ze stołu, a przewodnicząca zbyt późno wyciąga rękę, by chwycić mnie za nogę. Pięć czy sześć kroków ku drzwiom i pozbędę się ich wszystkich. Wtedy uderza mnie łoskot.

Wysoki, świdrujący dźwięk wypełnia moją czaszkę tak nagle i nieoczekiwanie, że nie mogąc się opanować, przykrywam uszy z całych sił dłońmi i zaczynam krzyczeć. Ból niemal pozbawia mnie przytomności. Padam na kolana i wbijam wzrok w drzwi, nie mogąc się poruszyć. Krzyczę, ale łoskot nie słabnie. Sekundę później wszystko ginie w ciemnościach.

Cisza.

Leżę na podłodze kompletnie zasmarkany, nadal zatykając uszy palcami. Najwyraźniej straciłem przytomność jedynie na minutę. Tuż przed swoją twarzą widzę czubki ciężkich wojskowych butów wielkiej kobiety o gracji tancerki.

– Wstań.

Ma cichy, miękki głos.

Wycieram nos grzbietem dłoni i chwiejnie staję na nogi.

Kobieta ubrana jest w zielone brezentowe spodnie i ciężką wojskową kurtkę. W jej pospolitej twarzy nie sposób dopatrzyć się choćby cienia urody. Ospowata, lekko opalona skóra. Szerokie usta, grube wargi. W niebieskich oczach tańczą drobne, srebrzyste iskierki. Krótkie, blade rzęsy. Krótkie blond włosy, cienkie i postrzępione, ledwie przykrywające skórę głowy. Na oko może mieć około czterdziestu lat.

– Jestem twoją nową nauczycielką i opiekunką.

Zanim zdążam zareagować, odwraca się i kiwa głową na strażników, którzy unoszą mnie za ramiona i wynoszą z sali. Robię, co w mojej mocy, żeby się wyrwać, ale nawet nie dosięgam stopami podłogi. Przyciśnięty silnym ramieniem strażnika, kopiąc i miotając się, chwytam spojrzenie babci. Ma łzy w oczach i sweter ściągnięty z jednego ramienia, jakby ktoś próbował ją przytrzymać lub pociągnąć za sobą. Stoi teraz w zupełnym osamotnieniu i sprawia wrażenie kompletnie zagubionej.

Przeprowadzają mnie długimi korytarzami i wynoszą na wybrukowany dziedziniec, na którym stoi biała półciężarówka z otwartymi tylnymi drzwiami. Bezceremonialnie wrzucają mnie do środka. Zanim zdążam się pozbierać, ktoś wbija mi kolano w plecy i przygniata do podłogi, skuwając mi szybko nadgarstki za plecami. Potem ktoś wciąga mnie głębiej do ciężarówki i jakieś grube palce, jej palce, zapinają mi na szyi obrożę. Pluję i przeklinam, za co otrzymuję silny cios w potylicę, po którym przez dłuższą chwilę nie mogę opanować zawrotów głowy. Obroża zostaje połączona krótkim łańcuchem z pierścieniem znajdującym się w podłodze półciężarówki.

Miotam się, kopię, klnę i wrzeszczę jak opętany.

Ponownie uderza mnie fala ogłuszających dźwięków.

Nie mogąc zakryć uszu, wpadam w panikę. Wrzeszczę i kopię do utraty przytomności.

Kiedy ją odzyskuję, samochód już jedzie, a ja obijam się na wszystkie strony po zardzewiałej podłodze. Podróż ciągnie się w nieskończoność. Widzę tył głowy wielkiej kobiety prowadzącej samochód. Wydaje się, że nie towarzyszą nam żadni łowcy ani strażnicy.

Krzyczę, że muszę się wysikać – z nadzieją, że uda mi się uciec, skoro zostaliśmy sami.

Nie zwraca na mnie uwagi.

– Muszę się wysikać! – krzyczę jeszcze raz. Naprawdę mnie pili.

Odwraca lekko głowę i odkrzykuje:

– To przestań wrzeszczeć i się wysikaj. Jutro i tak będziesz czyścił samochód.

Jedziemy dalej. Kiedy zapada zmrok, wszystko mi się w środku przewraca już nie tylko dlatego, że jestem zamknięty, ale też z powodu ciągłego podrzucania na wybojach. Staram się nie zwymiotować, ale już po kilku minutach muszę się poddać.

Krótki łańcuch i obroża skazują mnie na leżenie we własnych wymiocinach. Samochód zatrzymuje się dopiero wiele godzin później, gdy dojeżdżamy wreszcie do miejsca przeznaczenia. Zasikany, unurzany w rzygowinach, nie mam nawet siły podnieść głowy.

Część trzecia

Druga broń

Dławik

Trzeba jej przyznać, że jest wiedźmą z piekła rodem, ale upiornie pracowitą. Nie spała przez całą noc i większą część dnia, udoskonalając nową obrożę z kwasem.

A teraz ci ją zakłada. Ciasno.

– Przyzwyczaisz się do niej.

Pod obrożę z trudem daje się wcisnąć palec.

– Poluźnię trochę, jeśli chcesz.

Zbywasz ją milczeniem.

– Wystarczy, że poprosisz.

Nie możesz nawet odkrztusić, tak ciasno zapięła.

Znów jesteś w kuchni i siedzisz przy stole. Żadnych porannych ćwiczeń, żadnego śniadania, ale z tym czymś na szyi i tak nie dałoby się zjeść. Chyba nie zamierza tak tego zostawić, to niemożliwe. Ledwo daje się przełykać ślinę. Ledwo daje się oddychać.

Oszołomienie towarzyszące gojeniu się minęło, jakby cała moc została zużyta. Dłoń jest spuchnięta i zagoiła się tylko częściowo, a teraz boleśnie pulsuje. Pulsowanie odczuwalne jest nawet w ramieniu i karku.

– Wyglądasz na zmęczonego, Natanie.

Jesteś zmęczony.

– Oczyszczę teraz twoją dłoń.

Zanurza gałganek w misce z wodą i wykręca go. Odsuwasz rękę, ale przyciąga ją do siebie i przeciąga szmatką po nadgarstku. Jest chłodna. Miła w dotyku. Dobrze choć przez sekundę nie czuć palącego bólu. Przesuwa szmatką po grzbiecie twojej dłoni, a potem delikatnie ją obraca i obmywa jej wnętrze. Brud nie zejdzie, ale woda odświeża. Kobieta jest bardzo delikatna.

– Czy możesz poruszać palcami?

Możesz lekko poruszyć palcami, ale kciuk jest odrętwiały i z powodu opuchlizny nie sposób nim poruszyć. Dla niej nie kiwnąłbyś nawet zdrowym palcem.

Ponownie moczy gałganek w misce z wodą, wykręca go i unosi.

– Wyczyszczę teraz twoje ucho. Jest kompletnie zakrwawione.

Wyciąga rękę i obmywa ucho. I znów robi to bardzo wolno i delikatnie.

Nie słyszysz na lewe ucho, ale prawdopodobnie w środku po prostu zaschła krew. Lewe nozdrze też masz kompletnie zatkane.

Odkłada szmatkę z powrotem do miski i krew zabarwia wodę na czerwono. Wyciska szmatkę i sięga ku twojej twarzy. Uchylasz się.

– Wiem, że dławik jest ciasny. – Przesuwa szmatką po twoim czole. – I wiem, że możesz to znieść. – Ostrożnie przemywa szmatką twój policzek. – Jesteś twardy, Natanie.

Lekko się od niej odwracasz.

Znów zanurza szmatkę w misce, której zawartość jest już burą mieszaniną wody, krwi i brudu. Wykręca szmatkę i rozwiesza ją na brzegu naczynia.

– Poluźnię go, jeśli tylko poprosisz. – Wyciąga rękę i przesuwa koniuszkami palców po twoim policzku. – Chcę go poluźnić. Ale musisz o to poprosić.

Jej głos jest cichy i czuły.

Odsuwasz się, a dławik zaciska się boleśnie na szyi.

– Jesteś zmęczony, Natanie, prawda?

I naprawdę jesteś tym wszystkim już bardzo zmęczony. Tak bardzo zmęczony, że masz ochotę się rozpłakać. Nigdy jednak nie dasz tego po sobie poznać.

Nigdy.

Chcesz już tylko, by to wszystko się skończyło.

– Musisz mnie tylko poprosić, żebym go poluźniła, a ja to zrobię.

Nie chcesz płakać i nie chcesz o nic prosić, ale chcesz, by to wszystko już się skończyło.

– Poproś mnie, Natanie.

Dławik jest tak ciasno zapięty. A ty jesteś tak śmiertelnie zmęczony.

– Poproś mnie.

Od wielu miesięcy prawie się nie odzywałeś. Twój głos jest dziwnie chrapliwy. Kobieta ociera ci łzy koniuszkami palców.

Nowa sztuczka

Wszystko zostaje po staremu. Rozkład dnia. Klatka. Kajdany. Dławik na szyi – nieco luźniejszy, ale jednak. Jeśli podejmę próbę ucieczki, umrę. Nie mam co do tego wątpliwości. A w tym akurat momencie nie jestem na to gotowy.

Poranna rutyna nie zmienia się ani na jotę. W tej chwili robię zewnętrzne okrążenie w czasie poniżej trzydziestu minut. To kwestia ćwiczeń i odpowiedniej diety, co sprowadza się do tego, że stałem się szczupłym i wściekłym automatem do biegania. Ale głównie jest to kwestia nowej sztuczki.

Nowa sztuczka nie jest wcale łatwiejsza od starej.

Nowa sztuczka polega na tym, by nie opuszczać teraźniejszości... Zatracić się w jej szczegółach... Cieszyć się nią!

Cieszyć się można na przykład poprawianiem umiejscowienia palców podczas wykonywania pompek. Oznacza to dopracowanie naprawdę doskonałego położenia palców względem siebie, dopieszczenie ich wyprostu lub wygięcia, nawiązanie idealnego kontaktu z ziemią, uważne zbadanie zmian sygnalizowanych przez zmysły, gdy ciało opuszcza się i podnosi.

Tyloma rzeczami można się cieszyć, aż nazbyt wieloma. Kiedy biegnę swoje kółko, koncentruję się na głębokości oddechu, precyzyjnym odczuwaniu wilgotności powietrza i kierunku wiatru, jego zawirowań ponad wzniesieniami i zmianach prędkości, gdy masy powietrza pokonują wąską dolinę. Nogi niosą mnie bez wysiłku w dół zbocza i ten fragment po prostu uwielbiam, muszę tylko uważnie wybierać miejsca do postawienia stopy: niewielki skrawek trawy między szarymi kamieniami, płaska skała, łożysko strumienia. Wypatruję odpowiednich miejsc, śledząc nieustannie trasę kilka kroków naprzód i stawiając nogi w wybranych punktach, ale grawitacja odwala resztę roboty. Tylko że poza mną i grawitacją jest jeszcze wzgórze. Mam poczucie, jakby sama ziemia dokładała starań, bym nie postawił stopy niewłaściwie. A potem odcinek pod górkę, na którym mięśnie nóg zaczynają płonąć ze zmęczenia. Jeśli jest naprawdę stromo, muszę znaleźć odpowiednie podparcie dla stóp i odpowiednie chwyty, a potem napierać, napierać bez wytchnienia. Teraz to ja odwalam robotę, grawitacja odbiera sobie z nawiązką, a wzgórze szepcze: „Nie zwracaj uwagi, po prostu biegnij". Grawitacja jest bez serca, ale wzgórze mi sprzyja.

Kiedy siedzę w klatce, zapisuję w pamięci kolor nieba, kształt chmur, szybkość ich przemieszczania się i tempo zmian. Mogę wstać i zanurzyć się w chmurach wszystkich kształtów i kolorów. Mogę się zatopić w cętkowane rdzą pręty klatki, wpełznąć pod łuszczącą się farbę i zwiedzić jeden z moich własnych, prywatnych prętów.

Moje ciało się zmieniło. Dorosłem. Pamiętam pierwszy dzień w klatce. Aby dotknąć prętów zamykających ją od góry, musiałem lekko podskoczyć. Teraz wystarczy, że wyciągnę ręce, a dłońmi i nadgarstkami zanurzam się w wolności. By podciągać się do góry, muszę podkulić nogi. Nie jestem jeszcze tak wysoki jak Celia, ale ona jest ogromna.

Celia. Przyznam, że ciężko jest czerpać radość z jej obecności, ale czasem mi się udaje. Rozmawiamy. Jest inna, niż sądziłem. Myślę, że ona też spodziewała się po mnie czegoś innego.

Rozkład dnia

Nie chciałbym zostać źle zrozumiany. To nie kolonia letnia, ale Celia powiedziałaby, że też nie gułag. Oto rozkład dnia.

Wstań i wyjdź z klatki. Jak zwykle o świcie Celia rzuca mi klucze. Zapytałem ją kiedyś, co by się ze mną stało, gdyby z przyczyn naturalnych umarła we śnie. Odpowiedziała: „Myślę, że przetrwałbyś tydzień bez wody. Podczas opadów mógłbyś zbierać wodę w impregnowany brezent. Biorąc pod uwagę częstotliwość opadów w tym regionie, umarłbyś raczej z głodu niż z pragnienia. Myślę, że przeżyłbyś jakieś dwa miesiące".

Ukryłem w ziemi gwóźdź. Mogę go dosięgnąć z klatki i potrafię z jego pomocą rozkuć sobie kajdany. Nie udało mi się jeszcze otworzyć kłódki zamykającej klatkę, ale będę miał jeszcze masę czasu, by nad tym popracować. Potem będę jeszcze musiał zdjąć obrożę. Podejrzewam, że w obroży będę w stanie przetrwać jakiś rok.

Poranne ćwiczenia. Bieganie, rundka wokół, czasem dwie rundki, gimnastyka. To najlepsza część dnia. Zazwyczaj biegam boso. Błoto stało się częścią moich stóp.

Mycie się, pranie ubrań, czyszczenie klatki. Opróżniam wiadro, napełniam je wodą ze strumienia, myję je, piorę koszulkę albo dżinsy, jeśli wygląda na to, że szybko wyschną (mam tylko jedno ubranie), zamiatam klatkę, czyszczę ją i oliwię zawiasy, zamki i kajdany, chociaż zazwyczaj nie zmusza mnie już do zakładania ich na noc.

Śniadanie. Przygotowuję je i sprzątam po nim. Lato czy zima: owsianka. Czasem z miodem lub suszonymi owocami.

Poranne obowiązki. Zbieranie jajek, sprzątanie kurnika i kojca dla drobiu, wyłożenie karmy i nalanie świeżej wody do poideł, karmienie świń, wynoszenie popiołu, rąbanie drewna. Siekiera przymocowana jest łańcuchem do drewnianej kłody i Celia zawsze ma mnie na oku, gdy rąbię. (Podczas jednej z pierwszych – trzeba przyznać, słabo przemyślanych – prób ucieczki próbowałem przerąbać kłodę, do której przymocowany był łańcuch).

Lunch. Przygotowanie lunchu i sprzątanie po nim. Co drugi dzień piekę chleb.

Ćwiczenia popołudniowe. Samoobrona, bieganie, rundka czy dwie. Samoobrona idzie mi coraz lepiej, ale Celia jest naprawdę szybka i silna. W gruncie rzeczy jest to wymówka, z której skwapliwie korzysta, by prać mnie regularnie na kwaśne jabłko.

Popołudniowe lekcje. Czytanie. Celia mi czyta, co brzmi uroczo, ale wcale takie nie jest. Zadaje pytania dotyczące tego, co właśnie przeczytała. Jeśli moje odpowiedzi jej nie satysfakcjonują, uderza mnie otwartą dłonią i nie jest to bezbolesne. Przynajmniej jednak nie muszę czytać. Celia próbowała mnie nauczyć, ale zgodnie uznaliśmy, że należy z tym skończyć. Dla obojga było to nie do zniesienia. Powiedziała nawet: „Czasem trzeba się przyznać do porażki", po czym zdzieliła mnie za pogardliwy uśmiech.

Tydzień temu sięgnąłem po książkę i zacząłem literować jakieś słowa, ale wyszarpnęła mi ją z ręki, mówiąc, że nie zdoła pohamować morderczych instynktów, jak się nie zamknę. Celia ma niewiele książek. Trzy książki dotyczą magii: jedna eliksirów, jedna historii białej magii na przestrzeni wieków i jedna historii czarnej magii. Myślę, że czyta je w takim samym stopniu dla mnie jak dla siebie. Książek niedotyczących magii jest nieco więcej: słownik, encyklopedia, kilka pozycji na temat wspinaczki i sztuki przetrwania w niesprzyjających warunkach oraz nieco powieści, głównie rosyjskich pisarzy. Wolę książki o magii, ale Celia utrzymuje, że zamierza wykształcić mnie „wszechstronnie", co jest bezwstydnym kłamstwem. Gdy czasem Celia czyta te pozostałe książki, nie wygląda wcale jak czarodziejka, lecz jak... prawie człowiek. Czyta nam teraz książkę pod tytułem *Jeden dzień Iwana Denisowicza.* Uwielbia te wszystkie opowieści o gułagach. Twierdzi, że to dowód na to, że nawet amagowie są w stanie przetrwać w warunkach znacznie cięższych od tych, z którymi muszę sobie radzić. Mówi to w taki sposób, że zaczynam się zastanawiać, czy nie planuje ich zaostrzenia.

Herbata. Zaparzyć herbatę i przygotować podwieczorek, zjeść, wypić, posprzątać.

Wieczorne prace w domu. Na szczęście w zimie nie zajmują wiele czasu, bo szybko robi się ciemno i muszę wyjść na zewnątrz. Kiedy jednak spędzamy czas razem, rozmawiamy o tym, co wydarzyło się w ciągu dnia, o tym, czego się nauczyłem, o tego rodzaju sprawach. Celia twierdzi, że nie naucza, lecz rozmawia, a ja mam się uczyć poprzez słuchanie i „rozumne" odpowiadanie. Jeśli po tym wszystkim jest jeszcze jasno, dostaję czasem pozwolenie na rysowanie.

Wieczorne ćwiczenia. Zimą, kiedy szybko robi się ciemno, zajmują większą część popołudnia i wieczoru. Ciemności nie przeszkadzają mi w bieganiu. Niewiele widzę, ale coś mnie prowadzi, więc poddaję się i po prostu biegnę. To jedyna rzecz, która nie wymaga ode mnie żadnych trików, bym mógł się nią cieszyć.

Biegam po ciemku i po ciemku staczam walki z Celią. Jestem silniejszy i szybszy podczas pełni księżyca. Podczas pełni Celia nie jest w stanie mnie stłuc, dopóki trzymam się poza jej zasięgiem. Kilka razy już powtórzyła: „Dobra robota. Na dziś wystarczy". Myślę, że z trudem przeszło jej to przez gardło.

Czas do łóżka (do klatki). Jeśli jest w złym nastroju, muszę się zakuć w kajdany.

Noc. Większość nocy przesypiam i przez większość nocy dręczą mnie koszmary. Dobrze się czuję, gdy mogę obserwować gwiazdy, ale niebo często jest zasnute chmurami, a ja jestem zazwyczaj kompletnie wykończony.

Lekcje o moim ojcu

Celia była kiedyś łowczynią. Nie mówi mi, kiedy i dlaczego porzuciła to zajęcie. Wyjaśniła jedynie, że została zatrudniona przez Radę, by sprawować nade mną pieczę i uczyć mnie.

Sprawuje nade mną pieczę o tyle, że uniemożliwia mi ucieczkę, a uczy mnie głównie walki i przetrwania. Przeszliśmy od walki wręcz do walki zbrojnej, choć naszym jedynym uzbrojeniem pozostają na razie drewniane noże. Zapytałem, czy moglibyśmy poćwiczyć z bronią palną, na co odparła: „Sprawdźmy na razie, jak poradzisz sobie z nożem", jakby była jakimś ninja, co oczywiście okazało się niedalekie od prawdy. Wszystkie noże, którymi posługujemy się podczas ćwiczeń, są nieodmiennie bardzo długie i wąskie. Podejrzewam, że tak właśnie wygląda Fairborn.

Celia opowiada mi również o Marcusie.

Wygląda więc na to, że wszystko to zmierza w określoną stronę. Początkowo nic nie mówiłem i zgrywałem głupka, ale nie byłem już w stanie kontynuować tej gry. Musiałem przynajmniej podjąć próbę oporu, więc pewnego dnia zdecydowałem się przestać owijać w bawełnę.

– Nie zabiję mojego ojca. Wiesz o tym, prawda?

Nawet okiem nie mrugnęła.

Znałem jednak to puste spojrzenie, więc pokręciłem głową.

– Nie zabiję go.

– Dostałam polecenia opowiedzenia ci o tych sprawach, więc ci o nich opowiadam. Nie podważam sensowności polecenia.

– Ale uczysz mnie kwestionować wszystko, co słyszę.

– Owszem, ale na niektóre pytania nigdy nie otrzymasz odpowiedzi.

– Nie zabiję go.

– Załóżmy, że Marcus zagrozi zabiciem członków twojej rodziny. Powiedzmy Arrana. Jedynym sposobem ocalenia Arrana jest zabicie Marcusa.

– Załóżmy coś znacznie bardziej realistycznego. Rada grozi członkom mojej rodziny, powiedzmy Arranowi. Jedynym sposobem, by powstrzymać ich od zabicia Arrana, jest zabicie Marcusa.

– I?

– Nie zabiję własnego ojca.

– Cała twoja rodzina. Twoja babcia, Debora i Arran są torturowani.

– Wiem, że Rada zleciłaby bez wahania zabicie ich wszystkich. Są mordercami. Ja nie.

Na te słowa Celia uniosła brwi.

– Zabiłbyś mnie, by stąd uciec.

Obdarzyłem ją szerokim uśmiechem.

Pokręciła głową.

– A gdyby ci zagrozili? Poddali cię torturom?

– Ciągle mi grożą. I nieustannie mnie torturują.

Zapadła cisza.

Wzruszyłem ramionami.

– Poza tym nie jestem na tyle dobry, żeby mi się udało.

– Nie, nie jesteś.

– Myślisz, że pewnego dnia będę wystarczająco dobry?

– Może.

– Będę potrzebował swojego daru.

– Prawdopodobnie.

– Czy Rada podaruje mi moje trzy dary?

Cisza. I spojrzenie, w którym nie ma nic prócz pustki. Próbowałem zadać to pytanie już wcześniej – z identycznym skutkiem.

– Co się dzieje z czarownikami, którzy nie otrzymają trzech darów? Umierają?

– Wiem tylko o jednej dziewczynie, adeptce czarnej magii, która została schwytana w wieku szesnastu lat. Została uwięziona przez Radę, ale nie była źle traktowana. Oczywiście nie otrzymała trzech darów. Podupadła na zdrowiu z powodu choroby płuc i straciła rozum. Zmarła tuż przed swoimi osiemnastymi urodzinami.

Czy zostanę kolejnym królikiem doświadczalnym? Co się ze mną stanie?

Lekcje na temat Marcusa dotyczyły jego ataków i jego darów. Lista zabitych przez niego czarodziejek i czarodziejów jest długa i obejmuje wszystkie szczegóły dotyczące czasu i miejsca. „Miejsce" to nie tylko kraj czy miejscowość, ale również informacje na temat tego, czy do zabójstwa doszło pod dachem, czy na zewnątrz, w pobliżu wody, góry, strumienia, miasta... „Czas" to dokładna data, ale też pora dnia lub nocy, faza księżyca, warunki pogodowe... Na liście znajduje się sto dziewięćdziesięcioro troje czarodziejów i czarodziejek i dwadzieścioro siedmioro czarowników i czarownic, ale prawdopodobnie w ich przypadku lista jest niekompletna. Marcus ma w tej chwili czterdzieści pięć lat, a zatem na przestrzeni dwudziestu ośmiu lat od chwili, w której otrzymał swój dar, zabijał średnio siedem do ośmiu osób rocznie.

Liczba morderstw zaczyna jednak spadać. Osiągnęła apogeum, gdy miał dwadzieścia osiem lat. W tym roku popełnił trzydzieści dwa morderstwa. Może się starzeje, może łagodnieje, a może zabił już większość tych, których chciał zabić.

Dary wszystkich zabitych przez niego magów znajdują się na liście Celii. Nie pożarł serc ich wszystkich, jedynie serca obdarzonych darami, które chciał posiąść.

Dar Marcusa, jego pierwotny dar, to zdolność przybierania postaci zwierząt. Szczególnie lubi przybierać postacie kotów, dużych kotów. Śladem jego zbrodniczej działalności są pozostawione przez niego tropy i ciała, kilkakrotnie był też widziany z daleka. Niewielu przeżyło, by zeznawać. Tak naprawdę istnieją tylko dwie relacje bezpośrednich świadków zdarzeń: dziecka, które ukryło się za regałem, i mojej matki. Dziecko nic nie widziało, ale opisało ryki i krzyki, które słyszało. Moja matka zeznała, że również się ukryła i nigdy nie widziała Marcusa, co było kłamstwem, które jednak wyszło na jaw dopiero w chwili moich narodzin, ale nigdy nikomu – nawet babci – nie opowiedziała o tym, co się tak naprawdę wydarzyło.

Większość magów zabitych przez Marcusa nie miała godnych uwagi umiejętności, zazwyczaj potrafili jedynie przyrządzać eliksiry, a zatem nie zabił ich dla darów. Zwykle byli to łowcy, którzy próbowali go schwytać, ale czasem też członkowie Rady i inni czarodzieje. Podejrzewam, że miał swoje powody, ale Celia – nawet jeśli wie – nie zdradza mi ich.

Oprócz daru warzenia eliksirów skradł również następujące dary:

– Zionięcie ogniem i miotanie płomieni (ojciec Arrana, członek Rady),

– Niewidzialność (dziadek Kierana, łowca),

– Telekineza (Janice Jones, stara, poważana czarodziejka, chociaż jeśli o mnie chodzi, nie dałbym za nią dwóch groszy),

– Przepowiadanie przyszłości (Emerald, czarownica – ciekawe, czy wiedziała, co się święci),

– Przybieranie postaci dowolnego człowieka, mężczyzny lub kobiety (Josie Bach, łowczyni),

– Latanie (Malcolm, czarownik z Nowego Jorku – zdolność ta jest wątpliwa, choć wygląda na to, że potrafił robić ogromne susy),

– Przyspieszanie i hamowanie wzrostu roślin (Sara Adams, członek Rady – lubi ogrodnictwo?),

– Miotanie impulsów elektrycznych (Felicity Lamb, łowczyni),

– Leczenie innych (Dorothy Moss, sekretarka przewodniczącej Rady),

– Skręcanie i wyginanie metalowych obiektów (Suzanne Porter, łowczyni).

I najdziwniejsze ze wszystkiego:

– Spowalnianie upływu czasu (Kurt Kurtain, czarownik).

Pytam o Marcusa i jego przodków. Celia podała mi imiona przodków w linii męskiej układające się w imponującą listę potężnych czarowników. Wszyscy mieli ten sam dar: zdolność przybierania postaci zwierząt. Nadal jednak zastanawiam się nad swoim darem. Czy bycie w połowie białym mogło zmienić ten schemat?

Marcus nie jest już tabu, ale nie oznacza to, że mogę się dowiedzieć na jego temat wszystkiego. Większość moich pytań kwitowana jest krótkim: „To nieistotne".

Pytałem o:

Żeńską linię przodków Marcusa. Nieistotne.

Miejsce urodzenia i wychowywania Marcusa. Nieistotne.

Jak Marcus poznał moją matkę. Cios.

I tak wiem, jak Marcus poznał moją matkę – i nie tylko to – bo po moim powrocie od Mary babcia wszystko mi opowiedziała. Zastanawiam się, czy Celia w ogóle zna prawdę i odpowiedzi na te i inne postawione przeze mnie pytania.

Pewnego dnia Celia pyta:

– Jak myślisz, w jaki sposób kontroluję swój dar?

Nie jestem w nastroju. Musiałem dziś zabić, oskubać i wypatroszyć kurę. Wzruszam ramionami.

I już sekundę później zwijam się na kuchennej podłodze, przyciskając uszy dłońmi. Nieczęsto używa na mnie swojego daru, zazwyczaj ogranicza się do uderzenia wymierzonego otwartą dłonią.

Potworny dźwięk urywa się gwałtownie. Zbieram się z podłogi, wspierając się na kuchennym piecu. Krew leci mi z nosa.

– Jak kontroluję swój dar?

Wycieram nos grzbietem dłoni i mówię:

– Myślisz o tym i...

I znów jestem na podłodze.

Dźwięk się urywa. Patrzę na deski podłogowe. Ja i deski podłogowe jesteśmy sobie bardzo bliscy. Przyglądam się im w nadziei, że podsuną mi jakąś odpowiedź. Kiepsko sobie jednak zazwyczaj radzą z pytaniami tego rodzaju.

Klękam.

– No więc?

Wzruszam ramionami.

– Po prostu to robisz.

– Tak. – Zdziela mnie przez głowę. – To jak cios. Wiem, że chcę go zadać, wiem kiedy i komu, to niemal odruch. Po prostu to robię. Nie muszę myśleć o tym, by unieść ramię i poruszyć dłonią.

Kolejne uderzenie.

Zbieram się na nogi, robiąc jednocześnie krok w tył.

– Jak Marcus kontroluje wszystkie swoje dary? Te, które skradł? – pyta.

– A czy może kontrolować je wszystkie?

Celia kiwa głową.

– Istnieją dowody na to, że posługuje się elektrycznością, przesuwa przedmioty, skacze...

– Niektórzy ludzie potrafią grać na wielu instrumentach muzycznych. Biorą dany instrument i po prostu grają. Myślę jednak, że po to, by osiągnąć wprawę, muszą dużo ćwiczyć.

– Czyż jednak nie istnieje zawsze instrument, który wolą od innych? – pyta Celia.

– Ja nie mam jeszcze żadnego daru, więc skąd mam...

Te uderzenia naprawdę bolą.

Celia uczy mnie również historii magii. Nie wiem, w jakim stopniu powinienem jej wierzyć. Często się zastanawiam, do jakiego stopnia powinienem wierzyć we wszystko, co mi mówi. Tak czy inaczej, według Celii, tysiące lat temu, gdy świata nie dzieliły jeszcze granice państw, lecz był zamieszkiwany przez różne plemiona, każde miało swojego uzdrowiciela: szamana. Niewielu z nich miało prawdziwą moc, ale szamanka Geeta była wyjątkowa: potężna, dobra i życzliwa. Leczyła chorych i rannych ze swojej gromady, ale również ludzi z innych plemion.

Nie podobało się to przywódcy Asterowi, który zarządził, że nikt spoza jego plemienia nie ma prawa korzystać z pomocy szamanki bez jego zgody. W istocie uwięził ją w wiosce. Geeta chciała pomagać wszystkim, więc uciekła z pomocą jednego ze swoich pacjentów, Callora, rannego wojownika.

Callor i Geeta zamieszkali w oddalonej od ludzkich siedzib jaskini. Geeta leczyła tych, którzy do niej przychodzili, a Callor polował i chronił Geetę. Zakochali się w sobie i poczęli dzieci: bliźnięta, dwie identyczne dziewczynki, Dawn i Ewę. Geeta nauczyła je obie czarów i przekazała trzy dary wraz ze swoją krwią w dniu ich siedemnastych urodzin. Miały się stać wielkimi wiedźmami.

Stary przywódca plemienia Aster zachorował i przesłał do Geety wiadomość z żądaniem, by wróciła i uleczyła go. Geeta chciała pomóc, bo pomagała wszystkim, ale Callor nie ufał przywódcy, więc namówił szamankę, by posłała swoją córkę Ewę, młodszą z bliźniaczek, zamiast jechać sama. Ewa – zła i przepełniona nienawiścią bliźniaczka – zamiast uleczyć Astera – rzuciła na niego klątwę i uciekła. Wódz umarł po trwającej miesiąc agonii. Syn Astera Ash zemścił się, zabijając Callora i biorąc w niewolę Geetę i Dawn.

Historia mówi, że Dawn, dobra bliźniaczka, zakochała się w Ashu i urodziła mu córkę. Była to pierwsza czarodziejka.

Ewa przystawała to do jednego, to do innego plemienia. Ona również urodziła córkę, która stała się pierwszą czarownicą.

– Wierzysz w tę opowiastkę? – pytam Celię.

– To nasza historia.
– Historia z perspektywy czarodziejek.

Dziś czarownice i czarownicy kpią sobie z czarodziejek i czarodziejów, bo ci nadmiernie, ich zdaniem, starają się stopić ze społecznością zwykłych ludzi, wypierając się znajomości czarów. Uważają, że ci, którzy posługują się białą magią, stają się coraz słabsi, coraz zwyklejsi – potrzebują broni palnej, by zabijać, i telefonów, by się porozumiewać.

Z kolei biali nienawidzą czarnych za ich anarchię i szaleństwo. Czarni nie chcą się integrować ze zwykłymi ludźmi, ale nie tworzą własnych społeczności. Ich małżeństwa nie są zdolne przetrwać próby czasu i często kończą się raptownym wybuchem przemocy. Zazwyczaj żyją samotnie, nienawidząc amagów i wytworów ich techniki. Obdarzeni są silnymi darami.

Celia nie chciała mówić o moich żeńskich czarnych przodkach, ale podała mi imiona przodków męskich. Lista ta jest równie imponująca jak przygnębiająca. Każdy z nich był potężnym czarownikiem i żaden nie umarł spokojnie we śnie u schyłku długiego życia. Mój pradziadek Massimo popełnił samobójstwo, więc można utrzymywać, że nie został zabity przez czarodziejów, ale ogólny wzorzec był nużąco powtarzalny:

– Axel Edge (ojciec Marcusa) – zginął w lochach Rady, gdy dokonywano na nim Zemsty,
– Massimo Edge (ojciec Axela) – popełnił samobójstwo w lochach Rady,
– Maximilian Edge (ojciec Massima) – zmarł w lochach Rady w efekcie Zemsty,
– Castor Edge (ojciec Maximiliana) – zmarł w lochach Rady w efekcie Zemsty,

– Leo Edge (ojciec Castora) – zmarł w lochach Rady w efekcie Zemsty,

– Darius Edge (ojciec Leo) – zmarł w lochach Rady w efekcie Zemsty.

Celia mówi, że imię ojca Dariusa nie jest pewne, ponieważ mniej więcej w tym czasie Rada Białej Magii stała się formalną organizacją, a dokumentacja z wcześniejszych lat jest uboga i niepełna. Bazując jednak na opowieściach przekazywanych z pokolenia na pokolenie, można dodać do tej listy ze względną pewnością jeszcze kilka pozycji:

– Gaunt Edge (ojciec Dariusa) – zabity przez łowców w Walii,

– Titus Edge (ojciec Gaunta) – zabity przez łowców gdzieś w lasach na terenie Wielkiej Brytanii,

– Harrow Edge (ojciec Titusa) – zabity przez łowców gdzieś w Europie.

– Czy którykolwiek z moich przodków przeżył długie i szczęśliwe życie? – zapytałem bez wielkiej nadziei.

– Niektórzy dożyli pięćdziesiątki. Niewiele mi wiadomo o tym, czy byli szczęśliwi.

Trudno się dziwić, że mój ojciec zachowuje pewną ostrożność. Rozmyślam o swoich przodkach, o bólu i cierpieniu, którego doświadczyli, ale nadal nie rozumiem powodów. Po prostu nie rozumiem. Trzyma się mnie w klatce i to wszystko naprawdę jest bez sensu. Nie chcę żyć w klatce, nie chcę umrzeć w celi, nie chcę być torturowany i nie chcę zabijać mojego ojca. Nie pragnę żadnej z tych rzeczy, a jednak wszystko zmierza w tę stronę.

Gdybym kiedykolwiek spłodził syna, jaka czekałaby go przyszłość? Może zrobiłbym to samo co Marcus: porzuciłbym go z nadzieją, iż czeka go lepsza przyszłość beze mnie. Mimo to siedzę spętany w klatce i wiem, że nie ma dla mnie nadziei. Nie ma. Żadnej.

Myślę sobie jednak: wśród całego tego bólu, cierpienia i okrucieństwa moi przodkowie być może doświadczyli szczęścia, choćby przez krótką chwilę. Myślę, że potrafię być szczęśliwy, a zatem oni również potrafili. Taką mam w każdym razie nadzieję. Bo jeśli już mam zgnić w lochach, to chciałbym wcześniej mieć coś z życia. Myślę o Arranie, Annalise, wędrówkach po Walii, bieganiu, oddychaniu... Każdy oddech musi być precyzyjny i wartościowy – to bardzo istotne.

Fantazje o moim ojcu

Stały plan dnia nie zostawia mi wiele czasu ani sił na cokolwiek, ale nadal się zdarza, że gdy siedzę w klatce i nie jestem w nastroju na leniwe bujanie w obłokach albo podciąganie się na prętach, po prostu rozmyślam.

Nadal lubię sobie wyobrażać, jak ojciec przybywa, by mnie odbić w moje siedemnaste urodziny. W ciszy leżę spętany w klatce i nagle słyszę w oddali dźwięk. Nie świst wiatru ani grzmot burzy, lecz jego gniew i wściekłość. Wyłania się zza wzgórz na zachodzie i leci ku mnie, nie na miotle ani na koniu, ale stojąc jakby na desce surfingowej, chociaż jej nie widać, a może jest niewidzialna, i leci tak ku mnie, ubrany na czarno. Łoskot narasta, klatka się rozpada, moje kajdany osuwają się na ziemię. Zbliża się, zwalnia, a ja wskakuję na moją własną niewidzialną deskę i odlatuję u jego boku. I kiedy tak lecę obok niego, zostawiając za sobą rozbitą klatkę, ogarnia mnie euforia.

Docieramy w góry, gdzie mieszka, skąpane w niemal tropikalnej zieleni. Tam pośród starych drzew i pokrytych mchem kamieni siadamy nad czystym strumieniem ramię w ramię, ja i mój ojciec, i oto przekazuje mi trzy dary – nóż, pierścień i rysunek. Spijam ciepłą krew z jego dłoni, a on szepcze tajemne słowa do mojego ucha i zostajemy razem na zawsze, polując, łowiąc ryby i mieszkając w lasach.

To chyba jedna z moich kluczowych fantazji. Ciągle do niej wracam.

Mam też inne fantazje. Większość z nich opowiada o Annalise, wilgotnej skórze, pocałunkach i językach. Najczęściej wyobrażam sobie, że siedzę razem z nią na płycie piaskowca. Jest ubrana w swój szkolny mundurek, Kieran nigdy się o nas nie dowiedział, a ja ją całuję, rozbieram wolno i czule, rozpinam jej sweter, bluzeczkę i obsypuję pocałunkami jej ciało.

W nieco innej wersji tej fantazji siedzimy na płycie piaskowca i to ona rozbiera mnie, ściąga mi T-shirt, rozpina spodnie i całuje moją pierś, brzuch i całego mnie.

Są też rozmaite wariacje na ten sam w sumie temat: rozbiera mnie na walijskim zboczu, rozbiera mnie na plaży, rozbiera mnie w blasku słońca, w świetle księżyca, w deszczu, wśród błota i kałuży.

W tych fantazjach nie jestem poznaczony bliznami.

W ostatnio obmyślonej wariacji roztrzaskuję klatkę siłą umysłu, pojawia się Annalise i zaczynamy się całować. Rozbieram ją i obsypuję pocałunkami, a ona rozbiera mnie i przesuwa ustami po mojej piersi, brzuchu i plecach. Moja pocięta bliznami skóra jej nie przeszkadza i kochamy się na owczej skórze, otoczeni resztkami rozbitej klatki.

Lubię tę fantazję. Podoba mi się, że nie przeszkadzają jej moje blizny. Pewnie tak naprawdę wcale by się jej nie podobały, ale może przynajmniej nie przeszkadzałyby jej zbytnio.

Jest jeszcze fantazja, do której nieczęsto wracam, ale czasem nie mogę się powstrzymać. Mieszkam w niej w domku położonym w pięknej dolinie nad płytkim, rwącym potokiem, którego wody są tak czyste i jasne, że migoczą nawet nocą. Wzgórza pokryte są zieloną trawą tętniącą życiem, w lasach nie brakuje ptaków i innych zwierząt. Moja mama i tata żyją. Mieszkają w tym domku na zboczu, a ja razem z nimi. Spędzam czas głównie z ojcem, ale nie śpimy w domku, lecz w lesie, gdzie wspólnie polujemy i łowimy ryby. Spędzamy też czas z mamą, która hoduje kurczaki i uprawia warzywa w ogrodzie. Lata są słoneczne i upalne, a zimy mroźne i śnieżne. Żyjemy razem długo i szczęśliwie. Mama i tata powoli się starzeją, ale dożywają końca swych dni w szczęściu, a ja opiekuję się nimi i każdy dzień, który spędzamy razem, jest nieskończenie piękny.

Myśli o mojej matce

Kiedy wróciłem od Mary, babcia powiedziała mi, że Marcus i moja matka byli w sobie zakochani. Moja matka wiedziała, że postępuje źle, zakochując się w czarowniku. Nękały ją wyrzuty sumienia. Poślubiła Deana, urodziła mu dzieci i próbowała odnaleźć szczęście, ale odkąd spotkała Marcusa, nie potrafiła wyrzucić go ze swojego serca.

Zastanawiam się, czy nadal go kochała po tym, jak zabił jej męża, ojca jej dzieci.

Domyślam się, że kiedy Dean znalazł moją matkę w objęciach Marcusa, wywiązała się bójka. Dean miał dar zionięcia ogniem i miotania płomieni, choć koniec końców okazało się to zapewne przyczyną jego zguby, bo Marcusowi ten dar musiał przypaść do gustu, skoro zdecydował się go Deanowi odebrać.

Kiedy płomienie zgasły? Kiedy Dean oddał ostatnie tchnienie?

Gdzie była moja matka, gdy się działo to wszystko? Była tam? Czy widziała, jak mój ojciec zjadał bijące jeszcze serce jej męża?

Czy łatwo jej przyszło targnięcie się na własne życie, gdy wiedziała już, że pokochała kogoś zdolnego do takich czynów? Pokochała kogoś, kto zabijał mężczyzn, kobiety i nastolatki, kto zabił ojca jej dzieci. Pokochała kanibala. Kiedy zobaczyła mnie po raz pierwszy... Kiedy po raz pierwszy zobaczyła swoje dziecko będące też dzieckiem Marcusa i dostrzegła łączące nas podobieństwo, czy pomyślała, do czego mogę być zdolny?

Oceny

Co miesiąc przechodzę teraz ocenę. Ocena dokonywana jest przez Celię.

Zaczyna od zważenia mnie, zmierzenia i sfotografowania. Nigdy nie poznałem wyników pomiarów i nie pokazała mi żadnej z fotografii.

Potem przychodzi czas na testy sprawności fizycznej: bieganie i ćwiczenia aerobowe. Wszystkie wyniki są odnotowywane, żadne nie zostały mi nigdy pokazane.

Po tym wszystkim czeka mnie sprawdzian pamięci, inteligencji ogólnej i umiejętności matematycznych. Radzę sobie. Potem przychodzi czas na czytanie i pisanie. Celia twierdzi, że jest to nieodłączna część oceny, ale oboje wiemy, jakich rezultatów możemy się spodziewać.

I to tyle.

Następnego dnia zostaję w klatce, skuty kajdanami, a Celia wyjeżdża o poranku i wraca po południu. Nie wiem, czy z kimś się spotkała. Czasem o to pytam, ale nigdy nie uzyskuję odpowiedzi.

Kolejna zmiana, o której Celia właśnie się dowiedziała, polega na tym, że nie muszę się fatygować do budynku Rady na moją coroczną ocenę. Na moje szesnaste urodziny Rada pofatyguje się do mnie. Oczywiście powinienem zrobić jak najlepsze wrażenie.

Punk

Co próbujesz osiągnąć?
– Co?
– Tym.
Celia lekkim ruchem głowy wskazuje na moją głowę.
Uśmiecham się szeroko.
Raz w miesiącu przed oceną mogę skorzystać ze znajdującej się w domku łazienki, żeby przyzwoicie się wyszorować. Jest mydło i ciepła woda w kolorze herbaty. Golę nikły na razie zarost, który sypnął mi się nad górną wargą i na żuchwie. Mam do dyspozycji tylko marną, jednorazową maszynkę i muszę przyznać, że w charakterze broni już ołówek wydaje się narzędziem bardziej śmiercionośnym. Celia raz w miesiącu obcina mi włosy na krótko, ale dzisiaj ogoliłem sobie głowę po bokach i zrobiłem sobie irokeza.
– Powinieneś sobie ogolić całość. Wyglądałbyś jak mnich.
– Aby osiągnąć wizerunek osoby czystej, świątobliwej i poszukującej prawdy?
– Aby osiągnąć wizerunek osoby łagodnej i potulnej jak baranek. Godnego adepta.

– To chyba nie o mnie.

– Lepiej by było, gdybyś nie zrażał ich do siebie.

Celia chce, żebym zrobił dobre wrażenie. Domyślam się, że świadczyłoby to dobrze również o niej.

Siadam przy stole.

– No i co teraz?

– Teraz siedzę tu i czekam, aż wrócisz do łazienki i zgolisz ten bałagan z głowy.

– Nie masz poczucia humoru.

– Muszę przyznać, że naprawdę wyglądasz wręcz absurdalnie zabawnie, ale obojgu będzie nam łatwiej, jeśli zgolisz to z własnej woli.

Wracam do łazienki. Dziwnie wyglądam w lustrze. Włosy w porządku, irokez jak się patrzy, ale nie rozpoznaję samego siebie. Chyba nie jestem przyzwyczajony do oglądania się w lustrze. Przyglądam się sobie, przeczesując włosy palcami. Obserwuję, jak moja pokryta bliznami prawa ręka zaczesuje je do tyłu, ale nie poznaję swojej twarzy. Wiem, że to ja, ale chyba tylko z powodu blizny na policzku pozostawionej mi przez Jessicę. No i jest jeszcze blizna koło ucha odcinająca się bielą od czarnych punkcików ogolonej skóry głowy w miejscu, w które trafił mnie Niall. Moja twarz wygląda jednak inaczej, niż się spodziewałem. Starsza. Znacznie starsza. Moje oczy są wielkie i czarne i nie ma w nich śladu radości nawet wówczas, gdy się uśmiecham. Sprawiają wrażenie pustych, wydrążonych. Czarne trójkąty obracają się powoli. Nachylam się do lustra i próbuję dostrzec granicę między źrenicą a tęczówką, aż uderzam czołem w szkło. Cofam się aż pod ścianę łazienki, odwracam się i szybko odwracam się z powrotem, próbując coś uchwycić, jakiś odbłysk światła. Niczego takiego nie dostrzegam.

– Ile można siedzieć w łazience? – krzyczy Celia.

Biorę maszynkę do golenia i po chwili odkładam ją na miejsce.

Wychodzę minutę później.

Celia wybucha śmiechem, szybko poważnieje i mówi:

– Teraz już ocierasz się o śmieszność. Wyjmij to.

Uśmiecham się do niej szeroko i dotykam brwi. Przekłułem je trzema małymi metalowymi kółkami, umieściłem metalowe kółko w prawym nozdrzu, a nieco większe w lewym kąciku dolnej wargi.

– To wszystko jest częścią mojego nowego, punkowego wizerunku. – Przesuwam palcami po dławiku. – Wyglądałby lepiej nabijany ćwiekami.

– Skąd wziąłeś kółko, które wsadziłeś sobie w wargę?

– Wszystkie wziąłem z łańcuszka, który przytrzymuje korek.

– To dlaczego korka też sobie nie przyczepiłeś? I tak już wyglądasz jak kompletny świr.

– Po prostu jesteś za stara, żeby to zrozumieć.

– Czy moglibyśmy wrócić do mojego pierwszego pytania? Co próbujesz osiągnąć?

Wyglądam przez okno na wzgórza i bladoszare chmury burzowe odzierające świat z kolorów.

– No więc?

– Chcę, żeby przestali mnie prześladować – mówię bezbarwnym głosem.

Cisza.

– Myślisz, że kiedykolwiek uda ci się to osiągnąć?

Świat za oknem zamiera w bezruchu. Nie porusza się ani jedno źdźbło trawy na zboczu, chmury zastygają na ołowianym niebie.

Wieczorem przygotowuję rysunek. Posługuję się ołówkiem, bo skończył się nam atrament i wyczerpałem cały swój zapas węgla. Ołówek jest w porządku. Rysowałem już zwierzęta i rosnące w pobliżu rośliny. Celia odłożyła sobie kilka rysunków, żeby pokazać je członkom Rady. Kusi mnie, żeby zapytać: „Co próbujesz w ten sposób osiągnąć?", ale nawet nie otwieram ust, bo wiem, że mnie zbędzie.

Dziś rysuję Celię. Nienawidzi, jak ją rysuję, więc tym większą sprawia mi to frajdę. Jestem naturalistyczny do bólu. Żadnego upiększania, żadnych półśrodków. Jak już skończę, na pewno to spali, zawsze pali własne portrety. Nie biorę tego do siebie i nie uważam za krytykę moich środków artystycznego wyrazu. To modelka ma problem, nie artysta.

Rysuję też czasem siebie, ale tylko swojej prawej dłoni. Rozpuszczona skóra przypomina pociągnięcia gęstą farbą olejną kończące się zaokrągloną, nie całkiem zastygłą plamą. Skóra na grzbiecie dłoni pomiędzy gładkimi pociągnięciami jest popękana i łuszczy się jak stary obraz. Moja ręka jest dziełem sztuki.

Kilka tygodni temu narysowałem swoją dłoń trzymającą długi, wąski sztylet. Celia na tak długo wstrzymała oddech, że sądziłem, iż zemdleje. Zmiąłem papier w dłoniach, mówiąc, że to „do niczego", i rzuciłem go w ogień, zanim zdążyła mnie powstrzymać. Nie powtórzyłem już tego. To wcale nie było zabawne.

Moje krajobrazy rzeczywiście są do niczego. W ogóle mi nie wychodzą, a szkice budynków są tak złe, że aż nudne. Udało mi się jednak uchwycić klatkę – może dlatego, że tak świetnie ją znam. Uchwyciłem czerń, z której wyssano wszelkie światło, uchwyciłem istotę zniewolenia. To było moje najlepsze dzieło. Powiedziałem Celii, że powinniśmy je pokazać Radzie. Nie odpowiedziała i od tej pory nie widziałem już tego rysunku. Podejrzewam, że go spaliła.

– Będą tu późnym rankiem – mówi, gdy rysuję. – Zważę cię i sfotografuję, zanim tu przyjadą.

– Zdenerwowana?

Nie odpowiada, więc odruchowo się uchylam, żeby uniknąć ciosu, ale nie daje się sprowokować.

– Nie zamierzam sprawiać kłopotów. Nie martw się. Będę grzecznym chłopcem i ładnie odpowiem na ich wszystkie pytania. Opluję ich dopiero na samym końcu.

Celia wzdycha.

Zapada milczenie, w którym staram się narysować jej włosy. Mam wrażenie, że się przerzedziły. Może wypadają jej ze zmartwienia.

– Zostaniesz w pokoju, gdy będą przeprowadzać ocenę?

– A jak sądzisz?

– Pewnie nie... Na pewno nie.

– To dlaczego pytasz?

– Staram się podtrzymać rozmowę.

– Postaraj się bardziej.

W tym momencie rysuję jej usta. Potrafi się uśmiechać w cudownie kpiący sposób i wtedy jej grube wargi nie wydają się tak brzydkie jak zwykle. Można wręcz powiedzieć, że nabierają interesującego wyrazu. Chciałbym ją narysować, jak stoi na baczność pod moją klatką z kluczami w ręku. Na jej twarzy maluje się czasem wyraz... nieomal litości. Myślę, że właśnie z tego powodu wykonuje tę pracę.

– No więc? – pyta.

– Co więc?

– Chcesz o coś zapytać.

Skąd ona to wie?

– No... tak. Zastanawiałem się... Jak to się stało, że zostałaś moją nadzorczynią?

– Nauczycielką i opiekunką.

– Pewnie niewielu było chętnych na to miejsce.

Kończę teraz szkicować linię jej ust, ale pierwotny ostry zarys jakby złagodniał.

Odwraca się w moją stronę, zmieniając pozycję, w której wcześniej trwała.

– Myślę, że byłam najlepszą kandydatką na to stanowisko.

– Jedyną kandydatką, chciałaś powiedzieć.

Nie doczekuję się ciągu dalszego.

– A twoje życie jest tak puste, że siedzenie na takim wygwizdowie w charakterze nadzorcy niewinnego dziecka jest miłą odmianą.

Niewiarygodne, ale lekko się uśmiecha.

– Założę się, że kiepsko płacą.

Delikatne skinienie.

– Więzienie, bicie, fizyczne i psychiczne dręczenie chłopca, który nie ma jeszcze szesnastu lat... Chłopca, który nigdy nie zrobił nic złego... To wszystko dodatkowe korzyści z tej pracy.

– Tak – mówi. – To wszystko dodatkowe profity.

Uśmiech zbladł, ale na jego miejsce nie pojawił się kpiący grymas. Przyjmuje poprzednią pozycję i nie patrząc już na mnie, mówi:

– Marcus zabił moją siostrę.

Jej siostra musi znajdować się na liście. Nie znam nazwiska Celii. Pytałem już wcześniej, ale najwyraźniej nie było to istotne.

– Jaki miała dar?

– Warzenia eliksirów.

Kiwam głową.

– Czy Marcus potrafi robić to co ty? Ma twój dar? Ten... z dźwiękiem?

– A jest na liście?

– No to miałbym się na baczności. Założę się, że chciałby to umieć.

Ponownie zapada cisza.

Przeczuwałem, że Celia jest do mnie uprzedzona, czy raczej uprzedzona do syna wiadomo kogo. Miałem ku temu pewne przesłanki. Spójrzmy prawdzie w oczy, musiała znać kogoś lub być spokrewniona z kimś z listy.

– Nie jestem Marcusem.

– Wiem.

– Nie zabiłem twojej siostry.

– To niesprawiedliwe, prawda? Myślę jednak, że jest szansa, choć przyznaję, bardzo niewielka, iż obchodzisz go co nieco i drażni go przetrzymywanie jego syna.

– A on wie, że tu jestem?

– Nie, nie miałam na myśli konkretnie tego miejsca. To miejsce jest dobrze ukryte, nawet przed jego zdolnościami. – Celia rozprostowuje ramiona i rozluźnia kark. – Chodzi mi o to, że dowie się, że cię mamy. I domyśli się, że raczej nie opływasz w luksusy. Nie chciałabym zawieść, jeśli o to chodzi.

– To dlaczego w takim razie nie zostawisz mnie na cały dzień w klatce? Chyba nie sądzisz poważnie, że będę kiedykolwiek w stanie go zabić? Całe to szkolenie nie ma sensu.

Wstaje i zaczyna krążyć po pokoju. Zazwyczaj jest to sygnał, że nie chce udzielić odpowiedzi na zadane pytanie.

– Może i tak, ale pozostawienie cię w klatce na cały dzień byłoby okrucieństwem.

Jestem tak zdumiony, że wybucham śmiechem dopiero sekundę czy dwie później. Kiedy już udaje mi się uspokoić, mówię:

– Bijesz mnie. Noszę na szyi dławik, który może mnie zabić. Na noc zakuwasz mnie w klatce w kajdany.

– Dobrze cię karmię. A teraz sobie siedzisz i rysujesz.

– Mam być wdzięczny?

– Nie. Masz tu siedzieć z pełnym żołądkiem i rysować.

– Skończyłem.

Przesuwam rysunek w jej stronę.

Bierze arkusz papieru i obraca go, by uważnie go obejrzeć. Po minucie zwija go i wrzuca w ogień.

Ujmuję ołówek i zaczynam kolejny rysunek. Tym razem rysuję samego siebie, swoją twarz – tak, jak widziałem ją w lustrze, ale jeszcze starszą. Tak, jak wyobrażam sobie Marcusa. Czuję, że Celia uważnie mnie obserwuje. Wstrzymuje oddech. Nigdy wcześniej tego nie robiłem. Głębia jego oczu jest głębią, którą dostrzegłem w lustrze. Nie mogę sobie wyobrazić, by mogły być jeszcze czarniejsze.

Nie jestem zadowolony z końcowego rezultatu. Jest za przystojny, za miły.

– Spal to – mówię. – Nie wyszło mi.

Celia sięga po rysunek i przygląda mu się znacznie dłużej niż własnemu portretowi. Po czym wynosi go z pokoju.

– To nie oznacza, że on tak wygląda! – wołam za nią.

Nie odpowiada.

Wkładam ołówki, gumkę i temperówkę do starej puszki i zatrzaskuję pokrywkę. Koniec rysowania. Celia wraca i siada naprzeciw mnie.

– Czy ktoś był kiedyś bliski schwytania go?

– Kto wie, jak blisko udało się go podejść? Nikt nie przeżył, by o tym opowiedzieć. Jest bardzo dobry. Bardzo ostrożny.

– Myślisz, że pewnego dnia go dorwą?

– Popełni błąd, wystarczy jeden, a złapią go albo zabiją.

– Czy posługują się mną jako przynętą?

Sądząc z tonu głosu, mówi z przyjemnością:

– Podejrzewam, że tak.

– Ale nie wiesz tego? Chodzi mi o to, że nie wiesz, w jaki sposób.

– Moim zadaniem jest sprawowanie funkcji twojej nauczycielki i opiekunki. To wszystko.

– Do kiedy?

– Dopóki nie otrzymam innego polecenia.

– Co się ze mną stanie, jeśli go złapią?

Wysuwa dolną wargę. Jest gruba i płaska. Powoli wciąga ją z powrotem, ale nic nie mówi.

– Zabiją mnie?

Warga wysuwa się ponownie, ale tym razem szybko się chowa.

– Może.

– Chociaż nie zrobiłem nic złego.

Wzrusza ramionami.

– Lepiej dmuchać na zimne, co?

Nie odpowiada.

– Co byś zrobiła, gdyby ci kazali mnie zabić? Gdyby powiedzieli: „Wpakuj kulkę w łeb tego półkoda".

Przystawiam dwa palce do skroni i naśladuję dźwięk wystrzału.

Wstaje, obchodzi mnie od tyłu i z impetem przystawia dwa palce do mojej potylicy. Rozlega się ten sam dźwięk.

Kiepsko śpię, chociaż nie jest zimno, nie wieje nawet odrobinę i nie pada. Niebo zaciągnięte jest nieruchomymi chmurami.

Denerwuję się na myśl o spotkaniu z Radą. Ręce mi się trzęsą. Nerwy, po prostu nerwy.

Nadal czuję palec Celii na potylicy. Wiem, że mogą mnie zabić w dowolnej chwili. Kto miałby to zrobić, i tak nie ma żadnego znaczenia. Efekt końcowy byłby taki sam. A jednak nie opuszcza mnie myśl, że mogłaby to być Celia. Wiem, że by to zrobiła. Musiałaby – inaczej sama mogłaby zginąć.

Sztuczka polega na tym, aby się tym cieszyć. Ale jak tu się cieszyć?

Trzeba znaleźć jakiś sposób.

Celia powiedziała mi, że Annalise nic się nie stało, tak samo jak Deborze, Arranowi i babci, ale wywnioskowałem, że może się to zmienić w każdej chwili. Będą bezpieczni, gdy umrę.

To jest jasna strona.

Mogę się cieszyć myślą, że wszyscy są cali i zdrowi. I bezpieczni.

Annalise biega po lesie, uśmiecha się, śmieje, wspina na urwisko z piaskowca. Chciałbym ją znów zobaczyć i dotknąć jej skóry. Chciałbym, by całowała moje palce, moją twarz, moje ciało. Wiem, że to się nigdy nie zdarzy i Annalise zwiąże się z jakimś białym dupkiem, który położy na niej łapę. Cieszmy się z tego!

Debora wyjdzie za mąż za jakiegoś miłego gościa, urodzi mu dzieci i będą szczęśliwi. Mogę to sobie wyobrazić. To prawda. Będzie miała trójkę albo czwórkę dzieci, będzie wspaniałą mamą i wszyscy będą szczęśliwi. Babcia będzie żyła spokojnie w swoim domku, popijając herbatę i doglądając kurczaków.

To dobre myśli, ale po chwili przypominam sobie babcię i Deborę płaczące na podeście. Wtedy ich łzy obeschły, obeschną i teraz. Może już obeschły. Może sądzą, że już jestem martwy?

Myślę, że Arran nie uwierzy w to, że nie żyję. Pamiętam, jak odgarnął mi włosy do tyłu i powiedział: „Nie zniósłbym tego". Stopa wystaje mu za materac, dotykam czule palcami jego czoła i płaczę.

Łowca

Moje szesnaste urodziny. Zostałem zważony i zmierzony przez Celię. Ogoliła mi głowę i usunęła kolczyki.

Słońce stoi już wysoko, a ja siedzę skuty w klatce. Pewnie chodzi o to, by Celia sprawiła wrażenie sumiennej strażniczki.

Na drodze pojawia się jeep. W otaczającej nas ciszy jest groteskowo głośny. Łoskot narasta, ale w końcu samochód się zatrzymuje, silnik gaśnie i wszyscy wysiadają.

Przewodnicząca Rady i ta druga kobieta nie zadały sobie trudu, by przyjechać. Wujkowi Annalise Soulowi O'Brienowi towarzyszy dwóch mężczyzn. Ciemnowłosy młodzieniec ubrany jest w nowe buty turystyczne, dżinsy i nieskazitelną, zaimpregnowaną woskiem kurtkę. Jest tak blady, że sprawia wrażenie, jakby od lat nie wychodził na dwór. Dla odmiany drugi mężczyzna wygląda tak, jakby całe życie spędził pod gołym niebem. Blond włosy przyprószyła mu siwizna. Jest wysoki, muskularny i ubrany na czarno, co pozwala się domyślać jego profesji. Nietrudno ich rozpoznać. Patrzą z góry na wszystkich, z członkami Rady włącznie.

Celia wychodzi im na spotkanie. Ciekawi mnie, czy zasalutuje albo wymieni uścisk dłoni. Pudło.

Podchodzą, by na mnie popatrzeć. Zamkniętego w klatce. Łowca ma wodniste, błękitne oczy, w których skrzy się tyle srebra, że niemal nie widać błękitu.

Wszyscy przyglądają mi się przez chwilę, a potem odwracają się do mnie plecami, podziwiają krajobraz i wchodzą do środka.

Dalszy przebieg oceny jest mi doskonale znany. Mam czekać.

W końcu przychodzi po mnie Celia. Nic nie mówiąc, otwiera klatkę i prowadzi mnie do domku. Zatrzymuje się przed drzwiami wejściowymi. Przechodząc obok niej i wchodząc do środka, zastanawiam się przelotnie, czy będzie mi życzyć szczęścia, ale najwyraźniej nie jest aż tak zdenerwowana.

Trzech gości siedzi przy kuchennym stole. Ja oczywiście stoję. Na zewnątrz Celia przechadza się powoli pod oknami.

Wszystkie pytania są mi zadawane przez wujka Annalise, który też notuje wszystkie odpowiedzi. Te same pytania, które Celia zadaje mi co miesiąc. Wzdryga się, gdy próbuję czytać, ale generalnie z jego twarzy nie schodzi wyraz śmiertelnej nudy. Niespiesznie przechodzimy przez wszystkie sprawdziany moich umysłowych możliwości.

– Nie mam więcej pytań.

Nie mówi tego do mnie, lecz do łowcy, który nie odezwał się do tej pory ani słowem. Ani do mnie, ani do nich.

Łowca wstaje i podchodzi do mnie, nie spuszczając ze mnie czujnego spojrzenia. Jest wyższy ode mnie, ale niewiele, za to bardzo mocnej budowy. Ma potężną klatkę piersiową i byczy kark.

Staje za mną i mówi cicho wprost do mojego ucha tak, że czuję jego oddech:

– Zdejmij koszulkę.

Wykonuję jego polecenie. Wolno, ale jednak.

Trzeci, ciemnowłosy mężczyzna wstaje ze swojego miejsca i podchodzi, by spojrzeć na moje plecy. Ujmuje mnie za ramię i z trudem opanowuję chęć wyrwania mu go. Ma lepkie palce słabeusza. Obraca moją dłoń, przyglądając się bliznom na nadgarstku.

– Dobrze się goisz. Szybko?

Nie wiem, co powiedzieć.

– Wyjdźmy na zewnątrz i sprawdźmy – mówi łowca.

Znów czuję jego oddech na karku.

Łowca rozmawia z Celią, która kiwa głową i podchodzi do placu, na którym ćwiczymy samoobronę.

– Pokaż mi, co potrafi – mówi łowca.

Prezentujemy z Celią pokazową walkę.

Łowca każe nam przestać, przywołuje Celię i szepcze jej kilka słów do ucha.

Celia wraca i widzę, że żarty się skończyły. Pozwoliłem jej podejść za blisko i tłucze mnie niemiłosiernie. Krew mi leci z rozciętej brwi i ledwo widzę zza spuchniętej powieki.

Przywołują mnie. Ciemnowłosy mężczyzna chce zobaczyć, jak szybko działa proces samoleczenia. Staram się, by trwał możliwie długo.

Wydaje mi się, że już po wszystkim, ale łowca po krótkiej rozmowie z Celią odwraca się do mnie i rzuca:

– Przebiegnij zewnętrzne koło.

Przebiegam w miarowym tempie. Nie ma sensu się zabijać.

Kiedy wracam, łowca każe mi ponownie walczyć z Celią. Tym razem jednak Celia jest uzbrojona w nóż. Znów zwycięża, a ja mam rozcięte ramię, które muszę zagoić na oczach ciemnowłosego mężczyzny.

– Jeszcze raz zewnętrzne koło.

Tym razem polecenie pada z ust ciemnowłosego mężczyzny.

Wykonuję polecenie. Nie staram się jednak bić rekordów, bo jestem niemal pewien, że po tym wszystkim znów mnie stłuką.

No i mam rację. Znów zwycięża Celia. Najwyraźniej powiedziano jej, żeby sobie nie żałowała. Dostaję w udo. Głęboko. Teraz już jestem wkurzony. Leczę i tę ranę, i...

– Jeszcze raz zewnętrzne koło.

Robię to, ale nie myślę już o biegu, ale o tym drobnym, ciemnowłosym mężczyźnie, który stoi tam z uśmiechem na ustach.

Kiedy wracam tym razem, uśmiecha się i łowca.

Mam złe przeczucia.

Znów muszę walczyć z Celią. Zrobiłem już trzy rundy i zostałem trzykrotnie tego dnia pobity. Robię, co w mojej mocy, by trzymać się poza zasięgiem Celii, udaje mi się nawet celnie ją kopnąć, ale kiedy cofam się w pobliże łowcy, ten popycha mnie na Celię i jest po wszystkim. Leżę na ziemi. Podchodzi łowca i mocno kopie mnie w żebra. Jeszcze raz. I jeszcze raz. Ma buty twarde jak skała.

– Wstawaj. Zewnętrzne koło.

Wiem, że połamał mi kilka żeber. Mogę się domyślać, że on wie o tym również.

Goję połamane kości i podnoszę się powoli.

Uderza mnie i ponownie obala na ziemię. Kolejne kopniaki, kolejne połamane żebra. Nie próbuję się nawet podnieść.

– Powiedziałem, wstawaj. Zewnętrzne koło.

Potrafię goić powstałe rany, ale moje umiejętności nie są aż tak silne. Wyczerpały się. Powoli staję na nogach. A potem ruszam truchtem.

Staram się rozluźnić podczas biegu. Zapomnieć o nich. Udawać, że nigdy nie istnieli. Robię przepisowe okrążenie, ale do mojego powrotu kości ledwie się zrastają.

Ciemnowłosy mężczyzna podchodzi i przygląda się mojej klatce piersiowej. Sińce zniknęły.

I wtedy pochodzi łowca z pałką w rękach. Patrzę na Celię, ale ma wzrok wbity w ziemię.

Kiedy łowca kończy, leżę na ziemi. To było dziwne. Chyba nie mam nic złamanego, ale czuję się dziwnie.

Ciemnowłosy mężczyzna staje nade mną.

– Czy możesz się teraz uzdrowić? Możesz wstać?

Jasne, mogę wstać. Klękam na czworakach, ale nagle wszystko wokół zaczyna się kręcić i z ulgą kładę się z powrotem na ziemi.

Kiedy otwieram oczy, Celia klęczy obok mnie.

– Pojechali?

– Tak.

– Poleżę sobie tu trochę.

– Dobrze.

Do wieczora całkowicie wracam do siebie – z dodatkową pomocą chleba i rosołu. Celia w milczeniu obserwuje, jak jem.

– Typowi czarodzieje. Mili, uprzejmi, skorzy do niesienia pomocy.

Celia nie odpowiada.

– Chciałem zauważyć, że nawet na nich nie naplułem, chociaż zrobiłbym to z przyjemnością.

Celia nadal nie reaguje, więc próbuję od drugiej strony.

– Chyba nie jestem taki ważny, skoro przewodnicząca Rady się do mnie nie pofatygowała.

– Czy wiesz, kim jest ten jasnowłosy mężczyzna?

Wzruszam ramionami.

– To Soul O'Brien. Ostatnio został mianowany na stanowisko wiceprzewodniczącego Rady.

Kiwam głową. Ciekawe. Wujek Annalise pnie się po szczeblach kariery.

– A kim był ten łowca?

Celia wybucha krótkim śmiechem, a mnie niemal łyżka wypada z ręki.

– Sądziłam, że wiesz. To był Clay.

– Och!

Proszę, proszę, przyjechał mnie obejrzeć sam przywódca łowców.

– A ten ciemnowłosy? Kto to jest?

– Powiedział, że ma na nazwisko Wallend. Nigdy wcześniej go nie widziałam.

Zjadam do końca rosół i wycieram miseczkę skórką od chleba, a potem odsuwam ją, mówiąc:

– Pomyślałem, że pozwolę ci wygrać te wszystkie walki, żebyś dobrze przed nimi wypadła.

– Bardzo miło z twojej strony.

– Chyba jednak nie zrobiło to na nich szczególnego wrażenia. Mówię o sobie w tym momencie. Skoro nie zdołałem cię pokonać, to żaden ze mnie partner dla Marcusa.

– Może i tak.

– I nie próbowałem nawet uderzyć Claya.

– Mądra decyzja.

Też tak sądzę, ale i tak, gdybym wiedział wcześniej, że to on...

– Co? – pyta Celia.

Nie wiem... Nie wiem właściwie, co czuję w stosunku do Claya. Mogę tylko powiedzieć:

– Zabił Sabę. Matkę Marcusa. Moją babkę.

Celia kiwa głową.

– Owszem. A Saba zabiła matkę Claya.

Tym razem ja kiwam głową.

– Twoja matka... – zaczyna Celia i urywa.

Nie podnoszę wzroku, nie chcąc jej spłoszyć, skoro już zdecydowała się na wyznanie.

– Twoja matka ocaliła kiedyś życie Claya. Został ciężko raniony przez pewnego czarownika, trucizna niemal wypaliła mu ramię. Twoja matka była jedyną osobą zdolną go uzdrowić. Umarłby bez jej pomocy.

Nadal nie patrzę na Celię. Nie ma tu już nic do dodania.

– Twoja matka miała nadzwyczajny dar uzdrawiania. Nadzwyczajny.

– Babcia mi powiedziała.

Chociaż nigdy nie opowiedziała mi tej historii.

– Ciekawi ich twoja umiejętność samouzdrawiania.

– I?

Patrzę na Celię uważnie.

– Myślę, że jesteś już na tyle zdrowy, że możesz zrobić przepierkę.

Babcia

Mijają kolejne miesiące od mojej oceny i rozkład dnia nie ulega najmniejszym zmianom. Nadchodzi jesień, noce stają się coraz dłuższe i to naprawdę miłe. Zima. Śnieg. Wiatry. Nigdy nie byłem tak silny. Nie przeszkadza mi deszcz. Szron jest prześliczny. Podeszwy mi stwardniały na kamień.

Śnieg topnieje, ale w zagłębieniach terenu pozostaje kilka płachetków. Słońce zaczyna przygrzewać nieco mocniej, chociaż muszę siedzieć w zupełnym bezruchu, by poczuć jego wsączające się pod skórę ciepło.

Od siedemnastych urodzin dzieli mnie już tylko kilka miesięcy, nie lat.

Celia nigdy nie mówi o moich urodzinach. Pytam ją, ale nie odpowiada ani słowem.

Pewnego dnia siedzę w środku i robię chleb, a Celia coś pisze przy kuchennym stole.

Próbuję po raz kolejny, zadając to samo wytarte pytanie:

– Czy na urodziny dostanę trzy dary?

Celia nie odpowiada.

– Jeśli chcecie, żebym zabił Marcusa, będę potrzebował swojego daru.

Pisze dalej.

– Czy babcia da mi trzy dary?

Wiem, że choćby piekło zamarzło, nie dopuściliby mnie do niej.

Celia podnosi wzrok i otwiera usta, jakby chciała coś powiedzieć, ale szybko je zamyka.

– Co?

Odkłada długopis.

– Twoja babcia.

– Co?

– Zmarła miesiąc temu.

Co? Miesiąc temu!

– I do tej pory mi o tym nie powiedziałaś?

Mogą mi powiedzieć wszystko albo nic, i skąd mam wiedzieć, czy jest w tym choć ziarno prawdy?

Rzucam ciasto na podłogę.

– W ogóle miałam ci o tym nie mówić.

A zatem mam uwierzyć, że Celia stara się oszczędzić mi wstrząsów, co jest oczywiście kolejnym kłamstwem. A babcia nie żyje. To z pewnością prawda. Gdyby tylko chcieli, kazaliby ją zabić albo zmusiliby ją do popełnienia samobójstwa. Ją czy dowolną inną osobę.

– A Arran?

Brak odpowiedzi.

Kopię krzesło tak, że się przewraca, podnoszę je i roztrzaskuję o podłogę.

Robią, co im się żywnie podoba, zabijają, kogo chcą, i nienawidzę ich za to, nienawidzę, nienawidzę. Jeszcze raz walę krzesłem o podłogę.

– Będę zmuszona umieścić cię w klatce, jeśli dalej będziesz się tak zachowywał.

Z krzykiem rzucam resztkami krzesła w Celię i ruszam na nią.

Budzę się skuty w klatce.

Goście

Zbieram jajka kilka tygodni po tym, jak Celia powiedziała mi o babci. Myślę o niej, o jej kurach i o tym, jak próbowały dostać się do domu, i o tym, jak w swoim pszczelarskim kapeluszu wyciągała plastry z uli...

Stawiam koszyk z jajkami na ziemi i nasłuchuję.

Nasłuchuję czujnie.

Ledwie dosłyszalny, daleki odgłos dobiegający spośród wzgórz.

Dobiegający z kuchni brzęk naczyń.

Wbiegam na ścianę i wskakuję na klatkę, by stamtąd spojrzeć w kierunku południowego zachodu, skąd w mojej fantazji ma przybyć Marcus.

Wzgórza trwają nieporuszenie, nieskore do zdradzenia swoich tajemnic. Obracam się, nadstawiając uszu i wytężając wzrok. Wstrzymuję oddech.

To nie wiatr.

To jakby warkot. Odległy pomruk.

Celia patrzy na mnie z kuchennego okna. Nic nie słyszała, ale wie, że coś się szykuje, skoro wskoczyłem na klatkę. Znika i pojawia się w drzwiach wejściowych. Teraz dźwięk jest już wyraźnie słyszalny.

To nie mój ojciec. To samochód.

– Do domku! – krzyczy na mnie Celia.

Na horyzoncie pojawia się czarna kostka samochodu terenowego tocząca się powoli drogą w naszą stronę.

– Złaź z klatki!

Ale jeśli to są ludzie – prawdziwi ludzie, amagowie, jacyś turyści czy wczasowicze – to przecież będę mógł coś zrobić. Powiem im, że jestem tu przetrzymywany w klatce. Dławik... Na pewno będą potrafili go zdjąć. Może powinienem poczekać, aż ich spławi... i czymś ją zdzielić...

I wtedy Celia się zmienia, jakby odrobinę zapada się w sobie. Matowym głosem mówi:

– Wejdź do klatki, Natanie.

Wie, kim są przybysze.

Obserwuję jeepa jeszcze przez kilka sekund, po czym schodzę do klatki.

– Zamknij ją na kłódkę.

Idzie w stronę drogi.

Zatrzaskuję drzwi do klatki, ale nie zamykam ich na kłódkę. W tylnej części klatki znajduję w ziemi swój gwóźdź. Wkładam go do ust, wbijam sobie od wewnątrz w policzek i otorbiam blizną.

Kierowca jeepa dodaje gazu i silnik zaczyna wyć głośniej. Zatrzymuje się po drugiej stronie domku. Celia podchodzi do niego.

Rozmawia z kierowcą przez okno. Gestykuluje żywo, najwyraźniej podenerwowana. Nie widziałem jeszcze, żeby coś ją do tego stopnia poruszyło.

Nie widzę kierowcy.

Drzwi samochodu otwierają się i Celia szeroko rozpościera ramiona, jakby chciała powstrzymać nieproszonych gości. Niemal dorównują jej wzrostem. Oczywiście wszyscy ubrani na czarno. Dostrzegam twarz kierowcy dopiero wówczas, gdy Celia odsuwa się na bok, ale i tak wiem, kogo się spodziewać.

Czy przyjechali mnie zabić? A z jakiego by innego powodu? Aby przekazać Celii polecenie zabicia mnie? Czy powinienem zamknąć klatkę na kłódkę? To chyba nie ma już sensu.

Clay zmierza w moją stronę.

Celia idzie za nim krok w krok, a za nią dwie łowczynie.

– Nie poinformowano mnie o tym – mówi Celia.

– No to właśnie cię informujemy. Każ mu wyjść z klatki.

Celia waha się ułamek sekundy, po czym szeroko otwiera drzwi.

Przyjechali tu, by mnie zabić, to jasne. Może każą mi przejść na koniec pola i tam mnie zgładzą, a może nie zadadzą sobie nawet tyle trudu i skończą sprawę przy klatce. Pogrzebią mnie w ziemniakach. A zatem zabili Marcusa. Już mnie nie potrzebują. Mój ojciec nie żyje.

– Wychodź.

W głosie Claya nie ma śladu emocji.

Cofam się i kręcę głową. Będą musieli zabić mnie tutaj. Nie mogę uwierzyć w to, że mój ojciec nie żyje.

W tym momencie słyszę w głowie wibracje. To nie Celia, to telefon. I nie jest to telefon żadnej z łowczyń stojących za Celią, dobiega z bliska. Coś chwyta mnie za prawe ramię i otacza mój nadgarstek – u mojego boku materializuje się czwarty łowca. Jest tak wielki i brzydki, jak go zapamiętałem. Kieran trzyma mnie za ramię i teraz już widzę kajdanki. Próbuję uderzyć go w twarz wolną ręką, ale uchyla się, pociągając mnie za sobą kajdankami, a jedna z łowczyń wbiega do klatki i chwyta mnie za lewe ramię. Wymierzam łowczyni kopniaka, ale w tym momencie Kieran rzuca mnie na pręty, skuwa mi ręce za plecami, po czym ciska mnie o pręty jeszcze dwukrotnie.

– Tylko się rusz, to ci wyrwę ręce z barków! – wrzeszczy mi prosto do ucha.

Nienawiść ma tę cudowną cechę, że przesłania człowiekowi całą resztę. Dlatego stara sztuczka nadal działa. Nie obchodzi mnie, czy wyrwą mi ręce z barków i jak bardzo będzie to bolało, nic mnie nie obchodzi. Szarpię głową w tył, trafiam Kierana potylicą w twarz i rozlega się rozkoszny chrupot łamanej kości nosowej.

Jęczy, ale nie rozluźnia chwytu.

Podrywa mi wywichnięte ramiona do góry, ale nie wyłamuje mi ich, co każe mi się zastanowić, czy jego groźby zasługują na poważne traktowanie.

Kieran wywleka mnie z klatki i ciska na ziemię, ale obracam się na bok i wykopuję wysoko w górę, dosięgając butami jego policzka. Przekręcam się jeszcze raz i podrywam się do pionu, ale nieoczekiwany cios w nerki wymierzony celnie przez łowczynię zwala mnie z nóg.

Padam na kolana i opieram się czołem o ziemię.

– To niedopuszczalne! – wrzeszczy Celia na Claya. – On znajduje się pod moją opieką!

– Dostaliśmy rozkaz zabrania go – odpowiada Clay spokojnym, bezbarwnym głosem.

Ciężki but przyciska mi twarz do ziemi.

Celia protestuje, argumentuje, upiera się, że będzie mi towarzyszyć, oznajmia, że będzie jechać ze mną, ale Clay jest niewzruszony. Po prostu odmawia.

W końcu Celia mówi, że musi zdjąć mi dławik. Prosi o pozwolenie.

Zdejmuje go delikatnie i mówi uspokajająco:

– Pojadę za wami.

– Nie. – Clay nie pozostawia miejsca na dyskusję. – Będziemy musieli pożyczyć twoją półciężarówkę. Jest zbyt niebezpieczny, by ryzykować przejazd jeepem.

– W takim razie poprowadzę jeepa.

– Nie, Megan poprowadzi. Jeśli się upierasz przy towarzyszeniu nam, możesz pojechać z nią.

W jego głosie czai się groźba i Celia musi ją słyszeć. Megan nie zrobiłaby Celii krzywdy, ale skręciłaby w niewłaściwym miejscu, zgubiła się, zabrakłoby jej paliwa. Celia nie zaryzykuje konfliktu z łowcami. Zostanie w domu. Zrobi, co będą chcieli.

– Ach, miałem ci to przekazać.

Clay mówi to tak, jakby prowadził niezobowiązującą pogawędkę.

– Zawiadomienie! Kiedy zostało wydane?

Clay nie odpowiada.

– Dwa dni temu? Ktoś powinien był mi powiedzieć. Odpowiadam za niego.

Clay nadal milczy.

– Zgodnie z postanowieniem Rady wszystkie półkody mają zostać „skodyfikowane". Co to znaczy?

Wiem, że Celia kieruje te słowa głównie do mnie.

– Ja mam go tylko przewieźć, Celia.

– Pojadę i...

Clay ucina dyskusję w zarodku.

– Wyjaśniłem ci sytuację, Celia. Teraz on należy do nas.

– Kiedy przywieziecie go z powrotem?

– Nie dostałem żadnych poleceń w tej sprawie.

Sklasyfikowany

Leżę w półciężarówce Celii, przyciśnięty twarzą do metalowej podłogi. Ostatnio korzystałem z tego środka transportu prawie dwa lata temu, a jednak pokryty rdzą lakier wydaje się znajomy.

Kieran zabrał się do leczenia swojego złamanego nosa, ale udało mi się porządnie go strzaskać. Trzyma łańcuch przywiązany do skuwających mnie kajdanek i owinięty wokół kostek, i dla zabawy co jakiś czas go szarpie.

Clay siedzi na fotelu pasażera z przodu, Tamsin kieruje, Megan jedzie za nami jeepem, a Celia, jak mogę się domyślać, została w domku.

Próbuję odpocząć, ale jak tylko zapadam w drzemkę, Kieran szarpie mnie za kostki albo smaga mnie łańcuchem po plecach. Jak go to w końcu nudzi, odwraca się w stronę kierowcy i krzyczy:

– Ej, Tamsin, mam kolejny.

– No? – odkrzykuje kobieta.

– Jaka jest różnica między półkodem a trampoliną?

Tamsin nie odpowiada, za to ja czuję nagle na plecach ciężar butów Kierana.

– Żeby skoczyć na trampolinę, zdejmuje się buty.

Kolejny dowcip sączy mi powoli do ucha przyciszonym głosem.

– Jaka jest różnica między półkodem a cebulą? – Podciąga mi koszulkę, przeciąga powoli palcami po bliznach, które otrzymałem od niego na pamiątkę, i mówi: – Przy obieraniu cebuli się płacze.

Po czterech czy pięciu godzinach półciężarówka staje. Wnioskując z kilku złowionych przypadkiem słów, jesteśmy na stacji przy autostradzie. Tankują paliwo i rozsiadają się wygodnie, zajadając hamburgery i frytki i siorbiąc przez słomkę napoje. Zapach byłby nawet kuszący, gdyby tak bardzo nie chciało mi się sikać. Nawet nie chcę myśleć o jedzeniu i piciu.

Pewnie nie warto nawet próbować, ale co mi tam.

– Muszę się wysikać.

Dostaję łańcuchem po udach. Muszę zacisnąć zęby i odetchnąć ciężko przez nos.

Kiedy ból łagodnieje, próbuję jeszcze raz.

– Tak czy inaczej muszę się wysikać.

Ponownie dostaję łańcuchem po udach.

Półciężarówka rusza w drogę. Clay przyciszonym głosem instruuje kierowcę, ale nie jestem w stanie wychwycić słów.

Dwadzieścia minut później stajemy. Za kostki wyciągają mnie przez tylne drzwi samochodu zaparkowanego w jakichś krzakach. Z oddali dobiegają odgłosy ruchu ulicznego. Trzeba przyznać, że znaleźli zaciszne miejsce.

– Spróbuj wywinąć jakiś numer, a będziesz martwy – syczy mi Kieran wprost do ucha tak, że niemal czuję wilgoć jego oddechu.

Nie przytakuję.

Rozkuwa mi prawą rękę.

Sikam. Długo i z przyjemnością.

Ledwie zdążam zapiąć rozporek, już jestem z powrotem skuty i wrzucony do samochodu. Uśmiecham się w duchu nie tylko dlatego, że czuję ulgę. Myślę o Celii. Jest twardsza niż ci idioci.

Jazda punktowana od czasu do czasu wstrząsami na wybojach ciągnie się w nieskończoność. Kieran chyba przysypia, bo przestał mnie dręczyć. Gwóźdź tkwi bezpiecznie w moim policzku, ale z trzema łowcami nie mam szans na ucieczkę.

Rdza zżerająca podłogę półciężarówki ociera mi policzek, kiedy znów wyciągają mnie z samochodu.

– Na kolana.

Znajduję się na dziedzińcu budynku Rady, w miejscu, z którego zabrano mnie tuż przed piętnastymi urodzinami.

Ktoś popycha mnie na ziemię.

– Na kolana! – wrzeszczy Kieran.

Clay zniknął. Tamsin i Megan stoją przy drzwiach kierowcy, a Kieran obok mnie. Zerkam na niego z dołu. Ma spuchnięty nos i podbite na czarno oko.

– Coś kiepsko ci idzie samoleczenie, Kieran.

Już widzę szybujący w stronę mojej twarzy but, ale w ułamku sekundy zdążam odtoczyć się na bok i poderwać na nogi.

Tamsin zaczyna się śmiać.

– Szybki jest, Kieran.

Kieran udaje, że stracił mną zainteresowanie, i rzuca tylko:

– To już nie mój problem. Teraz należy do nich.

Rozglądam się pospiesznie. Podchodzi do mnie dwóch strażników, biorą mnie pod ramiona i bez słowa odciągają.

Wprowadzają mnie do budynku Rady przez drewniane drzwi, wiodą korytarzem, potem na prawo i na lewo, mijamy wewnętrzny podwórzec i kolejne drzwi na lewo. Jestem teraz w dobrze mi znanym korytarzu i siedzę na ławce pod salą, w której przeprowadzana jest zwykle ocena.

Zajmuję się leczeniem zadrapań i siniaków.

Prawie jak za dawnych, dobrych czasów. Oczywiście, muszę czekać. Ręce mam nadal skute za plecami. Wbijam wzrok w kolana i kamienną podłogę.

Czekanie przeciąga się ponad miarę. W końcu drzwi na końcu korytarza otwierają się i dobiega mnie odgłos zbliżających się kroków. Nie podnoszę wzroku. Kroki cichną nagle i słyszę męski głos:

– Wejdź innym wejściem.

Podnoszę wzrok i wstaję.

Głos Annalise jest cichy i miękki.

– Natan?

Mężczyzna, z którym przyszła, zapewne jej ojciec, wypycha ją z powrotem przez drzwi, które zamykają się bezpowrotnie.

Na mojej drodze staje strażnik, zasłaniając mi widok. Wiem, że chce, żebym usiadł, i przez moment się waham, ale w końcu siadam. Korytarz wygląda tak samo jak zawsze. Jakby nic się nie stało.

A jednak widziałem Annalise. Wyglądała inaczej: starsza, bledsza, wyższa. Miała na sobie dżinsy, błękitną koszulkę i brązowe kozaczki. Przepowiadam to sobie w głowie: kroki, „wejdź innym wejściem", jej widok, spotykające się spojrzenia, radość w jej oczach i to wypowiedziane miękkim głosem „Natan?", jakby nie była pewna, jakby nie mogła w to uwierzyć, jej ojciec ją odpycha, ona się opiera, on ją odpycha mocniej, zagradza drogę, ona patrzy ponad jego ramieniem, nasze spojrzenia spotykają się ponownie i drzwi się zamykają, głusząc wszystkie dźwięki. Nie dobiegają zza nich już żadne głosy ani kroki.

Przepowiadam to sobie jeszcze raz i jeszcze raz. Myślę, że to zdarzyło się naprawdę. Naprawdę się zdarzyło.

Zdejmują mi kajdanki, żeby mnie zważyć, zmierzyć i sfotografować. Poprzedza to zwykle ocenę, ale od moich urodzin dzieli mnie jeszcze kilka miesięcy, więc nie wiem w gruncie rzeczy, czego mam się spodziewać. Pytam mężczyznę w laboratoryjnym fartuchu, ale strażnicy, którzy nas obserwują, każą mi się zamknąć, a mężczyzna i tak nie udziela mi odpowiedzi. Strażnicy skuwają mnie na powrót i wracam na korytarz, gdzie znów mam czekać.

Kiedy biorą mnie w końcu do środka, na środkowym krześle zasiada Soul O'Brien. Nie jestem zaskoczony. Kobieta siedzi jak zwykle po prawej stronie, a pan Wallend po lewej. Przynajmniej Claya tu nie ma.

Zaczynają zadawać mi pytania, jak zwykle podczas oceny. Nie współpracuję, decydując się zachować milczenie. Soul znudzony jak zwykle, ale dziś jestem już przekonany, że to tylko poza. Jest zakłamany do szpiku kości. Dwukrotnie zadaje każde pytanie i nie komentuje braku odpowiedzi z mojej strony, ale wkrótce się poddaje, sprawiając wrażenie, jakby to wszystko kompletnie go nie obchodziło. Zadaje ostatnie pytanie, po czym szeptem przekazuje coś kobiecie, a następnie panu Wallendowi.

A potem odzywa się do mnie.

– Natanie.

Natanie! Pierwszy raz zwrócił się do mnie po imieniu.

– Za niecałe trzy miesiące przypadają twoje siedemnaste urodziny. To ważny dzień w twoim życiu. – Przygląda się z uwagą swoim paznokciom, po czym ponownie podnosi na mnie wzrok. – Ważny dzień również dla mnie. Mam nadzieję, że tego dnia będę mógł przekazać ci trzy dary.

Co?

– Owszem, może to być dla ciebie pewnym zaskoczeniem, ale rozważałem to od wielu lat i jestem... ciekaw, co z tego wyjdzie. Zanim jednak będę mógł ofiarować ci trzy dary, muszę zyskać pewność, musimy zyskać pewność, że całym sercem jesteś po stronie białej magii. W mojej mocy jest przypisanie ci kodu docelowego, Natanie. Powiedziałbym, że w twoim interesie leży zakwalifikowanie cię jako czarodzieja, nie czarownika.

Kiedyś o tym marzyłem, uważałem, że to rozwiązanie wszystkich moich problemów. Teraz jestem już pewien, że tak nie jest.

– Natanie, ze względu na matkę jesteś w połowie biały. Twoja matka pochodziła z silnej, szanowanej białej rodziny. Jako członkowie Rady szanujemy jej rodzinę. Niektórzy z jej przodków byli łowcami i twoja przyrodnia siostra również jest łowczynią. Stoi za tobą dumne, godne szacunku dziedzictwo ze strony twojej matki. Odziedziczyłeś wiele jej cech, Natanie. Wiele. Oznaką tego jest twoja zdolność samouzdrawiania.

Nie wiem, czy sobie nie kpi, bo jestem przekonany, że mój ojciec był również całkiem niezłym uzdrowicielem.

– Czy wiesz, na czym polega różnica między czarnymi a białymi, Natanie?

Nie odpowiadam. Już się cieszę na zwyczajową tyradę o walce dobra ze złem.

– To ciekawe pytanie, nieprawdaż? Często się nad tym zastanawiam. – Soul O'Brien znów przygląda się swoim paznokciom, a potem obrzuca mnie uważnym spojrzeniem. – Czarodzieje i czarodziejki wykorzystują swoje dary w służbie dobra. W ten sposób możesz nam pokazać, że jesteś biały, Natanie. Użyj swojego daru w służbie dobra. Współpracuj z Radą, z łowcami, z białymi na całym świecie. Pomóż nam, a... –

Odchyla się do tyłu w fotelu. – ...twoje życie będzie znacznie łatwiejsze.

Wydaje się, że jego oczy emitują srebrzystą poświatę, gdy mówi:

– I dłuższe.

– Przez prawie dwa lata trzymano mnie w klatce. Byłem bity, torturowany i izolowany od mojej rodziny. Mojej białej rodziny. Proszę mi wyjaśnić, który element tej układanki mieści się w pojęciu „dobra".

– Naprawdę leży nam na sercu dobro czarodziejek i czarodziejów. Jeśli zostanie ci przypisany kod biały...

– To dacie mi do spania wygodne łóżko? O ile, oczywiście, zabiję swojego ojca.

– Wszyscy musimy iść na ustępstwa, Natanie.

– Nie zabiję mojego ojca.

Ponownie z uwagą przygląda się swoim paznokciom i mówi w końcu:

– No cóż, byłbym rozczarowany, Natanie, gdybyś zgodził się bez oporów. Obserwuję cię z zaciekawieniem co roku, odkąd spotkaliśmy się po raz pierwszy, i rzadko mnie rozczarowujesz.

Przeklinam go w duchu.

– I w jakimś sensie cieszę się, że tym razem również mnie nie rozczarowałeś. Tak czy inaczej zrobisz jednak to, czego od ciebie oczekujemy. Pan Wallend tego dopilnuje.

Nie mam już okazji mu odpowiedzieć, bo Soul kiwa głową na strażników, którzy podchodzą i ujmują mnie pod ramiona.

Kiedy wywlekają mnie z sali i ciągną korytarzem, próbuję zapamiętać kierunek – prawo, lewo, ławki, okna i drzwi – ale szybko wszystko mi się myli i wkrótce znajduję się już w tej części budynku, w której korytarze nie są już tak proste. Nasza droga prowadzi w dół i staje się tak wąska, że jeden strażnik musi iść przede mną, a drugi za mną. Schodzimy po kamiennych schodach. Jest zimno. Po lewej stronie znajduje się rząd metalowych drzwi.

Strażnik idący przede mną zatrzymuje się przy trzecich, wymalowanych na niebiesko. Spod łuszczącej się farby wyziera szarość. To nie są drzwi, które kogokolwiek mogłyby napełnić nadzieją. Stojący przede mną strażnik odsuwa je z hurgotem, a ten za mną wpycha mnie do środka.

Stoję na środku celi, do której wnętrza dociera jedynie światło z korytarza. Jest całkowicie pusta, jeśli nie liczyć łańcucha przymocowanego do ściany, którym strażnik pęta mnie w kostkach, po czym wychodzi, przekręcając w drzwiach klucz i zasuwając szeroką sztabę.

Nieprzenikniona ciemność.

Nie zdjęto mi kajdanek. Robię krok w przód i okrążam celę, wyczuwając nierówne kamienne ściany czubkami palców, barkami i policzkiem. Trzy kroki na lewo od miejsca zamocowania łańcucha trafiam na róg pomieszczenia, a dwa kroki dalej kończy mi się łańcuch. To samo w prawo. Krótki łańcuch uniemożliwia mi zbliżenie się do drzwi.

Podłoga jest twarda i zimna, ale sucha. Siadam i opieram się plecami o ścianę. Cztery kamienne ściany, jedne drzwi, łańcuch i ja.

Wkrótce dołączają mdłości i strach.

Księżyc jest w połowie cyklu, więc jest źle, ale nie dramatycznie. Od bardzo dawna nie przebywałem nocą w zamkniętym pomieszczeniu. Zaczynam kołysać stopami, potem całym ciałem. Pomaga mi to opanować panikę, ale nie mdłości. Przekręcam się na bok, ale nie przestaję się wiercić. W ten sposób dopełzam do rogu pomieszczenia i uderzam w niego głową. Trochę się wiercę, trochę udaje mi się opanować.

Wymiotuję czymś wodnistym, ale w sumie to głównie żółć. Nic nie jadłem od śniadania, a wstrząsają mną nieustanne mdłości. Nie mam już czym wymiotować i skręca mnie tak, że zaczynam kaszleć. Mój żołądek próbuje się pozbyć czegoś, czego w nim nie ma.

Potem pojawiają się głosy. Słyszę syki i uderzenia, ale nie jestem pewien, czy je sobie uroiłem, czy też słyszę je naprawdę. Syki są przerażające i uporczywe, a uderzenia tak głośne, że aż podskakuję. Próbuję je zawczasu przewidzieć, ale mi się nie udaje. Tylko krzyk pomaga, tylko krzyk zagłusza dźwięki, ale nie mam siły krzyczeć przez całą noc. Znów robi mi się niedobrze, więc wciskam głowę w róg celi i mruczę sam do siebie, kołyszę się i od czasu do czasu wrzeszczę na ten łoskot, jeśli jest szczególnie dokuczliwy.

Świta. W celi nadal panuje ciemność, ale mdłości i głosy znikają równie szybko, jak się pojawiły.

Nikt nie nadchodzi.

Powinienem opracować jakiś plan, ale jestem na to zbyt zmęczony.

Nadal nikogo.

Próbuję odpocząć. Jestem głodny i nie mogę się pozbyć z ust obrzydliwego posmaku. Czy przyniosą mi jedzenie i wodę? A może o mnie zapomną i zostawią mnie tu, żebym sczezł?

Jednak o mnie pamiętali. Przynieśli mi wodę, ale zapomnieli, że muszę również coś jeść. Zapomnieli, jak mam na imię.

Ja jakoś też nie mogę sobie przypomnieć.

– Zapytam cię jeszcze raz: jak masz na imię?

Młoda czarodziejka przestała już używać słowa „proszę".

Postępuję według przećwiczonego wielokrotnie planu: nic nie mówię. Nie jest to szczególnie wyrafinowany plan. Nieuchronnie budzi irytację i raczej nie będzie mieć specjalnego wpływu na cokolwiek, co ma się ostatecznie wydarzyć. Przynajmniej jednak jest to jakiś plan.

Chłonę jej obraz od czubka głowy porośniętej starannie wyszczotkowanymi mysimi włosami przez małe, bladoniebieskie oczy okolone idealnie pomalowanymi tuszem rzęsami, cienką warstwę pedantycznie rozprowadzonego podkładu i starannie wyszminkowane na różowo usta. Szczupła sylwetka prezentuje się znakomicie w beżowej garsonce, cienkich rajstopach i lakierowanych pantoflach. Sprawia wrażenie, jakby starała się szczególnie dobrze wyglądać i jakby dobrze się tej nocy wyspała. Skropiła się nawet perfumami o kwiatowym zapachu.

Im uważniej się jej przyglądam, tym bardziej przytłacza mnie jej widok, jej uroda i jej zwykła, okrutna głupota. Ubrała się jak na spotkanie w interesach, a mnie tu przetrzymują w celi.

No i mam wreszcie plan. Staję w niedbałej pozie i lekko nachylając się ku niej, mówię:

– Nazywam się Iwan. Iwan Szuchow.

Kobieta wygląda na zakłopotaną i poirytowaną. Prawdopodobnie stara się rozgryźć, czy to jakiś kalambur.

– Nie, nazywasz się Natan Byrn. Syn Cory Byrn i Marcusa Edge'a.

Odchylam się do tyłu i mówię swobodnym tonem:

– Nie, nazywam się Iwan. Chodzi ci chyba o chłopaka z celi obok.

– Nikt nie siedzi w celi obok.

– To znaczy, że uciekł?!

Układa swoje wyszminkowane usta w kwaśny uśmiech, jakby chciała pokazać, że też ma poczucie humoru.

– Musimy się tylko upewnić, że wiesz, co się wokół ciebie dzieje.

– Oczywiście, że wiem, co się dzieje! – Wypadłem na moment z roli, ale szybko znów przyjmuję pozę wystudiowanej nonszalancji. – Zostałem potraktowany jak król przez cudowną Radę Białej Magii. Zapewniają znakomity wikt, najwygodniejsze piernaty i... – Pochylam się ku niej konfidencjonalnie. – ...przedstawiono mnie najbardziej czarującym, prześlicznie pachnącym czarodziejkom. – Strażnik odciąga mnie za ramię. – Nazywam się Iwan Szuchow i jestem świadom tego, co się dzieje. A wy?

– Nie nazywasz się Iwan Takiczyśmaki. Nazywasz się Natan Byrn i zostaniesz sklasyfikowany, inaczej mówiąc, skodyfikowany.

– Nie mam pojęcia, co to oznacza.

W jej zimnych, bladobłękitnych, utkwionych we mnie oczach bladoniebieskie iskry błyszczą jak lód.

– Kiepsko to brzmi – mówię. – Żal mi tego... jak mu tam? Natana.

– Ty nazywasz się Natan.

– Co oznacza sklasyfikowany? Przekażę Natanowi, jak go spotkam.

– To pewien rodzaj wyrafinowanego tatuażu.

– Nie mogę sobie wyobrazić, żebyś mogła jakikolwiek tatuaż uznać za wyrafinowany.

Uśmiecha się.

– Ten jest. Pan Wallend już od dłuższego czasu pracuje nad odpowiednią mieszanką barwników.

– A co przedstawia ten tatuaż?

– Twój kod, oczywiście.

Pochylam się naprzód, a strażnik łapie mnie za ramię i odciąga w tył.

– Chcesz powiedzieć: piętno.

Otwiera różowe usteczka w swojej prześlicznie wymalowanej buzi, żeby udzielić mi odpowiedzi, a ja w nie pluję – i trafiam wprost idealnie.

Krzyczy i pluje, wycierając sobie ze wstrętem usta. Strażnik odciąga mnie w tył.

Kobieta cofa się o krok i wyciera sobie twarz chusteczką, rujnując perfekcyjny makijaż. Trzymając chusteczkę przy ustach, mówi:

– Nazywasz się Natan Byrn. Twoja matka była czarodziejką, a twój ojciec czarownikiem. Jesteś półkodem i z tego względu zostaniesz zaklasyfikowany.

Tym razem plwocina ląduje na brzeżku jej spódnicy. Zatacza się w tył, jakbym ją uderzył. Strażnik nadal mnie trzyma.

– Zabierzcie go do pokoju 2C.

Strażnicy niespiesznie wychodzą z celi, wlokąc mnie za sobą. W wąskim korytarzu muszą iść bokiem, co bardzo mi odpowiada, bo mogę się wspinać nogami na ściany, choć jeden ze strażników chwyta mnie za kark. Dostarczają mnie przed zielone metalowe drzwi, na których wymalowano 2C. Drzwi rozsuwają się i na chwilę przestaję się wyrywać.

W pokoju 2C znajduje się coś, co wygląda jak stół operacyjny z mnóstwem czarnych, plastikowych pasków. Zaczynam się miotać i krzyczeć, aż w końcu dostaję cios w skroń, który odbiera mi przytomność.

Budzę się i natychmiast zaczynam się dławić i krztusić. Mam coś w ustach i nie mogę tego wypluć. Jakiś przedmiot zrobiony z gumy i metalu.

Obok mnie stoi kobieta i patrzy na mnie z góry. Uśmiecha się i mówi:

– No, w końcu się obudziłeś.

Zaczynam się szarpać i wiercić, ale to żałosne, więc przestaję. Pokój 2C ma ściany wymalowane na biało, a na suficie nic z wyjątkiem świetlówek i czegoś, co sprawia wrażenie przymocowanej z boku kamery. Tylko tyle dowiaduję się o pokoju 2C, bo nie mogę się ruszyć, by zobaczyć cokolwiek innego. Leżę na plecach, a moje ciało przymocowano paskami do stołu. Zdjęto mi kajdanki, ale przywiązano mi ręce do stołu i teraz wyczuwam koniuszkami palców, że pod prześcieradłem znajduje się cienkie obicie. Pasek obejmujący czoło unieruchamia mi głowę spoczywającą w niewielkim wgłębieniu. Czuję się tak, jakbym miał całe ciało spętane paskami: tułów, ręce, nogi i kostki.

Próbuję nie myśleć o Zemście. Nie chcę myśleć o proszku, który Kieran wypróbował na moich plecach, ale zakneblowali mi usta. Czy klasyfikacja to tylko inna nazwa Zemsty?

Rozlega się szczęk rozsuwanych szeroko drzwi i dźwięk ciągniętego po podłodze metalu. Światło jest teraz tak silne, że nawet z zamkniętymi oczami widzę czerwoną poświatę. Znów coś wciągają do środka, słyszę brzękanie delikatnych metalowych przedmiotów.

– Natanie. Popatrz na mnie.

To pan Wallend. Ma bardzo ciemne, prawie granatowe oczy, w których czają się białe iskry. Jest ubrany w laboratoryjny fartuch.

– Jesteś tu, by zostać zaklasyfikowanym. Przeprowadzę tę procedurę. Może ci sprawić odrobinę bólu, ale chciałbym, żebyś spróbował się nie ruszać. Spróbuj się rozluźnić.

Zaczynam się znów wić i wyrywać.

– To przypomina nieco tatuowanie, ale jest to proces znacznie szybszy i prostszy. Najpierw weźmiemy na warsztat twoje palce. Będziesz wiedział, czego się spodziewać. Jesteś leworęczny, prawda?

Zapewne nie zrozumiał, co chciałbym mu przekazać swoim wiciem się i jęczeniem.

Wsuwa metalowy pierścień na mały palec mojej prawej ręki i zaciska go.

– OK. Widzisz, że to proste. Po prostu się rozluźnij. Za chwilę będzie po...

Wrzeszczę mimo knebla, kiedy igła przeszywa kość mojego małego palca.

Wyciągają ją.

Pan Wallend rozluźnia pierścień i przesuwa go wyżej.

– Następny.

Krzyczę, przeklinam go i staram się wyrwać palec, ale pierścień się zaciska i igła przeszywa mnie ponownie.

Kiedy ją wreszcie wyjmuje, spływam potem.

Przechodzi na czubek mojego palca, tuż nad paznokciem. Ponownie przeszywa mnie igła.

Zagryzam knebel i wbijam w niego spojrzenie, a łzy strumieniami spływają mi po policzkach.

Przerywa.

Serce wali mi jak młotem.

To nie był tatuaż.

Pan Wallend rozluźnia pierścień i zdejmuje go. Wraz z kobietą pochylają się nad moim palcem.

– Znakomicie. Znakomicie. Prawie nie puchnie. Masz nadzwyczajne ciało, Natanie. Nadzwyczajne.

Pan Wallend obchodzi stół, kierując się ku mojej lewej dłoni.

– Teraz pora na nieco większe tatuaże. Odczucie może być nieco bardziej intensywne.

Czuję zimny metal na grzbiecie lewej dłoni, wzdłuż linii środkowego palca. Wbijam w niego wzrok i przeklinam go mimo knebla.

Pan Wallend nie zwraca na mnie uwagi i pochyla się nad swoją pracą, więc widzę tylko czubek jego głowy. Ciemnobrązowe, faliste włosy.

– Spróbuj się rozluźnić.

No jasne, banalne. Coś drapie we wnętrzu mojej dłoni o moje kości.

Włosy pana Wallenda układają się w nieruchome fale. Ja też trwam w bezruchu.

Kiedy drapanie się urywa, jestem oszołomiony i chce mi się wymiotować.

Pan Wallend podnosi wzrok.

– Nie było tak źle, co? Teraz ważne jest to, by pamiętać, że to nigdy nie zejdzie. Nigdy. Masz to w środku. Jeśli będziesz próbował to usunąć razem ze skórą, pojawi się ponownie. Więc naprawdę nie ma sensu próbować.

Jeszcze raz przygląda się mojej dłoni i wygładza ją palcami. Jest obolała i drażliwa.

– Kod wygląda bardzo dobrze. Powiedziałbym nawet, że znakomicie.

Staje w nogach łóżka.

– Teraz kostki. Spróbuj się odprężyć. To potrwa tylko kilka sekund.

Nie mogę się powstrzymać, by nie próbować wyciągnąć nóg z uchwytów, choć robię to bez przekonania. Mam wrażenie, że wydrapywanie czegoś w moich kościach i szpiku trwa jednak dłużej niż kilka sekund. Mam w ustach knebel i wiem, że nie mogę zwymiotować.

– Na większych kościach to trwa dłużej – wyjaśnia. – Został jeszcze tylko jeden.

Przesuwa maszynę wokół stołu, znika na chwilę z pola mojego widzenia i pojawia się po drugiej stronie.

Umieszcza maszynę na mojej szyi.

Och, nie... nie... nie...

– Spróbuj się uspokoić. – Nachyla się nade mną, przybliżając ku mnie twarz. – W tym miejscu uczucie może być rzeczywiście dziwne.

Leżę skulony na cienkim materacu. Prawy nadgarstek mam przykuty do metalowej barierki łóżka. Czuję wyraźnie miejsca, w których zostałem zaklasyfikowany. Palce i dłonie mam obolałe, kostki tak samo, ale w gardle jest coś jeszcze. Dziwny, metaliczny posmak.

Nie otworzyłem jeszcze oczu. Obudziłem się tutaj już jakiś czas temu.

Chcę wrócić do klatki.

Pod powiekami pojawia się obraz uśmiechającego się pana Wallenda. Otwieram oczy.

To zupełnie inna cela niż ta ostatnia, kamienna. Przywodzi na myśl szpital, tak samo jak pokój 2C. Oświetla ją słaba, biała poświata emitowana przez niewielką lampkę w rogu sufitu. W drugim rogu umieszczono kamerę. W celi nie ma nic z wyjątkiem łóżka.

Unoszę lewą dłoń, żeby na nią spojrzeć.

C 0,5

Czarny tatuaż. Mam taki sam na kostce. To by było na tyle, jeśli chodzi o zaklasyfikowanie mnie jako czarodzieja. Dla nich zawsze będę w połowie czarny.

Goję dłoń i palec i uczucie posiniaczenia mija. Tą samą terapią obejmuję kostkę i szyję. Powoli dziwny posmak znika i pojawia się ożywcze mrowienie. Kulę się i przyglądam tatuażom na małym palcu. Trzy maleńkie czarne tatuaże. B 0,5.

Potrzebny mi jakiś plan.

Światło pali się cały czas, by mogli mnie obserwować. Staram się nie patrzeć do kamery.

Cały czas mam w ustach gwóźdź. Przegryzam policzek i wysuwam gwóźdź zębami i językiem, po czym wyjmuję go lewą ręką, udając, że wycieram sobie usta. Rozkucie kajdanków nie nastręcza specjalnych problemów, choć muszę to zrobić ukradkiem. Zostawiam kajdanki na nadgarstku, ale otwarte.

Teraz muszę wejść w rolę.

Symuluję narastające drgawki, kopię chaotycznie, krztuszę się i chwytam za gardło. Nie mija nawet dwadzieścia sekund, gdy słyszę trzask odsuwanej zasuwy. Staczam się na podłogę, udając, że prawą rękę mam nadal przykutą kajdankami do barierki łóżka. Szeroko otwarte oczy osłaniam ramieniem.

Nogi i dół fartucha pana Wallenda pospiesznie zmierzają w moją stronę, musi być naprawdę zaniepokojony. Czarne buty strażnika zatrzymują się w drzwiach.

Pan Wallend pochyla się nade mną. Pociągam go gwałtownie ku sobie, zadaję mu cios w twarz, podrywam się do pionu, po czym z impetem wymierzam mu kopniaka w podbrzusze.

Strażnik rzuca się w moją stronę i chwyta mnie za ramię. Kopię go w kolano i słyszę chrupnięcie i stęknięcie strażnika przewracającego się na plecy, ale w tym niewielkim pomieszczeniu nie ma ucieczki od jego długich ramion. Pociąga mnie za sobą, ale wyślizguję się, przetaczam na bok i ponownie kopię go w kolano. Nie puszczając mojego ramienia, drugą ręką wymierza mi sierpowego w ucho. Zaczynam się wić jak piskorz i trafiam go stopą w twarz. Rozluźnia uścisk. Jeszcze jeden kopniak i jestem wolny. Nie rusza się, podobnie jak pan Wallend.

Wyskakuję z pomieszczenia i zamykam drzwi i zasuwę.

Przytrzymuję ją przez chwilę w miejscu i opieram się o drzwi, zaskoczony i wstrząśnięty, że tak łatwo poszło. Ucho pulsuje mi w rytmie serca. Leczę je pospiesznie.

Gdyby ktokolwiek poza nimi obserwował obraz z kamery, już by tu był.

Skręcam w lewo, mijam pokój 2C, potem w prawo, oddalając się od celi i wchodząc na prowadzące w górę kamienne schody. Korytarzem w lewo, tędy mnie przyprowadzili. Nadal nikogo. Ostrożnie uchylam drzwi na końcu i wyglądam przez nie. Kolejny korytarz, który wydaje mi się jakby znajomy, ale w gruncie rzeczy wszystkie wyglądają podobnie. Pokonuję go szybkim krokiem, mijam wewnętrzny dziedziniec, który zdecydowanie widziałem już wcześniej, ale nie pamiętam, jak go umiejscowić w odniesieniu do reszty.

Idę dalej. Otoczenie przestaje wyglądać znajomo. Skręcam w lewo i jeszcze raz w lewo. Drzwi na końcu uchylają się, więc wpadam w jakiś korytarz po prawej i mknę możliwie cicho ku drzwiom na jego końcu. Zamknięte zasuwą. Słyszę w korytarzu odległe kroki.

Zasuwa przesuwa się z trudem, ale szarpię ją z uporem. Szybciej... szybciej...

Kroki stają się coraz głośniejsze.

Prześlizguję się przez drzwi i cicho zamykam je za sobą.

Udało się! Mam ochotę się roześmiać, ale wstrzymuję oddech i przywieram do futryny. Jestem na dziedzińcu, z którego Celia zabrała mnie półciężarówką i na który ta sama półciężarówka mnie przywiozła. Samochodu jednak nie ma. Nie ma w ogóle żadnych pojazdów, jest za to wysoki mur zwieńczony drutem kolczastym. W murze znajduje się masywna, metalowa brama, przez którą wjeżdżają samochody, a tuż obok niej zwykłe drewniane drzwi. Są prawdopodobnie zamknięte, podłączone do systemu alarmowego, chronione jakimiś zaklęciami bezpieczeństwa, ale może zaklęcie ma tylko powstrzymać nieproszonych gości, a nie zdesperowanych uciekinierów...

Przemykam pod murem wokół dziedzińca ku drewnianym drzwiom zaryglowanym u góry i u dołu. Zasuwy chodzą gładko i bez oporu.

To wszystko wydaje się za proste.

Jestem przerażony tym, co może mnie czekać po drugiej stronie drzwi, rozczarowaniem na widok czekających na mnie strażników.

Otwieram drzwi. Cicho i powoli.

Nikogo.

Trzęsę się jak w febrze. Przekraczam próg i cicho zamykam drzwi za sobą.

Wąska, wybrukowana aleja. Szare, zaciągnięte chmurami niebo. Wczesny wieczór.

Jakiś człowiek przechodzi na końcu ulicy przez jezdnię. Zwykły, idący niespiesznie i rozglądający się niezobowiązująco człowiek rozmawiający przez komórkę. Potem przejeżdża samochód. I autobus.

Nogi się pode mną uginają. Nie wiem, co dalej.

Część czwarta

Wolność

Trzy torebki herbaty Natana Marcusowicza

Jestem wolny od dziesięciu dni. Nie jest źle. Siedzę w domku na wsi i popijam herbatę z filiżanki. Przychodzę tu prawie codziennie, ale śpię w lesie wiele kilometrów dalej. Las to dobre miejsce. Jest ciepło i usłyszę, gdyby cokolwiek się zbliżało. Nie natknąłem się jeszcze na człowieka. Dobrze jest nie siedzieć w klatce, ale muszę przyznać, że w klatce spałem spokojniej. Teraz dręczą mnie ciągłe koszmary. Mogłoby się wydawać, że nie są wcale tak przerażające: biegnę bez końca aleją wiodącą do budynku Rady.

Miałem kłopoty ze znalezieniem jedzenia, zanim trafiłem w to miejsce. To rzadko odwiedzany dom letni. Pomajstrowałem chwilę drutem przy zamku i udało mi się włamać do środka. Prawie codziennie korzystam tu z prysznica i czasem jak Złotowłoska kładę się na jednym z łóżek na piętrze, ale w przeciwieństwie do niej nigdy nie zasypiam. Łóżka są rozkosznie miękkie, a w szafce w kuchni znalazłem płatki owsiane. Rozbawiło mnie to.

Znalazłem też makaron, muesli i ciasteczka owsiane, które stanowią łącznie podstawę mojego jadłospisu. Nie ma, oczywiście, mleka, więc robię sobie owsiankę na wodzie. Cukru brak i do tego zużyłem cały miód, dżem i rodzynki, więc w sumie niewiele w niej jest poza płatkami.

Staram się jeść jeden posiłek dziennie o dowolnie wybranej porze. Niewiele jem, bo i niewiele jest do jedzenia. Najbardziej mi smakuje ryż z solą. Była puszka tuńczyka, ale pochłonąłem ją już pierwszego dnia, a puszkę fasolki drugiego. Wsuwam sobie do kieszeni połowę pełnoziarnistego ciastka Weetabix. Wieczorem próbuję oszukać żołądek, ssąc je powoli, bezpiecznie zaszyty w lesie.

Na dwa dni przyjechała do domku rodzina. To był chyba weekend. Ojciec, matka, dwoje dzieci i pies. Idealna rodzina amagów. Chyba nie zauważyli mojej obecności i zniknięcia różnych rzeczy. Staram się zostawiać po sobie czystość i porządek.

Po ich wyjeździe przybyło makaronu, za to zniknęły wszystkie ciasteczka owsiane. Miałem nadzieję na kolejną puszkę tuńczyka, ale niestety.

Wydawało mi się, że usłyszałem coś na zewnątrz. Jednak nic.

Znowu zacząłem obgryzać paznokcie. Obgryzałem je jako dziecko, ale przestałem ze względu na Annalise. Teraz zacząłem znowu. Staram się nie myśleć zbyt często o Annalise.

Pada. Raczej mży.

Lepiej sprawdzę jeszcze raz, czy coś się nie dzieje na zewnątrz.

Ruszam z powrotem do lasu. Myślę, że mnie obserwują. Czasem to czuję. Pokrywa mnie wtedy gęsia skórka.

Ta ucieczka poszła za łatwo. Niemożliwe, by Rada zadała sobie tyle trudu, trzymając mnie pod ścisłą kontrolą przez całe moje życie – wszystkie te oceny i zawiadomienia, uwięzienie w domu Celii, tatuaż – po czym pozwoliła mi tak po prostu zwiać. To z pewnością część ich nowego planu.

Śledzili mnie, kiedy jeszcze mieszkałem z babcią i wyprawiałem się do Walii. Wtedy o tym nie wiedziałem, ale teraz już wiem.

Rodzina, do której najwyraźniej należy domek, sprawiała wrażenie amagów, ale nie mogę mieć pewności. Może łowcy mogą przybierać postać amagów. Pierwszy mężczyzna, który wziął mnie na stopa, ciągle się na mnie gapił i zadawał mi mnóstwo pytań. Na koniec okazał się w porządku, bo mnie jednak wypuścił, ale w tym momencie strasznie już na niego wrzeszczałem i wyglądał na solidnie wystraszonego.

Te tatuaże to jakiś rodzaj lokalizatorów. To jedyne wyjaśnienie. Pewnie jestem migającą kropką na ekranie. Widziałem to kiedyś na filmie. Bip... bip... bip... Siedzą sobie w półciężarówce, obserwują ekran i widzą, że przemykam skrajem pola, zmierzając z powrotem do lasu.

Mam dobre schronienie. Nie przepuszcza deszczu i ziemia pod nim jest sucha. Jest dobrze ukryte, częściowo zagrzebane pod korzeniami drzewa rosnącego nad strumieniem.

Często tu przesiaduję.

Czasem, gdy tu siedzę, myślę sobie, że nikt mnie nie śledzi i naprawdę uciekłem, i mówię sobie wtedy: „Uciekłem. Uciekłem. Jestem wolny".

Ale nie czuję się wolny.

Czasem płaczę. Nie wiem dlaczego, ale zdarza mi się. Patrzę na strumień spływający wśród ciemnobrązowego błota, którego wody mimo to pozostają przejrzyste, czyste i ciche, gdy nagle czuję smak obficie spływających mi po policzkach łez.

Zdrzemnąłem się i teraz trzęsę się jak osika, chociaż owinąłem się w koc i gazety zniesione z letniego domku. Jak to możliwe? Jest kwiecień i nie jest nawet zimno. Spędziłem dwa lata w klatce w najzimniejszym i najbardziej wilgotnym regionie Szkocji, który – co całkiem możliwe – był jednocześnie najzimniejszym i najbardziej mokrym regionem planety. Przeżyłem śniegi, mrozy i burze i oto znalazłem się w miłym, ciepłym miejscu, a ciągle mną trzęsie. Przydałoby się kilka owczych skór.

Często myślę o Szkocji, o klatce, zewnętrznym kole, wymiataniu popiołu, gotowaniu owsianki, wykopywaniu ziemniaków, zabijaniu i skubaniu kurczaków. Myślę o Celii i książce, którą mi czytała.

Główny bohater książki, Iwan Denisowicz, jest więźniem. Odsiaduje dziesięć lat, ale nawet kiedy już odsiedzi swój wyrok, nie pozwolą mu wrócić do domu, bo ludzie tacy jak on skazywani są na zesłanie w chwili, w której są wypuszczani. Sądziłem, że zesłanie oznacza, że można udać się gdziekolwiek, powiedzmy na jakąś słoneczną, tropikalną wyspę albo do Stanów Zjednoczonych. Ale zesłanie wcale nie na tym polega. Zesłanie wiąże się z konkretnym miejscem i jak się można domyślać, nie jest to słoneczny raj ani nawet nie Stany Zjednoczone. To zimne, nędzne miejsce zagubione gdzieś na Syberii, gdzie nikogo się nie zna i gdzie z trudem daje się przeżyć. Kolejne więzienie.

A teraz jestem wolny. I nie chcę zostać zesłany.

Bardzo chciałbym spotkać się z Arranem.

Bardzo.

Wiem, że jeśli tam pojadę, złapią mnie, a przy okazji mogą zrobić krzywdę Arranowi. Chciałbym go jednak zobaczyć i ciągle myślę o tym, że jeśli wśliznę się nocą do domu babci albo zostawię mu gdzieś wiadomość z planem spotkania, to może się uda. Ale wiem, że nie. Wiem, że mnie złapią i znajdę się w jeszcze gorszym położeniu, więc nigdy nie powinienem wracać do Arrana, nigdy. Ale czuję się jak tchórz, że nawet nie próbuję.

Pełne imię Iwana Denisowicza brzmi Iwan Denisowicz Szuchow. Zabójcze imię, chociaż Denisowicz znaczy po prostu syn Denisa, co trochę psuje ogólne wrażenie, ale prawdopodobnie ma pokazać, że to zwykły człowiek.

Do Rosjan człowiek nie zwraca się wyłącznie pierwszym imieniem. Zwraca się do nich, używając pierwszego imienia i patronimiku, mówiąc na przykład: „Iwanie Denisowiczu, czy mógłby pan podać sól?", na co on odpowie: „Najwyraźniej lubi pan ryż na słono, Natanie Marcusowiczu".

Często myślę o Marcusie Axelowiczu. Myślę, że on też lubi ryż na słono. Dzisiaj zdałem sobie sprawę z czegoś bardzo ważnego. Lubię myśleć o moim ojcu i wiem, że myślałbym o swoim synu, gdybym go miał. Często myślałbym o moim synu. Więc wiem, że Marcus o mnie myśli.

Las to dobre miejsce. Cicho tu, nie ma spacerowiczów z psami, w ogóle nie ma ludzi. Ciekawie jest po prostu siedzieć i słuchać tego, co się dzieje. Rzadko coś słychać. Ptaki nie śpiewają, a tylko od czasu do czasu zaszeleszczą w listowiu, ale las ma też głęboko ukryte miejsca, gdzie nie słychać zupełnie nic. Uwielbiam przesiadywać w tych enklawach ciszy.

Tutaj żadne głosy i dźwięki nie odzywają się w mojej głowie – tak samo jak wówczas, gdy przebywałem z Celią. Żadnego pisku i bzyczenia. Żadnego syku urządzeń elektronicznych.

Kiedy siedzę w tych zacisznych miejscach, zaczynam naprawdę wierzyć, że... uciekłem.

Zacząłem znów biegać. Celia byłaby ze mnie zadowolona, ale straciłem formę, więc pewnie nie aż tak bardzo. Robię też pompki, ale nie wyciskam nawet siedemdziesięciu. Nie mam pojęcia, jak mogłem w ciągu zaledwie kilku tygodni tak podupaść. Zastanawiam się, czy to negatywny wpływ tatuażu, czy może po prostu muszę więcej jeść. Żebra mi sterczą.

Ściemnia się. Kolejny dzień prawie dobiegł końca.

Kiedy mieszkałem z Celią, dni mijały niepostrzeżenie, ale lata wlokły się niemiłosiernie. Wstawałem o świcie, ćwiczyłem, wykonywałem obowiązki domowe – nigdy się nie wyrabiałem w wyznaczonym czasie – odpowiadałem na jej cholerne pytania, biegałem, walczyłem, gotowałem, sprzątałem, wkuwałem imiona magów, dary, czasy, miejsca i zanim się zorientowałem, byłem już z powrotem w klatce. Teraz jest na odwrót. Czas jakby zatrzymał się w miejscu, choć jednocześnie dni, które pozostały do moich siedemnastych urodzin, przeciekają mi przez palce, czemu przyglądam się bezczynnie.

Świta kolejny dzień. Kiedyś lubiłem poranki, ale teraz są tylko zapowiedzią kolejnego, przejmującego mnie dreszczem dnia. Przypomniałem sobie właśnie, że Iwan zawsze się rano trząsł. Chciałbym tu mieć tę książkę o Iwanie Denisowiczu. Wiem, że nie byłbym w stanie przeczytać jej samodzielnie, ale chciałbym po prostu potrzymać ją w rękach albo wsadzić za koszulę i przycisnąć do piersi.

Chociaż mam jedną książkę: podręczną encyklopedię ukradzioną podczas wyjazdu z Londynu.

Znakomita książka! Zrozumiała. Nie mam problemu z odczytaniem zamieszczonych w niej map.

Ukradłem ją, bo wiedziałem, że będę musiał odszukać miejsce pobytu Boba, o którym opowiadała mi Mary. Człowieka, który pomoże mi znaleźć Mercurę.

Znów parno i deszczowo. Oglądam telewizję i popijam herbatę. No cóż, tak naprawdę nie oglądam telewizji, ale odbiornik jest włączony, a ja próbuję przeanalizować dźwięki odzywające się w mojej głowie. Słowo „syk" opisuje je stosunkowo najlepiej. To nie jest dźwięk rozbrzmiewający w moich uszach, ale odgłos we wnętrzu czaszki, blisko prawej skroni.

Przypomina dźwięk odzywający się, gdy w pobliżu znajdują się telefony komórkowe, ale jest znacznie cichszy. Kiedy mieszkałem u Celii, nigdy go nie słyszałem. Nie miała komórki. Ale kiedy pojawili się łowcy, usłyszałem ich syk.

W tutejszym lesie nic nie syczy.

Właśnie wziąłem prysznic. W łazience jest mnóstwo szamponu, mydła i innych kosmetyków. Jest też maszynka elektryczna, która okazuje się jakimś koszmarem wyrywającym mi zarost razem ze skórą, ale goję się na tyle szybko, że decyduję się jej użyć.

Rzucam okiem na tatuaż na szyi. Nic się nie zmienił.

Codziennie sprawdzam wszystkie tatuaże i wszystkie wyglądają dokładnie tak samo jak pierwszego dnia. Zdarłem sobie skórę z kostki, żeby sprawdzić, co się stanie, no i okazało się, że pan Wallend miał rację: tatuaż pojawił się ponownie. Fluorescencyjnym błękitem przebił się nawet przez strup.

Przyglądam się w lustrze swoim oczom, oczom mojego ojca. Ciekaw jestem, czy też patrzy w lustro i zastanawia się, jakie mam oczy. Chciałbym go kiedyś zobaczyć, chociaż raz, chociaż raz się z nim spotkać i porozmawiać. Ale może dla nas obu będzie lepiej, jeśli nigdy się nie spotkamy? Jeśli wierzy w prawdziwość swojej wizji, nie będzie dążył do spotkania ze mną. Chciałbym dowiedzieć się o niej więcej. Czy zobaczył, jak zatapiam w nim Fairborna? Wbijam mu nóż w serce? Chciałbym powiedzieć swojemu ojcu, że nigdy bym tego nie zrobił. Nie mógłbym.

W moich atramentowoczarnych oczach trójkątne otchłanie niemal zastygają w bezruchu.

Wracam do kuchni, sam na sam z ostatnią torebką herbaty.

Muszę już iść. Muszę znaleźć drogę do Mercury i otrzymać swoje trzy dary. Kończy mi się czas. Do moich urodzin pozostały niespełna dwa miesiące.

Co oznacza, że muszę się dostać do mieszkania Boba, którego adres znalazłem na mapie w encyklopedii. Tylko że to oznacza powrót do miejsca, które mnie prześladuje. Powrót na aleję wiodącą do budynku Rady.

Kiedy przekroczyłem próg drzwi wychodzących z dziedzińca budynku Rady na aleję i zacząłem biec, narzuciłem sobie dobre, szybkie tempo. Biegłem trzy czy cztery minuty, a koniec alei wydawał się nadal odległy, jakbym biegł po sztucznej bieżni. Jakby ściągali mnie z powrotem do siebie. Prawie wpadłem w panikę i niemal zacząłem krzyczeć, ale nie przestałem biec i wreszcie dotarłem do miejsca, w którym aleja zakręcała. Na rogu oparłem się o ścianę i jakaś przechodząca kobieta obrzuciła mnie uważnym spojrzeniem. W końcu wyszedłem zza rogu, ale jakoś nie mogłem oderwać się od ściany. Jeszcze długo nie mogłem oderwać się od ściany.

A teraz muszę tam wrócić, minąć ten róg i ponownie skręcić w tę aleję, ponieważ Bob – człowiek, z którym muszę się zobaczyć – mieszka w alei Kobaltowej. Tej alei.

Nikita

Budynek Rady znajduje się po drugiej stronie ulicy, na lewo ode mnie. Początkowo nie byłem pewien, czy to ten budynek. Spodziewałem się gotyckiej budowli z iglicami i witrażowymi oknami, tak to w każdym razie wygląda w środku, ale z zewnątrz jest zupełnie inna. To biurowiec z lat 70., toporna, kwadratowa, betonowa budowla przytłaczająca ciemną szarością i okazjonalną czernią. Wiem, że to właściwy budynek ze względu na prowadzącą ku niemu aleję. Poza tym obszedłem pobliski kwartał ulic i znalazłem wejście, z którego poprzednio korzystaliśmy z babcią. Znajduje się na tyłach i prowadzi przez małą stróżówkę. To jedyny stary fragment zabudowy widoczny z zewnątrz.

Od jakiegoś czasu stoję w bramie, obserwując wejście. Jest słoneczny dzień, ale ta strona ulicy tonie w cieniu, który sięga aż do połowy frontowej ściany budynków po drugiej stronie ulicy. Rytm elewacji budynku Rady wyznaczają regularne rzędy kwadratowych okien, w których światło słoneczne odbija się granatowoczarnymi refleksami, chociaż na niższych, tonących w cieniu piętrach dają się dostrzec nierówno rozwieszone, sfatygowane pionowe żaluzje i zasuszone paprotki na parapetach. Wszystko to dopełnia przygnębiającego obrazu budynku biurowego, w którym nikomu na niczym nie zależy. Wewnątrz panuje kompletny bezruch. Dostrzegłem wchodzące do środka dwie kobiety. Mogły to być czarodziejki, ale z tej odległości nie dało się dostrzec ich oczu.

Nikt nie szedł aleją ani w jedną, ani w drugą stronę.

Założyłem sobie, że będę obserwował aleję przez godzinę czy dwie, ale mam wrażenie, że okna biurowca nie spuszczają mnie z oka. Chcę mieć to już za sobą.

Trochę się trzęsę.

Nie zdołałem tego zrobić. Byłem blisko, ale nie zdobyłem się na to, by wejść w aleję.

Ale zrobię to. Muszę to zrobić.

Tylko jeszcze nie teraz.

Nic się nie dzieje, nic kompletnie. Miałem nadzieję, że ten koleś, Bob, pojawi się w perspektywie ulicy, ale się nie pojawił.

Kiedyś musi się jednak pojawić. Najlepiej będzie przyczaić się i poczekać.

Może wziął tego dnia wolne albo wyjechał na wakacje.

Minął tylko jeden dzień. Jeden dzień mniej.

Dzień drugi.

No dobra. Pierwszego dnia nie odniosłem sukcesu. Nikt nie szedł aleją w jedną ani w drugą stronę (wliczając mnie). Kilku ludzi weszło do budynku Rady lub z niego wyszło.

Dzisiaj pojawiłem się wcześniej. Spałem w bramie kilometr dalej.

I od razu sukces. Kilka osób weszło do budynku Rady, ale – co ważniejsze – aleją podjechała do budynku półciężarówka. Brama na dziedziniec się otworzyła, samochód wjechał i brama się zamknęła. Wszystko wyglądało zupełnie zwyczajnie.

Nikt jeszcze nie szedł aleją. Czekam, aż pojawi się Bob.

Czekam.

Czekam.

Ale wszyscy tylko przekraczają jezdnię na końcu alei, nie patrząc nawet w stronę budynku Rady, jakby w ogóle go nie zauważali. Stojący na początku alei znak drogi bez przejazdu i mur na jej końcu nie zachęcają do skierowania kroków w jej stronę, ale nie uzasadnia to wrażenia, że dla przechodniów jest całkowicie niewidzialna.

A jeśli on się nigdy nie pojawi? Mary mówiła mi o nim wiele lat temu. Może on już tu nie mieszka? Może Rada go schwytała?

Oczywiście właśnie wtedy, gdy na chwilę się zamyśliłem, ktoś skręca w aleję. Mężczyzna. Ale czy to Bob?

Teraz jest już odwrócony do mnie plecami.

Siwowłosy, szczupły, ubrany w beżowe spodnie i granatową marynarkę, niesie na ramieniu dużą torbę podróżną. Idzie szybko, nie patrząc na bramę po lewej stronie, z której uciekłem, ani na bramę, którą wjechała półciężarówka. Idzie aż do samego końca, obraca się ku drzwiom po prawej i otwiera je. Przekręcając gałkę w drzwiach i robiąc krok do środka, patrzy przez chwilę w moją stronę. A potem znika.

A zatem jeśli to jest Bob, to czy mam czekać, aż znów wyjdzie? Może zostać w środku kilka dni. Muszę się z nim zobaczyć. Muszę przestać zachowywać się tak żałośnie. Przechodzę przez ulicę.

No i co teraz?

Jakaś dziewczyna skręca w aleję przede mną. Szybkim krokiem dochodzi do jej końca, puka do drzwi i wchodzi do środka.

Co?

Mam zrobić to samo? Czy czekać?

Ktoś trąbi. Stoję na środku drogi. Cofam się pospiesznie na swoją stronę ulicy i kryję się w bramie.

Czy dziewczyna też na niego czekała? Szuka pomocy? Pomaga mu? Jest jego córką? Przyjaciółką?

Już wychodzi. To jeszcze dziecko, młodsza ode mnie.

Idzie szybko, przebiega przez drogę między samochodami, skręca w prawo i zerka w moją stronę, po czym kiwa na mnie dłonią.

Patrzę niepewnie na aleję, ale szybko dochodzę do wniosku, że aleja nie zając, nie ucieknie.

Obracam się z powrotem w chwili, w której dziewczyna skręca w kolejną przecznicę, i rzucam się pędem za nią.

Przecina kolejną boczną uliczkę, jeszcze jedną, po czym wychodzi na główną ulicę pełną ludzi i sklepów. W zabieganym, rozgorączkowanym zakupami tłumie tracę ją z oczu. Mogła wejść do dowolnego sklepu. Ubrania. Telefony. Muzyka. Książki.

Odwracam się i widzę, że stoi tuż przede mną.

– Cześć! – mówi, chwytając mnie za ramię. – Pewnie chętnie byś się czegoś napił?

Wybrała stolik na tyłach kawiarnianej sali i usiedliśmy naprzeciw siebie. Kupiła dwie gorące czekolady i poprosiła o podwójną porcję bitej śmietany, po czym wręczyła mi tacę, a teraz podnosi kubek do ust i wbija we mnie uważne spojrzenie ponad białą, spiętrzoną chmurą. W jej oczach nie ma nic magicznego: są bardzo ładne, zielone, ale nie ma w nich tych czarodziejskich iskier. Zwykła dziewczyna. A jednak jest w nich coś dziwnego, jakaś płynna zmienność, dodatkowa turkusowa barwa, czasem obecna, a czasem nie. Przypominają tropikalny ocean.

– Chciałbyś spotkać się z Bobem? – pyta, odrzucając na ramię długie, brązowe włosy.

Kiwam głową i próbuję wziąć łyk czekolady, ale bitej śmietany jest tyle, że nie mogę się do niej dostać. Zjadam bitą śmietanę głównie po to, żeby się jej pozbyć.

– Mogę ci pomóc. – Zjada trochę bitej śmietany, po czym wymierza we mnie łyżeczkę i pyta: – Jak masz na imię?

– Ee... Iwan.

– Nietypowe imię. – Pakuje do ust kolejną łyżeczkę śmietany i dodaje: – Chyba że jest się Rosjaninem, oczywiście.

Bierze łyk gorącej czekolady.

– Ja mam na imię Nikita.

No jasne.

– Pracujesz dla Boba? – pytam.

Wygląda na czternaście, najwyżej piętnaście lat. Powinna być w szkole.

– Dorywczo. Okazjonalnie. Załatwiam czasem dla niego różne sprawy. No wiesz.

No właśnie nie wiem.

Wypija do końca gorącą czekoladę i wyskrobuje resztki łyżeczką. W końcu odstawia kubek i mówi:

– Chcesz ciastko?

Wstaje od stolika, nie czekając na odpowiedź.

Wraca z dwoma wielkimi ciastkami czekoladowymi i podaje mi jedno. Mam ochotę wepchnąć sobie całość do ust na raz.

– Nie powinieneś się kręcić przed budynkiem Rady – mówi.

– Byłem ostrożny.

– Ja cię zauważyłam.

Naprawdę byłem ostrożny.

– Musisz sobie załatwić okulary słoneczne, żeby nie było ci widać oczu. I nie mam pojęcia, co to jest... – wskazuje moje tatuaże – ...ale postarałabym się o rękawiczki.

Na szyi mam szalik, który zwinąłem z letniego domku, ale rękawiczek nie znalazłem.

Pochyla się w moją stronę.

– Aleja Kobaltowa jest strzeżona.

– Ciekawe jak?

Wykonuje obszerny gest.

– Magicznie, oczywiście. Amagowie jej nie widzą. Tylko magowie.

A zatem nie jest zwykłą dziewczyną. Ale jej oczy tego nie zdradzają.

– Jak już wejdziesz w aleję, nie zdołasz się z niej wydostać, o ile nie patrzysz, dokąd zmierzasz, i nie myślisz o tym, dokąd zmierzasz. A trzeba patrzeć i myśleć naprawdę intensywnie. Kiedy tam wejdziesz, patrz tylko na drzwi Boba, myśl tylko o drzwiach i o niczym innym, a znajdziesz się przed nimi. Wychodząc, nie odrywaj wzroku od budynków u wylotu alei. Nie patrz na jej koniec. Nigdy nie patrz na koniec alei. Jeśli spojrzysz na bramę prowadzącą do budynku Rady, jeśli pomyślisz o budynku Rady, znajdziesz się dokładnie przed nim.

– No tak... Dzięki.

– Ale swoją drogą, to twoje przebranie za bezdomnego jest naprawdę niezłe.

Okrasza to zdanie uśmiechem, więc nie jestem pewien, czy nie stroi sobie żartów. Wstaje i wychodzi z kawiarni, zanim zdążam otworzyć usta.

Nagle coś przewraca mi się w żołądku, czuję w ustach charakterystyczny posmak i rzucam się do toalety. Wymiotuję do miski ustępowej mieszanką zabarwionej na czekoladowo bitej śmietany i śluzu.

Czekam. To już chyba wszystko, więc odwracam się, żeby napić się wody z kranu. Z lustra patrzy na mnie blada twarz o przekrwionych, ciemno podkrążonych oczach. Robię, co w mojej mocy, by się uleczyć, ale jedyne rozwiązanie to woda i przyzwoite jedzenie. Przyglądam się swoim starym dżinsom przetartym na kolanach i siedzeniu. Koszula świeci dziurami na rękawach i przy guzikach, spod spodu wyłazi poszarzała, przetarta przy szyi koszulka.

Mam już wyjść z kawiarni, kiedy podbiega do mnie kobieta stojąca za kontuarem.

– Pana znajoma zostawiła coś dla pana – mówi, wręczając mi dużą, papierową torbę.

W środku znajduję dwa opakowania kanapek – szynka i ser oraz boczek, sałata i pomidor – butelkę wody, butelkę świeżego soku pomarańczowego i serwetkę z jakimiś bazgrołami. Odcyfrowanie ich zajmuje mi pięć minut:

Dla Iwana

Od Nikity

Aleja Kobaltowa

Zjadłem kanapkę z boczkiem, wypiłem wodę i teraz przyglądam się alei Kobaltowej. To przecież nie może być takie trudne. Po prostu muszę to zrobić. Bob i Nikita trzymali się wąskiego chodnika po prawej stronie. Budynek, w którym mieszka Bob, rozciąga się od rogu u wylotu alei do muru na samym jej końcu. To zaniedbany, jednopiętrowy budynek pokryty łupkiem. Okno i drzwi należące do mieszkania Boba znajdują się na samym końcu.

Staram się iść pewnym, miarowym krokiem, odwracając lekko głowę od budynku Rady. Wbijam wzrok w drzwi wejściowe prowadzące do mieszkania Boba. Powtarzam sobie w myślach:

„Mieszkanie Boba, mieszkanie Boba".

Wiem, że nie sprawiam wrażenia zwyczajnego przechodnia, i zmuszam się do tego, by nieco zwolnić, na wypadek gdyby ktoś mnie obserwował. Nagle zaczynam odczuwać przyciąganie budynku Rady, więc gorączkowo wracam myślami na właściwy tor:

„Cholera! Mieszkanie Boba, mieszkanie Boba".

Nie odrywam wzroku od jego drzwi.
Dotarłem.
„Dziękuję".
„Mieszkanie Boba".
Pukam.
„Mieszkanie Boba, mieszkanie Boba".
Gapię się na drzwi i mamroczę pod nosem:
– Błagam, szybciej. Mieszkanie Boba. Mieszkanie Boba.
Nic.
„Mieszkanie Boba, mieszkanie Boba".
Pukam jeszcze raz, tym razem głośniej.
– Szybciej. Szybciej! Mieszkanie Boba, mieszkanie Boba.
Co ja zrobię, jeśli teraz z budynku Rady wyjdą straże? Jestem w pułapce. Może to wszystko jest zastawioną na mnie pułapką. Znów czuję nieodparte przyciąganie budynku Rady.
„MIESZKANIE BOBA! MIESZKANIE BOBA! Nie mogę tak długo czekać. Mieszkanie Boba. Mieszkanie Boba".
Drzwi uchylają się ze szczęknięciem na milimetr.
I nic.
Wchodzę do środka, odwracam się i zatrzaskuję drzwi za sobą.
– Jasna cholera! Mieszkanie Boba.
– Tak, wejdź, proszę. Cieszę się, że ci się udało, ale będę cię musiał zabić, jeśli choćby zerkniesz na obraz.
Nie jest to groźba, lecz raczej rozpaczliwe błaganie o uwagę.
Odwracam się i omiatam wzrokiem zapuszczony pokój. Nawet powietrze wydaje się zatęchłe. Pod przeciwległą ścianą, która w tym wąskim pomieszczeniu nie znajduje się daleko, stoi drewniany stół, a na nim patera z owocami.
Na blacie rozrzucono kilka jabłek i gruszek. Na prawo ode mnie stoi drewniane krzesło i płótno na sztaludze, a zza

znajdujących się za nimi otwartych drzwi dobiega proszący głos. Położenie płótna wskazuje na to, że malowidło będzie przedstawiać martwą naturę z owocami. Idę do drugiego pokoju, przystając na chwilę, by spojrzeć na niedokończony jeszcze olejny obraz. Dobry. Klasyczne ujęcie z dbałością o szczegóły.

W drugim pokoju widzę pochylonego mężczyznę mieszającego coś w wyszczerbionym rondelku. W pomieszczeniu unosi się zapach zupy pomidorowej.

Czekam w progu. Pokój, w którym panuje piwniczny chłód, wydaje się jeszcze mniejszy niż pracownia malarska, ale to dlatego, że dwie ściany zastawione są wielkimi ramami obciągniętymi płótnem. Wszystkie obrócone są w stronę pokoju niezamalowanymi, bezbarwnymi plecami. Wątłe światło dociera do tego pomieszczenia przez dwa niewielkie świetliki. W pokoju stoi jeszcze mała, wąska sofa obita sztuczną skórą, stolik kawowy z laminatu na trzech nogach, drewniane krzesło podobne do tego stojącego w drugim pokoju oraz ciąg szafek kuchennych przykrytych poplamionym blatem, na którym stoi czajnik i maleńka kuchenka elektryczna. Na ociekaczu przy zlewie suszy się mnóstwo kubków i stoi otwarta puszka zupy.

– Robię lunch.

Kiedy nie odpowiadam, przestaje mieszać zupę i odwraca się, żeby na mnie spojrzeć. Uśmiecha się ciepło i prostuje. Drewniana łyżka zastyga w jego rękach jak pędzel. Pomarańczowoczerwona kropla rozbryzguje się na linoleum.

– Chciałbym cię namalować.

Myślę, że nie udałoby mu się uchwycić wyrazu moich oczu.

Mężczyzna kiwa głową.

– Pewnie nie. Byłoby to z pewnością wyzwanie.

Nie odpowiadam. Czy to o oczach powiedziałem na głos?

– Wyglądasz na kogoś, kto chętnie by coś przekąsił.

Zestawia rondelek z kuchenki i pytająco unosi brwi.

– Dzięki.

Nalewa zupę do dwóch kubków stojących na ociekaczu i wkłada rondelek do zlewu. Podnosi kubki i wręcza mi jeden z nich ze słowami:

– Obawiam się, że grzanki do zupy właśnie wyszły.

Siada na sofie.

– Jakie grzanki?

– Do zupy, takie drobne. Ku czemu ten świat zmierza?

Siadam na krześle i otaczam kubek dłońmi, żeby się rozgrzać. W pokoju jest naprawdę chłodno, a zupa jest ledwo ciepła.

Mężczyzna zakłada nogę na nogę, uwidaczniając patykowatość kończyn ukrytych w workowatych spodniach, a przy okazji jedną czerwoną skarpetę. Popija zupę, kołysząc stopą to w jedną, to w drugą stronę.

Wypijam prawie całą zawartość kubka jednym haustem.

Stopa zastyga w bezruchu.

– Największym problemem jest tutaj wilgoć. Słońce nie dociera nawet w słoneczne dni i ciągnie wilgocią od spodu. Pewnie jakiś ciek wodny. – Pociąga kilka łyków zupy, zaciskając po każdym wargi, a potem odstawia kubek na stół, mówiąc: – I kuchenka elektryczna ciągle nawala, słabo grzeje.

Delektuję się ostatnim łykiem zupy. Nie jest tak dobra jak kanapka z boczkiem, ale wcale niezła. Zdaję sobie nagle sprawę z tego, że opuściło mnie napięcie. Wiem, że to on. Zdecydowanie nie jest łowcą. To Bob.

– Mówię poważnie, bardzo chciałbym cię namalować. Właśnie tak. – Robi zamaszysty gest w moją stronę. – Siedzącego na prostym drewnianym krześle, młodego i zabiedzonego. Taki młody... I te oczy. – Opuszcza dłoń, nachyla się ku mnie i wbija spojrzenie w moją twarz. – Te oczy. – Odchyla się na powrót. – Może pewnego dnia pozwolisz mi się namalować. Ale dziś nie pora na to. Dziś czekają nas sprawy innej natury.

Zanim zdążam odpowiedzieć, kładzie palec na ustach.

– Nie trzeba.

Uśmiecham się. Lubię tego gościa. Jestem prawie pewien, że ma dar czytania w myślach, niewiarygodnie rzadki, i do tego...

– Mam pewne umiejętności, ale w określonym stopniu – jak moje malarstwo – jest to wyuczona wiedza pogłębiona praktyką, można powiedzieć: rzemiosło, a nie... – urywa i przygląda mi się uważnie. – Nie jestem Cézanne'em. Muszę się skupić, by wyciągnąć z jajecznicy twojego umysłu kluczowe myśli. Co nie zmienia faktu, że nie mam wątpliwości, skąd się tu wziąłeś.

Popukuje palcem wskazującym w skrzydełko nosa.

Staram się sformułować czytelną myśl. „Muszę znaleźć Mercurę".

– No, to zabrzmiało głośno jak dzwon.

„Czy możesz mi pomóc?".

– Mogę cię skontaktować z kolejnym ogniwem łańcuszka osób, który cię do niej doprowadzi. Nic poza tym.

A zatem nie od razu uda mi się znaleźć Mercurę.

„Muszę zdążyć na czas. Mam tylko dwa miesiące".

– Zdążysz. Musisz jednak zrozumieć, a wierzę, że kto jak kto, ale ty powinieneś to świetnie rozumieć, iż ostrożność ma kluczowe znaczenie ze względu na wszystkich zainteresowanych.

Wie, kim jestem?

„Dlaczego akurat ja mam to rozumieć lepiej niż inni?".

– Słyszałem plotki o uciekinierze z budynku Rady. Ważnym uciekinierze. Synu Marcusa.

Och.

– Jest ścigany przez łowców. A oni nieprędko odpuszczają.

Wbija we mnie wzrok.

Zdaję sobie sprawę, że pomyślałem coś pochopnie.

– Mogę je zobaczyć?

Wyciągam ku niemu ręce, ale podnosi się i przechodzi do pokoju w głębi. Słyszę pstryknięcie włącznika i żarówka nad moją głową rozbłyskuje światłem. Bob wraca i staje przede mną. Ujmuje moją dłoń w ręce. Są szczupłe i chłodne. Kościste palce naciągają moją skórę, zniekształcając tatuaż.

– To okropne, prawda?

Nie jestem pewien, czy ma na myśli tatuaże, czy postępowanie magów.

– I to, i to, mój drogi.

Puszcza moją dłoń.

– Mogę zobaczyć drugą?

Pokazuję mu.

– No, no, no... – Bob wraca na swoje miejsce na sofie i ze zdwojoną energią zaczyna kołysać stopą. – Musimy sprawdzić, czy masz rację i czy rzeczywiście jest to metoda śledzenia cię. Jeśli tak jest, cóż, mój los jest już przesądzony.

Teatralnym gestem unosi ręce do góry.

– Nie, nie. Nie musisz przepraszać. Co więcej, to raczej ja muszę przeprosić ciebie, bo będziemy musieli udać się do kogoś, żeby rzucił na to okiem. Podejrzewam, że nie będzie to szybki zabieg i raczej nie bezbolesny. Człowiek, o którym myślę, jest nieczułym barbarzyńcą.

Bob wstaje i zanosi kubki do zlewu.

– Chyba nie będę sobie teraz zawracał głowy zmywaniem. Czas się ruszyć. Wiesz, zawsze sądziłem, że powinienem malować we Francji, poszukać wśród tamtejszych wzgórz ducha Cézanne'a. Myślę, że mógłbym się rozwinąć.

„Tak".

– Czy powinienem wziąć swoje obrazy?

Wzruszam ramionami.

– Masz rację, najlepiej jest zacząć od nowa z czystą kartą. Wiesz, już czuję się lepiej.

Znika w pokoju w głębi i wraca z kartką i ołówkiem. Szkicuje coś, opierając się o kuchenny blat. Obserwuję go z przyjemnością. Grafika wychodzi mu lepiej niż malarstwo olejne.

– Jesteś bardzo uprzejmy. Pomyślałem, że lepiej zrozumiesz szkic niż nieudolne słowa.

Rysunek przedstawia mnie, próbującego wymacać coś znajdującego się nad schowkiem w samoobsługowej przechowalni bagażu na jakiejś stacji kolejowej. Jest tam jakiś napis, ale na razie nie próbuję go odcyfrować. Przeczytam później.

Podaje mi rysunek, mówiąc:

– Wiesz, że jesteś bardzo przystojny, prawda? Nie daj im się schwytać.

Podnoszę na niego wzrok, nie mogąc powstrzymać uśmiechu. Przypomina mi Arrana. Jego łagodne, szare oczy wypełniają te same srebrzyste błyski, chociaż twarz Boba wydaje się zmęczona i pomarszczona.

– Nie musisz mi wypominać wyglądu. Ach, coś jeszcze. Będziesz potrzebował pieniędzy.

Orientuję się, że nie dałem Bobowi nic od siebie.

– Dałeś mi szansę na nowe życie. I odrobinę inspiracji. Jesteś moim natchnieniem, lecz, niestety, będę się musiał zadowolić tym krótkim, przelotnym spotkaniem. Inni są jednak mniej zainteresowani estetyką życia, a znacznie bardziej przyziemnymi kwestiami finansowymi.

„Ilc odc mnic wczmą?".

Bob rozkłada ręce i rozgląda się po pokoju.

– Jak widzisz, nie przykładam szczególnej wagi do pieniędzy. Nie mam bladego pojęcia.

Przypominam sobie, by zapytać o Nikitę.

„Ta dziewczyna, która mi pomogła – czy jest wiedźmą?".

– Drogi chłopcze, mam nadzieję, że rozumiesz, że jeśli dwadzieścia minut po twoim wyjściu zapuka do moich drzwi pytający o ciebie mężczyzna, byłoby z mojej strony szczytem nietaktu, gdybym udzielił mu odpowiedzi. Napawa mnie wstrętem myśl o obmawianiu cię za plecami i nigdy nie przyszłoby mi do głowy okazać się tak nieuprzejmym w odniesieniu do kogokolwiek, kto przekracza ten próg. Niezależnie od tego, czy ktoś zapuka za dwadzieścia minut, czy za dwadzieścia lat, obowiązują nas te same zasady dobrego wychowania.

Kiwam głową.

„Dziękuję ci, że wysłałeś ją, żeby mi pomogła. I dziękuję za kanapki".

– Nie prosiłem, żeby cię karmiła. – Uśmiecha się. – Jest twarda, ale ma miękkie serce.

Uśmiecham się szeroko i obracam się do wyjścia.

– *Adieu, mon cher!* – woła, gdy drzwi zamykają się za mną.

Idę szybko aleją, trzymając się ściany po mojej lewej stronie i utkwiwszy wzrok w budynkach u jej wylotu. Myślę nieprzerwanie:

„Wylot alei, wylot alei".

Pieniądze

Przeraziło mnie ostrzeżenie Boba dotyczące łowców. Wiedziałem, że będą mnie ścigać, ale teraz adrenalina mi skacze za każdym razem, gdy widzę osobę ubraną na czarno. Kilka kilometrów dalej trafiam na park, po którym krążę przez jakiś czas. Przypadkowy spacerowicz pomaga mi odczytać tabliczkę na rysunku, na której widnieje napis „Earl's Court". Na rysunku widać również siedzącego na ławce mężczyznę czytającego „The Sunday Times". Spacerowicz mówi mi, że dziś środa, więc mam cztery dni na zgromadzenie możliwie dużej sumy.

Nie mam pojęcia, od czego zacząć, ale wiem, że zatrudnienie się gdzieś nie rozwiąże moich problemów. Przypominam sobie Liama, z którym wspólnie odpracowywaliśmy zasądzone godziny, i jego rady dotyczące kradzieży.

– Znajdź jakiegoś bogatego głupka, jest ich na pęczki, i obrabuj go.

Kręcę się w pobliżu katedry św. Pawła. Cisza i spokój. Kilka osób wyszło z baru i wsiadło prosto do taksówki. Czekam dalej, wałęsając się po ulicy.

Jest już późno, kiedy pojawia się samotny finansista, ostrożnie stawiając kroki i przeklinając brak taksówek. Ma drogie, szykowne ubranie, nowiutkie buty i pokaźny brzuszek wskazujący na regularne, obfite posiłki. Nie do końca wiem, jak się do tego zabrać, ale przechodzę przez ulicę i zbliżam się do niego. Udaje, że mnie nie widzi, i przyspiesza kroku. Zagradzam mu drogę, zmuszając do zatrzymania się. Waży pewnie dwa razy tyle co ja i nie jest niski, ale jest słaby i zdaje sobie z tego sprawę.

– Posłuchaj, kolego – mówię. – Naprawdę nie chcę cię skrzywdzić, ale potrzebuję całej twojej gotówki.

Rozgląda się i dociera do mnie, że zaraz zacznie wrzeszczeć. Podchodzę bliżej i popycham go na ścianę. Jest masywny, ale kiedy uderza plecami o cegły, powietrze uchodzi z niego jak z przekłutego balonu.

– Naprawdę nie chcę cię skrzywdzić, ale potrzebuję zawartości twojego portfela.

Dociskam mu szyję ramieniem, zmuszając do obrócenia głowy, ale on nie spuszcza ze mnie wzroku.

Wyciąga z kieszeni marynarki długi, błyszczący, czarny, skórzany portfel. Ręce mu drżą.

– Dziękuję – mówię.

Wyciągam banknoty, zamykam portfel, wręczam go mężczyźnie i odchodzę.

Kiedy później kulę się przed wejściem do sklepu, nie mogę przestać o nim myśleć. Pewnie leży teraz w ciepłym, wygodnym łóżku i żadna banda łowców nie depcze mu po piętach, ale przecież mógł wylądować w szpitalu z zawałem serca. Nie chcę zabijać ludzi. Potrzebuję tylko ich pieniędzy.

Następnego dnia udaję się na stację Earl's Court. Zabiera mi chwilę znalezienie właściwego peronu i miejsca odpowiadającego obrazkowi Boba. Ławka, znak i schowek na bagaże się zgadzają. Teraz muszę tu po prostu wrócić za trzy dni i zabrać to, co będzie się znajdowało nad schowkiem. Dla pewności przesuwam nad nim dłonią, ale tylko ścieram brud.

Teraz potrzebuję młodych, zdrowych, bogatych ludzi, których mógłbym obrabować.

Liam powinien przyjechać do Londynu. Spodobałoby mu się. Roi się tu od bogatych idiotów. Kilku się opiera, niektórzy próbują się ze mną bić, ale generalnie zazwyczaj jest po wszystkim, zanim na dobre się zacznie.

Kupiłem sobie garnitur i poszedłem do fryzjera, żeby nie odróżniać się od zwykłych ludzi, ale w sobotę w dzielnicy biurowej Canary Wharf prawie nie ma ludzi i w sumie jestem zadowolony, bo okradanie tych gości jest naprawdę nikczemne, wszyscy są mniej lub bardziej beznadziejni. Mam już ponad trzy tysiące funtów i względnie czyste sumienie, ale robienie czegokolwiek tylko dla pieniędzy nie sprawia mi przyjemności.

W niedzielę wsiadam do metra, wysiadam na stacji Earl's Court i krążę po niej przez chwilę, wypatrując łowców. Nikt nawet nie zaszczyca mnie spojrzeniem, wszyscy patrzą przed siebie albo w ekrany swoich telefonów. Idę na koniec peronu, wracam obok szafki i sięgam ręką w górę.

Trafiam palcami na skrawek papieru. Przesuwam go na skraj szafki, wsuwam prosto do kieszeni i odchodzę, nie zwalniając kroku.

W kawiarni nawiązuję znajomość z pewną kobietą, która przekazuje mi kolejne wskazówki. Podobne są do tych, które niegdyś przekazała mi Mary, ale nie aż tak precyzyjne. Mam zrobić z nich użytek w czwartek.

Jim i Trev (część pierwsza)

Postąpiłem zgodnie z instrukcją. Zaprowadziła mnie na przedmieścia Londynu do zapuszczonego domu w jeszcze bardziej zapuszczonej okolicy. I oto stoję w czyimś salonie. Jest ciemno. Jim siedzi na schodach. O ile Bob sprawiał wrażenie artysty ledwie wiążącego koniec z końcem, o tyle Jim sprawia wrażenie drobnego rzezimieszka, od którego szczęście się odwróciło, czarodzieja najpośledniejszego gatunku. Nie jest łowcą, to pewne.

Domek jest niewielki i należy do amagów, którzy – jak zapewnia mnie Jim – „zupełnie nic nie czają". Drzwi wejściowe prowadzą bezpośrednio do salonu, przez który przechodzi się do kuchni. W rogu znajdują się schody, na ścianie wisi wielki telewizor z płaskim ekranem, ale z jakiegoś powodu nie ma ani jednego krzesła. Jim zaciągnął zasłony i wewnątrz panuje zaduch. Czuć zapach czosnku i cebuli, którego źródłem jest chyba sam Jim.

Jim nie powiedział mi, jak znaleźć Mercurę, ale wyjaśnił, że potrzebuję dobrego paszportu (a właściwie dwóch) oraz zapewnił mnie, że dostarczane przez niego paszporty są znakomitej jakości (a właściwie są prawdziwe). Trajkotał jak najęty.

Wytarł nos wierzchem dłoni, przy czym zasmarkał sobie kompletnie koszulę.

– Potrzebujesz znacznie więcej niż szytego na zamówienie garnituru. Więcej umiejętności, więcej wszystkiego. Z tymi paszportami przejdziesz najbardziej drobiazgowe kontrole. Mogą ci ocalić życie.

Nie chcę żadnego paszportu. Chcę się dowiedzieć, jak mam znaleźć Mercurę. Podejrzewam jednak, że nie powinienem się z nim sprzeczać.

– Na pewno masz słuszność, Jim.

– Zobaczysz, że mam słuszność, Iwan. Zobaczysz.

– A zatem dwa tysiące, tak? Za dwa paszporty i wskazówki, jak mam znaleźć Mercurę?

– Och, przepraszam, Iwan, jeśli nie wyrażałem się jasno. Wszystko razem trzy tysiące funtów.

Znowu wyciera nos, tym razem wnętrzem dłoni.

– Słuchaj, powiedziałeś tysiąc za paszport.

– Och, Iwan, jesteś nowicjuszem, co? Pozwól, że ci wyjaśnię. To kwestia cudzoziemców. Dostarczę ci brytyjski paszport za tysiąc, ale dobrze jest też mieć paszport zagraniczny. Mogą być Stany Zjednoczone, ale obecnie preferuję Nową Zelandię. Wielu ludzi z takiego czy innego powodu żywi do jankesów urazę, ale nikt nie ma nic do Nowozelandczyków, z wyjątkiem może kilku owiec… – Pociąga nosem i hałaśliwie przełyka gluta. – Jasna sprawa, zagraniczny towar jest droższy.

Nie znam cen paszportów na czarnym rynku. Nie mam pojęcia, czy płacąc tysiąc funtów za paszport robię kokosowy interes, czy zdrowo przepłacam. Wydaje mi się, że tysiąc funtów to sporo, a dwa tysiące to już jakiś żart.

– Mercura będzie chciała wiedzieć, czy zachowujesz odpowiednie środki ostrożności. Zwraca uwagę, by ludzie tego nie zaniedbywali...

Nie mam pojęcia, czy wie cokolwiek na temat Mercury, ale...

– Dobra. Kiedy?

– Świetnie, Iwan. Znakomicie robi się z tobą interesy. Naprawdę znakomicie.

– Kiedy?

– Słuchaj, synku. Wiem, że ci się spieszy. Dwa tygodnie powinny wystarczyć, ale powiedzmy, trzy tygodnie, żebyśmy mieli margines bezpieczeństwa.

– Powiedzmy, dwa tygodnie, jeden paszport i tysiąc funtów.

– Dwa tygodnie, dwa paszporty, trzy tysiące.

Kiwam głową i wycofuję się.

– Świe... Połowa od razu, oczywiście.

Nie mam już siły się z nim spierać, więc wyciągam trzy przygotowane wcześniej zwitki banknotów po pięćset funtów każdy. Widziałem to kiedyś na filmie i cieszę się, że postanowiłem zrobić użytek z tej wiedzy. Całe to spotkanie z Jimem jest jak żywcem wyjęte z taniego filmu gangsterskiego.

– Znajdziesz wskazówki w tym samym miejscu o tej samej porze za dwa tygodnie. Spotkamy się gdzie indziej. Nigdy nie spotykaj się dwukrotnie w tym samym miejscu. Przyniesiesz pieniądze i tak dalej.

– Czy wskazówki są częścią zaklęcia, Jim?

– Zaklęcia?

– Instrukcji dotarcia do miejsca spotkania. Zaklęcia, dzięki któremu łowcy nie będą mogli nas śledzić.

Jim uśmiecha się.

– Nie. Chociaż zawsze sprawdzam moich klientów, gdy czekają na autobus czy pociąg. Gdybym zobaczył jakiegoś łowcę, tylko by się za mną zakurzyło.

– Och.

– Ale to głównie kwestia wskazówek. Nie chcę, żeby klienci się pogubili. Nie masz pojęcia, jak tępi potrafią być niektórzy.

Jim podchodzi do drzwi i zapala światło.

– Jasny gwint.

Obaj mrużymy oczy i osłaniamy je przed blaskiem.

– Muszę ci tylko zrobić zdjęcie.

Pozuję do zdjęcia i zastanawiam się, jaki on może mieć dar. Tego rodzaju pytania uważa się za niestosowne, ale w końcu to Jim, więc pytam.

– Zwyczajny – odpowiada niechętnie. – Eliksiry. Nienawidzę tego. A sądziłem... – ciągnie. – Wszyscy sądziliśmy, że będę miał silny dar. Od dzieciństwa byłem bardzo utalentowany, a moja matka, pokój jej duszy, powiedziała: „Mój syn będzie miał silny dar". Widzisz, już w wieku trzech czy czterech lat potrafiłem odróżnić magów od amagów. Z łatwością mogłem to stwierdzić, a to jest naprawdę rzadka umiejętność.

– Rzadka, na pewno. Więc jak ty to robisz, Jim?

– Nie uwierzyłbyś, ale wszystko można poznać po oczach. Widzę maleńkie srebrne iskry w oczach czarodziejek i czarodziejów.

Rozdziawiam usta.

– Nie wierzysz mi, co?

– Jim, to po prostu... niesamowite. A jak wyglądają te srebrne iskierki?

– Nie wiem, jak ci to opisać, nie są do niczego podobne. Przypominają chyba najbardziej takie cieniutkie odpryski srebra, które kręcą się i wirują jak w takich śnieżnych kulach, które czasem kupuje się dzieciom. Coś takiego.

– A kiedy patrzysz w lustro, to widzisz je też we własnych oczach?

– Tak. No tak.

– Niesamowite.

– Naprawdę niesamowite. Ale też piękne. Czarodzieje mają piękne oczy.

– A co widzisz w moich oczach, Jim?

– No cóż, w twoich oczach... Na pewno masz bardzo ciekawe oczy, bez dwóch zdań.

– A widzisz w nich srebrne iskry?

– Iwan, jak mam być szczery, to nie tyle srebrne...

Siadam na podłodze i opieram się plecami o ścianę.

– Czy wszyscy czarodzieje i czarodziejki mają w oczach srebrne iskry?

– Z tego, co miałem okazję sam się przekonać, to owszem.

– A czy spotkałeś kiedyś czarownice? Albo czarowników?

– Kilku. Mają inne oczy. – Wyglądał na zatroskanego. – Nie są srebrzyste.

– Są takie jak moje?

– Nie. Powiedziałbym, że twoje są wyjątkowe, Iwan.

„Nie. Są takie same jak oczy mojego ojca".

Jim pociąga głośno nosem, przełyka i siada obok mnie.

– Tych półkrwi też potrafię odróżnić.

– Naprawdę?

Nie sądzę, bym kiedykolwiek w ogóle widział osobnika półkrwi, kogoś, kto w połowie jest magiem, a w połowie amagiem. Magowie nimi gardzą.

– Mają bardzo ładne oczy. Chociaż dziwne... Wyglądają jak płynąca woda.

Rozlega się pukanie do drzwi. Podrywam się na nogi i przywieram do nich, wbijając wzrok w Jima, ale on się tylko uśmiecha.

– W porządku, Iwan, nic się nie dzieje. To tylko Trev. – Jim zerka na zegarek. – Chociaż się spóźnił. Zawsze się spóźnia, cały Trev.

– Kim jest Trev? – szepczę.

Jim wstaje i przeciąga się, po czym niespiesznie rusza ku drzwiom.

– Trev jest mózgiem tej operacji. Nie brak mu talentów, nie ma co... – zniża głos do szeptu. – Magii w tym niewiele, ale jego umiejętności robią wrażenie. Rzuci okiem na te twoje tatuaże.

Trev wygląda na specjalistę, tylko nie wiem, w jakiej dziedzinie. Jest bardzo wysoki i łysiejący, a cienkie, siwe włosy, które wyrastają mu za uszami i poniżej potylicy, sięgają mu aż do ramion. Ma na sobie staromodny brązowy garnitur, grubą beżową koszulę i rudą kamizelkę z dzianiny. Kompletnie wyprany z wyrazu pod każdym względem. Sprawia wrażenie, jakby przemieszczał się siłą woli, nie poruszając prawie kończynami. Jego „Cześć, Jim" nie mogłoby zostać wypowiedziane głosem bardziej bezbarwnym. Nie wygląda na zainteresowanego moją osobą w najmniejszym stopniu, a jego wzrok zaledwie prześlizguje się po mojej twarzy, co akurat mi odpowiada. Na widok tatuaży wyraźnie się jednak ożywia.

– Będę musiał wziąć próbki – mówi, zerkając na mnie. Naciąga mi skórę i przygląda się uważnie najpierw tatuażowi na szyi, potem na ręce, wreszcie na nodze. – Skóry i kości.

– Kości?

– Pobiorę ją z kostki.

– Jak?

Trev nie odpowiada, lecz klęka na podłodze i otwiera wytartą skórzaną torbę. Wygląda jak torba lekarska z dawnych czasów.

Zauważam, że Jim uśmiecha się szeroko.

– Jesteś lekarzem, Trev? – pytam.

Musiał nie usłyszeć pytania, bo nie odpowiada. Jim chichocze i energicznie pociąga nosem.

Trev wyciąga plastikową torebkę, otwiera ją i rozkłada na podłodze niebieską chustę chirurgiczną. Następnie wyjmuje z torby skalpel w plastikowej torebce, która rozerwana ląduje obok. Wkrótce na chuście leży rząd lśniących instrumentów chirurgicznych, z których najbardziej niepokojąco wygląda mała piłka do metalu.

Na tym etapie Jim podskakuje wokół w radosnym podnieceniu.

Trev rozkłada kolejną niebieską chustę pod moją nogą, a potem zaczyna mi dezynfekować kostkę wacikiem, mówiąc:

– Lepiej będzie zrobić to bez znieczulenia.

– Co?

– Problem tylko w tym, że zazwyczaj pacjent za bardzo się miota. Myślisz, że wytrzymasz bez ruchu?

– Raczej nie.

Mój głos zabrzmiał dziwnie wysoko.

– Szkoda. – Sięga do torby i wyjmuje igłę do zastrzyków i fiolkę przezroczystego płynu. – Muszę poddać analizie skórę, tkanki i kość. Obecność środka znieczulającego może zniekształcić wyniki.

Nie mam pojęcia, czy wymyśla to na poczekaniu tylko po to, by Jim miał większą radochę.

Jim patrzy wyczekująco.

– Dobra. Nie będę się ruszał.

Zastanawiam się, na którym etapie mogę jeszcze zmienić zdanie.

– Jim może pomóc...

– Nie, nie trzeba.

Nie mam ochoty na kontakt z jego zasmarkanymi palcami. Przerażają mnie chyba bardziej niż piłka do metalu.

– Nie uruchamiaj samouzdrawiania, dopóki nie powiem, że skończyłem. To nie potrwa długo.

Należy oddać Trevowi sprawiedliwość: naprawdę szybko mu idzie.

Nie wiercę się. Zastygam w bezruchu i obserwując jego poczynania. Nie wydaję żadnych dźwięków. Nie jęczę ani nie krzyczę, chociaż zaciskam zęby aż do bólu. Spływam potem, gdy zabieg dobiega końca.

Jim obserwuje regenerację tkanek i wykrzykuje:

– A niech mnie! Szybki jesteś.

Trev pyta, w jaki sposób tatuaże zostały wykonane. Słuchając mnie, wciska wieczka na cztery niewielkie, płaskie i okrągłe plastikowe pojemniki zawierające próbki skóry, krwi, mięśni i kości. Ustawia pojemniki jeden na drugim i ciasno spina szeroką gumką, po czym ostrożnie umieszcza je na dnie torby. Następnie zwija zakrwawioną plastikową płachtę wraz z leżącymi na niej instrumentami chirurgicznymi w spory tobołek, każe Jimowi przytrzymać otwarty worek na śmieci i wsuwa wszystko do środka, po czym zwija chustę leżącą pod moją nogą i tak samo wrzuca ją do worka.

Zerka na moją kostkę i kiwa głową.

– Usunąłem „0", ale jak widzisz, pojawiło się na strupie ponownie. Bardzo inteligentna robota. Bardzo inteligentna. Zrobię kilka zdjęć.

Wyciąga telefon i zaczyna klikać.

– Ciekawe blizny – mówi, popatrując na moją dłoń. – Kwas?

– Zajmuje się pan tatuażami – odpowiadam.

– Pytam z zawodowej ciekawości.

– Kiedy będzie pan mógł podzielić się ze mną wynikami?

Trev patrzy na mnie wzrokiem całkowicie pozbawionym wyrazu.

– Muszę przeanalizować skład chemiczny barwników wykorzystanych do wykonania tych tatuaży. Normalnie byłoby to banalne, ale mamy tu do czynienia z magią, co tysiąckrotnie komplikuje całą sprawę.

– Kiedy będzie pan wiedział, czy mnie śledzą?

Trev nie odpowiada. Zatrzaskuje torbę i wstaje, szykując się do wyjścia. Kolejne słowa wydaje się kierować tylko do Jima.

– Wydaje się mało prawdopodobne, by te tatuaże służyły do śledzenia go.

Podnosi torbę i wychodzi.

Jim zatrzaskuje za nim drzwi.

– Straszny gbur. Chyba sądzi, że jest tak inteligentny, że już nie musi być uprzejmy. Korona by mu z głowy nie spadła, jakby spróbował być milszy. – Pociąga nosem, przełyka głośno i mówi: – Nigdy się nie spieszy. Nigdy. Jak zobaczymy się za dwa tygodnie, przekaże ci najświeższe wieści.

– Nic nie mówił o pieniądzach.

– Smutna przypadłość naszego Treva, to cały on. Uważa, że jest ponad to. Ale przecież coś musi jeść, nie? Jak wszyscy.

– Domyślam się, że tani nie jest.

– To specjalista, Iwan. Specjaliści nigdy nie są tani. Specjaliści od paszportów, specjaliści od tatuaży, specjaliści od czegokolwiek nie są tani. Bierze od godziny. Jak się zobaczymy następnym razem, to ci powiem, na jaką mniej więcej kwotę powinieneś być przygotowany.

Jim i Trev (część druga)

Dwa tygodnie później o poranku Jim i ja siedzimy w szatni wiejskiego klubu tenisowego. Nie mam pojęcia, czy źródłem przykrego zapachu jest szatnia czy Jim, ale jakoś nie mogę sobie wyobrazić, by członkowie klubu tenisowego byli w stanie przez dłuższy czas znosić taki smród.

– Znacznie lepiej wyglądasz, Iwan. Buźka ci się zaokrągliła. Wcześniej byłeś strasznie wymizerowany, mówię ci.

Mówiąc to, nie spuszcza wzroku z drzwi za moimi plecami.

– Jakiś problem, Jim?

– Nie, chyba nie. W każdym razie nie powinno być. Trzymałeś się ściśle wskazówek?

– Jasne.

– Jakoś niepewnie się tutaj czuję. Załatwmy to szybko, OK?

Biorę paszporty i szybko je kartkuję. Jak dla mnie wyglądają nieźle. W każdym z nich występuję pod innym nazwiskiem i z inną datą urodzenia, ale w obu mam wiarygodne osiemnaście lat.

– No to załatwione – mówi Jim po przeliczeniu pieniędzy. Kiedy wkłada je do kieszeni, chwytam go za ramię.

– Jak mam znaleźć Mercurę? Jim, proszę.

Jim ze smutkiem kiwa głową, ale profesjonalny uśmiech nie schodzi mu z twarzy.

– Iwan, przyjacielu, bardzo mi przykro, ale nie mogę podać ci żadnych dalszych szczegółów, dopóki nie otrzymamy wyników od Treva. Wierz mi, bardzo chciałbym ci pomóc. Bardzo.

– A jak idzie Trevowi?

– Och, Trev świetnie się bawi, cały Trev. Poszedłem do niego któregoś dnia i cała ta sprawa ogromnie go zaintrygowała. Powiedział, że przypomina gigantyczne puzzle. Wspaniałe, gigantyczne puzzle.

– A kiedy uda mu się poskładać te wspaniałe, wielkie puzzle?

– Nie umiał odpowiedzieć na to pytanie. W ogóle niewiele mówił. Nawet jak na niego, to niewiele mówił. Ale powiedział, że zostawi ci wskazówki w tym miejscu co zwykle we wtorek o dziesiątej rano. Musisz po prostu sprawdzać co wtorek.

– Z wielkości puzzli wnioskuję, że nie mówimy raczej o tym wtorku.

– Nigdy nie wiadomo, Iwan. Nasz Trev to geniusz. Może właśnie teraz doznaje olśnienia. Po prostu sprawdzaj co tydzień i w któryś wtorek się doczekasz.

– A pieniądze?

Jim krzywi się tak bardzo, że przez chwilę nic mu nie przechodzi przez zaciśnięte usta. W końcu otrząsa się i burczy:

– Powiedział, że będzie o tym rozmawiał z tobą i tylko z tobą.

A potem Jim wysmarkuje sobie nos w palce i wyciera je o spodnie.

W pierwszym tygodniu nie spodziewam się na skrytce bagażowej żadnych rewelacji. Uzbierałem już przyzwoity zapasik gotówki i mam dość rabowania na długo. Kupuję sobie nowe buty i ubrania. Trzymam formę, sto pompek wyciskam teraz z łatwością, ale muszę wydostać się z miasta. Nie widziałem żadnych łowców i dla bezpieczeństwa każdą noc przesypiam w innej bramie, ale nie mogę się pozbyć poczucia zagrożenia. Postanawiam po sprawdzeniu szafki w najbliższy wtorek ruszyć do Walii, a może nawet do Szkocji, gdzieś daleko, i wrócić w kolejny poniedziałek.

W następny wtorek znajduję jednak na skrytce kopertę. Odchodzę powoli, rozglądając się nieznacznie. Jakiś chłopaczek, najwyżej pięciolatek, przygląda mi się uważnie, nie puszczając ręki swojej mamy. Zastygam, rozglądam się nerwowo i zerkam na niego jeszcze raz. Bezceremonialnie się na mnie gapi. Nie wiem dlaczego, ale puszczam się biegiem.

Byłem chyba zdecydowanie zbyt pewny siebie. Nawet jeśli nie są w stanie mnie automatycznie namierzyć – a zaczynam wierzyć w to, że nie są – to mnie szukają. Wystarczy zwykły pech, żeby mnie zobaczyli wałęsającego się po ulicach. Nie docenili mnie i udało mi się zwiać, ale ja sam nie mogę sobie pozwolić na to, by nie doceniać łowców. Jak powiedziała Mary: „Nazwa mówi sama za siebie".

W kopercie znajduję bilet na pociąg i krótki liścik. Z odrobiną pomocy przypadkowego przechodnia orientuję się, że pociąg odjeżdża jutro o 6 rano do Liverpoolu. Podróż potrwa najwyżej kilka godzin, więc zostanie mi wystarczająco dużo czasu, by znaleźć miejsce spotkania wskazane w liściku:

godz. 11.00
42 Mill Hill Lane

W Liverpoolu mieszka niewielu magów, bo w mieście panoszy się gang amagów, który postawił sobie za punkt honoru wyrugowanie czarodziejów z miasta. Babcia powiedziała mi, że czarodzieje i czarodziejki trzymają się z daleka od Liverpoolu ze względu na niepisaną umowę: miejscowi amagowie nie będą demaskować magów, o ile ci nie będą się zbliżać do ich miasta.

Tłumaczę samemu sobie, że to dobry plan. Jim mnie chroni i wysyła do miejsca, w którym nie natknę się na czarodziejów ani łowców, ale po południu dopadają mnie nerwy i nie mogę się uspokoić. Niepokoi mnie ta zmiana planów. Jim nigdy nie wspominał o biletach na pociąg. Mówiliśmy wyłącznie o wskazówkach.

Wracam na Aleję Kobaltową. Sądzę, że Bob wyjechał wiele tygodni temu – taką mam w każdym razie nadzieję – ale coś mnie ciągnie, żeby sprawdzić. Jeśli bilet kolejowy ma jakiś związek z tym, że łowcy wpadli na trop Boba – albo jeszcze gorzej: schwytali go – to chcę o tym wiedzieć.

Zanim docieram do swojego wcześniejszego punktu obserwacyjnego naprzeciw budynku Rady, dostrzegam, że coś się dzieje w alei, więc wolno przechodzę na drugą stronę ulicy. Pod domem Boba zaparkowana jest duża, biała półciężarówka, a nieopodal stoi drugi samochód, którego nie widzę dokładnie, ale mogę się założyć, że to ten sam jeep, który przyjechał po mnie do Szkocji. Ryzykuję ostatnie spojrzenie i widzę mężczyznę wychodzącego z drzwi mieszkania Boba, trzymającego pod pachą obraz. To Clay.

Tej nocy nie mogę zasnąć. Pojawiam się na stacji kolejowej zaledwie kilka minut przed odjazdem pociągu i znajduję zarezerwowaną miejscówkę.

W wagonie zajęta jest najwyżej połowa miejsc, co zrozumiałe ze względu na wczesną porę odjazdu. Zaglądam w oczy wszystkim mijanym osobom. Żadnych łowców.

Jestem zmęczony jak pies i ucinam sobie po drodze drzemkę. Jakieś dwie godziny później pociąg przyhamowuje, a z głośnika odzywa się zapowiedź konduktora. Docieramy do Liverpoolu.

Jest 11.15 i z każdą mijającą minutą Mill Hill Lane sprawia coraz bardziej odpychające wrażenie. Ulica jest zupełnie opustoszała. Pod numerem 42 znajduję opuszczony dom stojący w rzędzie równie zaniedbanych, a czasem wręcz walących się nieruchomości. Wytłuczone szyby i graffiti na ścianach to w tej dzielnicy norma, ale wnętrze okazuje się względnie nienaruszone: na nagich deskach podłogowych nie ostał się co prawda ani jeden mebel, ale jedyne stłuczone okno to to, przez które się dostałem do środka.

Ukryłem plecak w bocznej uliczce kilometr wcześniej. Paszporty i pieniądze wsunąłem do zasuwanych kieszeni kurtki. Owinąłem szyję arafatką i założyłem okulary słoneczne, chociaż dzień wcale nie jest bezchmurny. Rękawiczki bez palców sprawdzają się lepiej niż zwykłe, a świetnie ukrywają tatuaż i blizny na mojej dłoni. Tatuaże na palcu zakleiłem zwykłym plastrem.

Przyrzekam sobie wziąć nogi za pas przy pierwszej oznace, że coś może być nie w porządku, ale prawda jest taka, że oszukuję samego siebie. Tutaj nic nie jest w porządku, a ja muszę zobaczyć się z Trevem.

Przez okno na piętrze wyglądam na ulicę, gdy zza rogu wychodzi Trev. Idzie szybkim krokiem, niosąc w ręku cienką, plastikową reklamówkę. Odsuwam się lekko od okna i nieruchomieję, nie spuszczając z niego wzroku. U wylotu uliczki pojawia się jakiś dzieciak na rowerze, który też przygląda się Trevowi.

Schodzę na dół w chwili, w której Trev podchodzi do drzwi wejściowych, i wciągam go do środka, mówiąc jednocześnie, że nie jest to dobre miejsce na spotkanie.

– Normalnie zostawiam wszystkie wskazówki Jimowi. To jego specjalność. – Trev wygląda przez okno, po czym przenosi wzrok na mnie. – Ale Jim zniknął.

– Zniknął? Jak to zniknął?

– Wyjechał za granicę... Mam nadzieję. Myślę, że Rada go nie dopadła, ale wiedzą już o nas. Dlatego się tu przeniosłem. Jim powiedział mi, że nawet łowcy starają się omijać to miejsce z daleka.

Nie mówię mu o tym, że widziałem Claya przed domem Boba, ale pytam:

– Też planuje pan wyjazd za granicę?

Próbuje się uśmiechnąć, ale wypada to bardzo blado. Poklepuje się znacząco po kieszeni na piersiach.

– Bilety już czekają, wyjeżdżam dziś wieczorem.

– To dobrze. A co ze mną?

– No przecież... dobrze, że pytasz. Kluczem do rozwiązania zagadki są tatuaże na twoim małym palcu. Jak tylko je zobaczyłem, zarysowała mi się koncepcja tego, do czego mogli zmierzać ich autorzy. Widzisz, te trzy niewielkie tatuaże są odzwierciedleniem tatuaży na pozostałych częściach twojego ciała. Ten przy paznokciu jest odbiciem tatuażu na szyi, środkowy jest odbiciem tatuażu na ręce, a najniższy tatuaży na kostce. Próbowali zrobić coś w rodzaju butelki czarownicy.

Przyglądam się swojemu palcu.

– Butelki czarownic niezwykle trudno jest kontrolować. Myślę, że opracowują udoskonaloną wersję. Bardzo wyrafinowaną. Zamiast więc umieszczać w butelce twoje włosy, skórę czy krew, zamierzali, jak sądzę, amputować ci palec i posłużyć się nim. Prawdopodobnie pokroiliby twój palec na trzy kawałki, z których powstałyby trzy butelki czarownicy. Gdyby zrobili coś tatuażowi na twoim palcu, odczułbyś to w tatuażu na szyi, na dłoni lub na kostce. Poczułbyś ból.

– Żeby mnie zmusić do wykonywania ich poleceń?

– To właśnie rozważałem. Nie mam jednak pewności, jak miałoby to działać. Prawdopodobnie mogliby ci zadać taki ból, że musiałbyś się poddać.

– Bądź posłuszny albo zgiń.

– Bądź posłuszny albo cierp. Cierpienie to ich specjalność.

– Ale czy mogliby się nimi posłużyć, by mnie zabić?

– No cóż, tak.

Zdzieram plaster z palca i przyglądam się trzem maleńkim tatuażom. Wszystkie sięgają aż do kości. Wyciągam scyzoryk i dźgam czubkiem tatuaż tuż przy paznokciu, zastanawiając się, czy poczuję cokolwiek w szyi.

– Nic? – pyta Trev.

Kręcę głową.

– Musi się znaleźć w butelce opieczętowanej odpowiednim zaklęciem.

– Kiedy chcieliby mi go amputować?

– Myślę, że chcieli się upewnić, czy tatuaże zostały wykonane odpowiednio głęboko i w pełni się zagoiły. Kilka dni, nie dłużej niż tydzień. Wtedy by je przetestowali. Oczywiście, gdyby nie zadziałały właściwie, pozostawało ci jeszcze dziewięć palców.

– Nadal mogą to zrobić? Gdyby mnie złapali i obcięli mi palec?

– Owszem. To jest nieusuwalne. Masz nieusuwalny problem.

– Myślałem, że to jakiś rodzaj piętna albo lokalizator.

– Nie służą do lokalizowania cię – mówi Trev. – Ale owszem, to jest piętno. Myślę, że tatuaż będzie widoczny niezależnie od tego, czym się staniesz... Jeśli masz dar przemiany, piętno będzie widoczne w każdej postaci, którą przybierzesz.

– I naprawdę nie ma żadnego sposobu, żeby je usunąć?

– Mógłbyś sobie odciąć nogę, rękę i palec, ale i tak zostałbyś z problemem tatuażu na szyi.

Ktoś krzyczy na zewnątrz. Amagowie.

Trev rzuca okiem na okno, wyciąga z kieszeni kartkę i wciska mi ją do ręki.

– Tu są wskazówki, jak znaleźć Mercurę.

Wciskam kartkę głęboko do kieszeni, mówiąc:

– Dziękuję panu. Dziękuję za wszystko.

Trev podaje mi reklamówkę, mówiąc:

– Masz tu próbki swojej skóry i kości. Musisz je zniszczyć. Spal je. Jeśli dostaną się w ręce ludzi z Rady, będą mogli z nich zrobić butelkę czarownicy. Prymitywną... ale jednak.

Zaglądam do siatki. W środku są plastikowe pojemniki zawierające krwawe drobinki.

– Żeby nie było wątpliwości... – dodaje. – Nigdy. Nikomu. Ani słowa, że miałem do czynienia z tą sprawą.

Myślę, że martwi się moim ojcem.

Piętro wyżej pęka z brzękiem jakaś szyba.

Przypadamy do ziemi i zastygamy w bezruchu.

Kolejny brzęk... Ale gdzieś dalej, w innym domu. Krzyki.

Zerkam przez okno.

– Cholera! – Chowam pospiesznie głowę i odwracam się do Treva. – Łowcy.

Jeszcze raz podnoszę głowę, by spojrzeć na ulicę. Ulicą idzie łowczyni, w którą trzech amagów należących najwyraźniej do jednego gangu rzuca kamieniami. Sprawia wrażenie, jakby jej to nie obchodziło. Łowcy nigdy nie działają w pojedynkę, więc gdzieś w bocznej uliczce musi się kryć jej partner.

Przypadam znów do podłogi, mówiąc:

– Musimy stąd pryskać.

Biegniemy do tylnych drzwi domku, które okazują się zamknięte na głucho i zabezpieczone zasuwką, która nawet nie drgnie. Wybijam okno łokciem, kopnięciem wypycham szybę z ramy i gramolimy się na zewnątrz. Przesadzam Treva przez zabitą gwoździami bramę w murze podwórka na tyłach i wspinam się za nim, rozglądając się na szczycie na prawo i lewo.

Nic. Żywego ducha.

Puszczamy się pędem.

Kilka przecznic dalej zwalniamy, chociaż nie przestaję oglądać się za siebie.

Trev wygląda, jakby zaraz miał zwymiotować. Nie ma już głowy do zastanawiania się, ile właściwie jestem mu winien, więc wręczam mu większą część swojej gotówki, mówiąc:

– Dzięki raz jeszcze. Jeśli kiedykolwiek będzie pan czegokolwiek potrzebował... To znaczy... Wiadomo, o co chodzi...

Wymieniamy uścisk dłoni i Trev rusza w jedną stronę, a ja w drugą.

Wymacuję w kieszeni cenny skrawek papieru. Nadal tam jest.

I w tym momencie dociera do mnie, że nie wziąłem plastikowej reklamówki.

Nie mogę uwierzyć, że wykazałem się tak konkursową głupotą, ale jednak. Jestem pewien, że jej nie upuściłem. Musiałem ją odłożyć na ziemię, kiedy podsadzałem Treva na ogrodzenie.

Łowcy

Mogłem odejść bez reklamówki z nadzieją, że wygląda na zwykłe śmieci, ale... ale, ale, ale. Nigdy nie lekceważ wroga. Jeśli czarodziejki dostaną w swoje łapy moje tkanki, nie będą już potrzebować mojego palca. Będą mogły zrobić sobie butelkę czarownicy z mojej skóry, krwi i kości.

Wracam tą samą drogą do domu. Plastikowa torba nie leży na ulicy, nie ma jej na podwórku ani w samym domu. Nie ma też ani śladu po łowcach.

Cholera!

Z salonu domku mogę obserwować całą długość opustoszałej ulicy. Siadam na podłodze, żeby zastanowić się nad kolejnym krokiem.

Łowcy dowiedzieli się o Bobie, a teraz o Jimie i Trevie, ale nie są w stanie mnie zlokalizować. Gdyby wiedzieli, że tu jestem, wysłaliby dwudziestu łowców, a nie dwóch. Prawdopodobnie nie wiedzą, co jest w torbie, ale mogą wiedzieć, że wcześniej niósł ją Trev.

Ktoś krzyczy na zewnątrz. Podpełzam do okna, żeby wyjrzeć, i w ułamku sekundy przypadam do ziemi, łapiąc oddech i zastanawiając się gorączkowo. Łowczyni wróciła, a wraz z nią trzech rzucających kamieniami amagów. Łowczyni niesie w ręku plastikową reklamówkę. Najwyraźniej nadal szuka Treva.

Rzucam się na górę, by lepiej przyjrzeć się łowczyni. Jest szczupła i wysoka. Co jakiś czas podnosi z ziemi kamień i ciska nim w swoich prześladowców.

– Twoja przyjaciółka?

Odwracam się.

W głębi pokoju stoi potężnie zbudowana dziewczyna w bluzie z kapturem.

– Nie, ale ona zaraz będzie miała towarzystwo. Nie jest sama. Na pewno...

– Jej koleżanka trzyma się z tyłu. Już ją widziałam. – Dziewczyna zakłada ręce na piersiach i lustruje mnie spojrzeniem. – Sądziłam, że jesteś jednym z nich, ale jesteś inny. Coś ty za jeden?

– Inny.

– No cóż, ich nie lubię, ale ty też mi się nie podobasz.

Krzyki urywają się, odwracam się z powrotem do okna. Jeden z amagów leży bez ruchu na ziemi, nieprzytomny albo martwy. Wielka dziewczyna staje obok mnie i wygląda na zewnątrz.

– Czy ona się tu pojawiła z twojego powodu?

Patrzę na łowczynię. Wycofała się pod dom po drugiej stronie i gwizdem przywołuje partnerkę.

– Nie. – Można to uznać za prawdę, bo jestem przekonany, że musiała śledzić Treva. – Słuchaj, już się stąd zmywam. Muszę tylko odzyskać tę plastikową torbę.

– A więc jednak szuka tu ciebie? Powinnam oddać cię w jej ręce?

Nie odrywając wzroku od łowczyni, uśmiecham się szeroko, ale się nie odwracam.

– Możesz spróbować.

Pojawia się druga łowczyni, a wraz z nią grad kamieni.

Kręcę głową.

– Nie pozbędą się ich, rzucając w nie kamieniami.

– Mój brat już tu idzie. Ma pistolet.

– One też.

Amag leży bez ruchu na ulicy.

– Nie sądzisz, że powinnaś wezwać karetkę do swojego znajomego? – pytam.

– Może bym to i zrobiła, jakby była jakaś szansa, że przyjadą.

Pojawiło się dwóch kolejnych amagów, ale wszyscy trzymają się z tyłu. Łowczynie stoją tuż nad dzieciakiem leżącym na ziemi. Sprawiają wrażenie dość zdenerwowanych. Nie zależy im na zwracaniu na siebie uwagi amagów. Jeśli ktokolwiek wyjmie telefon, żeby je sfilmować, zabiorą się stąd. Nie mogę pozwolić im uciec z moją własnością.

Zawiązuję sobie mocniej arafatkę na szyi i kilka sekund później wypadam z domu. Chwytam dwie cegły i idę zdecydowanym krokiem w stronę łowczyń stojących nad leżącym twarzą do ziemi amagiem. Mam nadzieję, że wyglądam na jego wkurzonego koleżkę.

– Co zrobiłyście mojemu kumplowi?!

Okraszam to kilkoma niewybrednymi przekleństwami.

Łowczynie stoją bez ruchu i patrzą na mnie, jakby nie dowierzały, że nie żartuję. Nie zatrzymuję się. Stojąca dalej ode mnie wyciąga broń i kiedy przyspieszam, krzyczy: „Stać!".

Jakby mogło mnie to zatrzymać.

Uderzam pierwszą kobietę cegłą w skroń i zasłaniam się jej ciałem, rzucając się na drugą.

Rozlega się strzał, po nim drugi. Wykopuję łowczyni pistolet z ręki i broń ląduje po drugiej stronie ulicy. Zdzielona cegłą kobieta leży bez przytomności. Przypadam do ziemi, podobnie jak druga łowczyni, w której dłoni błyska teraz nóż.

Dopiero teraz zaczynam sobie zdawać sprawę z umiejętności Celii. Ta dziewczyna jest łowczynią wyszkoloną do walki, a jednak wydaje się tak powolna, że z łatwością odczytuję jej zamiary. Dwa ruchy i wytrącam jej nóż z ręki.

Nie zadaję jej ciosu nożem, lecz łamię jej obie ręce, jak nauczyła mnie Celia. Obalam ją na ziemię i dociskam jej plecy kolanem. Z łatwością mógłbym jej skręcić kark. Obracam jej głowę. Nienawidzę łowców. Oddycham ciężko, ale jej włosy w moich rękach są delikatne jak jedwab i nie chcę nikogo zabijać.

– Nieźle się zwijasz!

Wielka dziewczyna trzyma w jednej dłoni plastikową torbę, a w drugiej pistolet. Wycelowany we mnie.

Staję i unoszę dłonie w geście poddania. Jestem otoczony przez amagów sprawiających zdecydowanie nieprzyjazne wrażenie.

– Są wasze.

Trącam leżącą na ziemi łowczynię czubkiem buta i rzucam okiem na drugą, która nie odzyskała jeszcze przytomności.

Dwóch amagów pochyla się nad kolesiem, który z trudem siada. Ma rozcięte czoło. Otacza mnie siedmiu amagów. Jeden z nich to zaledwie patykowaty nastolatek, ale dwóch to wytatuowane osiłki. Ulicą zbliża się następny, prowadząc na napiętych smyczach dwa białe bulteriery. Brat dziewczyny z bronią pewnie też jest niedaleko.

– To moje.

Kiwam głową w kierunku plastikowej torby.

Waha się przez chwilę, ale podaje mi torbę.

– Nie masz tu już czego szukać. I nie masz tu po co wracać.

Biorę torbę, mówiąc:

– W każdym razie nie teraz.

Zastanawiam się, co się stanie z łowczyniami, ale tę decyzję pozostawiam amagom. Muszę się przepchnąć przez otaczających mnie członków gangu. Ruszam w przeciwną stronę niż ta, z której nadchodzi koleś z psami. Przyspieszam kroku, a w końcu ruszam biegiem.

Zatrzymuję się dopiero na stacji kolejowej. Tam zostawiłem Nikitę.

Arran

Nikita obserwowała mieszkanie Boba, gdy pojawił się tam Clay. Dostrzegła mnie i poszła za mną. Zobaczyłem ją dopiero wtedy, gdy stanęła na wprost mnie. Kupiłem jej gorącą czekoladę.

Naprawdę Nikita ma na imię Ellen. Ma niesamowite oczy, jak morze. Czyste, turkusowe morze wybarwiające się od czasu do czasu błękitem i zielenią. Jest półkrwi. Jej matka była czarodziejką, a ojciec amagiem. Od śmierci matki została praktycznie wykluczona ze społeczności czarodziejów skazującej ją na ostracyzm. Babcia, jej najbliższa krewna ze strony matki, zachowuje się tak, jakby wnuczka nie istniała. Ellen mieszka z ojcem w Londynie i mówi, że chodzi do szkoły „mniej więcej co drugi dzień". Twierdzi, że ma szesnaście lat, ale nie jestem pewien, wygląda na młodszą.

Powiedziała mi, że Jim pojechał do Francji, i chciała pojechać razem z nim, ale jej odmówił. Opowiedziałem jej trochę o sobie, Arranie, Deborze, babci i Annalise. Zgodziła się pomóc mi przekazać Arranowi wiadomość.

Ellen czeka na mnie tak, jak się umówiliśmy. W czasie mojego spotkania z Trevem przeszukała internet pod kątem informacji o Arranie. Niewiele znalazła, ale na stronie jego starej szkoły zamieszczony był niewielki artykuł na jego temat z okazji wygrania konkursu i uzyskania stypendium na wydziale medycyny w Cambridge. Wyjeżdżamy z Liverpoolu pierwszym pociągiem zmierzającym w tamtym kierunku. Kiedy docieramy do Cambridge, jest już późno. Mówię Ellen, że musi się zatrzymać na noc w pensjonacie. Nie wygląda na szczęśliwą, kiedy się orientuje, że będę spać pod gołym niebem, ale jedną z jej zalet jest to, że szybko dociera do niej, iż pewne spory trudno jej będzie wygrać.

Następnego ranka spotykamy się o dziewiątej. Właścicielka pensjonatu dała Ellen ulotkę na temat Cambridge i kieszonkową mapkę. Ellen deklaruje, że rozejrzy się po kampusie i sprawdzi, czy kręcą się tam jacyś łowcy. Jest przekonana, że na pewno oddelegowano kogoś do obserwacji Arrana. Uzgadniamy, że spotkamy się ponownie wieczorem.

– Widziałam jedną łowczynię. Zmieniła się z partnerką o czwartej, więc wygląda na to, że obserwują Arrana non stop na zmiany po dwanaście godzin. Gdyby sądzili, że będziesz chciał się z nim zobaczyć, wystawiliby pewnie znacznie liczniejszą straż.

Kiwam głową. Nie będę próbował. Nie chcę mu sprawiać więcej kłopotów niż już ma.

Ellen uważa, że najlepszą porą na jej spotkanie z Arranem będzie poranek w uczelnianej stołówce. Jest przekonana, że uda jej się wśliznąć niepostrzeżenie i usiąść obok niego, udając jego gościa. Łowcy kręcą się przed budynkiem i przez większość czasu Arran jest poza zasięgiem ich wzroku.

Wręczam jej mały, narysowany przeze mnie obrazek.
– Będzie wiedział, że to ode mnie.
– Dobra. Ale zdjęcie też ci zrobię.
Och.
– Pokażę mu je tylko na swoim telefonie. Żeby mógł cię zobaczyć. To, jak teraz wyglądasz. Możemy też nakręcić wideo.
Kiwam głową.
– Zdjęcie.
– Mógłbyś porozmawiać z nim przez telefon.
Kręcę głową. Nie mógłbym.

Czekam w parku, w którym mamy się spotkać. Niedobrze mi.
Ellen jest inteligentna. Nie spartaczy tego.
Ale i tak mi niedobrze.

Jest już południe, kiedy wreszcie spostrzegam ją idącą w moją stronę. Uśmiecha się. Szeroko.
– Wszystko się udało. Najpierw wyglądał na dość zdezorientowanego, ale kiedy pokazałam mu rysunek, strasznie się ucieszył. Ciągle przesuwał po nim dłonią. Chciał, żebym mu wysłała twoje zdjęcie na jego telefon, ale powiedziałam, że to zbyt niebezpieczne. Więc przyglądał ci się, kiedy rozmawialiśmy.
– Bardzo mu się podoba na studiach. Odkrył swój dar, którym okazało się uzdrawianie, ale nie jest zbyt silny. Tęskni za domem i Deborą, która nadal mieszka w domu babci i ma chłopaka o imieniu Dawid. Chcą się pobrać.
– Pobrać!
– Chciałaby mieć dzieci. Arran mówi, że Dawid jest świetny. Nie ma nic wspólnego z Radą ani łowcami. Pochodzi z Walii i jest czarodziejem. Pracuje jako stolarz. Arran mówi, że spodobałby ci się. Debora dostała biurową pracę w mieście.

Arran mówi, że jest tam szczęśliwa. Kazał ci przekazać, iż ma niesamowity dar.

– Jaki?

– No cóż, tak naprawdę nie zrozumiałam, ale to ma coś wspólnego z radzeniem sobie z papierkową robotą. Nie wiem, czy nie żartował.

Nie sądzę, żeby żartował, ale ta papierkowa robota nie trzyma się kupy.

– Powiedział, że twoja babcia zmarła trzy miesiące temu, kiedy wrócił akurat do domu na wakacje. Poszła do łóżka, mówiąc, że jest zmęczona. Umarła w nocy.

– Zapytałaś go o to, prawda? Czy to było samobójstwo?

– Zapytałam. Powiedział, że nie wie. Debora uważa, że mogła zażyć jedną ze swoich własnych trucizn.

Wiem, że Debora ma rację.

– Arran powiedział, że kiedy zostałeś zabrany, Rada często wzywała twoją babcię do Londynu na przesłuchania. Powiedział, że odmówiła udzielania odpowiedzi na jakiekolwiek pytania.

– Nigdy nie przesłuchiwali Arrana?

– Powiedział, że nie, a kłamanie mu raczej nie idzie.

– A Debora?

Ellen kiwa głową.

– Powiedział, że łowcy przeszukiwali dom przez kilka miesięcy. Debora podsłuchała, jak mówili coś o „nieudolności Rady". Przeczuwali, że uciekłeś.

– Zapytał, co ci zrobili i gdzie cię przetrzymywali. Powiedziałam mu, że nie wiem i że u ciebie wszystko w porządku.

– Dziękuję. Nie powiedziałaś mu o tatuażach?

– Nie. Kazałeś nie mówić. – Bierze głęboki wdech i stara się uśmiechnąć. – Pytałam też o Annalise. – Ton jej głosu nie wróży nic dobrego. – Nie rozmawiał z nią od twojego wyjazdu. Nawet na ślubach i przyjęciach ani jego, ani Debory nie dopuszczają w jej pobliże. Słyszał, że miała cichą, kameralną ceremonię obdarowania.

Skończyła siedemnaście lat w sierpniu zeszłego roku.

– Chodzi jeszcze do szkoły, prawda?

– Nie pytałam. Wydawało mi się, że wolałby o niej nie mówić.

– No tak. Nie podobało mu się, że się z nią spotykałem.

– Dlaczego?

– Uważał, że proszę się o kłopoty. Jej rodzina jest tak biała, że chyba nie mogłaby być bielsza. Czysta biel bez żadnych domieszek. Mają bliskie związki z Radą. I z łowcami.

– Ona mi nie wygląda na dziewczynę w twoim typie.

– Jest inna niż oni.

I jest w moim typie, zdecydowanie jest w moim typie.

– Chyba nie myślisz o tym, żeby wrócić i zobaczyć się z nią?

Często o tym myślę, choć wiem, że byłoby to głupotą.

– Powiedziałam Arranowi, gdzie mnie szukać w Londynie. Zaproponował spotkanie. Pomyślałam, że może mogłabym ci przekazywać wiadomości od niego. Byłabym pośredniczką.

Nie wiem. Byłoby prawdopodobnie lepiej, gdybym nigdy więcej się z nim nie kontaktował. Ale gdybym już miał mieć pośrednika, Ellen byłaby idealna.

– Ellen, nie chcę, żebyś sobie napytała kłopotów w Radzie.

– Ha! Za późno.

Wyjmuje komórkę.

– Zrobiłam Arranowi zdjęcie. I nakręciłam krótkie wideo.

Obiecuję sobie, że nie będę płakać, w każdym razie nie przy Ellen, i na początku nawet nieźle mi idzie. Arran wygląda na trochę starszego, ale włosy ma takie jak zwykle. Jest blady, ale wygląda świetnie. Próbuje się uśmiechać, ale słabo mu to wychodzi. Opowiada mi trochę o tym, co robi na uniwersytecie, a trochę o Deborze i Dawidzie, a potem mówi mi, że strasznie za mną tęskni i chciałby się ze mną zobaczyć, ale wie, iż to niemożliwe. Ma nadzieję, że mam się dobrze, naprawdę dobrze, nie tylko fizycznie, ale w środku też, i mówi, że zawsze we mnie wierzył i dziś też jest przekonany, że jestem dobrym człowiekiem, i ma nadzieję, że uda mi się uciec, i że muszę być ostrożny w tym, komu ufam. Mówi, że muszę ich wszystkich zostawić, że on i Debora dadzą sobie radę i będą szczęśliwi, wiedząc, iż jestem wolny, i że tak właśnie będzie o mnie zawsze myślał, jako o kimś wolnym i szczęśliwym.

Po obejrzeniu całości muszę na chwilę odejść. Tak bardzo chciałbym zobaczyć się z Arranem, spędzić z nim chociaż chwilę, a jednak wiem, że nie mogę. Nawet tego nie mogę.

Dziękuję Ellen za pomoc. Nie wiem, co jeszcze mógłbym zrobić. Wręczam jej jakieś pieniądze, ale nie chce ich przyjąć, więc kupujemy sobie rybę z frytkami i siadamy w parku, by ją zjeść. Mówię jej, że powinna wrócić do swojego ojca. Trochę narzeka, ale nie bardzo.

Wybiera sobie frytkę i pyta, co zamierzam dalej.

– Muszę dostać trzy dary.

– A więc jedziesz szukać Mercury.

Zastanawiam się przez chwilę nad losem Ellen.

– Co robią osobniki półkrwi, Ellen? Czy mają ceremonię obdarowania? Czy mają swój dar?

– Mają swoją ceremonię obdarowania tylko wtedy, gdy Rada na to zezwoli, co zdarza się rzadko i wiąże się z koniecznością pracy dla nich w zamian za zezwolenie na ceremonię. Nigdy nie będę pracować dla Rady, oni nami gardzą. Wszyscy magowie. Ale słyszałam o kilku osobach półkrwi, które w przeszłości zostały obdarowane przez swoich magicznych rodziców i odnalazły swój dar. Moja babcia za bardzo boi się Rady, żeby nawet się ze mną widywać. Nigdy by mi nie pomogła.

– To co zrobisz? Jeśli nie otrzymasz trzech darów od babci ani od Rady?

– Jeszcze nie wiem. Zawsze pozostaje Mercura. Ale nie zwrócę się do niej, jeśli nie będę musiał.

– Co o niej wiesz?

– Okropna postać. Plotkuje się, że wtrąca małe dziewczynki do niewoli. Więc na razie nie palę się do szukania u niej pomocy. Nie powinieneś jej ufać.

Ellen wybiera sobie grubą frytkę.

– Nie jestem małą dziewczynką.

– Małych chłopców nie wtrąca do niewoli. Zjada ich.

Frytka znika w buzi Ellen.

– Mówisz poważnie?

Ellen kiwa głową i przełyka.

– Tak słyszałam. – Wybiera sobie kolejną frytkę i zerka na mnie spod oka. – Ale nie na surowo. Wcześniej ich gotuje.

Część piąta

Gabriel

Genewa

Lotnisko w Genewie. Zestresowałem się tą podróżą. Najpierw konieczność zorientowania się, jak dostać się na samolot, potem sam lot, wreszcie kolejka do kontroli paszportowej. Paszport sprawdził się jednak znakomicie.

Zgodnie ze wskazówkami rozpisanymi przez Jima na skrawku papieru miałem się znaleźć przy szklanych drzwiach obrotowych o 11.00 rano we wtorek. Obrotowe drzwi przepuszczają setki ludzi reprezentujących wszystkie grupy wiekowe: biznesmenów z niewielkimi walizkami na kółkach, stewardesy prowadzące z gracją swoje maleńkie walizeczki na kółeczkach, pilotów ciągnących walizki z czarnej skóry i wczasowiczów wlekących z wysiłkiem wypchane walizy. Wszyscy poruszają się energicznie, nie tyle w pospiechu czy zdenerwowaniu, ile dążąc zdecydowanie w obranym kierunku.

No i ja. Mam na sobie okulary słoneczne, czapkę, zawiązaną na szyi arafatkę, rękawiczki bez palców, solidną wojskową kurtkę, dżinsy i mocne buty, a na plecach sfatygowany plecak.

Nie wiem dokładnie, która jest godzina, ale mam wrażenie, że sterczę tu od wieków. Jest już na pewno dobrze po 11.00.

Kątem oka chwytam ruch w kawiarni po prawej. Kiwa na mnie młody mężczyzna w okularach przeciwsłonecznych. Przeciskam się między stolikami i staję przed nim. Nie podnosi wzroku, lecz miesza przez chwilę w dłoniach wypełnioną do połowy filiżankę z kawą i wychyla jej zawartość duszkiem. Odstawia filiżankę na spodeczek, chwyta mnie za ramię i przeprowadza pospiesznie przez obrotowe drzwi do następnego budynku, na stację kolejową.

Zjeżdżamy windą na peron czwarty i natychmiast wsiadamy do ponurego piętrowego pociągu, kierując się na górny pokład. Dopiero tam nieznajomy mnie puszcza. Siadamy na kanapowym siedzeniu, mając przed sobą mały, okrągły stoliczek.

Mój łącznik wygląda na najwyżej rok czy dwa starszego ode mnie. Podejrzewam, że jest w wieku Arrana. Ma oliwkową skórę i sięgające do ramion faliste, kasztanowe włosy z jaśniejszymi refleksami. Uśmiecha się, nie odsłaniając zębów, jakby opowiedział jakiś niezły dowcip. Nosi lustrzane, lotnicze okulary ze srebrnymi ramkami, prawie takie same jak moje.

Pociąg rusza i kilka minut później do wagonu wchodzi kontroler biletów. Mój łącznik schodzi na dół, a ja za nim. Stajemy przy drzwiach. Jest szczupły, odrobinę wyższy ode mnie i wnioskując z dźwięków w mojej głowie, a raczej ich braku, nie ma przy sobie komórki.

Myślę, że może być czarownikiem. Chciałbym mu spojrzeć w oczy.

Pociąg zatrzymuje się minutę później. Jesteśmy na dworcu centralnym w Genewie. Mój łącznik szybko rusza przed siebie, a ja trzymam się tuż za nim.

Idziemy przez jakąś godzinę, nie zwalniając kroku, ale często wracając po swoich śladach. Kilka witryn sklepowych i widoków na jezioro zaczyna mi się już wydawać znajomych. W końcu docieramy do dzielnicy mieszkaniowej zabudowanej wysokimi kamienicami i zatrzymujemy się przy drzwiach prowadzących do starego budynku podobnego do wielu mijanych wcześniej. Na opustoszałej ulicy stoi kilka zaparkowanych samochodów, ale oprócz nas nie widać żywej duszy. Mój łącznik wpisuje kod numeryczny na klawiaturze przy wejściu, dyktując mi jednocześnie:

– 9-9-6-6-1... OK?

Powtarzam za nim:

– 9-9-6-6-1, OK.

Nie przytrzymuje mi drzwi, więc muszę zatrzymać dłonią gwałtownie lecące w moją stronę skrzydło. Wspinam się za nim po schodach, wyżej, wyżej, jeszcze wyżej i jeszcze wyżej...

Wdrapujemy się aż na szóste, najwyższe piętro, gdzie schody kończą bieg na niewielkim podeście, z którego prowadzą tylko jedne, drewniane drzwi.

Ponownie nie posługuje się kluczem, lecz kodem numerycznym.

– 5-7-6-3-2... OK?

Po czym wchodzi do środka, zatrzaskując drzwi za sobą.

Zostaję na podeście i rozglądam się wokół. Lakier na drzwiach się łuszczy, tynk pęka, w rogu zwisa z sufitu poczerniała pajęczyna, na gołej podłodze zalega kurz. Otacza mnie głucha cisza, której nie rozprasza nawet syk w mojej głowie.

Otwiera drzwi.

– 5-7-6-...

– Wiem.

Już się nie uśmiecha, ale nadal nie zdejmuje okularów.

– Wejdź.

Nie ruszam się.

– Tu jest bezpiecznie. – Przytrzymuje plecami szeroko otwarte drzwi i powtarza: – Tu jest bezpiecznie. – Mówi cicho, z dziwnym akcentem. Pewnie jest Szwajcarem.

Przekraczam próg i drzwi zatrzaskują się za mną ze szczękiem. Czuję, że mnie obserwuje. Wolałbym, żeby nie stał za moimi plecami.

Obchodzę pokój. To duży pokój z aneksem kuchennym w prawym rogu: kilka szafek, zlew, kuchenka. Przechodzę między kominkiem a niewielką, starą sofą. Nie ma wykładziny, lecz tylko deski zabejcowane na ciemny brąz, prawie czarny, i trzy perskie dywany różnego rozmiaru. Ściany pomalowano na kremowo, ale nie zawieszono na nich ani jednego obrazka, nic. Ściana ponad gzymsem kominka okopcona jest na czarno. Sprawia to wrażenie, jakby kominek był tu jedynym źródłem ciepła. W wyłożonym łupkiem palenisku stoi metalowy ruszt, na którym leży kilka poczerniałych polan. Obok kominka leży sterta drewna, gazeta i pudełko zapałek. Kierując się na lewo, podchodzę do niewielkiego okna wychodzącego na jezioro i położone za nim łańcuchy górskie. Dostrzegam stąd błękit wody i zielono-szare zbocza. Przy oknie stoi drewniany stół i dwa stylowe, francuskie fotele.

– Zostawiłem otwarte okno, jak wychodziłem. Kominek strasznie kopci.

Podchodzi do kominka i zaczyna układać stosik drewna.

Przyglądam się.

Podpala zwiniętą gazetę, która natychmiast zajmuje się płomieniem.

– Chciałbym się zobaczyć z Mercurą.

– Rozumiem. Oczywiście.

Nie przerywa jednak rozpalania kominka.

– Mam wrażenie, że tu jej jednak nie ma.

– Nie.

Z pokoju prowadzą dwie pary drzwi. Podchodzę do jednych z nich. Czuję, że przerwał swoją robotę i obserwuje mnie uważnie. W niewielkim, przylegającym do salonu pokoju stoi łóżko, krzesło i staromodna drewniana szafa.

– To mój pokój – mówi, po czym przechodzi obok mnie i zamyka drzwi do szafy. Niewiele tu jest do oglądania. Nie pościelił łóżka. Na krześle leży książka.

Opieram się o drzwi i pytam:

– Dobra książka?

Obdarza mnie charakterystycznym dla siebie uśmiechem, wychodzi z pokoju i podchodzi do drugich drzwi.

– To jest łazienka.

Wymawia słowa starannie, jakby wielokrotnie je wcześniej przećwiczył. Pomieszczenie jest większe od jego sypialni, a cały jego środek zajmuje wolno stojąca wanna. Pod ścianą znajduje się duża, biała umywalka i toaleta z podwieszonym wysoko rezerwuarem i zwisającym z niego łańcuszkiem. Podłogę i ściany pokrywają czarno-białe kafelki.

Ogarniam mieszkanie wzrokiem i pytam:

– Mam tutaj na razie zostać czy jak?

– Do chwili, gdy Mercura będzie gotowa się z tobą spotkać.

– Co nastąpi kiedy?

– Kiedy uzna, że to bezpieczne.

Wydaje się, że w jego głosie nigdy nie pobrzmiewa pewność, ale może to kwestia akcentu. Każde jego zdanie brzmi jak pytanie.

– Muszę się z nią szybko zobaczyć. Czas mnie goni.

Nie odpowiada.

– Pracujesz dla niej?

Wzrusza ramionami.

– Poprosiła mnie, żebym się z tobą spotkał i towarzyszył ci do chwili, w której będzie gotowa się z tobą spotkać.

Pocieram twarz dłońmi i rozglądam się po pokoju.

– Nie mogę tu spać, w tym zamkniętym pomieszczeniu.

– Pokażę ci balkon.

Obchodzi wannę, podchodzi do okna i podsuwa je do góry. Wystawiam głowę na zewnątrz i przełażę na drugą stronę. Znajduje się tam niewielki taras otoczony czterema stromymi połaciami dachów pokrytych szarą dachówką. Odosobnione schronienie. Taras jest wielkości mojej klatki. Nieoczekiwanie dla samego siebie mówię:

– Chciałbym jeszcze owczą skórę.

Kiwa głową i uśmiecha się, jakby wiedział dokładnie, co mam na myśli, i mówi, że chyba uda mu się coś takiego zdobyć.

Jestem w mieszkaniu sam. Mój wiecznie uśmiechnięty towarzysz wyszedł. Przeszukuję wszystkie szafki i jego pokój, ale nie znajduję nic ciekawego.

Sprawdzam dach, wspinając się na stromą połać po jednej stronie tarasu. Spadek dachu po drugiej stronie jest tak ostry, że nieszczęśnik, który by się na nim poślizgnął, spadłby nieuchronnie sześć pięter niżej, nie znajdując żadnego oparcia. Przechodzę do końca wzdłuż szczytu dachu. Szczelina oddzielająca ten budynek od następnego nie jest szeroka, ale nie dałoby się przeskoczyć z jednego dachu na drugi, bo sąsiednie budynki są wyższe. Tylna elewacja budynku wygląda tak samo jak przednia. Nie ma schodów przeciwpożarowych. Ten taras to pułapka.

Nie mam jednak wyboru. Do moich urodzin pozostał niespełna miesiąc i nie mam dokąd pójść. Muszę otrzymać trzy dary albo umrę, jestem tego więcej niż pewien. Potrzebuję Mercury.

Taras okazuje się dobrym miejscem do spania, zacisznym i osłoniętym od wiatru. Wyciągnąłem sobie na zewnątrz dwa dywany zamiast materaca i w śpiworze jest mi całkiem ciepło. Na bezchmurnym niebie błyszczy księżyc w pełni, więc nie ma siły, żebym wrócił do środka przed świtem.

Księżyc wisi już wysoko na niebie, gdy mój łącznik mnie budzi. Przyniósł owcze skóry. Sześć owczych skór. Są czyste i grube, niemal idealne po rozłożeniu.

Mój kontakt przykuca po drugiej stronie tarasu. Ma długie nogi, a przy tym mocno umięśnione uda. Krzyżuje ramiona na piersiach i lekko przekrzywia głowę na jedną stronę. Ciągle jeszcze nie zdjął okularów. Zakłada włosy za uszy.

Zamykam oczy. Kiedy je otwieram kilka minut później, już go nie ma. Cicho się porusza. Podoba mi się to.

Ranek. Leżę, zaznajamiając się z tym miejscem. Patrzę, jak niebo rozjaśnia się na wschodzie i z biegiem minut nabiera kolorów. Dobiega mnie stłumiony, niejednorodny odgłos ruchu ulicznego. Z budynku dobiega niewyraźny syk. W chwili, w której zaczyna mi burczeć w brzuchu, wyczuwam zapach chleba.

W aneksie kuchennym mój łącznik opiera się nonszalancko o szafkę. Nadal nie zdjął okularów.

– Śniadanie?

Nie tego bym się spodziewał po czarowniku.

– Mam croissanty, bagietkę, nadziewane bułeczki... dżem. Sok pomarańczowy. Robię kawę, ale mam też gorącą czekoladę.

– Jak masz na imię? – pytam.

Uśmiecha się szeroko, ukazując równe, białe zęby.

– A ty?

Podchodzę do krzesła i wyglądam przez okno. Stawia jedzenie na stole. Podaje mocną kawę z mlekiem w dużej filiżance. Siada naprzeciw mnie i zanurza croissanta w kawie. Robię to samo. Nigdy wcześniej nie jadłem croissantów. Smakują mi, ale Celii by się to nie spodobało.

Nie spuszcza ze mnie wzroku, a ja w jego lustrzanych okularach widzę tylko własne odbicie. Ma długie, kościste palce, raczej blade, biorąc pod uwagę jego oliwkową cerę. Kończy croissanta i rozrywa bułeczkę na pół, odrywając sobie później od niej mniejsze kawałki. Odkrawa sobie kawałek twardego, zimnego masła i umieszcza go na kawałku pieczywa. Idealny prostokąt masła na poszarpanym kawałku chleba. Wkłada go do ust i żuje, nie otwierając ust. Mam nieodparte wrażenie, że cały czas powstrzymuje się od uśmiechu.

– Wyglądasz na zadowolonego z siebie – mówię.

– Miło mi cię poznać. – Unosi dłoń i ujmuje ramkę okularów, jakby chciał je zdjąć, ale nie robi tego. – Bardzo angielskie wyrażenie, prawda? Bardzo miło mi cię poznać, Natanie.

Momentalnie krew mnie zalewa.

Chłopak wybucha śmiechem.

– Chociaż jesteś zabawny. Bardzo zabawny. Podobasz mi się. Marszczysz brwi jak... W każdym razie w odpowiedni sposób.

Znowu wybucha śmiechem.

Odcinam sobie prostokąt masła. Potem kolejny. I jeszcze jeden.

– Dlaczego nie zdejmujesz rękawiczek?

– Dlaczego nie zdejmujesz okularów przeciwsłonecznych?

Znów wybucha śmiechem. Bierze jeden z moich kawałków masła i rozsmarowuje na pieczywie. Kończy jeść i mówi:

– Jestem Gabriel.

Zabawnie to wymawia.

Kładę odrobinę masła na chlebie i próbuję. Dobre. Kremowe.

– Skąd wiesz, jak mam na imię?

– Wszyscy wiedzą, jak masz na imię.

– Nie sądzę.

Pociąga łyk kawy, miesza przez chwilę kubkiem w dłoniach i pociąga jeszcze jeden łyk.

– No dobrze, masz rację, może nie wszyscy. Ale wszyscy czarni w Europie, niektórzy czarni w Stanach, większość białych w Europie... Większość białych na całym świecie. I nieliczni amagowie, bardzo nieliczni amagowie. – Wzrusza ramionami. – Więc owszem, nie wszyscy.

Przypatruję się tej słynnej osobie w lustrzanym odbiciu jego okularów. Nie patrzy już wilkiem, ale nie wygląda na szczęśliwą. Odwracam wzrok i patrzę przez okno na odległe górskie zbocza.

– Czy to tak kiepsko – być Natanem?

Każdy biały, którego kiedykolwiek poznałem, wiedział, kim jestem. Wystarczyło jedno spojrzenie... Jakbym to miał wypisane na czole. Wygląda na to, że w świecie czarnych będzie tak samo.

Odwracam się do niego.

– Wolałbym zachować anonimowość.

– Nie da się. – Odgarnia włosy z twarzy, ale przynajmniej przestał się uśmiechać. – Biorąc pod uwagę, kim jest twój ojciec.

Oraz jego ojciec, i ojciec jego ojca, i ojciec ojca jego ojca.

– A kim jest twój ojciec? – pytam. – Mogłem o nim słyszeć?

– Nie, zdecydowanie nie. A o mojej matce... też nie. Dwoje znakomitych czarowników, ale mało znanych. Znakomitych w sensie... szanowanych... wśród czarnych. Mój ojciec mieszka teraz w Stanach. Musiał wyjechać po tym, jak zabił moją babcię – matkę mojej matki. – Wzrusza ramionami. – Powinienem dodać, że działał w samoobronie. To moja babka zaatakowała mojego ojca. To skomplikowane... Obwiniała go o śmierć mojej matki. – Zakręcił w dłoniach pustym kubkiem. – W każdym razie są mało znani.

– Ale dość brutalni.

– Jeśli chodzi o brutalność i sławę, to twoja rodzina zdecydowanie przebija moją.

Gabriel

Mogę wychodzić z mieszkania tylko po to, by przespać się na tarasie. Śpię całkiem nieźle. Te same koszmary co zwykle.

Czasem po południu drzemię w pokoju na sofie. Większość czasu spędzam w samotności. W jakimś sensie to gorsze niż klatka. Tam przynajmniej mogłem pobiegać, a tutaj mogę się tylko pokładać.

Każdego dnia pytam:

– Kiedy zobaczę się z Mercurą?

I każdego dnia Gabriel odpowiada:

– Może jutro.

Powiedziałem mu, że potrzebuję trzech darów i do moich urodzin pozostał niespełna miesiąc, ale on ciągle próbuje ciągnąć mnie za język. Gdzie byłem przez kilka ostatnich lat? Czy miałem jakiś kontakt z Radą albo z łowcami? Nic mu nie mówię, to wszystko moje prywatne sprawy.

Czasem widzę go o poranku. Przynosi zakupy i zjada ze mną śniadanie, po którym zmywamy. Czasem przypomina mi Celię z jej obowiązkami domowymi. On zawsze zmywa, a ja wycieram. Każdego dnia mówi:

– Dzisiaj ja pozmywam. Ty nie możesz sobie zamoczyć rękawiczek.

Wygląda wówczas na bardzo zatroskanego. Za każdym razem, gdy pokazuję mu środkowy palec, wybucha śmiechem.

Nie zdjąłem jeszcze ani rękawiczek, ani chusty. Śpię w nich... Zżyłem się z nimi. Gdyby Gabriel zobaczył moje tatuaże i blizny, zasypałby mnie gradem pytań, a tego wolałbym uniknąć.

Kiedy kończymy zmywać, kręci się jeszcze przez chwilę po mieszkaniu, a potem wychodzi i widzę go dopiero następnego dnia rano przy śniadaniu. Od mojego przyjazdu nie przespał w swojej sypialni chyba nawet jednej nocy, ale nie mam pewności. Nigdy nie ścieli łóżka. Czasem kładzie się na nim z książką.

Gabriel zaczął mnie wypytywać już pierwszego dnia po śniadaniu, ale skupiłem się na wycieraniu naczyń. Kiedy do niego dociera, że nie opowiem mu historii swojego życia, próbuje podejmować inne tematy, zaczynając od książek. Czyta świetną książkę, Kerouaca, cokolwiek to jest.

– Masz ulubioną książkę?

Zajmuję się wycieraniem talerza, przesuwając po nim ściereckę okrężnym ruchem powoli i metodycznie. Nie odpowiadam, więc Gabriel wymienia po kolei wszystkie swoje ulubione pozycje. Nie może się zdecydować, którą lubi najbardziej. Wymienia kilka francuskich książek, o których nigdy nie słyszałem, a potem kilka angielskich książek, o których również nigdy nie słyszałem – chociaż nie, wpadła mi kiedyś w ucho nazwa *Wichrowe wzgórza* – po czym przechodzi do autorów amerykańskich. Nie mam pojęcia, czy się popisuje, czy zawsze tak ma.

Kiedy się w końcu zamyka, stawiam suchy jak wiór talerz na stosie równie suchych talerzy i mówię:

– Nigdy nie czytałem żadnej książki.

Lewa ręka chłopaka, zanurzona po nadgarstek w mydlinach wypełniających zlew, zastyga w bezruchu.

– Mam jednak ulubioną książkę. Sołżenicyn. *Jeden dzień Iwana Denisowicza.* Czytałeś?

Kręci głową.

Wzruszam ramionami.

– Jak możesz mieć ulubioną książkę... skoro nigdy nic nie czytałeś?

Chcę na niego wrzasnąć: „Bo kobieta, która trzymała mnie skutego w klatce, była wariatką zakochaną w Rosjanach, ty głupi, rozpuszczony szwajcarski durniu!". Chcę krzyczeć i miotać przekleństwa. Sekundę później wszystkie talerze roztrzaskują się na podłodze i nie mam pojęcia, jak mogłem tak szybko wpaść we wściekłość. Oddycham ciężko, Gabriel zastyga bez ruchu, a piana ścieka mu po palcach.

Następnego dnia przy śniadaniu podanym na nowych talerzach Gabriel nie odzywa się ani słowem. Czyta Sołżenicyna.

Jem chleb, piję kawę i wyglądam przez okno.

– Dobrze ci się czyta w okularach przeciwsłonecznych? – pytam.

Pokazuje mi środkowy palec.

Kiedy zmywamy naczynia, podejmuje kolejną próbę, tym razem zahaczając o sztukę. Nawija bez końca o Monecie, Manecie i tak dalej. Nie mam pojęcia, o kim mówi. Chyba nie wszyscy czarni tacy są?

– Nie potrzebuję wykładu o sztuce – mówię. – Potrzebuję wydostać się z tego głupiego mieszkania i spotkać się z Mercurą. Kończy mi się czas.

Okraszam to kilkoma przekleństwami.

Kiedy wychodzi, przypominam sobie książkę, którą dał mi kiedyś Arran. Zawierała szkice Leonarda da Vinci. Prawie o niej zapomniałem. To były świetne szkice. Znajduję w szufladzie ołówek, ale nigdzie nie ma papieru, więc wyrywam niezadrukowaną kartkę z książki Gabriela.

Ukończony rysunek palę. Ale kominek strasznie kopci.

Trzeciego dnia przy śniadaniu Gabriel mówi, że skończył *Jeden dzień...* i podobało mu się. Potem pyta, dlaczego spodobała mi się ta książka.

Istnieje oczywiście milion powodów. Spodziewa się jakiejś głębokiej analizy czy co?

– A więc? – drąży. – Dlaczego ci się spodobała?

– Bo udało mu się przetrwać – odpowiadam.

Gabriel kiwa głową.

– Tak, też się ucieszyłem z tego powodu.

Kiedy zmywamy naczynia, zaczyna mówić o wspinaczce. Naprawdę to lubi. Przerywa zmywanie i zaczyna się wspinać po kuchennych szafkach. Dobry jest. Szybki i precyzyjny. Mówi, że jego ulubione miejsce do wspinaczki to przełom rzeki Verdon we Francji.

Pyta, jakie jest moje ulubione miejsce.

– Walia.

Kiedy wychodzi, wyrywam kolejną niezadrukowaną kartkę z jego książki i rysuję go wspinającego się na kuchenne szafki.

Czwartego dnia Gabriel przechodzi do poezji. Trzeba mu przyznać, że łatwo się nie poddaje, ale jeśli próbuje zrekonstruować historię mojego życia, to poezja naprawdę niewiele do niej wniesie. Na litość, poezja! Wybucham śmiechem i nie mogę przestać. Oto my, czarownicy, ukrywamy się przed łowcami, czarodzieje się nas boją, a my jakby nigdy nic zmywamy naczynia i dyskutujemy o poezji. Skręcam się ze śmiechu tak, że aż zaczyna mnie boleć brzuch.

Gabriel przygląda mi się z uśmiechem, chociaż nie śmieje się ze mną i myślę, że nie ma pojęcia, co mnie tak rozbawiło. Udaje mi się opanować, ale od czasu do czasu chichoczę jak pensjonarka, a tymczasem Gabriel opowiada o jakimś znakomitym poecie. Posuwa się nawet do wyrecytowania jego wiersza. Deklamuje po francusku, więc raczej niewiele z tego rozumiem, ale nie śmieję się.

Ciekawi mnie jego akcent. Okazuje się, że jego matka była Angielką, a ojciec Szwajcarem. Gabriel urodził się we Francji i przez rok mieszkał w Stanach ze swoim ojcem i młodszą siostrą. Jego brytyjski angielski jest znakomity, ale posługuje się nim z dziwnym amerykańsko-francuskim akcentem i generalnie lepiej mówi po amerykańsku. Mówi, że wrócił do Szwajcarii po tym, jak otrzymał swój dar. Nie powiedział mi, jaki ma dar, a ja nie dociekałem.

Tego popołudnia mam dość. Wymykam się z mieszkania, schodzę nad jezioro, po czym opuszczam miasto, kierując się w stronę gór. Po powrocie nie mogę znaleźć właściwej ulicy i muszę zejść nad jezioro, by ustalić swoje położenie. Ludzie spieszą do domów albo do barów i kafejek. Przy każdym z nich syczy telefon komórkowy, przez co miasto mruczy w mojej głowie jak silnik na niskich obrotach. Idę drogą prowadzącą wzdłuż brzegu jeziora. Szczyty gór nikną teraz w nisko wiszących chmurach i chociaż wiem, że tam są, nie mogę ich dostrzec. Jezioro kurczy się do rozmiarów stawu, ograniczone ścianą mgły. Zarysy łodzi zacumowanych przy nabrzeżu rozmywają się w tej szarej bieli. Słyszę głosy dwóch mężczyzn rozmawiających po francusku. Głosy cichną.

Odwracam się i widzę dwie ubrane na czarno postaci obserwujące mnie z uwagą. Stawiając opór zalewającej mnie fali adrenaliny, odchodzę spacerowym krokiem. Krótki gwizd łowcy wzywającego swojego partnera. Zrywam się do biegu.

Klucząc bocznymi uliczkami, znajduję w końcu wejście do baru. Przyczajam się w rogu, skąd przez okno mam widok na ulicę. Ulica pełna jest amagów. W końcu odważam się wyjść i z oczami dookoła głowy wracam do mieszkania. Nie dostrzegam po drodze łowców.

Wracam tuż przed zmierzchem i od razu wychodzę na taras.

Wiem, że mnie widzieli. Jestem pewien, że ich zgubiłem, ale teraz już wiedzą, że tu jestem. W jakiś sposób wiedzieli, że to ja.

Mam sen. Ciągle biegnę tą przeklętą aleją, ale teraz jest jakby inna. Po raz pierwszy w swoim śnie pamiętam o tym, by patrzeć na wylot ulicy. Patrzę i patrzę, i widzę zwykłe budynki, zwykłych ludzi, autobus, jakieś samochody, ale ciągle nie mogę do nich dotrzeć. Słyszę za swoimi plecami łowców krzyczących: „Łapcie go! Wykręćcie mu ręce!". Panikuję, zaczynam biec szybciej, ich krzyki rozlegają się tuż za mną, nie mogę już biec szybciej i... budzę się.

Gabriel siedzi obok w kucki i mi się przygląda.

Mówię mu dość ordynarnie, żeby zostawił mnie w spokoju, a potem z powrotem się kładę i zamykam oczy. Nie wiem, czy powinienem mu powiedzieć, co się dziś wydarzyło. Miałem nie opuszczać mieszkania, ale może jeśli powiem mu o łowcach, zabierze mnie do Mercury. Postanawiam mu powiedzieć. Ale kiedy otwieram oczy, już go nie ma.

Dzień piąty. Zbieram się w sobie, żeby opowiedzieć Gabrielowi o łowcach, kiedy zmywamy naczynia. Podaje mi kubek do wytarcia i kiedy go od niego biorę, przytrzymuje go odrobinę przez chwilę tak, że muszę go od niego wyciągnąć, i wtedy mówi:

– Szwajcaria to świetny kraj. Niewielu tu białych, w Genewie nie ma ani jednego, a czarnym można ufać. Ale są tu ludzie półkrwi, którzy wydadzą cię bez chwili wahania, jak tylko cię zobaczą. Są na usługach łowców.

W ten sposób Gabriel daje mi do zrozumienia, że wie o tym, że opuściłem mieszkanie.

Wycieram kubek.

– Genewa to cudowne miasto – mówi. – Nie sądzisz?

Teraz już nie mogę mieć wątpliwości, że wie o tym, że wyszedłem.

Obrzucam go w duchu przekleństwem.

– Masz nie wychodzić z mieszkania.

Kropka nad i.

– To zabierz mnie na spotkanie z Mercurą.

– A skąd mam wiedzieć, że nie jesteś szpiegiem? Skąd mam wiedzieć, że nie wyszedłeś po to, by spotkać się z jakimiś łowcami?

Wbijam w niego spojrzenie. Z lustrzanych okularów patrzy na mnie samotna postać.

– Skąd mam wiedzieć, jeśli ze mną nie rozmawiasz?

Przeklinam go i wychodzę na taras.

Kiedy wracam do mieszkania, już go nie ma.

Nie wiem, co zrobić z Gabrielem, ale na pewno nie będę mu opowiadał historii swojego życia. Postanawiam odmierzać czas kreskami po pięć jak więźniowie na filmach. Wycinam krótkie pionowe kreski w ścianie przy oknie i przecinam je głęboką rysą.

Wyglądam przez chwilę przez okno i robię kilka pompek. Znów wyglądam przez okno. Kilka przysiadów i kolejne pompki. Kolejna sesja wyglądania przez okno i chwila boksowania się z wyimaginowanym przeciwnikiem. I znów wyglądanie przez okno.

Uznaję, że wyznanie czegokolwiek Gabrielowi nie zmieni mojej sytuacji ani trochę. Może to wszystko kłamstwa. On pewnie o tym wie.

Opadam na sofę. Wstaję. Z powrotem rzucam się na sofę.

Nie ma siły, żebym powiedział Gabrielowi choćby jedno słowo prawdy o sobie.

Wstaję. Muszę się czymś zająć.

Postanawiam naprawić kominek, co oznacza konieczność stanięcia w palenisku i sięgnięcia w głąb komina. Nie ma ciągu, ale nie wiem, jak go przywrócić, więc po prostu czyszczę komin z sadzy, ile się da. Znajduję wystający spomiędzy cegieł kawałek łupka, dłubię przy nim przez chwilę, po czym trafiam na obluzowaną cegłę i dużą, płaską puszkę ukrytą w szczelinie powyżej.

Komin jest czysty, łupek na swoim miejscu, ogień pali się wesoło, ale ja jestem czarny od sadzy. Muszę wszystko wyprać. Wchodzę w ubraniu do wanny. To staromodna wanna oparta na czterech łapach, głęboka, ale niezbyt szeroka. Gdy tylko się zanurzam, woda zabarwia się na szaro. Ściągam ubranie i wyrzucam je na taras, zajmę się nim później. Mam odzież na zmianę. Mam nawet dwie pary skarpetek.

Robię sobie kolejną kąpiel. Znajduję małą szczoteczkę do paznokci i próbuję doczyścić dłonie i stopy, ale brud wżarł się w skórę.

Zanurzam się i wstrzymuję oddech. Potrafię wstrzymać oddech na ponad dwie minuty, prawie trzy, jeśli oddycham wcześniej we właściwy sposób. Ale nie jestem tak sprawny jak wtedy, gdy chodziłem w kieracie narzuconym mi przez Celię.

Wycieram się, wciągam czyste dżinsy i przyglądam się swoim tatuażom. Nie zmieniły się. Blizny na moich plecach wyglądają gorzej, chociaż wcale tak nie jest. Nieodmiennie zdumiewa mnie ich grubość. Blizny ułożone szeregiem na moim prawym przedramieniu są prawie niewidoczne, delikatnie odcinają się bielą od jasnej skóry, ale mój nadgarstek to jedna wielka miazga. Mimo tego dłoń działa sprawnie, a pięść jest twarda.

Pochylam się nad umywalką i patrzę w lustro. Moja twarz wygląda tak samo jak zwykle, ale wydaje się nędzniejsza, poszarzała, jakby starsza. Nie wyglądam na szesnastolatka. Ciemno podkrążone oczy. Czarne, puste przestrzenie obracające się w moich oczach wydają się większe. Czerń moich oczu nie przypomina niczym czerni wnętrza komina. Nie sposób wyobrazić sobie niczego bardziej czarnego. Obracam lekko głowę, zastanawiając się, czy uchwycę jakieś srebrne błyski, ale zamiast tego widzę stojącego w drzwiach i przyglądającego mi się Gabriela. Odbijam się w jego lustrzanych okularach.

– Od dawna tu stoisz? – pytam.

– Świetna robota z tym kominkiem – mówi, wchodząc do łazienki.

– Wyjdź!

Jestem zaskoczony własnym gniewem.

– Znalazłeś coś?

– Powiedziałem ci, że masz wyjść.

– A ja zapytałem, czy coś znalazłeś.

Pierwszy raz brzmi jak czarownik.

Odwracam się i podchodzę do niego zdecydowanym krokiem. Zaciskam lewą dłoń na jego gardle i dociskam go ramieniem do ściany. Nie opiera się. Przytrzymuję go przez chwilę i mówię:

– Tak, znalazłem coś.

W jego okularach widzę tylko swoje odbicie. W czerni moich oczu odbijają się srebrne refleksy, ale to tylko odbłysk oświetlenia łazienki. Nie chcę go skrzywdzić. Udaje mi się rozluźnić uścisk na jego gardle i podejść z powrotem do umywalki.

– Przeczytałeś?

Musi odchrząknąć kilka razy, zanim uda mu się wypowiedzieć ten wyraz w całości.

Pochylam się nad umywalką, chwytając się jej brzegów. Skupiam się na tym, by nie odrywać wzroku od ciemnego, brudnego odpływu, ale czuję jego wzrok na swoich plecach.

– Czytałeś?

– Nie! A teraz się wynoś! – wrzeszczę i patrzę w lustro.

– Natanie... – zaczyna Gabriel, po czym wchodzi do łazienki i zdejmuje okulary. Nie ma oczu czarownika.

Jest amagiem.

Amagiem!

Po co mi wciskał, że jest synem dwóch szanowanych czarowników?

– Wynoś się! – wrzeszczę, po czym uderzam go tak, że zalewa się krwią i ląduje na podłodze, a ja obrzucam go najgorszymi przekleństwami, jakie przychodzą mi do głowy. Kuli się na boku, a ja kopię go z impetem w kolana. Nienawidzę tego, że mnie okłamał. Nienawidzę tego, że uważałem, że jest w porządku, a on jest tylko zwijającym się na podłodze amagiem i... muszę wyjść do kuchni, zanim naprawdę zrobię mu krzywdę. Po chwili wracam, pochylam się nad nim, chwytam go za włosy i wrzeszczę do ochrypnięcia. Bo ciągle widzę ten jego wzrok wbity w moje plecy. Nienawidzę tego, że tak się na mnie gapił. Nienawidzę! Uderzam jego głową o podłogę i naprawdę nie wiem, dlaczego to robię, chyba dlatego, że jestem taki wściekły. Trzęsę się z gniewu, kiedy ponownie wychodzę z łazienki.

Krążę po pokoju jak ranne zwierzę, ale muszę wrócić i wziąć swoją koszulkę.

Gabriel pojękuje cicho. Fatalnie wygląda.

Osuwam się na podłogę obok niego.

Siedzimy przy stole pod oknem. Gabriel wyciska szmatkę do miski z wodą zabarwioną na różowo jego krwią. Lewe oko tak mu spuchło, że nie może go otworzyć. Prawe jest jasnobrązowe i chociaż można się w nim dopatrzyć złoto-zielonych prążków, to na pewno nie ma w nim srebrzystych iskier. Zwykłe oko amaga. Ale powiedział mi, że nie kłamał. Jest czarownikiem w ciele amaga.

– Więc w ogóle nie masz daru samoleczenia?

Kręci głową.

Mówi mi, że jego dar polega na tym, że potrafi przybierać postać innych ludzi. Taki sam dar jak Jessiki, ale on jest zupełnie inny niż ona. Jest jej przeciwieństwem.

– Lubię ludzi. Są interesujący. Mogę zmienić się w mężczyznę albo kobietę, młodego albo starego. Mogę się dowiedzieć, jak to jest być kimś innym. Problem polega na tym, że kiedy przybrałem postać amaga, żeby zobaczyć, jak to jest, nie mogłem przemienić się z powrotem.

– Czyli ugrzęzłeś w nie swoim ciele?

– Mercura uważa, że będę w stanie znów stać się sobą. Mówi, że jest to coś wykraczającego poza fizyczność, w każdym razie coś poza moim ciałem, co sprawia, że jestem w stanie przybierać postać innych. Powiedziała, że pomoże mi znaleźć drogę powrotną... Ale nie spieszy się.

Zanurza ściereczkę w wodzie i moczy ją przez chwilę, po czym wykręca i przykłada z powrotem do oka.

– Jestem u niej od dwóch miesięcy. – Patrzy na mnie. – Chce się z tobą spotkać. – Przykłada ściereczkę do rozciętej, spuchniętej wargi. – Ale jest podejrzliwa. Zresztą słusznie. Całe życie spędziłeś z białymi. – Wzrusza ramionami. – Jesteś w połowie biały i jesteś idealną przynętą, właśnie taką, jaką posłużyłaby się Rada i łowcy.

– Ale to nie oni mnie przysłali.

– Nie przyznałbyś się, gdyby tak było.

– Jak mam jej udowodnić, że nie jestem przynętą?

– Na tym polega problem. Nie sposób tego dowieść. – Popukuje czubkami palców w wargi. – Ktoś kiedyś powiedział, że najlepszą metodą sprawdzenia, czy można komuś zaufać, jest zaufanie mu. – Nadal popukuje się w wargi, ale zaczyna się lekko uśmiechać.

– Ufasz mi? – pytam.

– Teraz już tak.

– To zaprowadź mnie do Mercury.

Ponownie zanurza ściereczkę w wodzie.

– Nie mogę dłużej siedzieć w tym mieszkaniu. Zwariuję. Albo... zabiję cię.

Znów przykłada sobie ściereczkę do oka.

– Jutro.

– Tak?

– Tak.

– Nie dziś?

Kręci głową.

– Jutro.

Wyjmuję puszkę, stawiam ją na stole przed Gabrielem i siadam naprzeciw niego.

– Nie czytałem ich.

Zdejmuje pokrywkę i ostrożnie wyjmuje leżący na wierzchu list, na którym pozostały odciski moich wysmarowanych sadzą palców. Jest złożony na pół, a na zewnętrznej stronie wypisano obszernym, ozdobnym charakterem pisma tylko jedno słowo. Wyciąga następny list, który też nosi ślady moich usmolonych palców. Kiwa głową.

– Co to jest? – pytam.

– Listy miłosne mojego ojca do mojej matki, napisane zanim... kiedy jeszcze byli zakochani.

– To dlaczego je ukrywasz?

– Tu jest coś jeszcze. Jeśli Mercurze uda się mi pomóc, będzie chciała zapłaty. I tym jej właśnie zapłacę.

Nie pytam, co to jest. Może słowa zaklęcia, może recepta na szczególnie zjadliwą truciznę.

Odkłada listy z powrotem do puszki i delikatnie dociska wieczko.

– Nie czytałem ich... Nie potrafię czytać.

Czeka, aż powiem więcej.

– Nie mogę spać w pomieszczeniach zamkniętych... Jeśli muszę, to ciężko to odchorowuję... jest mi niedobrze. W ogóle źle się czuję pod dachem. Urządzenia elektryczne wzbudzają w mojej głowie irytujące dźwięki. Ale potrafię szybko leczyć własne obrażenia. I potrafię rozpoznać po oczach, czy ktoś ma zdolności magiczne.

– Jak?

Wzruszam ramionami.

– Inaczej wyglądają.

Przesuwa dłonią po puszce, po czym odpycha ją od siebie.

– A zatem... moje oczy? Należą do maga czy amaga?

– Amaga.

Milczy przez chwilę, wreszcie wzrusza ramionami i mówi:
– Mam teraz ciało amaga.
Powoli sięga ku mojej dłoni i dotyka tatuażu koniuszkami palców.
– Co to jest?
Opowiadam mu o tatuażach. Siedzi nieruchomo i nie odzywa się, tylko słucha. Jest dobrym słuchaczem. Mówię mu, że tatuaże to piętno, nic poza tym, ale chciałbym mu wyjawić całą prawdę. Chciałbym mu zaufać, ale pamiętam ostrzeżenie Mary: „Nikomu nie ufaj".
– Mercura powiedziała, że nie będziesz w stanie spać w pokoju – mówi Gabriel. – I kazała mi nosić okulary.
A zatem zna Marcusa i założyła, że mam te same umiejętności i ograniczenia co on.

Dach

Gabriel powiedział, że rano uda się do Mercury. Mówi, że dostrzegł na ulicach Genewy dwóch łowców i chce sprawdzić, czy nadal są w mieście. Mówię mu, że są, widzieli mnie i mam powody przypuszczać, że rozpoznali. Nie wypowiada się już na ten temat, ale chce się sam rozejrzeć i upiera się, żebym poczekał w mieszkaniu.

Po jego wyjściu czuję się tu jak w więzieniu, a na tarasie niewiele lepiej.

Budzę się w środku nocy. Pada deszcz, ale trudno to nazwać ulewą, trochę kropi. Spodziewam się, że zastanę Gabriela w tym samym miejscu, z którego zazwyczaj mnie obserwuje, ale nie ma go. Z powrotem zapadam w sen i śnię ten sam sen o alei co zwykle. Budzę się zlany potem. Jest już całkiem jasno, a cały taras zalany jest promieniami słońca, w których paruje wilgotny dach. Wokół unosi się zapach kawy i chleba.

Gabriel siedzi przy stole i patrzy na mnie badawczo, podczas gdy ja badam uważnie śniadanie. Wystawił to co zwykle.

Chcę już iść do Mercury i nie mam ochoty na żadne śniadanie. Kładzie masło na chlebie, przeżuwa, miesza kawę. Krążę po pokoju.

– Widziałem kilku łowców – mówi w końcu.

Staję jak wryty.

– Kilku?

– Dziewięciu.

– Dziewięciu!

– Zobaczyłem jedną z nich i szedłem za nią przez kilka minut. Potem kolejną. I jeszcze jedną. Nie zwracały na mnie uwagi. Dla nich jestem tylko jeszcze jednym amagiem. Ale myślę, że ciebie musiały rozpoznać. Nie pojawiłoby się tu dziewięciu łowców, gdyby nie ścigali kogoś ważnego.

– Obszedłem całe miasto i poszedłem na spotkanie z łączniczką Mercury. Ma na imię Pilot. Nic nie wiedziała. Wróciłem dziś rano i zobaczyłem po drodze kolejną łowczynię. Pomyślałem, że coś sprawdzę, i niechcący ją potrąciłem ramieniem. Przeprosiłem i ona też przeprosiła, łamaną francuszczyzną.

Roześmiał się.

– Oni nie potrafią rozpoznać magów po oczach, jak ty. Mercura mówi, że łowcy szkoleni są do rozpoznawania czarnych. Zauważają rozmaite drobiazgi, które odróżniają nas od białych: sposób chodzenia, stania, poruszania się w obecności innych. Ale najwyraźniej utraciłem te charakterystyczne cechy.

– Podejrzewam, że skoro widziałeś dziewięciu, to pewnie są tu kolejni, których nie widziałeś.

– Bez dwóch zdań.

A jednak Gabriel wydaje się całkiem odprężony: przechadza się po mieście, wpada na łowcę, po czym oddala się spokojnie, by zjeść leniwe śniadanie.

Podnosi na mnie wzrok i rzuca:

– Nie przejmuj się. Gdyby wiedzieli o tym mieszkaniu, leżelibyśmy w charakterze krwawej masy na podłodze jakiejś celi już z godzinę temu. – Wypija resztkę kawy i mówi: – Myślę jednak, że powinniśmy się już zbierać do Mercury.

Starając się, by w moim głosie pobrzmiewała odpowiednia dawka ironii, mówię:

– Ależ nie, nie spiesz się. Może zjesz jeszcze rogalika?

Wstaje i uśmiecha się.

– Nie chciałbym się spóźnić. Mercura niecierpliwie oczekuje spotkania z tobą, ale pragnie widzieć nas obu, nie tylko ciebie.

Skinieniem przywołuje mnie na taras, po czym bierze mnie za rękę, splatając mocno nasze palce, i prowadzi do miejsca, w którym zwykle przykucał.

– Trzymaj mnie za rękę. Ale naprawdę mocno.

Przesuwa lewą dłonią w powietrzu, jakby próbował coś wymacać.

– Tutaj jest przejście. Trzeba znaleźć wejście, to coś w rodzaju szczeliny w powietrzu. Przejdziemy przez nie i zjedziemy rynną spustową. Ciężko jest tam oddychać, więc najlepiej będzie, jak wstrzymasz oddech do czasu, jak znajdziemy się po drugiej stronie.

Wzdłuż najniższego rzędu dachówek prowadzi wąska, metalowa rynna biegnąca wzdłuż wszystkich czterech ścian budynku; na rogu schodzi w dół rynna spustowa. Wygląda na to, że Gabriel natrafił na szczelinę. Opuszcza dłoń do rynny spustowej.

I w dół.

Czuję się nagle zupełnie inaczej niż zwykle, lekki jak piórko. Prześlizguję się przez szczelinę za Gabrielem i spiralnym ruchem spływam za nim rynną spustową w dół. Ogarnia mnie wirująca ciemność. Kręcimy się w kółko i spływamy w dół jak woda w odpływie wanny, stopniowo nabierając prędkości i zataczając coraz ciaśniejsze kręgi. Wiruję już tak szybko, że zaczynam się obawiać, czy nie puszczę dłoni Gabriela, ale jego palce ciasno i pewnie obejmują moje. I wtedy zaczynamy ruchem spiralnym unosić się w górę i zwalniać. Ponad unoszącym się nade mną ciałem Gabriela dostrzegam światło, czuję, że coś mnie wysysa, i zatrzymuję się.

Odzyskuję właściwy sobie ciężar i z trudem łapię oddech, rozpłaszczony na brzuchu na twardej, nachylonej płaszczyźnie. Cieszę się, że nie jadłem śniadania, bo po tym doświadczeniu chyba wszystko bym zwrócił. Przekręcam się na bok, żeby usiąść. Siedzę na dachu pokrytym nierównymi płytkami czarnego łupka. Przede mną rozciąga się niewielki trawnik, a za nim porośnięte drzewami górskie zbocze wznosi się tak stromo, że muszę odchylić głowę do tyłu, by zobaczyć niebo. Mam wrażenie, jakby moja głowa i reszta ciała poruszały się z różnymi prędkościami po niezależnych od siebie okręgach.

– Musimy zostać na tym dachu do przyjścia Mercury.

Gabriel wdrapał się na kalenicę i usiadł na niej okrakiem. Gramoląc się ostrożnie, siadam obok niego.

Domek położony jest wysoko na zboczu szerokiej doliny u-kształtnej schodzącej w prawo. Cała dolina jest zalesiona. W jej najwyższym punkcie po mojej lewej stronie widać śnieg i wyłaniający się lodowiec. Szczyty wznoszących się gór pokryte są śniegiem i po drugiej stronie niecki zwiesza się z nich kolejny jęzor lodowcowy. Cała ta dolina to gigantyczny fort.

Nie słychać świergotu ptaków, ale moich uszu dobiega cykanie świerszczy i odległy, nieprzerwany huk. W mojej głowie panuje cisza, nie słychać syku urządzeń elektrycznych. Huk nie słabnie i dociera do mnie, że to odgłos rzeki płynącej dnem doliny. Uśmiecham się. Nie mogę się powstrzymać. Ta rzeka musi być wielka, a jej nurt potężny.

Dach pokryty jest grubymi płytkami łupka, a z kamiennego komina wydobywają się kłęby dymu. Domek znajduje się na szczycie otoczonej drzewami polanki, a oprócz niego, znacznie bliżej jej niższego krańca, znajduje się już tylko wielki, rozszczepiony pniak.

– To dom Mercury. Chroni go zaklęcie zabezpieczające przed wtargnięciem nieproszonych gości. Można zejść z dachu, tylko trzymając ją za rękę.

– Gdzie jesteśmy?

– To nadal Szwajcaria. Czasem przyjeżdżam tu pociągiem albo przychodzę pieszo. Albo wykorzystuję skrót. Można wrócić tamtędy. – Wskazuje jakieś miejsce tuż nad rynną odpływową. – To Mercura zrobiła te skróty. Jej dar pozwala jej kontrolować pogodę. To silny dar i jej jedyny, ale nauczyła się też wielu innych czarów i otrzymała wiele rzeczy od ludzi, którym udzieliła pomocy... W ten sposób nauczyła się budować skróty.

Chrobocze zasuwka w drzwiach. Odwracamy się obaj i uderza nas w twarz lodowaty szkwał. W polu widzenia pojawia się Mercura.

Jest wysoka i szczupła, a jej skóra tak blada, że niemal perłowa. Jej oczy to dwie atramentowoczarne otchłanie przesłonięte srebrzystym bielmem. Myślę, że na mnie patrzy, ale nie mogę być tego pewien.

– Miałam wrażenie, że coś tu smakowicie pachnie – mówi. Mroźny powiew ustępuje fali ciężkiego, ciepłego i wilgotnego powietrza. – Natan. Wreszcie.

Wydaje się, że głos nie należy do niej, lecz do otaczającej ją aury. Jak gdyby jego źródłem był opływający ją i docierający do mnie strumień powietrza. Przechodzi na tył domku, który wbudowany jest częściowo w zbocze i dlatego z tamtej strony dach wznosi się zaledwie trzydzieści centymetrów nad ziemią. Wyciąga ku mnie dłoń i przywołuje skinieniem. Wiatr się wzmaga i tworzy wir wokół mnie, podrywając na nogi i popychając ku niej.

Wyciągam do niej rękę.

Wreszcie!

Czuję się tak, jakbym wymienił uścisk dłoni ze szkieletem.

Część szósta

Siedemnaste urodziny

Przysługi

Otwieram szeroko oczy. Jest jeszcze noc. Gabriel śpi w pobliżu. Jesteśmy w lesie ponad domkiem Mercury. Domek jest o tyle wyjątkowy, że mogę spać w jego wnętrzu, ale na razie tylko dwukrotnie podjąłem tę próbę. Nocą dopada mnie tam klaustrofobia, chociaż nie dostaję mdłości. Tak czy inaczej, wolę spać między drzewami, pod gołym niebem. Rose śpi w domku. Nie wiem, gdzie śpi Mercura. Jeśli w ogóle śpi.

Pierwszej nocy Gabriel mówi:

– Domek jest w gruncie rzeczy przeznaczony dla gości. Myślę, że prawdziwy dom Mercury jest daleko stąd.

– Kamienny zamek na szczycie urwistej skały?

– To byłoby w jej stylu. Widziałem, jak wspinała się w stronę lodowca. Podejrzewam, że tam jest kolejna szczelina, która prowadzi do jej prawdziwego domu. Widziałem, jak Rose kilkakrotnie też szła w tamtą stronę.

Rose to asystentka Mercury. Może mieć dwadzieścia kilka lat, jest ciemna, piękna i zmysłowo zaokrąglona, ale nie jest czarownicą. Jest białasem – tym mianem określa białych – ale została wychowana przez Mercurę. Ma dar rozpływania się we mgle. Jakoś nie mogę sobie tego wyobrazić, ale Gabriel utrzymuje, że tego nie da się lepiej wytłumaczyć, trzeba to po prostu zobaczyć. Rose wykorzystuje swój dar, by zdobywać różne rzeczy dla Mercury.

Prawie nie rozmawiałem z Mercurą. Jestem tu już od tygodnia, ale ona od dnia mojego przybycia nie wróciła jeszcze do domku.

Powiedziałem jej, że potrzebuję pomocy. Wyjaśniłem, że moje siedemnaste urodziny przypadają za niecałe dwa tygodnie. Byłem uprzejmy. I nie dostałem nic w zamian.

Nic.

Gabriel mówi, że zobaczy się ze mną na czas.

Ale mija dzień za dniem... i nic.

Wiem, że gra ze mną w jakąś grę. I...

– Śpisz? – szepcze Gabriel.

– Nie.

– Przestań się zamartwiać Mercurą. Da ci twoje trzy dary.

Wydaje się, że Gabriel zawsze wie, o czym myślę, a ja nieodmiennie próbuję nie dać po sobie poznać, że trafił.

– Nie zamartwiam się. Myślałem o tym, co zrobię, jak już otrzymam swój dar.

– No i co zrobisz?

Poszukam mojego ojca. Jestem pewien, że go znajdę, jeśli tylko mi na to pozwoli. A potem w jakiś sposób mu udowodnię, że nie mam zamiaru go zabić. Ale nie sądzę, by chciał dać się znaleźć i nie mam pojęcia, jak mógłbym mu cokolwiek udowodnić.

– No więc?

Nie powiedziałem Gabrielowi o sobie nic więcej: ani o tatuażach, ani o wizji mojego ojca, ani o Fairbornie.

– Rozwinę swój dar. Nie chciałbym przypadkowo utknąć w postaci psa.

– Pewnie, już bycie amagiem jest beznadziejne. Co jeszcze?

– A z czego wnosisz, że jest coś jeszcze?

– Ze sposobu, w jaki się zachowujesz. Jesteś taki... szukam dobrego słowa... osowiały? Tak, myślę, że to dobre określenie. Bywasz osowiały.

Osowiały!

– Kiepsko dobierasz słowa. Powiedziałbym raczej: zamyślony.

– Nie, myślę, że osowiały to właściwe słowo.

Kręcę głową.

– Podoba mi się taka dziewczyna.

– I?

– No i pewnie to krańcowa głupota z mojej strony, ale ona jest czarodziejką.

Spodziewam się, że mi powie, że to skrajna głupota i zabiją nie tylko mnie, ale także ją, ale Gabriel nic nie mówi.

Następnego dnia siedzimy na trawie przy rozszczepionym pniaku na łące poniżej domku Mercury. Wydaje się, że słoneczne ciepło ulega tu spotęgowaniu.

– Moglibyśmy pójść na wycieczkę w góry – mówię, zerkając w górę doliny.

– Dobra.

Żaden z nas się nie rusza.

– Albo moglibyśmy się powspinać – proponuje Gabriel i wyjmuje z ust długie źdźbło trawy, ale na tym poprzestaje.

Codziennie chodzimy na wycieczki i wspinamy się.

– Popływamy? – pyta.

Jest tu niewielkie jezioro, ale dziś nie mam ochoty na wycieczki, wspinanie się ani pływanie. Chcę, by pojawiła się Mercura i obiecała, że wręczy mi trzy dary.

– Wiesz, że do moich urodzin pozostał niewiele ponad tydzień.

– Wiesz, że powiedziałem ci już wcześniej: przestań się zamartwiać.

– Jeśli nie dostanę trzech... – urywam, gdy z lasu poniżej wyłania się Rose i idzie w naszą stronę, stawiając długie, powolne kroki. Cienka sukienka opina jej krągłości. Dochodzi do nas i siada na trawie obok mnie.

– Cześć.

– Cześć, Rose.

Rose chichocze. Wcale nie wygląda na chichotkę, ale często to robi. Często się też rumieni, chociaż nie wygląda na kogoś, kto mógłby się rumienić kiedykolwiek. Zbija mnie to trochę z tropu.

Rose patrzy na Gabriela.

– Musisz wrócić do Genewy, zobaczyć się z Pilot, ocenić liczbę przebywających w mieście łowców i złożyć dziś wieczorem raport Mercurze.

To już zdecydowanie bardziej do niej pasuje.

Skubie trawę i mówi:

– Natanie, Mercura kazała ci powtórzyć, że będzie szczęśliwa, mogąc ci przekazać trzy dary w twoje urodziny.

Nareszcie.

– Mówi, że będzie to dla niej zaszczyt.

Zaszczyt!

– Czy oczekuje ode mnie jakiejś zapłaty? Czy też zaszczyt jest wystarczającą zapłatą?

– Nie zapłaty – odpowiada Rose. – Przysługi. Znaku wdzięczności i szacunku. To normalne, że darczyńcy należą się podziękowania. To wyraz grzeczności.

– Jakiej przysługi ode mnie oczekuje?

Rose uśmiecha się szeroko i oblewa rumieńcem.

– Oczekuje od ciebie dwóch przysług.
Najwyraźniej więc zaszczyt nie wystarcza.
– Jakich dwóch przysług oczekuje ode mnie Mercura?
– Powie ci to dziś wieczorem.
– Czy oczekuje ich przed czy po uroczystości obdarowania?
– Powiedziała, że jedną chciałaby otrzymać przed.
To nie może być zatem trudne, ale nie wiem, czego się spodziewać. Nie mam nic, co mógłbym jej dać.
– Drugą masz jej oddać po ceremonii, tak szybko, jak będziesz w stanie.
– A jeśli nigdy jej nie oddam?
Rose chichocze i przesuwa palcem po gardle.

Gabriel wraca przez szczelinę do Genewy, a ja ruszam na długą wycieczkę, żeby się czymś zająć. Kiedy tego wieczoru spotykamy się ponownie w domku, jestem już psychicznie gotowy. Mam się spotkać z Mercurą. Mam być czarownikiem. Mam być synem Marcusa.

Mercura wita mnie bardzo oficjalnie trzema pocałunkami, ale składa je tak powoli, że mam wrażenie, jakby mnie wdychała, a nie całowała. Nie dotyka mnie wargami, ale czuję bijący od nich chłód.

– Zawsze tak cudownie pachniesz, Natanie.

Przestaje zwracać na mnie uwagę i pyta Gabriela, co widział w Genewie.

Wydaje się, że łowcy traktują Genewę jako bazę i Pilot mówi, że nieustannie przeczesują teren w poszukiwaniu wskazówek prowadzących do syna Marcusa. Odpowiedź ta zdaje się satysfakcjonować Mercurę. Mieszkanie jest nadal bezpieczne, a domek jest daleko od nich.

Po posiłku mówi:

– Czy w moich oczach dostrzegasz jakąś odmienność, Natanie?

– Nigdy nie widziałem takich oczu jak twoje.

Wpatrywanie się w jej oczy to jak wpatrywanie się w puste oczodoły. Są kompletnie czarne i tylko czasem w ich głębi rozpala się jakiś odległy błysk.

– Niewielu spotkałeś w życiu czarnych, prawda?

– Niewielu. – Odwracam się do Rose. – Ale spotykałem czarodziejki.

– Tak, Rose to rzadka odmiana czarodziejki. Jest niezwykle utalentowana i ma wiele umiejętności.

Rose płoni się jak na zawołanie.

– Z urodzenia jest czarodziejką – ciągnie Mercura – ale teraz jest dla mnie jak córka. W sercu jest prawdziwą czarownicą. Ty jednak, Natanie, fizycznie bardzo przypominasz czarownika, ale zastanawiam się, co nosisz w sercu. Czy twoje serce jest sercem czarownika?

– Skąd mam wiedzieć? Powiedziałem ci, że niewielu spotkałem w życiu czarowników czy czarownic.

Mercura wzdryga się i wybucha dzikim śmiechem, który odbija się od ścian domku jak echo w jaskini.

– Mamy tu dziś niezły miks.

Odchylam się na oparcie krzesła i przyglądam się Mercurze. Jest przerażająco chuda, ale nie jest słaba, nie ma w niej ani krzty słabości. Nawet jej perłowa, niemal przezroczysta skóra sprawia wrażenie kuloodpornej. Jest cienka jak metalowy pręt, może nieco ukruszony i nieco łuszczący się, ale tak zimny i pozbawiony serca, jak tylko metalowy pręt może być. Pasma czarnych, siwych i śnieżnobiałych włosów tworzą jeden wielki sztywny kołtun podtrzymywany długimi szpilkami, które od czasu do czasu wyjmuje i obraca w palcach.

Nosi długą, szarą sukienkę zrobioną z jedwabiu i jakichś szmat, której skraje unoszą się, kiedy się porusza, a czasem bez żadnego powodu. Wygląda to tak, jakby znajdowała się pod wodą i unosił je prąd.

Bardzo chciałbym się dowiedzieć, co właściwie wie na temat mojego ojca, ale tego wieczoru chcę się trzymać tematu obdarowania.

– Dziękuję ci za twoją dobroć, Mercuro – zaczynam. – Za to, że się mną zaopiekowałaś i pozwoliłaś się tu schronić.

Wspinam się na wyżyny uprzejmości.

Z aprobatą skłania lekko głowę. Skraj jej sukienki unosi się lekko.

– Dziękuję również za twoją propozycję wręczenia mi trzech darów.

Ponownie skłania głowę, po czym unosi ją, mówiąc:

– Wkrótce twoje urodziny.

– Za osiem dni.

– Chciałbym ofiarować ci jakiś dowód wdzięczności – ciągnę niestrudzenie. – Może dwa dowody, jeden przed obdarowaniem, a drugi po?

– Byłoby to bardzo na miejscu. Tak. Mały dowód wdzięczności przed.

– Cała przyjemność po mojej stronie. Czy jest to coś...?

Cisza.

Najwyraźniej uwielbia się ze mną bawić w kotka i myszkę.

Po chwili milczenia Mercura mówi:

– Informacja.

Milczę przez chwilę, odpłacając pięknym za nadobne, i w końcu pytam:

– Chodzi o jakiś szczególny rodzaj informacji?

– Oczywiście.

Mercura opiera łokcie na stole i pociera dłonie o siebie. W jej szczupłych palcach pojawia się długa szpilka do włosów, którą zaczyna obracać.

– Zostawcie nas. Wy dwoje na zewnątrz.

Wydaje rozkaz, nie patrząc na Gabriela i Rose, ode mnie natomiast nie odrywa pustego spojrzenia. Po ich wyjściu wiatr targa drzwiami i oknami.

Mercura obraca szpilkę na czubku palca.

– Pierwsza przysługa jest prosta... to wręcz drobiazg. Chciałabym, żebyś opowiedział mi wszystko, co wiesz, o swoich tatuażach.

– A druga przysługa?

– Jest nieco trudniejsza... Ale może nie dla ciebie.

Wbija szpilkę w stół i kołysze nią w przód i w tył, dopóki nie wyciągnie jej z blatu.

– Nie zgodzę się, póki się nie dowiem, o co chodzi.

– Raczej nie masz wyboru, Natanie.

Mercura ponownie wbija szpilkę w stół.

Zakładam ręce na piersiach i czekam.

Zaciska mocniej usta i z trudem opanowuję wzdrygnięcie, kiedy znów wybucha tym swoim dzikim, nieopanowanym śmiechem. Wiatr wyje na zewnątrz, a Mercura przechyla się przez stół w moją stronę. Unosi dłonie, w których pojawia się ponownie wirująca w palcach szpilka. Mroźny podmuch niesie w moją stronę jej słowa.

– Dlaczego pragniesz jego śmierci?

Jestem raczej zaciekawiony niż wściekły.

Mercura odchyla się na krześle i patrzy na mnie. W każdym razie tak sądzę, chociaż wyzierające z jej czaszki oczy to tylko dwie mroczne otchłanie.

– Odebrał mi życie kogoś, kto był mi niezwykle drogi. I ja również odbiorę mu życie, a ponieważ jedyne życie, które ceni, to jego własne, właśnie je mu odbiorę.

– Komu odebrał życie?

– Mojej siostrze. Mojej siostrze bliźniaczce, Mercy. Zabił ją z zimną krwią i niewiarygodnym okrucieństwem. Pożarł jej serce.

Mercy nie znalazła się na liście ludzi zgładzonych przez mojego ojca.

– Przykro mi z powodu twojej siostry, ale zabicie Marcusa nie przywróci Mercy życia. A Marcus jest moim ojcem.

– Czy to oznacza odmowę?

– Mam wrażenie, że jeśli powiem tak, lecz nie dotrzymam słowa, poniosę nieprzyjemne konsekwencje.

– Oczywiście. Co więcej, dosięgną nie tylko ciebie, ale też twojej rodziny i twoich przyjaciół. Gardzę tymi, którzy rzucają słowa na wiatr. Słusznie płacą najwyższą cenę.

– Myślę zatem, że twoja cena może być za wysoka.

Sięga ku mnie i przesuwa palcem po tatuażu na mojej dłoni.

– Twój ojciec nie jest bohaterem, Natanie. Jest próżny, okrutny i... jeśli kiedykolwiek będziesz miał okazję go spotkać, przekonasz się, że nic dla niego nie znaczysz.

Odsuwam rękę i wstaję. Podchodzę do kominka.

– Może mogłabyś przyjąć ode mnie jakiś inny dowód wdzięczności?

Uważnie bada mnie spojrzeniem.

– Może. – Wstaje, podchodzi do mnie i przesuwa palcem po tatuażu na mojej szyi. – Tak, być może znajdzie się coś innego. Twoja służba u mnie przez rok.

– Służba?

Znów śmieje się jazgotliwie.

– Asystenci są u mnie zawsze mile widziani.

Nie wiem, czy wytrzymałbym z nią tydzień, nie mówiąc o miesiącu. Wcale mi się to wszystko nie podoba, ale czego właściwie się spodziewałem? Nie mam nic innego, co mógłbym jej dać.

– Nie przyłożę ręki do niczyjej śmierci, jeśli tego właśnie ode mnie oczekujesz.

Cofa się o krok i rozkłada ręce.

– No cóż, rozumiem, że w tym momencie tak właśnie się czujesz. – Jej sukienka zaczyna łopotać. – Ale z czasem... twój stosunek do tych spraw się zmieni.

Kiedy na nią patrzę, widzę w jej oczach klęczącego przede mną Kierana i broń w moich rękach. Mrugam oczami i odwracam wzrok, ale poczułem już, jak mój palec pociąga za spust.

Znów wybucha szatańskim chichotem.

– Zabijanie masz we krwi, Natanie. Zostałeś do tego stworzony.

Kręcę głową. Poza tym, jeśli już mam zabijać, to sam wytypuję ofiary.

– Może tak naprawdę wcale nie chcesz otrzymać trzech darów?

– Będę dla ciebie pracował przez rok. Ale nie będę zabijał ludzi.

– Z rozkoszą przypomnę ci te słowa za rok.

– Zapraszam. Opowiem ci wszystko, co chcesz wiedzieć o moich tatuażach w dniu moich urodzin. Rano.

Chłodny powiew smaga mnie w twarz.

– Jesteśmy sami... To dobry moment.

– Jestem pewien, że znajdziemy chwilę na osobności w dniu moich urodzin.

Powietrze zastyga w bezruchu, nic, najlżejszego powiewu, tylko chłód. Zastanawiam się przelotnie, czy mogłaby zamrozić mnie na śmierć. Pewnie tak.

Nie powiem jej wszystkiego, co wiem o swoich tatuażach, i na pewno nie opowiem jej o panu Wallendzie. Ale muszę wykombinować, ile powinienem jej zdradzić, by poczuła się usatysfakcjonowana.

Podchodzi do drzwi i nie odwracając się w moją stronę, mówi:

– Przekaż wiadomość Gabrielowi. Kolejna młoda osoba szuka mojej pomocy. Gabriel ma się jutro stawić w punkcie kontaktowym w Genewie.

Orzeł i Rose

Do moich siedemnastych urodzin został tydzień. Znalazłem Mercurę, która obiecała mi podarować trzy dary. Dlaczego więc tak fatalnie się czuję?

Gabriel udał się do Genewy i powiedział, że wróci późnym popołudniem. Słońce dziś mocno przypieka. Doskonały dzień na pływanie. Normalnie do jeziora idzie się godzinę, ale zatrzymuję się po drodze, żeby usiąść i popatrzeć na dolinę. Staram się wykombinować, ile powiedzieć Mercurze o swoich tatuażach, ale nie posuwam się specjalnie do przodu.

Kładę się na trawie i patrzę w niebo. Wydaje się, że rzeka grzmi głośniej niż zwykle. Wysoko ponad moją głową wznosi się w niebo jakiś drapieżny ptak. Orzeł. Wielki orzeł. Obserwuję go przez dłuższą chwilę, po czym wstaję i biegnę do jeziora. Kręci mi się w głowie i potykam się na ścieżce, ale pływanie mnie obudzi. Jezioro to w gruncie rzeczy tylko duży, ukryty w lesie staw wychodzący z jednej strony na polankę zarośniętą wysoką trawą. Rozbieram się i rzucam do wody.

Po kilku sekundach w wodzie drętwieję z zimna. Jeziorko zasilane jest topniejącym śniegiem. Odwracam się na plecy i zatapiam spojrzenie w błękicie bezchmurnego nieba. Znów dostrzegam orła, tym razem już nie tak wysoko.

Obserwuję go przez chwilę, jak zatacza coraz wyższe kręgi, opada niżej, znów kołując wznosi się wyżej, po czym opada tak nisko, że mogę dostrzec pojedyncze lotki na końcówkach jego skrzydeł. Na tle słońca odcina się czarną sylwetką. Zanurzam się pod powierzchnię i chłód przenika mnie aż do kości. Zamulona i zarośnięta wodorostami woda ma niewielką przejrzystość. Z głębi widzę jej taflę. Wydaje się tak odległa... coraz dalsza i dalsza. Za długo tkwiłem pod wodą... Wynurzam się z wysiłkiem, nałykawszy się wody.

Znów jestem na powierzchni. Plując i parskając, chwytam zbawienny haust powietrza.

– Odpręż się. – To Rose, zanurzona w wodzie za moimi plecami. – Nie miotaj się tak!

Podnoszę wzrok na orła. Wrócił i zawisa nisko nade mną. Rozkładam ramiona, unosząc się bez wysiłku na wodzie.

– Za długo już tu siedzisz. Doholuję cię do brzegu.

I Rose holuje mnie w stronę polanki, wolno i rytmicznie pociągając mnie za włosy.

Za włosy!

– Nie sądzę, by była to właściwa technika.

– Przestań narzekać. Zawsze chciałam to zrobić... uratować kogoś.

Uśmiecham się, łykając jednocześnie nieco wody, którą natychmiast wypluwam. Jestem odrętwiały, ale czuję ciepło w miejscu, w którym moje ramię styka się z ciałem Rose.

– Tu już możesz stanąć.

– Nie, przyciągnij mnie do samego brzegu.

Szarpnięciem za włosy przyciąga mnie jeszcze odrobinę bliżej brzegu, a potem rozbryzguje mi na twarzy kilka kropel wody. – Myślę, że już wystarczy.

Zapieram się w mule i wstaję. Woda nie sięga mi nawet do pasa.

Rose też staje. Cienka, mokra sukienka oblepia jej krągłe ciało tak, że muszę odwrócić wzrok.

Chichocze.

– Czerwienisz się, Natanie?

Wychodzę z wody, pozostawiając to jej domysłom.

Kładę się na trawie na brzuchu, dzwoniąc z zimna zębami.

– Musisz się osuszyć. Czy mogę użyć twojego podkoszulka?

Nie czekając na odpowiedź, wyciera moje plecy do sucha.

Czekam na jakiś komentarz na temat moich blizn, ale nic nie mówi. Słońce grzeje mocno, ale w środku przenika mnie dojmujący chłód. Nie mogę opanować dreszczy.

Rose kładzie się obok, by mnie ogrzać. To dziwne uczucie, być tak blisko drugiej osoby. Jestem pewien, że poderżnęłaby mi gardło, gdyby Mercura jej kazała, ale najwyraźniej nie otrzymała takiego polecenia. Kazano jej mieć mnie na oku. Turlam się kawałek dalej i ubieram.

Rose ma w torbie trochę chleba i sera, który wspólnie zjadamy.

Dziękuję jej, że mnie uratowała, chociaż nie potrzebowałem ratunku.

Chichocze.

– Zrobiłam to tylko po to, żeby Gabriel był zazdrosny.

– O mnie?

Nie sądziłem, że Gabriel jest zainteresowany Rose.

– Nie.

Chichocze znowu, z niedowierzaniem kręcąc głową.

Nie mam pojęcia, co knuje.

– Bardzo by chciał mieć okazję cię uratować. Żeby ci pokazać, jak bardzo... no wiesz... – Rose znów chichocze. – Żeby ci pokazać, jak bardzo cię kocha.

„Co?"

– Zakochał się w tobie. Zadurzył się po uszy.

Rose wciska mi jakiś kit.

– Jest moim kolegą.

– Zakochał się jak szczeniak. Ale niestety, najwyraźniej bez wzajemności.

– Jest moim kolegą.

– Och, Natanie, on chciałby być dla ciebie kimś znacznie więcej niż kolegą.

Kiwam głową. Gabriel to Gabriel. Lubi ze mną przebywać, to pewne, ja też się dobrze czuję w jego towarzystwie. Wspinamy się razem, pływamy, rozmawiamy. Sądziłem, że tak właśnie zachowują się koledzy.

Dał mi kilka dni wcześniej prezent. Nóż. Wyjmuję go i przyglądam mu się z uwagą. Jest piękny. Rączka obciągnięta czarną skórą i pochwa z czarnej, skórzanej plecionki. Klinga ma kształt właściwy nożom myśliwskim. Kiedy mi to wręczał, wydawał się podenerwowany. Nietrudno było zgadnąć, że strasznie się przejmuje tym, czy prezent mi się spodoba. Spodobał mi się.

– Miłość jest dziwna – mówi Rose. Bierze nóż i przygląda mu się. – Gabriel oddałby życie, żeby ci udowodnić swoje oddanie.

Rose przygląda się swojemu odbiciu w klindze.

– A dla kogo ty byś oddała życie, Rose?

– Nie spotkałam jeszcze takiej osoby. – Oddaje mi nóż. – A ty?

Myślę o tym przez chwilę, ale nie odpowiadam jej.

– Bardzo przypominasz swojego ojca.

– Miałaś okazję spotkać Marcusa?

– Raz. Dziesięć lat temu, kiedy miałam dwanaście lat. Jesteście podobni jak dwie krople wody. Masz taki sam tembr głosu. Nawet milczysz tak samo jak on.

– Tyle zapamiętałaś, chociaż miałam tylko dwanaście lat?

– On zapada w pamięć... i nie jestem tępa, jak zazwyczaj te wasze białasy.

– Nie, nie jesteś, Rose, bez dwóch zdań. Czy pojechałaś zobaczyć się z Marcusem, czy on przyjechał zobaczyć się z Mercurą?

– On przyjechał do Mercury. Poprosił ją o przysługę. Odmówiła, oczywiście.

– Dlatego, że Marcus zabił Mercy?

Cisza. Pozostawia to mojej domyślności.

– O jaką chodziło przysługę, Rose?

Chichocze.

– Może ci powiem. A może nie.

Kładzie się na boku i patrzy na mnie.

– Uwielbiam cię podpuszczać, Natanie. Szybko się wkurzasz. Zabawnie się na to patrzy.

– Marcus był właśnie taki? Szybko wpadał w gniew?

– Widziałam go tylko kilka minut. Wydawał się całkiem spokojny, to Mercura szybciej traciła panowanie nad sobą.

– O jaką chodziło przysługę?

– Nie mogłabym tego jeszcze trochę przeciągnąć? Kazać ci czekać jeszcze odrobinę dłużej?

– Na pewno.

Znów chichocze.

– Poprosił Mercurę, by wychowała jego syna. Ciebie. Odmówiła. Nie przepada za małymi chłopcami.

– Najwyżej w rosole.

Rose znów chichocze.

Mercura powiedziała, że mój ojciec troszczy się tylko o siebie. Kłamie. We wszystkim. Ale Marcus też musi o tym wiedzieć, więc...

– Dlaczego poprosił Mercurę o pomoc?

– Myślę, że ona teraz uważa, że podjęła złą decyzję. Miałaby na Marcusa haka. Ale wówczas była zbyt wściekła z powodu Mercy.

– Ale dlaczego ją poprosił?

– Sądził, że Mercura powinna mu pomóc. Są w końcu spokrewnieni.

– Mercura jest moją krewną?

– Jej siostra bliźniaczka, Mercy, była matką Saby.

„Co?"

– Marcus zabił własną babkę?

– Nie jest to nic szczególnie niezwykłego. Ale też Mercura nigdy mu tego nie wybaczy. Nigdy się z tym nie pogodzi. Kochała Mercy. Może nie oddała życia za osobę, którą kochała, ale właśnie dla niej zabije. Śmiać mi się chce. Czarodzieje i czarownice zawsze zabijają swoich krewnych, żony, kochanków. Białasy powinny im po prostu na to pozwolić i wkrótce problem czarnych sam by się rozwiązał.

Podnoszę wzrok na niebo. Nie ma już na nim orła. Mercura jest moją cioteczną prababką... A mój ojciec mnie obserwował i czuwał nade mną przez całe moje życie.

Zaufać Gabrielowi

Wracam do domku i czekam na trawie na Gabriela. Jestem podniecony informacjami uzyskanymi na temat mojego ojca, ucieszony, wręcz uradowany! Chcę o tym wszystkim opowiedzieć Gabrielowi, ale późne popołudnie przeciąga się do wieczora, a wieczór do późnej nocy. Z biegiem godzin radość gaśnie i teraz myślę już tylko o łowcach. W Genewie się od nich roi, a Gabriel jest zbyt beztroski. Może popełnić błąd przez nieuwagę albo zostać zdradzonym przez osobę, z którą ma się spotkać. Lub też jednego z osobników półkrwi, przed którymi mnie ciągle ostrzega.

Pojawia się na dachu domu dopiero w południe następnego dnia. Nie uśmiecha się i wygląda, jakby tej nocy nie spał.

Mówię mu, że fatalnie wygląda, i wreszcie widzę uśmiech na jego twarzy.

– Ty też.

Wskakuję na dach i siadam obok niego.

– Jest takie słowo, które idealnie opisuje to, jak się czuję – mówi i przewraca się na plecy. – Wykończony.

– Nie próbowałeś już wpadać na kolejnych łowców?

– Nie, ale sprawy się pokomplikowały. Musieliśmy trochę nadłożyć drogi... właściwie całkiem sporo. Chciałem spędzić noc u Pilot, mieszka pod Genewą, ale odmówiła, jak tylko spojrzała na dziewczynę, która była ze mną. Ta dziewczyna jest czarodziejką, i to najczystszej krwi. Twierdzi, że ucieka przed Radą, ale nie wiem, czy brać to za dobrą monetę. Była strasznie spanikowana, co nie poprawiało sytuacji. Krótko mówiąc, straszne bagno.

– No i gdzie jest teraz ta dziewczyna?

– W mieszkaniu. Chociaż nie byłem pewien, czy powinienem ją tam ze sobą zabierać. Nie mam do niej za grosz zaufania. – Gabriel kręci głową. – W zasadzie ze mną nie rozmawiała, obwieściła, że będzie rozmawiać tylko z Mercurą, a jak zdążyłeś się już zorientować, nie mogę jej pomóc, dopóki nie powie mi czegoś więcej. Ona mi nie powie, ja jej nie pomogę. Kręciliśmy się w kółko dość długo, dosłownie i w przenośni.

– Wydaje się mało prawdopodobne, że ktoś ucieka przed Radą i potrzebuje pomocy Mercury właśnie wtedy, kiedy mnie szukają, nie sądzisz? Myślisz, że została wysłana przez Radę czy przez łowców?

– Nie mam pojęcia. Nie mogę jej rozgryźć. Wykończyła mnie. Muszę na chwilę o niej zapomnieć i się odprężyć. Przekażę tylko Mercurze wieści od Pilot i możemy pójść popływać.

Podczas oczekiwania na dachu na Mercurę opowiadam mu o tym, co Rose opowiedziała mi o Marcusie i o tym, jak zabił Mercy. Mówię mu też o orle i wtedy właśnie pojawia się Mercura. Musiała to wszystko słyszeć.

Mercura chce wiedzieć więcej na temat orła. Myślę, że tak samo jak ja zastanawia się nad tym, czy to mógł być Marcus.

Odbijam piłeczkę w jej stronę:

– Myślisz, że Marcus mnie obserwuje?

Czekam na wybuch śmiechu. Żałuję, że w ogóle to powiedziałem.

– On troszczy się tylko o siebie, Natanie. Jeśli cię obserwuje, to ma w tym swój cel.

Powoli do mnie dociera, że jeśli Marcus wierzy w swoją wizję, to zapewne stara się mieć mnie na oku. Ale jestem jego synem... Jego jedynym synem! Gdybym miał syna, to przecież chciałbym się z nim spotkać. Chciałbym patrzeć, jak rośnie. Chciałbym go zobaczyć, poznać, trzymać w ramionach jako dziecko. Ale Marcus nigdy się nie pojawił, żeby mnie zobaczyć czy wziąć mnie na ręce...

– Gabrielu, spotkałeś się z tą dziewczyną?

– Tak. Jest w mieszkaniu. Nie ufam jej, ale tylko tam mogłem ją zostawić. Pilot przekazała mi kolejną wiadomość dla ciebie. Powiedziała mi, że Clay był w Genewie i dodała: „Clay ma Fairborna".

Mercura wybucha diabolicznym śmiechem, wskakuje na dach i chwyta nas za ręce. Dachówki unoszą się w powietrze i na moment wszyscy zawisamy, pchnięci w górę gwałtownym podmuchem, po czym Mercura opuszcza nas z powrotem na trawę.

Kiedy stajemy na nogach, Mercura gładzi mnie po policzku.

– Słyszałam o wizji dotyczącej ciebie i Fairborna, Natanie, i myślę, że ty też o niej słyszałeś. – Szczypie mnie w policzek i patrzy mi prosto w oczy. – Nawet jestem tego pewna.

Ponownie szczypie mnie w policzek, po czym odwraca się do Gabriela i mówi:

– Ciekawie będzie obserwować przemianę Natana, gdy dostanie w ręce ten nóż.

Gabriel chyba nic nie rozumie.

– Natan ci wyjaśni tę wizję. Dziś wieczór porozmawiamy

o tym, jak odebrać Fairborna Clayowi i oddać go w moje... nie, w Natana ręce.

Leżymy na porośniętym mchem brzegu niewielkiego jeziorka. Przed chwilą wyszliśmy z wody i teraz pozwalamy się osuszyć i ogrzać słonecznym promieniom. Myślami jestem gdzie indziej.

– Dziś rano poszedłem do domu, w którym według informacji Pilot zatrzymał się Clay – zaczyna Gabriel. – Chciałem sam sprawdzić, bo Pilot czasem różne rzeczy się mylą, ale tym razem się nie myliła. Clay rzeczywiście tam jest.

– Skąd wiesz, że to on?

Gabriel wzrusza ramionami.

– Łowcy są charakterystyczni, nie? Arogancja aż z nich bije, a on jest najbardziej arogancki z nich wszystkich. Król arogancji.

To on.

– Ma dziewczynę.

– Poważnie?

Przypominam sobie jego pałkę i jak leżałem na ziemi, osłaniając głowę rękami.

– Zdziwiłbyś się, ale jest naprawdę atrakcyjna. Wysoka, szczupła i młoda. Młoda jak na Claya, wiesz, o co chodzi. Niektóre kobiety lecą na wygląd, inne na pieniądze, a jeszcze inne na władzę. Ona najwyraźniej leci na... – Wzrusza ramionami. – ...aroganckich starych facetów.

Próbuje mnie rozbawić, ale nie znajduję w Clayu nic zabawnego.

– Nie jest taki stary – mówię. – Jest potężny. Ma określoną pozycję w społeczeństwie. Jest przebiegły... i inteligentny.

I brutalny.

– Niezła partia dla czarodziejki.

Siadam i patrzę na jezioro. W ciemnoniebieskiej tafli odbija się niebo, a woda w głębi przybiera barwę zielonkawą z powodu rosnących w niej wodorostów. Przywodzi mi na myśl Ellen.

– Spotkałem w Londynie dziewczynę półkrwi – wyznaję Gabrielowi. – Miała niesamowite oczy. Trochę przypominały jezioro, mieszanka błękitu i zieleni, chociaż miały też w sobie odcień turkusu i...

Brakuje mi słów. Clay miał oczy jak lód.

Gabriel też siada.

– Co jest?

– Spotkałem Claya. Dwukrotnie.

Pamiętam jego oddech na szyi.

Chcę opowiedzieć Gabrielowi o Fairbornie, tatuażach, treningu Celii i ostrzeżeniu Mary, ale słowa więzną mi w gardle. Nie wiem, od czego zacząć... Od czego zacząć wyjaśnianie tego wszystkiego?

– Opowiedz mi więcej o tej dziewczynie półkrwi. Zaintrygowała mnie.

– Bo jest intrygująca. Spodobałaby ci się. Sprytna dziewucha.

Zaczynam mu opowiadać o Ellen i potem idzie już łatwiej. Mówię o Bobie i Mary, o ocenach, o Clayu i całej reszcie.

Kiedy milknę, Gabriel mówi:

– Mary kazała ci nikomu nie ufać. A jednak zaufałeś Ellen. A teraz mnie.

Wzruszam ramionami, ale to prawda – zaufałem mu.

Przechyla się i przytula mnie. Trochę mi głupio.

Gabriel jest przekonany, że Mercura będzie chciała ukraść Fairborna. Potem włoży mi go w ręce i wystawi przeciwko Marcusowi. Gabriel twierdzi, że jeśli przepracuję dla niej rok, użyje całej swej magii, by popchnąć mnie do zabicia ojca. Uważa, że napuszczenie mnie na Marcusa, owładnięcie jego synem, będzie dla Mercury źródłem dodatkowej satysfakcji.

– Masz rację, że wierzysz w swojego ojca – mówi i dodaje, że nie chce już pomocy Mercury.

– Ale ja potrzebuję jej pomocy – przypominam mu. – Do moich urodzin zostało już tylko sześć dni. Potrzebuję trzech darów.

– W tym problem. Musimy opracować jakiś plan.

O plan jednak niełatwo. Uzgadniamy, że musimy zniszczyć nóż albo wrzucić go do jeziora, skąd nie da się go wydobyć. Jednak jeśli tak postąpimy, Mercura będzie wściekła i żądna zemsty, a mój ojciec pewnie i tak nie uwierzy, że naprawdę to zrobiliśmy. Moglibyśmy spróbować oddać mu nóż, ale niesie to oczywiście ze sobą podwójne zagrożenie związane z dostarczeniem i wręczeniem mu daru będącego jednym z powodów jego nieufności.

Postanawiamy zrealizować dowolny plan kradzieży Fairborna obmyślony przez Mercurę, bo w końcu lepiej, by znalazł się w jej rękach niż w rękach łowców. Możemy mieć tylko nadzieję, że po tym, jak otrzymam od niej trzy dary i zacznę dla niej pracować, nadarzy się okazja zniszczenia go. Ciężko to uznać za plan.

Tego wieczoru Mercura jest w szampańskim nastroju. Rose zdążyła wyprawić się do Genewy i wrócić i teraz opowiada nam, co widziała: to samo co Gabriel. Clay zatrzymał się w domu na przedmieściach Genewy. Na terenie miasta przebywa co najmniej dwudziestu łowców, więc moim zdaniem naprawdę nie ma z czego się cieszyć. Pilot wyjechała do Hiszpanii.

Mercura zamiast usiąść stoi lub krąży po pokoju, ale tkanina jej sukni faluje wokół niej radośnie. Wydaje się, że informacja o liczbie łowców po prostu po niej spływa. Chce dostać Fairborna i uważa, że Rose jest w stanie go dla niej ukraść.

– O ile Clay w ogóle go ma – wtrąca Gabriel. – Pilot często się myli.

– Pilot powiedziała mi, że łowcy pilnują Fairborna zgodnie z opracowanym wcześniej harmonogramem – mówi Rose. – Teraz jest kolej Claya. Tam, gdzie jest Clay, tam jest i Fairborn.

– Odebranie go Clayowi nie będzie łatwym zadaniem.

– Na pewno nie – zgadza się Mercura. – Ale leży to w granicach możliwości mojej cudownej, ukochanej, genialnej czarodziejki Rose, która potrafi ukraść wszystko, choćby najpilniej strzeżone.

Rose oblewa się rumieńcem i chichocze.

– Jutro, Rose – ciągnie Mercura – razem z Gabrielem udasz się do tego domu, znajdziesz Fairborna i przyniesiesz mi go.

Tak po prostu.

– A jak...? – zaczynam.

Gabriel kładzie mi rękę na ramieniu.

– Będziemy ostrożni, nie martw się. Mercura ma rację, Rose jest naprawdę dobra. Jej mgła zwodzi nawet łowców, ale nie będziemy podejmować niepotrzebnego ryzyka. Jeśli dom jest chroniony zaklęciami, nie będziemy próbowali się do niego włamać. Nawet Rose nie zdołałaby tego dokonać.

– Ale białasy nie lubią z nich korzystać ze względu na możliwość odniesienia przypadkowych obrażeń przez amagów. Nie chcieliby, żeby zginął jakiś przypadkowy włamywacz niemagicznej krwi, ściągnęliby w ten sposób na siebie zbyt dużo uwagi. Sprzątanie po aferach, których ofiarą padli amagowie, to uciążliwa robota.

– A zatem chcesz tak po prostu wejść do domu pełnego

łowców, wziąć nóż i wyjść – mówię.

– Nie zobaczą mnie – odpiera Rose.

– To zbyt niebezpieczne.

Kieruję te słowa do Gabriela.

– Więcej teraz w tobie amaga niż we mnie – odpowiada. – Będziemy ostrożni.

Mercura wybucha śmiechem.

– W takim razie ja też idę – mówię.

– Nie – przerywa Mercura. – Ty tu zostajesz.

Obrzucam ją przekleństwami, co kwituje kolejnym wybuchem śmiechu. Niebo nad domkiem rozdziera grzmot, szpilki do włosów zaczynają wirować po całym pokoju.

– A dziewczyna? – pyta Rose.

– No przecież. Dziewczyna... – Mercura patrzy na Gabriela. – Mówiłeś, że jak ma na imię?

– Annalise. Annalise O'Brien.

Mam wrażenie, że się przesłyszałem. Niemożliwe, by Annalise szukała Mercury. Niemożliwe, aby potrzebowała jej pomocy.

Gabriel pyta, co się stało, a nie mogąc doczekać się odpowiedzi, wbija we mnie badawcze spojrzenie.

– Znasz ją?

Nie wiem, co odpowiedzieć.

– To ją tak... lubisz?

Po twarzy przebiega mu grymas obrzydzenia.

– Muszę się z nią zobaczyć – mówię Mercurze. – Jest moją przyjaciółką.

– Jakie to urocze. – Rose się rumieni.

Mercura też się na mnie gapi, a jej oczy rzucają niebezpieczne błyski.

– Przyjaciółką? Która pojawia się tuż przed twoimi urodzinami, kiedy w Genewie aż roi się od łowców? Pójdziesz po Fairborn jutro w nocy – zwraca się do Rose i rusza do wyjścia, po czym odwraca się jeszcze w stronę Gabriela i mówi: – Dopilnuj, żeby Natan nie zobaczył się z tą dziewczyną. Jeszcze nie teraz. Muszę o niej pomyśleć. A ty, Natanie, jeśli spróbujesz się z nią spotkać mimo wszystko, to miej świadomość, że Gabriel zapłaci za to, że cię nie upilnował.

I już jej nie ma.

Rose przenosi spojrzenie z Gabriela na mnie i z powrotem, oblewając się rumieńcem. W końcu mówi:

– Prawdziwa miłość zawsze napotyka przeszkody. – Chichocze i sięga po dłoń Gabriela. – Ale ja kibicuję Gabrielowi.

Gabriel wyrywa dłoń i patrzy na mnie.

– Cały czas, jak byłem z nią, miałem wrażenie, że coś jest nie tak, Natanie. Ona jest szpiegiem. Pracuje dla Rady.

Kiwam głową.

– Nie jest.

– Przyjechała tu, żeby cię złapać, szpiegować albo zabić. Posługują się nią, by cię dopaść.

– Mylisz się.

– Czyżby? Jest czarodziejką. Czarodziejką czystej krwi. Dałbym głowę, że połowa jej rodziny to łowcy lub członkowie Rady.

– To jeszcze nie znaczy, że ona jest taka sama.

– Och, oczywiście, że nie. Jest całkiem inna. – Jego głos ocieka kpiną. – Uważa, że jesteś wyjątkowy, rozumie cię i wie, iż w głębi serca nie jesteś zły. Nie przeszkadza jej, że twój ojciec jest najbardziej poszukiwanym czarownikiem, bo w końcu nie on ją interesuje, tylko ty. Dostrzega miłą i łagodną stronę twojej osobowości, twoją prawdziwą naturę,. Odrzuca swoje blond włosy, uśmiecha się promiennie i...

Ostatnie słowa wygłasza już do moich pleców.

Biegnę. To chyba jedyna słuszna rzecz, jaką mogę teraz zrobić. Biegnę tak długo, aż nogi odmawiają mi posłuszeństwa, po czym układam się do snu w lesie. Śpię niespokojnie, chociaż jestem wyczerpany. Nie wychodzę z lasu przez większą część dnia, włócząc się i gapiąc w niebo. Do moich urodzin zostało już tylko pięć dni i mam wrażenie, że wszystko wymyka mi się spod kontroli. Mogę sobie tylko wyobrażać, że Annalise znalazła się tu dlatego, że coś poszło nie tak w jej domu, popadła w jakiś konflikt z rodziną. Z jej perspektywy ryzyko spotkania z Mercurą musi być naprawdę wysokie. Powodem nie są na pewno jej urodziny, bo siedemnaście lat skończyła we wrześniu.

Późnym popołudniem wracam do domku. Trwają przygotowania do kradzieży Fairborna z domu zamieszkanego przez łowców.

Moje wejście nie przerywa pracy Gabriela, który ku mojemu zaskoczeniu czyści właśnie pistolet.

– Wiesz, jak się tym posługiwać? – pytam.

Nie potrafię pohamować gniewu pobrzmiewającego w moim głosie, chociaż przyrzekłem sobie trzymać emocje na wodzy.

– Ponad rok mieszkałem w Stanach, nie?

Mówi to ciepło i żartobliwie.

– Ale zastrzeliłeś kogokolwiek?

Przerywa czyszczenie i podnosi na mnie wzrok, ale nie odpowiada, ale ja niemal dostrzegam w nim czarownika.

– Kogo zastrzeliłeś?

Utkwiwszy spojrzenie w moich oczach, odpowiada ledwo dosłyszalnie:

– Szpiega.

– To twoja specjalność, prawda? Zabijanie szpiegów.

– Natanie, przestań.

Wraca do czyszczenia broni.

– Znam Annalise od dawna. Nie jest szpiegiem. Ufam jej.

– Właśnie takich wybierają.

– I to tyle? Nic nie zdoła cię przekonać, że jest inaczej? Prawda jest taka, iż niezależnie co zrobi, to i tak będzie dla ciebie podejrzana, bo jest, kim jest.

Nie odpowiada, tylko dalej czyści broń.

– A gdyby Mercura kazała ci zastrzelić Annalise, zrobiłbyś to?

Nie podnosi na mnie wzroku, ale przynajmniej przestał czyścić broń.

– Zrobiłbyś to?

Mój cichy głos lekko drży.

Kręci głową, po czym patrząc mi w oczy, mówi:

– Gdybym miał pewność, że może cię zdradzić, zabiłbym ją niezależnie od tego, jakie polecenie otrzymałbym od Mercury.

– A więc nie jesteś pewien?

– Nie na sto procent. Ale Natanie, jeśli w czymkolwiek jestem dobry, to właśnie w wyczuwaniu ludzi. I z nią coś jest nie w porządku.

– A może po prostu widzisz to, co chcesz zobaczyć, ale nie możesz znaleźć w niej winy, bo jej tam nie ma? Nigdy by mnie nie zdradziła, bo jest dobrym człowiekiem, ale ty nie chcesz w to uwierzyć. Chcesz, by okazała się szpiegiem!

Dociera do mnie, że wrzeszczę, trzęsąc się z gniewu.

– Natanie. Wiem, że to dla ciebie trudne.

Podchodzi do mnie i otacza mnie ramionami. Nie oddaję uścisku, ale też go nie odtrącam.

Rose wyłania się ze swojej sypialni, dostrzega nas i posyła mi pocałunek.

Obrzucam ją przekleństwem i idę usiąść w kącie.

Rose jak zwykle jest frywolnie ubrana. Ma na sobie długą, wirującą, opiętą, szarą sukienkę nieco podobną do sukni Mercury. Nieskazitelne włosy upięła w ciasny, gładki koczek. Wygląda, jakby wybierała się na przyjęcie halloweenowe, chociaż nie założyła nic na bose stopy. Demonstruje Gabrielowi swoje szpilki do włosów ozdobione na końcach czaszkami. Te z małymi czarnymi czaszkami służą do otwierania zamków w drzwiach, te z małymi czerwonymi do otwierania sejfów i bardziej skomplikowanych zamków, a te z dużymi białymi... oblewa się rumieńcem... do zabijania białasów.

Do chatki wpada Mercura. Uśmiecha się w charakterystyczny dla niej sposób.

– Zanim udasz się po Fairborn, Gabrielu, chcę, żebyś przyprowadził do nas przyjaciółkę Natana.

Gabriel wygląda na nieprzekonanego.

– Jeśli została wysłana, by nas szpiegować, chcę ją dostać w swoje ręce, nie dając jej możliwości ostrzeżenia kogokolwiek.

I wiem, że naprawdę chce dostać Annalise w swoje ręce, by mieć na mnie kolejnego haka.

– Kiedy ty i Rose będziecie już gotowi do drogi, przyprowadź ją tu. Tylko nie daj jej okazji do wywinięcia jakiegoś numeru.

Gabriel i Rose przepowiadają sobie jeszcze raz swój plan, po czym jemy w ciszy i nawet Rose wygląda poważniej niż zwykle.

O zachodzie słońca Gabriel wychodzi na dach i przechodzi przez szczelinę.

Czekam na trawniku.

I doczekuję się bardzo szybko.

Na dachu pojawiają się Gabriel i Annalise, trzymając się za

ręce. Gabriel momentalnie wypuszcza jej dłoń, jakby była trędowata. Annalise leży na dachu z zamkniętymi oczami.

Gabriel woła Rose, która wyłania się z domku, podchodzi do mnie, całuje mnie w policzek, wchodzi na dach, przestępuje ciało dziewczyny i bierze Gabriela w ramiona, on jednak nie odrywa wzroku ode mnie. Słyszę chichot Rose i oboje znikają w szczelinie.

Annalise

Siedzę obok Annalise, blisko niej. Zawsze wydawała się znacznie ode mnie dojrzalsza, ale teraz wydaje się o wiele młodsza. Twarz jej się zmieniła, wydłużyła i zeszczuplała, a przy tym wypiękniała. Ma na sobie dżinsy, koszulkę i jasnoniebieski sweterek, chociaż z jakiegoś powodu nie ma butów.

Zastanawiam się, kiedy pojawi się Mercura, ale najwyraźniej pozwala mi spędzić z Annalise chwilę na osobności. Na pewno ma w tym swój cel.

Ujmuję dłoń Annalise i pytam ją, co się stało.

Mruga niepewnie oczami i łzy zaczynają jej spływać po policzkach.

– Wpakowałam się w kłopoty, Natanie.

Ocieram jej łzy końcami palców, ledwie muskając jej skórę.

– Po tym, jak Kieran cię zaatakował, opowiedział o nas ojcu. Ojciec był wściekły, ale powiedział, że mnie nie ukarze. Musiałam tylko odzyskać zaufanie rodziny, wypełniając drobiazgowo każde ich polecenie. Nie miałam wyboru, więc byłam grzeczna, ale nie zaufali mi już, choć bardzo się starałam. Gdy wychodziłam z domu, zawsze towarzyszył mi ojciec albo jeden z moich braci. Nie pozwalali mi widywać się z moimi starymi przyjaciółmi, więc byłam samotna, ale to jeszcze było do zniesienia. Po mojej uroczystości obdarowania Rada zażądała spotkania ze mną. Pytali o ciebie. Był przy tym mój wuj Soul i traktował mnie jak zdrajczynię. Nie odpowiedziałam im na dotyczące ciebie pytania. Powiedziałam, że nic nie pamiętam, ale to było przerażające. Wezwano mnie ponownie tego dnia, w którym spotkaliśmy się w budynku Rady. Kilka dni później wujek pojawił się w naszym domu i podsłuchałam, jak mówił ojcu, że uciekłeś i będę musiała pojawić się na kolejne przesłuchania. Nie byłam pewna, co robić, ale wiedziałam, iż więcej tego nie zniosę. Pomyślałam, że skoro ty uciekłeś, to może mnie też się uda. Więc uciekłam.

Patrzy mi w oczy i srebrne iskry obracają się powoli.

– Pomyślałam, że jeśli uda mi się odnaleźć ciebie... No cóż, nie przemyślałam tego dokładnie. Ale chciałam cię znaleźć. Zawsze chciałam. Słyszałam, że Mercura pomaga białym – ale nie bezinteresownie oczywiście. Miałam tylko pieniądze. Nie mogę uwierzyć w to, że cię odnalazłam... że naprawdę tu jesteś.

Znów ocieram jej łzy, tym razem przesuwając palcem po jej policzku i wyczuwając gładkość jej skóry. Próbuje się uśmiechnąć i sięga dłonią, by odsunąć mi włosy z twarzy.

– Masz dokładnie takie oczy, jak zapamiętałam. Nic się nie zmieniły.

Przesuwa palcami po moim policzku. Zanim zdążam cokolwiek pomyśleć, odwracam głowę i całuję ją, a potem przyciskam jej dłoń do ust.

Gładzi tatuaż na mojej dłoni, a potem przenosi wzrok na ten na szyi i przesuwa po nim palcami. Nie zadaje pytań. W srebrzystych iskrach wirujących w jej oczach odbija się światło księżyca, które po chwili tonie we łzach.

Siedzimy razem, nieniepokojeni jeszcze przez Mercurę.

– Pomogę ci, Annalise, ale oni sądzą, że jesteś szpiegiem. Nie ufają ci.

– A ty?

– Ufam, oczywiście. – Zamykam ją w objęciach, jest taka wątła i krucha. – Porozmawiam z Mercurą... i przekonam ją.

Annalise kiwa głową.

– Musimy na nią poczekać tu, na dachu. Nie można z niego schodzić, o ile nie trzyma się Mercury za rękę.

– Inaczej co?

– Gabriel powiedział, że zapada się w śmiertelną śpiączkę.

– Gabriel mi nie ufa. Nie lubi mnie.

– Ty jesteś biała, on czarny...

– Pilot nie wpuściła mnie do swojego domu.

– Mercura... jest bardziej interesowna.

Annalise kiwa głową.

– Słyszałam, jak Pilot mówiła, że Clay jest w Genewie.

Owiewa nas ciepły powiew.

Czekam, aż pojawi się Mercura, ale na próżno. Myślę, że w ten sposób daje mi do zrozumienia, że chciałaby dowiedzieć się więcej.

– Czy wiesz cokolwiek o tym specjalnym nożu, który nazywają Fairborn? – pytam. – Myślę, że Clay może go mieć.

Annalise pochmurnieje.

– Tak, słyszałam, jak ojciec rozmawiał o nim z Kieranem. To ważne, ale nie wiem dlaczego. Pilnują go różni ludzie po kolei, ale tylko ci, których Rada obdarza najwyższym zaufaniem. Mój ojciec miał go pod opieką przez jakiś czas w zeszłym roku. Mój wuj też go miał i Clay również należy do tych, którzy go pilnują.

Annalise ściska mnie za rękę spoconą nagle dłonią.

– Nie myślisz chyba o tym, żeby go ukraść, prawda?

Obraca się, aby spojrzeć mi w twarz.

Wzruszam ramionami.

– To byłoby szaleństwo. Miałbyś dziesiątki łowców na karku.

– A gdyby ktoś stał się... niewidzialny i zdołał wśliznąć się do kwatery Claya?

Annalise kręci głową.

– Na pewno założyli na budynek zaklęcia ochronne.

– Jak to na tym dachu?

– Tak, Clay na pewno opieczętowałby dom zaklęciem ochronnym. Nie zabiłoby cię, tylko unieruchomiło. Kieran opowiedział nam kiedyś o amagu, który próbował się włamać do koszar łowców i znaleźli go później, jak włóczył się w alkoholowym upojeniu, kompletnie otępiały. Robili mu różne rzeczy... śmiali się z niego...

– Wszystkie drzwi i okna zabezpieczyliby zaklęciem?

– Pewnie jedne drzwi pozostawiliby do użytku łowców. Tylko te jedne drzwi byłyby bezpieczne. Gdybyś próbował wejść innymi drzwiami albo włamać się przez okno, padłbyś ofiarą zaklęcia.

Ciepły powiew całuje mój policzek. Myślę, że Rose uda się to rozgryźć.

– Słyszałam też, jak Kieran opowiadał Niallowi i Connorowi o innych zaklęciach, którymi posługują się łowcy. Drzwi wejściowe, te pozostawione do użytku łowców, będą obłożone zaklęciem kodującym. Trzeba wypowiedzieć hasło, zanim przekroczy się próg, co pozwala na krótką chwilę zdjąć zaklęcie ochronne. Możliwe, że inne hasło pozwala na wejście, a inne na wyjście. Nie jestem pewna...

Temperatura wyraźnie spada. Rose nie wie o tych zaklęciach. Może się zorientują...

Wiatr przybiera na sile i temperatura spada z każdą chwilą.

Wstaję, gdy pojawia się Mercura. Nie wygląda na szczęśliwą. Wiatr się wzmaga, pchając mnie w stronę szczytu dachu.

Annalise klęczy, a wiatr miota dziko jej włosami.

– Annalise. Cóż za czarująca dziewczyna. – Głos Mercury jest zimny i oschły. – Zejdź, poznajmy się.

Mercura staje na trawie w pobliżu dachu i wyciąga ręce do dziewczyny. Annalise odwraca się do mnie i próbuję do niej podejść, ale wiatr mnie powstrzymuje. Annalise wstaje i dotyka palców Mercury. W chwili, w której schodzi z dachu, kolejny podmuch rzuca ją na bok. Wyciąga dłonie, ale nie dotyka już Mercury, kiedy wiatr zdmuchuje ją na trawę. Próbuję dosięgnąć Annalise, ale jest już za późno.

Wrzeszczę tak głośno, że nie słyszę tego, co mówi Mercura, a wiatr gwiżdże mi w uszach jak opętany. Annalise leży na ziemi i z trudem łapie oddech otwartymi szeroko ustami.

Mercura staje nad nią i obrzuca uważnym spojrzeniem. Wrzeszczę jak opętany.

Pierś Annalise już się nie unosi. Leży na ziemi bez ruchu z szeroko otwartymi oczami, a ja mogę tylko miotać przekleństwa na Mercurę, która przesuwa dłonią po twarzy Annalise, zamykając jej powieki.

Ciało dziewczyny odcina się bielą od ciemnej ziemi.

Wiatr nie ustaje, smagając mnie bezlitośnie, gdy przeklinam Mercurę z głębi serca.

Ostry podmuch przynosi mi jej słowa.

– Musisz ostrzec Rose i Gabriela przed zaklęciami kodującymi. Jest jeszcze czas, by im pomóc.

– A co z Annalise? – krzyczę, wskazując na jej ciało.

– Śpi. Nie jest martwa. Wróć bezpiecznie, to ją obudzę.

Nie jest martwa. Nie jest martwa. Gabriel powiedział, że to śmiertelna śpiączka.

– Jeśli ona umrze, Mercuro...

– Wystarczy. Idź.

Fairborn

Mercura była konkretna jak zawsze. Narysowała mapę, by pokazać mi, jak znaleźć dom Claya. Słyszałem wszystkie plany, więc wiem, że dom dzieli od mieszkania godzina drogi piechotą. Pokonuję ten dystans biegiem w zaledwie dwadzieścia minut. Zakładam, że Rose i Gabriel się nie ociągali i mają nade mną ponad godzinę przewagi, ale powinni jeszcze obserwować dom w oczekiwaniu, aż jego mieszkańcy położą się spać.

Muszę się na nich skupiać, bo inaczej ciągle mam przed oczami leżące w trawie ciało Annalise. Szeroko otwarte oczy, nieruchoma klatka piersiowa. Nie wyglądała na żywą.

Muszę się skoncentrować. Jestem prawie na miejscu.

Dom położony jest na cichym przedmieściu przy wąskiej uliczce, po obu stronach której przestronne domy rozsiadły się w rozległych ogrodach. Za nimi wznosi się zalesione wzgórze. Przeprowadzam szybki zwiad w uliczkach otaczających dom i w lesie na jego tyłach.

Ktoś odwrócony do mnie plecami stoi na skraju lasu i obserwuje dom.

Wracają do mnie wszystkie miesiące treningu z Celią, kiedy walka stała się moją drugą naturą. Przychodzi mi to z równą łatwością jak czytanie Gabrielowi. Podkradam się bezgłośnie i powoli z nożem w dłoni. Stawiam ostatni krok, gdy postać zaczyna się odwracać. Chwytam ją mocno, przyciskając ostrze do gardła. Czysta poezja.

Gabriel sztywnieje, wsparty o mnie. Nie odrywam noża od jego szyi.

– Nie przygotowałeś się – syczę mu do ucha.

– Natan?! Co ty tu robisz?

– Gdzie Rose?

– Obserwuje wejście. Co jest grane?

– Mercura mnie przysłała. Muszę coś przekazać Rose na temat zaklęć chroniących dom. Użyteczną informację przekazaną mi przez Annalise.

Nie odpowiada, więc puszczam go i odpycham od siebie.

– Co powiedziała?

Powtarzam mu wszystko po kolei. Kiwa głową.

– Dobra, powiedzmy to Rose.

Przekradamy się w kierunku wejścia do domu. Jest jeszcze wcześnie, nie wybiła nawet północ. Znajdujemy Rose w ogrodzie domu po drugiej stronie ulicy. Wysłuchuje moich rewelacji w skupieniu, ale nie chce się poddać. Jest przekonana, że sobie poradzi. Wszyscy łowcy wchodzą i wychodzą głównymi drzwiami. Przyczai się za następnym łowcą wchodzącym do domu i podsłucha hasło.

Wracam na tył domku i opieram się o drzewo na skraju lasu. Nie ma tu płotu, ale jest trawnik, który kończy się tuż pod lasem.

Rose i Gabriel zostają przy wejściu.

Dom podzielony jest na dwa mieszkania. Pierwsze i drugie piętro zajmuje kilku łowców, parter Clay. Z tego, co zdołałem się zorientować, Clay ma gabinet i sypialnię w tylnej części domu. Kilku łowców kręci się po mieszkaniu. Wchodząc lub wychodząc z domu, nigdy nie korzystają z tylnych drzwi. Ani okien, dla ścisłości.

Jest ciepło, ale zachmurzyło się i zaczyna kropić.

Zapytałem Rose, co zrobimy, jeśli coś pójdzie nie tak.

Uśmiechnęła się.

– Jeśli możesz, uciekaj. Zwiewaj, gdzie pieprz rośnie. Jeśli nie możesz uciec, zabij tylu, ilu zdołasz. Zabili twoich przodków i staną na głowie, żeby zabić i ciebie, Natanie. Zabij ich wszystkich. – Pocałowała mnie w policzek i szepnęła słodko: – Jak już ich wszystkich zabijesz, nie będziesz musiał dłużej uciekać.

Nie chcę nikogo zabijać. Gdybym nie miał wyboru, na pewno podjąłbym walkę, ale starałbym się nikogo nie zabijać. Ale znów: gdyby to był Clay albo Kieran...

O czym to ja myślałem?

U mojego boku pojawia się Rose. Korzystając ze swojego daru, przepłynęła przez ogród jak mgła. Rozpływa się, a wraz z nią zaciera się moja pamięć o niej. Jeszcze na nią patrzę, a już o niej zapominam. Bardzo dziwne... dezorientujące. Kiedy cię jednak dotyka, zamęt w głowie mija, a Rose staje się na powrót widzialna. Z powodu tej mgły trudno się z nią współpracuje, a nie sposób przecież trzymać ją cały czas za rękę. Gabriel mówi, że najłatwiej z nią pracować, gdy człowiek w ogóle nie stara się jej dostrzec, tylko zadowala się wiedzą o jej poczynaniach. Łatwiej zachować jasność myśli, gdy odwraca się wzrok i nie patrzy, jak Rose przyobleka się w swoją mgłę.

– Ilu naliczyłeś łowców? – pyta Rose.

– Czterech na górze. – I żaden z nich nie miał masywnej sylwetki Kierana. – Myślę, że Clay jest w gabinecie.

– Poczekam tu, aż położy się spać, wtedy obejdę dom od frontu i wejdę do środka. Podsłuchałam już hasło: „Czerwony deszcz".

Ładnie!

– Przy okazji, myślę, że tu jest też piwnica – dodaję. – Na lewo od domu w ziemi znajduje się krata. Wcześniej się tam świeciło. Myślę, że Clay był na dole.

– Niezłe miejsce do przechowywania broni.

– Może. Gdybym był Clayem, trzymałbym Fairborn przy sobie. Ale pewnie ma też broń dla swojego oddziału. Pistolety, amunicję i tak dalej. Więc może...

– Coś jeszcze?

– Jak będę z tyłu, to skąd mam wiedzieć, że już stamtąd wyszłaś?

– Nie czekaj tu. Kiedy wejdę do środka, obejdź dom od frontu i tam poczekaj na mnie ze swoim chłopakiem.

– Masz pojęcie, jaka potrafisz być irytująca, Rose?

Chichocze cicho.

Szturcham ją i pokazuję głową na dom. Światła w gabinecie zgasły. Kilka sekund później zapalają się światła w piwnicy.

– Odkłada broń na noc? – zastanawia się Rose.

Znam odpowiedź.

– Nie. Jest łowcą. Nigdy nie śpi bez broni.

– A zatem trzyma ją pod poduszką.

– Mam przeczucie, że śpi w zasznurowanych butach, z Fairbornem przypasanym do uda.

– Lubię wyzwania.

Światło w piwnicy gaśnie i zapala się światło w sypialni. Cień. Dwa cienie. Clay i jego dziewczyna kręcą się po pomieszczeniu, zbliżają do siebie, całują, rozdzielają. Cień Claya znika. Ponownie zapalają się światła w gabinecie.

– A myślałam, że będzie romantycznie – mówi Rose.

Obserwuję sylwetkę w sypialni Claya, a jej ruchy wydają mi się dziwnie znajome.

Po dłuższym czasie gasną wreszcie światła w gabinecie. Clay przechodzi do sypialni i tam również po chwili jest ciemno.

– Do zobaczenia po drugiej stronie – mówi Rose i przemyka przez ogród tuż pod oknami domu. Okrywa ją mgła i zaczynam się zastanawiać, czy w ogóle ją widziałem. Tłumaczę sobie, że przeszła do wejścia i wślizguje się właśnie do środka.

Zagłębiam się w las, by szerokim łukiem obejść dom, przemykam między dwoma domami kilkanaście numerów dalej i wracam do Gabriela. Nie spieszę się, bo nie ma pośpiechu, chociaż nie mam pojęcia, jak długo to może zająć Rose. Chcę mieć jednak pewność, że nie popełniam żadnych głupich błędów. Mam poczucie, że w pobliżu domu łowcy się odprężają. Przestają mieć się na baczności, a w każdym razie nieco odpuszczają, nie wyobrażając sobie, by ktokolwiek, jakikolwiek mag ośmielił się podjąć próbę włamania.

Gabriel siedzi w ogrodzie naprzeciw domu zajmowanego przez Claya. Nic nie mówi, obrzuca mnie tylko przelotnym spojrzeniem, kiedy przyczajam się obok niego. Obserwuje dom. Lustruję teren za naszymi plecami.

Nic się nie dzieje.

Żadnych samochodów, żaden łowca nie wchodzi ani nie wychodzi. Musi być już koło drugiej w nocy.

Nagle Gabriel mnie szturcha. Widzę, jak otwierają się drzwi wejściowe i wychodzi przez nie dwóch łowców. Tracę na chwilę orientację i nie mogę zrozumieć, co się dzieje. Zmuszam się, by odwrócić wzrok. Zawieszam go na profilu Gabriela, który odwraca się i patrzy na mnie z uśmiechem, po czym szepcze:

– Rose jest z nimi.

Kiwam głową. Rose świetnie sobie poradziła. Zakradła się do domu i niezauważona zdołała się z niego wymknąć. Serce zaczyna mi łomotać. Czy udało jej się wykraść Fairborna?

– Chodźmy.

Nim zdążamy zrobić krok, z wnętrza domu dobiega krzyk. Nie rozróżniam słów, ale myślę, że to Clay. Potem słyszę:

– Znajdźcie tego, kto go ma. Natychmiast!

Przypadamy do ziemi, a potem szybko przebiegamy przez ogród na tyły domu. Przeskakujemy przez płot i biegniemy uliczką.

Gabriel biegnie w lewo i dopada rogu ogrodzenia.

– Tutaj mieliśmy się spotkać.

Stoję na czatach, gdy Gabriel zerka w boczną uliczkę.

Słyszę cichy chichot i odwracam się.

Rose opiera się o Gabriela. Oboje się uśmiechają. Podnieceni jak dzieci, które zwinęły czekoladę ze sklepu. Rose unosi długi nóż. Czarna rączka, czarna pochwa.

– Łatwizna dla kogoś tak utalentowanego – mówi Gabriel do Rose. – Ale Clay chyba już zauważył jego zniknięcie...

– Chodźmy – mówię i ruszam uliczką z powrotem.

Biegniemy pędem, kiedy drogę zastępuje nam łowczyni. Wygląda na równie zaskoczoną jak my. Staje, waha się chwilę i...

– Tu są!

Jestem najbliżej niej i w tym momencie mam ją na widelcu. Kiedy podbiegam do niej trzema długimi susami, wyszarpuje z kabury pistolet i unosi go w chwili, w której się na nią rzucam. Prawą ręką sięgam jej do gardła, a lewą wyciągam po pistolet. Słyszę wystrzał i ląduję na niej. Opadamy na ziemię jak w zwolnionym tempie. Zaciskam rękę na jej gardle, a ona wbija we mnie wzrok. Jest taka młoda, niewiele starsza ode mnie. Iskierki w jej oczach obracają się gorączkowo i wtedy słyszę gruchot czaszki na chodniku i iskierki w jej oczach gasną.

Siadam na niej okrakiem.

Upadła głową na metalową kratę, przez którą zaczyna ściekać krew. Wstaję i widzę jej szyję wygiętą pod dziwnym kątem. Chciałbym wierzyć w to, że zginęła z powodu nieszczęśliwego upadku, ale trzymałem ją za gardło i ma najwyraźniej skręcony kark. Nie mogę uwierzyć w to, że jest taka młoda, a ja ją zabiłem. Z trudem udaje mi się wstać. Boli mnie bok.

Rozlega się kolejny wystrzał, a po nim następny i jeszcze jeden. Padam na czworaka i odwracam się. Rose leży na brzuchu, a Gabriel klęczy nad nią z wyciągniętym ramieniem, celując z broni w łowcę leżącego nieruchomo kawałek dalej. Nikt się nie rusza.

Rose nawet nie drgnie. Podobnie jak leżąca obok mnie dziewczyna.

Gabriel pochyla się i wyjmuje Fairborna z ręki Rose. Rozprostowuje jej palce i odkłada jej dłoń ostrożnie na ziemię. Przypadam do niego. Rose opiera się policzkiem o ziemię. W zmatowiałych oczach przestało się tlić życie, a potylica tworzy jedną krwawą masę.

Gabriel odciąga mnie od ciała Rose i wybiegamy za róg. Rozlegają się kolejne strzały. Przed nami kolejna łowczyni. Gabriel strzela do niej, przebiegamy przez jakieś ogrody, przeskakujemy ogrodzenia. Muszę się zatrzymać.

Zabiłem kobietę. Nie chciałem, ale skręciłem jej kark i Rose też nie żyje, a ja trzęsę się jak osika. Całe ręce mam zakrwawione, unurzane we krwi dziewczyny, wycieram je o koszulę, ale krwi jest coraz więcej. Morze krwi.

– O nie!

Podnoszę wzrok na twarz Gabriela i widzę, że wpatruje się w mój brzuch. Podciąga mi koszulę i nogi się pode mną uginają.

– Jasna cholera, Natanie!

Spuszczam wzrok. Po mojej koszulce rozlewa się ciemniejąca plama. Krew jest ciemna jak atrament.

– Nic mi nie jest – mówię bezmyślnie. Źle się czuję. – Mogę to wyleczyć. Czuję buzowanie w brzuchu i prostuję się. Biorę głęboki wdech. Uspokajam się. – Już dobrze.

Trafiła mnie z lewej strony, pod żebrami.

– Nic mi nie będzie.

Nadal trzęsą mi się ręce. Z jakieś powodu nie udaje mi się tego uleczyć.

– Jesteś pewien?

Gabriel sprawia wrażenie przerażonego.

– Tak. Chodźmy.

Idziemy i przez pięć minut czuję się nieźle, ale ból w klatce piersiowej po chwili wraca. Uleczyłem się, a jednak ból wrócił z obezwładniającą siłą. To nie jest normalne. Znów muszę się zatrzymać.

– To kula łowców, a nie zwykły pocisk – mówi Gabriel. – Utkwiła w ciele?

– Tak sądzę.

– Musimy się jej pozbyć. Jest pewnie magiczna, zatruta.

– Nie ma na to czasu. Mogę to na razie prowizorycznie uleczyć. Wyciągniemy ją, jak dotrzemy do domu Mercury.

– Źle to wygląda, Natanie.

– Nic mi nie jest. W tym momencie bardziej przejmuję się tym, czy nie dostanę zaraz kolejnej kulki w plecy.

Ruszam dalej, ale sam widzę, jaki jestem powolny. Z trudem dotrzymuję kroku Gabrielowi. Prawdę mówiąc, nie nadążam za nim i Gabriel zwalnia. Wychodzimy zza rogu i natykamy się na jadącego w naszą stronę jeepa. Wyskakuje z niego łowca i między nim a Gabrielem wywiązuje się strzelanina. Uciekamy, ale nie mogę nadążyć za Gabrielem. Uświadamiam sobie, że Gabriel musiał trafić łowcę, bo gdyby było inaczej, już by nas mieli.

Przedzieramy się przez jakieś ogrody, żeby znaleźć się w tylnej uliczce. Gabriel czeka na mnie, po czym przesadza mnie przez wysoki mur.

Zeskakuje na ziemię i staje przed mną, a ja muszę się oprzeć o mur, żeby nie upaść.

– Natanie, nie możesz biec wystarczająco szybko – mówi cicho. – Złapią cię, jeśli będziesz próbował uciekać. Odciągnę łowców i zajmę ich, żebyś mógł dotrzeć do szczeliny. Ale musisz być ostrożny. Nie ryzykuj niepotrzebnie i nie czekaj na mnie w mieszkaniu. Przejdź przez szczelinę i wracaj prosto do Mercury.

Wiem, że ma rację i nie zdołam prześcignąć łowców, ale mam złe przeczucia. Pamiętam, co powiedziała Rose: że Gabriel byłby zachwycony, gdyby zyskał okazję ocalenia mi życia. Próba odciągnięcia łowców, tylu łowców, jest samobójstwem.

Kręcę głową.

– To jedyny sposób – mówi, wręczając mi Fairborna.

Zawiesza mi na szyi skórzany pas, na którym wisi pochwa.

– Gabrielu, to zbyt niebezpieczne.

– Będę ostrożny.

– Nie wiesz, co to znaczy.

Uśmiecha się, całuje mnie w policzek i wypowiada kilka słów. I chociaż wypowiada je po francusku, rozumiem ich znaczenie i przyciągam go do siebie.

– Ile dni do twojego obdarowania? – pyta.

– Cztery. Wiesz doskonale.

– Będę na pewno.

Po czym przeskakuje przez mur i znika mi z oczu.

Bardzo długo zajmuje mi zebranie się na odwagę, by wyruszyć. Słyszę jakiś odległy wystrzał. To może być odgłos szwankującego silnika, ale wiem, że to nie samochód. Potem słyszę syreny policyjne. Łowcom by się to nie spodobało. Dobiegają z oddali, ale jest ich mnóstwo.

Muszę się dostać do mieszkania.

Z powrotem do Mercury

Nie wiem, gdzie jestem. Nie mogę nawet znaleźć jeziora. Ciągle mam przed oczami ciało Rose i czuję w dłoni kark łowczyni i jej ciepłą krew. Wszystko nie tak, to nie powinno się zdarzyć. Uczciwie rzecz biorąc, nie mieliśmy żadnego planu, to było szaleństwo. Już dawno powinienem był dotrzeć do mieszkania.

Padam na kolana na mokrym bruku. Nogi odmawiają mi posłuszeństwa. Odpoczywam, oparty czołem o wilgotne kamienie i próbuję się uzdrowić, ale poprawa jest niewielka i nie czuję ożywczego mrowienia, jakbym wykorzystał już cały swój potencjał. Rozjaśnia się, ale jest jeszcze bardzo wcześnie i cicho. Żadnych ludzi. Przestaje padać.

Wstaję. Potrzebuję cukru. Muszę coś zjeść i czegoś się napić, będę jaśniej myślał i odzyskam zdolność samouzdrawiania. Potem poszukam mieszkania i Gabriela.

Na ulicy jakiś mężczyzna podnosi rolety antywłamaniowe kiosku z papierosami. Wchodzi do środka, a ja wślizguję się za nim i przypieram go do ściany. Nie mam pojęcia, jak to powiedzieć po francusku, więc mówię po angielsku, dla pewności zasłaniając mu usta ręką, żeby nie narobił krzyku. Patrzy mi w oczy i wiem, że mnie zrozumiał. Nie mogę zawracać sobie głowy wiązaniem go. Celia powiedziała mi, że prawdziwa walka nie przypomina treningu. Nauczyła mnie kontrolować oddech. Skupiać się na tym, co muszę zrobić, i robić to właściwie. Więc nokautuję go. Zrobiłem to. Właściwie.

Staję przy lodówce i wypijam napój energetyczny, a potem jeszcze jeden. Pomagają mi. Już czuję, że wraca mi zdolność samoleczenia.

Chwytam sfatygowany plecaczek mężczyzny i napełniam go napojami i słodyczami.

Teraz muszę znaleźć mieszkanie. Ruszam w dół, w stronę jeziora. Jak znajdę jezioro, znajdę i mieszkanie. Mój krok staje się bardziej sprężysty.

Wreszcie docieram na róg naszej ulicy i widzę przed sobą naszą kamienicę. Wokół żywej duszy, ale mam wrażenie, że coś wisi w powietrzu.

Po mojej stronie ulicy stoi zaparkowany niebieski samochód, a obok niego rudy, który widziałem już wcześniej. Na lewo od wejścia do kamienicy stoi półciężarówka. Gdzieś ją już kiedyś widziałem, ale gdzie? To nie jest półciężarówka łowców, więc dlaczego się waham? Nie ma tu nic niezwykłego. Jak ruszę biegiem, za minutę będę w mieszkaniu, a za dwie w domku Mercury. A jednak coś się zmieniło.

Przyczajam się w bramie. Znów zaczęło padać. Z oddali dobiegają mnie odgłosy ruchu ulicznego.

Czekam.

Nic się nie dzieje. Nic. To mnie zabija. Nie ma Gabriela, Rose nie żyje, a szyja tej dziewczyny była taka krucha. Nie mogę myśleć o tym, że mogli złapać Gabriela i o tym, co by mu wówczas zrobili. Nie mogę o tym myśleć.

Teraz już leje jak z cebra.

Ulicą toczy się samochód.

Jakaś kobieta wychodzi z jednego z mieszkań, rozkłada parasolkę i postukując nerwowo obcasami, odchodzi pospiesznie.

Spływam potem. Jest ciepło, a deszcz nadal pada. W uliczce za mną słychać jadący samochód. I wtedy to widzę... Jakiś ruch, jakiś cień w bramie sąsiadującej z wejściem do naszej kamienicy.

Wszystko wygląda na powrót tak samo, ale teraz już wiem, co jest nie tak. Wiem, czym jest ten cień. Wiem, że to łowczyni z uniesioną bronią, zastygła ponownie w bezruchu. Jej komórka wydaje lekki syk. Słaby, ale jednak. Przynajmniej to potrafię wyczuć.

Nic nie dam rady zrobić, mogę najwyżej mieć nadzieję. Może dotarli aż tutaj, śledząc Gabriela, a on nie miał innego wyboru, jak tylko przejść przez szczelinę, chociaż wiedział, że depczą mu po piętach. Nie doszliby do tego, jak przez nią przejść, chyba że widzieliby dokładnie, gdzie się znajduje, a nawet gdyby się przedostali, Mercura zlikwidowałaby ich jednego po drugim, kiedy ugrzęźliby na jej dachu. To by oznaczało, że Gabriel jest już bezpieczny w domku i nie może ryzykować powrotu, by mnie ostrzec.

Ale powiedział, że ich odciągnie.

Skąd jeszcze mogliby wiedzieć, gdzie nas szukać?

Jeśli go schwytali i torturowali... W jak krótkim czasie mógłby im zdradzić położenie mieszkania?

U wylotu ulicy pojawia się kolejny samochód i skręca w nią. Czarny jeep, którego widziałem przy domu łowców. Clay zatrzymuje jeepa na środku drogi i wysiada. Nie wygląda na zadowolonego. Podchodzi do ukrytej łowczyni, a następnie do wejścia do kamienicy, w którym po chwili znika. Łowczyni wsiada do jeepa Claya, cofa go energicznie do wylotu ulicy i odjeżdża. Minutę później wraca biegiem na swoją pozycję. Uliczka znów zamiera w bezruchu.

Muszę stąd odejść.

Jestem cały we krwi. Nie ma siły, jak mnie amagowie zobaczą, wezwą służby.

Muszę znaleźć jakieś miejsce, w którym mógłbym odpocząć i umyć się. Ruszam, chociaż nie mam pojęcia dokąd.

Dostrzegam ją dwadzieścia minut później. Stoi u wylotu ulicy, częściowo ukryta za niewielką ciężarówką, ale rozpoznaję ją natychmiast. Wiem, że powinienem iść dalej, ale jest też Rose i Gabriel, i mnóstwo spraw, które powstrzymują mnie od pójścia za głosem rozsądku. Nie wiem, gdzie jest jej partner, ale to długo nie potrwa.

Leczę się, zanim się do niej zbliżę, podkradam się najbliżej, jak potrafię, i wyciągam Fairborna z pochwy.

I w tym momencie wszystko się zmienia.

Fairborn w mojej dłoni ożywa. Staje się częścią mnie, a ja staję się częścią niego.

Sięgam ku łowczyni i odwracam ją, przystawiając jej Fairborna do gardła.

– Szukasz kogoś? – pytam.

Wzdryga się. Nawet teraz nienawidzi mojego dotyku, ale w ułamku sekundy opanowuje zaskoczenie i przybiera postać masywnego mężczyzny. Znam te jej sztuczki, w końcu jestem jej małym, przyrodnim bratem, i Fairborn też je zna. Dźgamy Jessicę w ramię i popychamy jej połowicznie przeobrażone ciało na ścianę. Dźgamy ją w drugie ramię i Jessica wydaje wysoki pisk. Jeśli jej partner jest w pobliżu, za moment tu będzie.

Jessica przeobraziła się już w rosłego typa, ale jej ramiona są bezwładne, a ja mam Fairborna i wystarczająco dużo sił, by przyszpilić ją do ściany.

Jessica szybko przeobraża się w Arrana.

– Proszę, nie rób mi krzywdy, Natan – mówi głos Arrana. – Wiem, że nie chcesz mnie skrzywdzić.

– Zamknij się.

– Wiem, że jesteś dobrą osobą. Zawsze to wiedziałem. Proszę. Nie rób mi krzywdy.

Wiem, że powinienem uciekać, ale widok brata jest tak cudowny, że nie mogę oderwać od niego wzroku. Ale to nie Arran, to Jessica, podła wiedźma. Przystawiam czubek noża do oka Arrana. Fairborn gotów jest je przeciąć.

– Natanie, proszę. Jesteś dobrą osobą.

Wiem, że wyłupanie jej oka byłoby niezłym pomysłem, bo nigdy już nie zdołałaby ukryć takiego kalectwa, ale nie mogę tego zrobić. Nie chcę. Nie mogę tego zrobić Arranowi, chociaż wiem, że to nie Arran. Powtarzam sobie, że to Jessica, ale nawet jej nie chcę tego zrobić... Fairborn jednak gotów jest ciąć...

Drżącymi dłońmi próbuję wepchnąć nóż z powrotem do pochwy. Jessica mnie odpycha – lekko, ale wystarczająco mocno, bym uniósł Fairborn, który przecina jej twarz na skos.

Włamałem się do niewielkiego domu na przedmieściach. Nie ma alarmu, a wokół żywej duszy. Myślę, że poszli do pracy. Biorę prysznic. Cały się trzęsę, nie mogę opanować dreszczy.

Rana od kuli jest jedynie zgrabną, okrągłą dziurką, ale gdy tylko dotykam skóry w jej pobliżu, krew odpływa mi z głowy. Nie kusi mnie nawet, żeby spróbować ją wyjąć, a poza tym mam wrażenie, że drinki energetyczne i słodycze działają wystarczająco dobrze.

Zapycham się michą płatków śniadaniowych i dwoma bananami, po czym zaczynam główkować, jak dostać się z powrotem do domku Mercury. Mam mgliste wyobrażenie, gdzie go szukać. Gabriel wspomniał, że czasem dostawał się tam pociągiem, a czasem piechotą. Łowcy na pewno obstawili stacje kolejowe i obserwują drogi, ale może uda mi się złapać autobus, bo przecież musi być jakiś autobus, którym mógłbym wydostać się z Genewy i dojechać do jakiejś miejscowości, przez którą przejeżdża pociąg. Do moich urodzin zostały jeszcze cztery dni, więc uznaję, że ostrożność jest ważniejsza niż pośpiech.

Potrzeba mi mapy.

Znajduję komputer, ale nie mam pojęcia, jak z niego skorzystać. Szperając w komodzie, trafiam na atlas samochodowy Szwajcarii, ale żeby znaleźć dolinę Mercury, potrzebuję mapy topograficznej. Będę musiał kupić. Tyle dobrego, że w małym zużytym plecaczku, który zabrałem właścicielowi kiosku, znajduję portfel. Normalnie nie okradłbym kogoś takiego, ale nie zrobiłem tego umyślnie, nie wiedziałem przecież, że znajdę tam pieniądze, a poza tym to wyjątkowa sytuacja.

Przed wyjściem przeglądam się w lustrze. Sądząc z zawartości garderoby, dom musi być własnością jakiegoś małżeństwa w średnim wieku. Ubrania mężczyzny są na mnie trochę za duże. Nie mogąc znaleźć żadnych okularów przeciwsłonecznych, zakładam jego czerwoną czapkę baseballową z białym krzyżem, a szyję obwiązuję sobie dwukrotnie damskim szaliczkiem. Rękawiczki! Znajduję parę skórzanych rękawiczek i obcinam im palce.

Zanim opuszczę dom, chcę się dobrze przyjrzeć Fairbornowi. Chcę go poczuć. Wysuwam go z pochwy i wyczuwam w nim natychmiastową chęć przecięcia czegoś. Niezwykłe ostrze nie błyszczy metalicznie, lecz jest matowoszare, prawie czarne. Nóż wygląda jak martwy przedmiot, ale w dotyku pulsuje życiem. Nie chcę, by dostał się w ręce Mercury, nie chcę, by przechwycili go łowcy i sam też go nie chcę. Mógłbym go tu zostawić, w głębi szafki, tym sposobem grzebiąc go zapewne na wieki w pomroce dziejów, ale zabieram go ze sobą. Zagrzebię go gdzieś indziej. Nie mogę go dać Mercurze i nie mogę dopuścić, by się dowiedziała, że go mam. Ona ma jednak Annalise. Po kolei. Muszę stąd wyjść. Znaleźć miejsce, w którym mógłbym zagrzebać Fairborna. Dostać się do Mercury. Otrzymać swoje trzy dary.

Dochodzę do głównej drogi i znajduję przystanek autobusowy.

Z tym autobusem to był dobry pomysł. Zatrzymał się na stacji kolejowej w miasteczku oddalonym o pół godziny drogi od Genewy. W sklepie wspinaczkowym w pobliżu stacji kupiłem mapę. Jest cudowna. W Szwajcarii jest mnóstwo dolin, ale dolina Mercury ze zwieszającymi się jęzorami lodowcowymi i wioskami ciągnącymi się wzdłuż rzeki ze wschodu na zachód jest wyjątkowa, więc łatwo ją wypatrzyć na mapie. Część drogi uda mi się pokonać pociągiem, potem wsiądę do kolejnego autobusu, a ostatni odcinek będę musiał przejść, ale wszystko wskazuje na to, że dotrę do celu przed północą. Kupuję sobie słodycze, owoce i siatkę napojów energetycznych i wsiadam do pociągu. Straszny tłok. Cudem znajduję wolne miejsce i spuszczam głowę.

Jasny gwint!

Na peron wchodzi łowczyni i zaczyna lustrować kolejne wagony. Wsiada. Wysiadam. Bez pośpiechu.

Już wczesny ranek, ale jeszcze się nie rozjaśniło. Zaszyłem się w lesie. Łowczyni musiała mnie nie dostrzec, inaczej byłbym już skuty lub martwy. Nie prześcignę ich w tym stanie, nie mogę biegać. Pocę się jak mysz, trzęsie mną, cały bok mi spuchł, a na żebrach wyrosła gula wielkości jajka. Przynajmniej mam napoje energetyczne. Nie mogę ryzykować powrotu na stację kolejową. Mógłbym próbować złapać stopa, ale jeśli będę stał na poboczu dłużej niż dziesięć minut, łowcy mnie zgarną. I tak bym się nie zmusił, żeby wsiąść do samochodu – czułbym się jak w pułapce. Poza tym mam mapę. Wiem, gdzie idę i mam jeszcze na tyle dużo czasu, by zdążyć z powrotem. Od doliny Mercury dzielą mnie dwa dni marszu, a do moich urodzin zostały jeszcze trzy dni. Dam radę. Zdołam wrócić na czas, przyjąć swoje trzy dary i w jakiś sposób pomóc Annalise.

Dnieje. Sporo przeszedłem, utrzymując miarowe tempo i nie wychodząc z lasu w pobliżu drogi. Jestem zesztywniały jak emeryt, ale chyba mogę sobie teraz pozwolić na kilka godzin odpoczynku.

Zmierzcha. Przespałem cały dzień! Ale wzmocniłem się: sen zrobił swoje, no i jest noc. Zostały mi już tylko dwa napoje energetyczne, ale mam nadzieję, że będę mógł dokupić więcej. Wśród drzew mogę się odprężyć. Idę teraz w zmiennym tempie: pięć drzew mijam szybko, kolejne pięć wolno. Gula na boku ma już rozmiar pięści.

Rozjaśnia się. Nie jestem w stanie iść dalej.

Chwilę odpocznę. Byle nie zasnąć.

Jasna cholera! Która godzina? Pewnie mniej więcej południe. Ciągle zasypiam. Muszę się ruszyć.

Idę, ale kręci mi się w głowie.

Jakaś wioska. Kupię coś do picia. Potrzebuję cukru.

Muszę sprawdzić, jaki dziś dzień.

Jaki mamy dzień?

Dziwnie się czuję... Kręci mi się w głowie...

Wracam pod osłonę drzew i idę dalej równym tempem. Cukier dobrze mi zrobił. Moje urodziny przypadają pojutrze.

Na pewno? Sprawdzałem. A może nie? Ktoś tam sprawdzał.

A może tylko to sobie wyobraziłem? Nie, napiłem się i sprawdzałem. Widziałem gazetę. Tak, zgadza się.

No i znów nie pamiętam.

Dobry dzień na pieszą wycieczkę. Słoneczny.

Trochę za wolno idę. Ale jest przynajmniej słonecznie.

Jeśli będę szedł przez cały dzień i przez całą noc, zdążę dotrzeć do domku Mercury przed swoimi urodzinami. Tak myślę.

Byle nie ustawać.

Jaki dziś dzień?

Jestem mokry. Spociłem się jak mysz.

Gula nie zmalała.

Coś mnie boli w klatce piersiowej. Wszystko mnie boli.

Nie dotykaj tego, po prostu idź naprzód.

Wolno mi idzie, ale przynajmniej świeci słońce.

Słońce. Słońce. Słońce.

Co to jest? Między drzewami, przede mną ktoś stoi. Na pewno kogoś widziałem.

Kto to jest?

Dziewczyna.

Promienie słońca. Długie blond włosy. Biegnie jak łania.

– Annalise! Poczekaj!

Biegnę, ale prawie natychmiast muszę się zatrzymać.

– Annalise!

Opieram się o drzewo i odpoczywam chwilę.

Annalise zniknęła. Osuwam się na ziemię.

Chciałbym, żeby po mnie wróciła.

– Annalise!

Z drugiej strony pnia dobiega mnie chichot.

Rose?

Podpełzam, by sprawdzić, i oto na ziemi leży Rose i chichocze. Przychodzi mi do głowy, że nie może chichotać, bo przecież nie żyje, ale chociaż nie powinienem tego robić, unoszę jej głowę, by sprawdzić. Nie mogę się powstrzymać. Nagle Rose zmienia się w łowczynię i czuję teraz w dłoni jej krew i skręcony kark.

Budzę się, dysząc ciężko i opływając potem. Nieopanowanie szczękam zębami.

Ciemno już. Muszę iść dalej. Za długo spałem. Wstaję, ale nogi mam jak z waty.

Jest już jasno. Słońce prześwieca przez gałęzie drzew. Znów słyszę chichot Rose.

– Rose?

Wygląda zza drzewa i mówi:

– Wszystkiego najlepszego z okazji jutrzejszych urodzin, Natanie.

Moje urodziny już jutro?

Słuchajcie, mam już prawie siedemnaście lat?

Ale gdzie się wszyscy podziali?

Gdzie jest Gabriel?

– Rose, gdzie Gabriel?

Już nawet nie chichocze.

Znów zapada cisza.

Gdzie ja jestem?

Moja mapa? Gdzie jest moja mapa?

I miałem chyba jeszcze coś do picia, prawda?

No i mam też Fairborn. Tak, mam Fairborn.

I mam strumień. Nie potrzebuję napojów. Mam strumień. To było dobre miejsce na postój. Dobre miejsce.

Przyjrzyjmy się tej guli.

Źle to wygląda.

Jaskrawożółta, niewielka ranka i prześwitujące przez skórę czerwone naczynia krwionośne.

Kiepsko to wygląda. Naprawdę kiepsko.

A gdyby tak dotknąć...

Ku***!

Rose wróciła i tańczy wokół mnie. Pochyla się i przygląda się guli na moim boku.

– Fuj! Naprawdę musisz to wyciąć.

– Gdzie Gabriel?

Rumieni się, ale nie odpowiada.

– Gdzie Gabriel?! – wrzeszczę.

Cisza.

Robi się ciemno.

Patrzę na gulę. Chyba nadal rośnie.

Wkrótce będę jedną wielką gulą.

Jaki dziś dzień?

Mam kompletny mętlik w głowie.

– Rose, którego dziś mamy?

Nikt nie odpowiada i wtedy sobie przypominam, że Rose nie żyje.

Gula jest pełna trucizny.... Gabriel powiedział, że to trucizna... zatruwa mnie...

Muszę się jej pozbyć.

Wyciąć ją.

Trzymam w ręku Fairborna i wiem, że chce to zrobić.

Jest jasno. Leżę na ziemi nad brzegiem strumienia. Boli mnie, ale nie tak bardzo jak wcześniej.

Wyciąłem tę gulę?

Nie pamiętam.

Patrzę w dół i widzę rozpiętą koszulę pokrytą zakrzepłą krwią i zaschniętą ropą. Mnóstwo ropy. Ale nie ma już guli.

Woda ze strumienia rozkosznie orzeźwia. W głowie mi się rozjaśniło i czuję się już znacznie lepiej. Wypiłem tyle wody, że prawie pękam. Oczyściłem ranę z ropy i już mi tak nie doskwiera. Ciągle jest trochę spuchnięta, ale już nie tak bardzo. Ciało już mi tak nie dokucza i może pozbyłem się trucizny, ale przecież kula nadal w nim tkwi, więc pewnie wysączy się z niej kolejna porcja. Ale czuję się już znacznie lepiej, więc najgorsze chyba za mną.

Nie jestem pewien, jaki dziś dzień, ale sądzę, że to dzień moich urodzin.

Na pewno. A zatem mam siedemnaście lat.

SIEDEMNAŚCIE!

Czuję się znakomicie. Dam radę. Nie potrzebuję już mapy, bo rozpoznaję te góry.

Ruszam w drogę i nagle orientuję się, że nie mam Fairborna. Mam nóż od Gabriela, ale nie Fairborna.

Potykając się, biegnę do strumienia, żeby go odnaleźć.

Tutaj rozciąłem sobie bok, bo wszystko zalane jest ropą. Fairborn musi gdzieś tu być, przecież nim rozciąłem sobie ranę. Siedziałem przy strumieniu, rozciąłem sobie gulę... i kiedy się obudziłem, Fairborna już nie było.

Nie mam już na to czasu. Muszę dotrzeć do domku Mercury. Do cholery z Fairbornem. Nie chcę go. Jak utrzymam równe tempo, dotrę do domku po zmroku.

Znów zaczyna padać i robi się chłodniej. Z nieba spadają ciężkie krople. Pnę się drogą w górę doliny. Drogą jest szybciej niż lasem, a ja już nie mam wyboru, muszę się pospieszyć. Mija mnie kilka samochodów oślepiających reflektorami, ale nie schodzę z drogi. Mijam trzy niewielkie górskie wioski i wkraczam na zbocze. Znam ten szlak, ale idzie mi jak po grudzie, bo grunt jest śliski i rozmokły. Tak czy inaczej, została mi już najwyżej godzina drogi.

Bolą mnie żebra, ale nie tak jak poprzednio. Nie leczę ich już. Może leczenie tylko pogarsza sprawę? Nie wiem, ale jakoś to zniosę. Dam radę. Otrzymam swoje trzy dary i pomogę Annalise.

W miarę, jak wspinam się wyżej, deszcz przechodzi w deszcz ze śniegiem, a potem w śnieg. Gęsty śnieg. Ogromne płatki opadają wolno jak czasze maleńkich spadochronów. Niby jestem wysoko w górach, ale jak na lipiec jest zdecydowanie za zimno. Leżący na ziemi śnieg sięga mi już do kolan i trochę mnie spowalnia, ale jest tak lekki i puszysty, że nie próbuję stawiać wielkich kroków, tylko po prostu w nim brnę. Oglądam się przez ramię na ślad, który po sobie zostawiam, ale nie jest wyraźny. Śnieg jest lekki i zapada się w puste przestrzenie, jakby starał się po mnie pozamiatać. Ciągle mi się wydaje, że jestem już blisko domku, ale nigdzie nie widzę żadnych świateł z wyjątkiem tych, które mam za plecami.

Docieram do spękanego pnia drzewa. Jego końcówka rozszczepiona jest na tak cienkie i ostre drzazgi, że zalega na nich ledwie odrobina śniegu. Powinienem już dostrzec światła rozświetlające domek.

Przyspieszam i na ostatnich dwudziestu metrach zwalniam. Domek spowijają ciemności. Idę wzdłuż bocznej ściany, obchodzę go, po czym podchodzę do drzwi. Kiedy mam już wejść do środka, coś rozbłyskuje maleńką iskrą w dolinie poniżej, na lewo ode mnie, po czym dobiega mnie dźwięk wystrzału. Kolejny, a po nim błyskawica i grzmot. Mogę się tylko domyślać, że to Mercura walczy z łowcami.

Musieli znaleźć szczelinę, ale nie zdołaliby zejść z dachu, gdyby przybyli tu tą drogą. Najwyraźniej jednak rozpracowali położenie domku – z pewnością leży to w granicach ich możliwości – i pojawili się w dolinie. Musieli mnie tylko nieco wyprzedzić. Uderza mnie kolejna myśl: jeśli schwytali Gabriela i poddali go torturom, mógł im zdradzić położenie doliny...

Odsuwam od siebie tę myśl. Muszę znaleźć Mercurę, a zatem muszę ruszyć w kierunku strzałów. W dolinie poniżej, na drodze prowadzącej ku lodowcowi, kłębi się burzowa chmura, z której po chwili wystrzela błyskawica. To ona.

Najpierw muszę jednak sprawdzić, czy nie znajdę tu Annalise. Nie wiem, ile mi zostało czasu. Niewiele.

W domu panuje ład i porządek. Zastaję swoje rzeczy w takim samym stanie, w jakim je zostawiłem. Podobnie rzeczy Gabriela, zatem nie wrócił.

Sprawdzam sypialnie.

Nie wiem, czego się spodziewałem, ale chyba miałem nadzieję, że znajdę tu przynajmniej Annalise. Nie ma jej. Mercura musiała ją zabrać do swojego zamku i nie mam pojęcia, gdzie go szukać. Czy ona nadal śpi? Może ją obudziła... Coś mi podpowiada, że jednak nie.

Zakładam kurtkę i patrzę na kuchenny zegar. Jak się bardzo postaram, potrafię odczytać godzinę.

Jest później, niż sądziłem. Jeśli dobrze odczytałem, do północy pozostało nieco ponad dziesięć minut.

A może nieco mniej niż dziesięć minut? Jak pobiegnę, dopadnę Mercurę na czas.

Wypadam na zewnątrz i robię dwa kroki w kierunku, z którego dobiegają strzały. I nagle coś mnie powstrzymuje. Nie mogę iść dalej.

Śnieg nadal pada, ale płatki wydają się zwalniać... i nagle zastygają w powietrzu, po prostu zawisają w czerni nocy.

Wszystko wokół mnie zastyga, a ja mogę tylko paść na kolana z wdzięczności.

Trzy dary

Mój ojciec.

Wiem, że to on. Tylko on potrafi zatrzymywać czas.

Klęczę w ciszy i bezruchu. Płatki śniegu wiszą w powietrzu niczym białe zasłony, ziemia wokół mnie pokryta jest śniegiem i szara w posępnym mroku. Nie widzę nawet ściany lasu przed sobą.

I nagle dostrzegam przerwę.

On.

Ciemniejsza sylwetka wyłania się z ciemności pośród zawisłych w powietrzu płatków.

Podchodzi bliżej, odsuwając zawadzający płatek palcem i delikatnie zdmuchując kolejny. Podchodzi jeszcze bliżej. Idzie, nie leci, a śnieg sięga mu do kolan.

Zatrzymuje się przede mną, odgarnia śnieg nogą i siada na ziemi ze skrzyżowanymi nogami kilka kroków ode mnie.

Nie widzę jego twarzy, tylko sylwetkę. Myślę, że ma na sobie garnitur.

– Natan. Wreszcie.

Ma spokojny głos, podobny w brzmieniu do mojego, tylko bardziej... refleksyjny.

– Tak – mówię nie swoim głosem, w którym odzywa się mały chłopiec.

– Czekałem na to spotkanie. Czekałem na nie od dłuższego czasu.

– Ja też. Od siedemnastu lat.

– Naprawdę to już tak długo? Siedemnaście lat...

– Dlaczego nie przybyłeś wcześniej?

– Jesteś na mnie zły.

– Trochę.

Kiwa głową.

– Dlaczego nie pojawiłeś się wcześniej? – To brzmi żałośnie, ale jestem tak wyczerpany, że jest mi już wszystko jedno.

– Natanie, masz dopiero siedemnaście lat. To bardzo niewiele. Jak będziesz starszy, to zrozumiesz, że czas potrafi biec w różnym tempie. Czasem wolniej... a czasem szybciej.

Zatacza ramieniem krąg i płatki śniegu formują się w przedziwną galaktykę, która unosi się w powietrzu i znika w przestworzach.

Obserwowanie mojego ojca i jego potęgi jest wspaniałe. Oto mój ojciec, tak blisko mnie. Nie zmienia to faktu, że powinien się pojawić już wiele lat temu.

– Nie obchodzi mnie, jak zachowuje się czas. Dlaczego nie pojawiłeś się wcześniej?

– Jesteś moim synem i oczekuję od ciebie pewnej dozy szacunku...

Wciąga powietrze i wydmuchuje je powoli, a jego oddech unosi kilka płatków zawieszonych nisko nad ziemią.

– A ty jesteś moim ojcem i oczekuję od ciebie pewnej dozy odpowiedzialności.

Wybucha urywanym śmiechem.

– Odpowiedzialności? – Przekrzywia głowę w prawo i na powrót ją prostuje. – Rzadko mam do czynienia z tym słowem... A ty? Czy ty często masz do czynienia z szacunkiem?

Waham się przez moment, ale mówię:

– Do tej pory nieczęsto.

Czeka, podnosi odrobinę śniegu i zdmuchuje go z palców.

– Zakładam, że Mercura miała ci wręczyć trzy dary.

– Tak.

– Czego chciała w zamian?

– Informacji.

– Niedrogo jak na Mercurę.

– Chciała też czegoś jeszcze.

– Nietrudno zgadnąć... Chciała mojej śmierci. Mercura jest bardzo przewidywalna.

– Nie mam zamiaru cię zabijać i powiedziałem jej to.

– I przyjęła to do wiadomości?

– Mam wrażenie, iż uznała, że jeszcze zmienię zdanie.

– Ach! Z pewnością miałaby sporo zabawy, próbując zmienić twoją decyzję.

– Wierzysz mi zatem? Nie zabiję cię.

– Nie wiem jeszcze, w co wierzyć.

A ja nie wiem, co powiedzieć. Nie prosi się nigdy, by ktoś wręczył człowiekowi trzy dary. Nigdy. I nie mogę go o to poprosić, bo skoro objawił się w moje siedemnaste urodziny, to chyba w określonym celu. A może nie?

– Jakie informacje chciała uzyskać?

– Na temat Rady i moich tatuaży. Nic jej nie powiedziałem.

– Nie jestem miłośnikiem tatuaży.

Wyprężam szyję, pokazuję mu tatuaż na ręce i na palcu. W ciemnościach odcinają się granatem od mlecznobiałej skóry.

– Chcieli wykorzystać mój palec, by zrobić z niego butelkę czarownicy. I zmusić mnie, żebym cię zabił.

– Masz szczęście, że nadal masz ten palec. I masz szczęście, że nie powiedziałeś tego Mercurze. Myślę, że miałbyś jeden palec mniej.

– Chciała też dostać Fairborn.

– Ach, tak... A gdzie jest Fairborn w tej chwili?

– Rose ukradła go Clayowi, ale... sprawy potoczyły się nie tak, jak miały. Ją zastrzelili łowcy, a ja zgubiłem Fairborn.

Cisza.

Spuszcza wzrok i szczypie skórę u nasady nosa.

– Siłą rzeczy w to trudniej mi uwierzyć. Gdzie go dokładnie zgubiłeś?

– W lesie, jak tutaj szedłem. – Dotkliwy ból w boku nagle wstrząsa mnie dreszczem. – Zostałem otruty czy coś takiego.

– Co się stało? Jesteś ranny? – pyta, pochylając się w moją stronę. Wydaje się zatroskany. Zatroskany! Kamień spada mi z serca i wzruszenie chwyta mnie za gardło.

– Łowca do mnie strzelił. Potrafię to uleczyć, ale to ciągle wraca. Kula nadal tkwi w ciele.

– Musimy ją wyciągnąć.

– Boli.

– Wierzę. – Wydaje się rozbawiony. – Pokaż.

Rozchylam kurtkę i koszulę.

– Zdejmij to. I połóż się na śniegu.

Kiedy zdejmuję koszulę, wstaje, obchodzi mnie i podnosi nóż, który dał mi Gabriel.

– Co to jest? – Przesuwa palcami po moich plecach. Dziwnie się czuję, gdy jego skóra styka się z moją. Ma ręce zimne jak lód.

– Blizny.

– No tak. – Śmieje się znów, ale ledwie dosłyszalnie. – Kto ci to zrobił?

– Kieran O'Brien, łowca. Dawno temu.

– Niektórzy uważają, że tysiąc lat to wcale niedługo. Przesuwa szorstką dłonią po moich plecach i jego dotyk jest zaskakująco delikatny.

– Zatem... leż spokojnie.

Nie spieszy się.

Zaciskam zęby. Mam uczucie, jakby ktoś oddzielał mi mięso od kości jak kurczakowi. Trzyma się zaskakująco mocno.

Zaczynam liczyć. Przy dziewięciu liczby zamieniają się w przekleństwa.

Nagle ból ustaje.

– Kula utkwiła za kością, trudno było do niej sięgnąć. Możesz się teraz uleczyć.

Robię to i czuję, że obserwuje, jak szybko zrasta się moja skóra.

Buzuję w środku, czując, że samoleczenie idzie znacznie łatwiej, gdy pozbyłem się kuli łowców.

Zaczynam się podnosić, lecz ojciec chwyta mnie nagle za włosy, podciąga mi głowę do góry i ponownie zmusza do położenia się na brzuchu. Wbija mi kolano w plecy i przystawia nóż do gardła. Przesuwa płazem klingi po skórze, po czym obraca ją i dociska ostrze do szyi, nie przecinając jednak skóry.

– Twoje życie należy do mnie, Natanie.

Ostrze jest tak blisko, że nie ośmielam się nawet przełknąć śliny. Plecy mam wygięte w łuk tak napięty, iż mam wrażenie, że za moment trzaśnie mi kręgosłup.

– Dziś jestem jednak hojny, więc przyjmij ode mnie swoje życie jako dar.

Puszcza moje włosy i opadam raptownie w przód. Klęcząc w śniegu na czworakach, zaczynam się zastanawiać:

„Czy on to zrobi? Czy to się liczy jako dar? Która jest godzina?".

Obracam się i widzę, że znów siedzi przede mną ze skrzyżowanymi nogami. Ubrany jest w garnitur, ale nie założył krawata i rozpiął ostatni guzik koszuli. Jego twarz tonie w mroku.

Zakładam koszulę i siadam ze skrzyżowanymi nogami naprzeciw niego.

Podaje mi kulę.

– To dla ciebie... Kolejny dar. Może będzie ci przypominać, by zachować ostrożność, gdy ma się do czynienia z łowcami.

Pocisk jest okrągły i metalicznie zielony. Dostrzegam wygrawerowane na nim znaki.

– Nauka amagów połączona z magią. Nie jest to zbyt eleganckie, ale może cię zabić – jak wiele innych rzeczy.

Mówi to w taki sposób, że nie mam wątpliwości, iż myśli o mnie.

– Nie zabiję cię. Mary opowiedziała mi o twojej wizji. Nie zabiję cię.

– Przekonamy się. – Nachyla się ku mnie i mówi cicho: – Czas pokaże.

– Ale Mercura się nie podda.

– Uważa, że ją skrzywdziłem, i pewnie ma rację. Będzie przekonana, że to ja sprowadziłem tu łowców, ale możesz jej powiedzieć, że to nie moja sprawka. Nie zrobiłbym jej tego. Łowcy są bardzo dobrzy, Natanie. Nie potrzebują mojej pomocy. Powiedz jej, że znaleźli metodę wykrywania jej szczelin w przestrzeni. W przyszłości będzie musiała zachować większą ostrożność.

– Powiem jej to, jeśli się z nią spotkam. Ale...

Nie chce, żebym z nim poszedł?

Cisza. Bezruch. Płatki śniegu czekają cierpliwie.

– Co teraz? – pytam.

– Jeśli chodzi o ciebie i o mnie?

Kiwam głową.

– Nie wierzę niewolniczo w przepowiednie, Natanie, ale jestem człowiekiem ostrożnym. Sugeruję więc, żebyś trzymał się z dala od łowców i dołożył starań, by nie stracić palca tak samo, jak straciłeś Fairborn – jeśli wierzyć twoim słowom.

– Ale...

Nie potrafię go zapytać, czy mogę z nim pójść. Jest moim ojcem, ale nie potrafię. Powiedziałby, gdyby tego chciał.

– Dlaczego nigdy po mnie nie przyszedłeś?

– Uważałem, że dobrze ci idzie. Wizje dostarczały mi okruchów wiadomości. Wystarczająco dobrze radziłeś sobie sam. Po tym, jak cię zabrali, już nic nie widziałem, bo trzeba przyznać, że dobrze cię ukryli nawet przed wizjami, ale uciekłeś i cieszę się z tego, Natanie, zarówno ze względu na ciebie, jak i na siebie.

Patrzy na nadgarstek, ale nie dostrzegam na nim zegarka.

– Czas na mnie.

Ściąga pierścień z palca, ujmuje moją prawą dłoń i wsuwa mi pierścień na palec wskazujący.

– To dla ciebie, pierścień mojego ojca, a wcześniej jego ojca.

Bierze nóż, przecina wnętrze swej dłoni i wyciąga ją ku mnie.

– Moja krew jest twoją krwią, Natanie.

I oto jego dłoń, jego ciało, jego krew. Ostrożnie ujmuję jego dłoń. Ma szorstką i zimną skórę. Unoszę dłoń do ust i spijam z niej krew. Kiedy wysysam ją i przełykam, szepcze mi do ucha dziwne słowa. Jego słodka, gęsta, ciepła krew spływa mi do gardła, przełyku i żołądka, a słowa kłębią się w głowie, przenikając do krwiobiegu. Nie rozumiem ich, ale otaczają mnie tym, co znam. Czuję zapach ziemi i wyczuwam jej puls. W tym samym rytmie tętni moje ciało, ciało mojego ojca, jego ojca, i ojca jego ojca. W końcu wiem, kim jestem.

Puszczam jego dłoń, podnoszę wzrok i widzę jego oczy.

Moje oczy.

Marcus wstaje i mówi:

– Traktuję z całą powagą swoje ojcowskie obowiązki.

Kiedy odchodzi, płatki śniegu bardzo powoli podejmują przerwany lot. Wiatr się wzmaga, podrywając śnieg z ziemi i uderzając we mnie gwałtownie. Ledwie słyszę ostatnie słowa ojca:

– Mam nadzieję, że znów się spotkamy, Natanie.

Śnieg pada coraz gęściej, wiatr przechodzi w wichurę i biała chmura spowija nas obu.

Płatki śniegu uderzają mnie w twarz i już go nie ma.

Pierścień jest ciężki, gruby i ciepły. W mroku nie potrafię odcyfrować jego zdobień. Obracam go na palcu, czując jego ciężar, po czym całuję go i szepczę słowa dziękczynienia. Jestem magiem.

Spotkałem mojego ojca. Spotkanie to trwało zbyt krótko, ale odbyło się. Myślę, że musi wiedzieć, że nie mam zamiaru go zabijać. Nie wręczyłby mi trzech darów, gdyby w to nie wierzył. Myślę teraz jasno i z optymizmem patrzę w przyszłość. To niezwykłe uczucie. Nagle zdaję sobie sprawę z tego, że się uśmiecham.

A potem niebo nad moją głową przeszywają błyskawice i grzmot rozrywa powietrze.

Ucieczka

Odwracam się w stronę drzwi do domku i dostrzegam Mercurę spowitą w szarą suknię, o włosach potarganych tylko nieco bardziej niż zwykle. Jest wściekła i raz po raz otacza ją pajęczyna błyskawic.

– Mam przeczucie, że spotkałeś się ze swoim ojcem.

Jej głos stracił zwykłą miarowość i przeszedł w okropny skrzek.

– Tak.

– Dał ci trzy dary?

– Tak.

– I sprowadził tu łowców.

– Nie. Łowcy odnaleźli cię bez jego pomocy. Marcus powiedział, że znaleźli metodę wykrywania twoich szczelin. Mam cię ostrzec w jego imieniu, byś zachowała większą ostrożność.

Piorun uderza w ziemię tuż obok moich stóp.

– Ty również powinieneś zachować większą ostrożność. Gdzie Rose i Gabriel?

– Nie wiem, gdzie jest Gabriel. Rose została zabita przez łowców.

Krzyk Mercury mrozi krew w żyłach.

– Wiedziałaś, że to niebezpieczne. To ty ją tam posłałaś.

– A jednak tobie udało się przeżyć. Masz Fairborna?

Jej oczy są czarną otchłanią.

– Nie.

– Ale Rose odebrała go Clayowi?

– Tak.

– Więc gdzie jest? Marcus go ma?

Waham się przez chwilę, po czym mówię:

– Tak, zabrał go.

Wydaje okrzyk wściekłości i otacza się wirującą trąbą powietrzną, która nagle zastyga w bezruchu.

– Wygląda na to, że Annalise jest moją ostatnią kartą przetargową.

– Gdzie ona jest?

– Jest bezpieczna. Na razie. Chcesz ją odzyskać?

– Oczywiście.

– A zatem przynieś mi głowę swojego ojca. Lub jego serce. Przyjmę i to, i to.

Mercura wzbija szarą chmurę wirującego tornada, a jej twarz na przemian pojawia się i znika w jego nieruchomym oku. Tornado unosi się ponad doliną w kierunku lodowca.

Powietrze znów nieruchomieje, burza śnieżna cichnie. Świat zastyga w bezruchu.

Czy łowcy zdołają w ciemnościach znaleźć domek? Oczywiście, w końcu to łowcy.

Syk ich telefonów nie pozostawia mi wątpliwości, że już tu są.

Strzał, potem kolejny, ale ja już biegnę i nogi same mnie niosą. Jestem silniejszy, szybszy, lepiej skoordynowany niż dotąd. W nieprzeniknionych ciemnościach z łatwością znajduję drogę. Wiem, dokąd zmierzam. Odnajdę mojego przyjaciela. Odnajdę Gabriela.

Podziękowania

Zaczęłam pisać dość późno i stosunkowo niedawno, w 2010 roku, starając się ukryć tę nową obsesję (jak się wkrótce okazało) przed przyjaciółmi i rodziną. Zdecydowanie nie zamierzałam stać się pośmiewiskiem, biorąc pod uwagę, że moje wcześniejsze dokonania literackie ograniczały się do napisania kilku słów do mleczarza. Wkrótce jednak mój mąż dostrzegł, że na coś się zanosi, skoro każdego wieczoru przesiadywałam do drugiej w nocy w naszym maleńkim gabinecie. Zebrałam się na odwagę i wyjawiłam prawdę.

– Piszę powieść.

Zastygłam. Roześmieje się? Powie mi, żebym się nie wygłupiała?

– Och! OK. Brzmi nieźle.

Nie tego się spodziewałam, ale tego właśnie było mi trzeba. Nie zdołałabym napisać *Złej krwi* bez jego wsparcia i milczącej zachęty.

Po tym wszystkim zyskałam nieco śmiałości i zwierzyłam się kilku przyjaciołom, którzy musieli później znosić moje nużące monologi na temat pisania. Lisa i Alex były (i nadal są) niezwykłymi słuchaczkami. Nigdy otwarcie nie ziewnęły i zawsze udawało im się zdobyć na uprzejme „doprawdy?" we właściwym momencie (one również były pierwszymi czytelniczkami rękopisu).

Dziękuję również moim pozostałym czytelnikom. Jestem wdzięczna za ich czas i szczerość. Dawid udzielił mi wielu wskazówek odnoszących się do pierwszej wersji mojej powieści. Mollie była pierwszą nastolatką, która przeczytała *Złą krew*, i to, że zdecydowała się spędzić czas z Natanem, uważam za najwyższy komplement. Dziękuję koleżankom z Otwartego Uniwersytetu, Gillian i Fionie, za uczciwe i wyczerpujące recenzje.

Wysłałam *Złą krew* do Claire Wilson z Rogers, Coleridge and White w styczniu 2013 roku z nadzieją, że będzie chciała zostać moją agentką. Chciała. Była znakomitym rzecznikiem książki, udzieliła mi wielu cennych wskazówek i pomogła mi postawić pierwsze kroki w dziwnych realiach branży wydawniczej. Claire odrzuciła pierwszą wersję mojej powieści, mówiąc, że jest zbyt mgliście zarysowana, i jestem jej wdzięczna, bo bez tego kopa *Zła krew* nigdy nie zyskałaby swojego ostatecznego kształtu.

Wielu niezwykłych ludzi współpracowało ze mną w wydawnictwie Puffin. Ben Horslen, mój redaktor, powinien otrzymać nagrodę za entuzjazm (i takt). Nagrodę tę powinna odebrać wraz z nim cała masa innych ludzi: młodsza redaktor Laura Squire, Tania Vian-Smith i Gemma Green oraz działy marketingu i PR, grafik Jacqui McDonough, Zosia Knopp i jej fantastyczny zespół zajmujący się prawami autorskimi. Dziękuję wszystkich osobom pracującym ze mną w wydawnictwie Puffin.

Czuję się też ogromnie uprzywilejowana, że moja książka mogła być redagowana przez Kena Wrighta z amerykańskiego wydawnictwa Viking oraz jego partnerkę, redaktor Leilę Sales. Ken zatrudnia zespół znakomitych pracowników, ale szczególnie chciałam podziękować Deborze Kaplan i jej grafikom za wspaniałą okładkę.

Pisząc *Złą krew*, wróciłam do literatury, którą czytałam jako nastolatka (zanim wymyślono kategorię „młodzi dorośli"), w szczególności do opowiadania Aleksandra Sołżenicyna *Jeden dzień Iwana Denisowicza*, które utwierdziło mnie w przekonaniu, że pobyt Natana w klatce był całkiem znośny.

Słowa „Najlepszą metodą sprawdzenia, czy można komuś zaufać, jest zaufanie mu" zostały wypowiedziane przez Ernesta Hemingwaya.

Szukając imienia, które mogłabym nadać Fairbornowi, zostałam zainspirowana przez nóż szturmowy Fairbairn-Sykes, o którym informacje znalazłam w Wikipedii.

Dawno nie oglądałam filmu *Lawrence z Arabii,* ale scena z zapałkami jest jedną z wielu, które utkwiły mi w głowie.

Jeśli chodzi o *Hamleta* – cóż, szczerze mówiąc, przeczytałam go wiele lat temu i nigdy nie widziałam go w wersji scenicznej (oglądałam film), ale fragment „Rzeczy nie są dobre czy złe same w sobie. Są takie, jakimi nam się wydają" był kamieniem węgielnym, który legł u podstaw mojej powieści. O ile Szekspir nie pochłaniał mi szczególnie wiele czasu w ciągu ostatnich dziesięciu lat, macierzyństwo już owszem. Często obserwowałam mojego syna, rozważając opozycję natury i kultury. „Dlaczego on to robi?"; „Co ma decydujący wpływ na jego osobowość?"; „Co sprawia, że wszyscy jesteśmy tacy, jacy jesteśmy?" – pytania te bez wątpienia ukształtowały moje pisarstwo.

Zainspirowały mnie również wzgórza północnej Walii, którą schodziłam wzdłuż i wszerz, angielski szlak pieszy Sandstone Trail i szwajcarska dolina Lötschental. Jeśli natknęliście się tam kiedyś na spacerującą kobietę, mamroczącą do siebie (a czasem do nieszczęsnego znajomego) o amagach i trzech darach, to mogłam być ja.

Przekład: Dorota Konowrocka-Sawa
Redakcja: Jerzy Wachowski
Korekta: Urszula Roman, Hanna Szamalin

Projekt okładki: Natalia Starkiewicz
Zdjęcie autorki na okładce: materiał promocyjny wydawcy

Skład i łamanie: Plus 2 Witold Kuśmierczyk

Wydrukowano w Polsce.

Grupa Wydawnicza Foksal Sp. z o.o.
00-372 Warszawa, ul. Foksal 17
tel./faks (22) 646 05 10, 828 98 08
biuro@gwfoksal.pl
www.wab.com.pl

ISBN 978-83-831-8211-7